ONE TOUGH CHRISTMAS COOKIE

CHRISTMAS IN WINTER HAVEN

ELLA MCQUEEN

Copyright © 2024 by Ella McQueen

1. Auflage Oktober 2024

Ella McQueen

c/o JCG-Media

Freiherr-von-Twickel-Str. 11

48329 Havixbeck

An die Adresse können nur Briefe gesandt werden. Für Pakete bitte gesondert via Email anfragen: ellamcqueenwrites@gmail.com

Lektorat: Sabrina Cremer

Korrektorat: Leonie Ritz

Illustrationen Cover: Olexandra Sirko

Design Cover: Saskia Renner, Kommunikation und Design

Alle Rechte vorbehalten. Nachdruck - auch auszugsweise - nur mit schriftlicher Genehmigung der Autorin. Personen und Handlung sind frei erfunden, etwaige Ähnlichkeiten mit real existierenden Menschen sind rein zufällig und nicht beabsichtigt. Markennamen sowie Warenzeichen, die in diesem Buch verwendet werden, sind Eigentum ihrer rechtmäßigen Eigentümer.

Herstellung und Druck über tolino media GmbH & Co. KG, Albrechtstr. 14, 80636 München. Printed in Germany. Fragen zu Produktsicherheit an: gpsr@tolino.media.

*You don't have to
be a tough cookie
all the time*

1

»Das kann jetzt nicht deren Ernst sein! Ich glaube, ich spinne!«

Ungläubig starre ich aus dem Fenster meiner Backstube und traue meinen Augen nicht.

»Was ist passiert? Wessen Ernst ist was?«, dringt die Stimme meiner Freundin Mikayla, die mich auf der Arbeit besucht, an mein Ohr. Aber statt ihr zu antworten, blicke ich weiter gebannt auf das Spektakel, das sich vor meinen Augen abspielt. So oft ich auch blinzle und denke zu träumen, es ist verdammt eindeutig, was sich auf der gegenüberliegenden Straßenseite zuträgt.

»Unfassbar!«

Wäre ich allein in der Backstube, sähe das vielleicht anders aus, aber jetzt kann ich mich gerade noch beherrschen, meine Hände nicht in die Hüften zu stemmen oder gar mit dem Fuß aufzustampfen. Ich habe zwar für Vieles Verständnis, doch wenn jemand versucht mir Konkurrenz zu machen, werde ich schnell ungehalten.

Aus den Augenwinkeln nehme ich wahr, wie Mikayla neben mir auftaucht, während sie genüsslich auf etwas herumkaut.

Kein Zweifel, sie hat sich an den frischen Muffins bedient, die ich zum Abkühlen auf einen Rost auf der Arbeitsplatte platziert habe.

»Wenn du mir verrätst, auf wen wir sauer sind, wäre mir schon sehr geholfen.«

Frustriert stoße ich die Luft aus. »Na, siehst du das denn nicht?«

Mikayla lehnt sich dichter an die Fensterscheibe, sodass ihre Nase beinahe das Glas berührt. Sie hebt eine Augenbraue und bewegt den Kopf leicht von links nach rechts. Dann zuckt sie mit den Schultern.

»Nö. Was genau soll ich sehen?«

Ich verdrehe die Augen und deute auf das Haus auf der anderen Straßenseite.

»Na, da! Meine neuen Nachbarn haben es sich wohl zur Aufgabe gemacht, die ganze Nachbarschaft mit ihrer Weihnachtsdekoration darauf aufmerksam zu machen, dass sie da sind. Meinen die nicht, dass das etwas übertrieben ist? Lichterketten in den Fenstern, ein aufblasbarer Schneemann auf der Wiese vorm Haus und wenn mich nicht alles täuscht, ist das ein riesiger Weihnachtsmann, der auf dem Garagendach steht und dazu noch einen Schlitten neben sich hat. Und schau dir den Türkranz an! Ich bin mir sicher, meine Gran wird auch nicht begeistert sein, wenn sie das sieht. Geht der Preis für den schönsten Kranz zur Weihnachtszeit doch immer an sie.«

Obwohl ich auf Mikaylas Verständnis hoffe, ernte ich lediglich ein lautstarkes Lachen. Entrüstet drehe ich mich zu ihr und funkle sie an.

»Was gibt es da zu lachen? Eine tolle Freundin bist du. Der Schlitten blinkt sogar!«

»Ach komm, Lizzie! Du bist doch nur sauer, dass du mal nicht das am aufwändigsten geschmückte Haus in der Straße hast und man dir den Rang ablaufen könnte. Wäre es dir lieber, deine neuen Nachbarn wären Weihnachtsmuffel und ließen ihr Haus in der Weihnachtszeit völlig undekoriert und farblos? Ich muss sagen, mir gefällt, wie sie geschmückt haben.«

Mir auch, aber das kann ich ja nicht laut zugeben. Stattdessen brumme ich vor mich hin: »Schmecken die Muffins? Die waren nicht für dich gedacht.«

Wieder ertönt Mikaylas Lachen. »Schön vom Thema ablenken, was? Und zu den Muffins sage ich so viel: Wenn du nicht willst, dass man danach greift, dann darfst du sie auch nicht so wunderbar schmackhaft präsentieren. Du weißt, dass ich bei deinem Gebäck grundsätzlich schwach werde.«

Natürlich kennt Mikayla mich so gut, dass sie die richtigen Worte findet, die mich binnen Sekunden besänftigen. Ihr Kompliment geht runter wie Öl. Wie könnte es das auch nicht? Gibt es etwas Schöneres, als Menschen mit den eigenen Backkreationen glücklich zu stimmen?

Ob ich will oder nicht, ich muss lächeln.

»Danke. Aber können wir jetzt bitte kurz darüber reden, dass man nicht gleich so übertreiben muss? Ich meine, sollte man sich nicht erstmal herantasten und schauen, wie die Nachbarn so drauf sind und ob ihnen so viel Weihnachtsdekoration gefallen könnte?«

»Sagt die, die im Schaufenster mindestens achtzehntausend Lichter leuchten hat und selbst auf dem Dach einen beinahe lebensgroßen Schlitten inklusive beleuchteten Rentieren platzieren wollte. Ich frage mich immer noch, wie du das mit der Statik geregelt hättest. Hättest du keine Angst, dass das Ding in der Backstube landet? Ich erinnere mich an letztes Jahr, als Brandon Panik geschoben hat, dass dein Dach unter der Schneelast zusammenbricht. Glücklicherweise hast du bis jetzt nur die beiden riesigen Tannen und den Mistelzweig über dem Eingang.«

»Ach, bisher ist doch noch immer alles gut gegangen. Und

das Dach hätte schon gehalten. Man muss einfach optimistisch sein. Die Weihnachtszeit ist nur einmal im Jahr. Das muss man ausnutzen und Verständnis für größere Projekte haben. Ach, was sag ich Projekte. Visionen! Du weißt, dass ich in Sachen Weihnachtsdekorationen keine halben Sachen mache. Und muss ich dich dran erinnern, dass du auch eine kleine Rentierherde in deinem Schaufenster hast?«

Für die Schaufensterdekoration ihres Brautladens hat Mikayla im letzten Jahr sogar einen Preis gewonnen.

»Eine Hommage an Auri und Nathan«, antwortet sie grinsend und beißt erneut in den Muffin.

»Die Weihnachtsdeko hattest du auch schon letztes Jahr, als die beiden sich noch beschnuppert haben. Komm mir also nicht mit Hommage um die Ecke.«

Sie zuckt mit den Schultern. »Tja. Ich hatte schon immer hellseherische Fähigkeiten und wusste, dass unsere Auri sich irgendwann ihren Nathan schnappt. Aber zurück zum Thema. Hast du noch immer nicht herausbekommen, wer die neuen Nachbarn sind? Sag bloß, du hast nicht gesehen, wie sie ihr Haus geschmückt haben? Das wundert mich tatsächlich.«

Frustriert schüttle ich den Kopf und starre noch eine Weile auf die bunten Lichter draußen, bevor ich mich umdrehe und daran mache, die Muffins für den morgigen Tag zu verstauen, damit sie morgen früh in die Auslage im Laden gelangen.

»Das müssen sie heute im Laufe des Tages gemacht haben, als ich vor lauter Arbeit nicht einmal aufblicken konnte. Ich frage mich, warum ich mir dieses Backspektakel jedes Jahr wieder antue. Und wir haben erst Ende November.«

»Ganz einfach, weil du es liebst«, bekomme ich von Mikayla als Antwort, die mir mit der Faust spielerisch gegen die Schulter boxt. »Du müsstest die zusätzlichen Aufträge nicht alle annehmen und wärst mit deinem regulären Betrieb bestens ausgelastet. Aber nein, Lizzie Gordon muss ja direkt wieder übertreiben und überall anbieten, Plätzchen oder dergleichen beizusteuern.«

»So schlimm bin ich auch nicht«, grummle ich und kann gerade noch verhindern, dass Mikayla sich einen weiteren Muffin klaut.

»Wer hat zugesagt, für die *Winter Haven Foundation* drei Tonnen Stollenkonfekt zuzubereiten? Zusätzlich zu vier Sorten Weihnachtskekse? Ich glaube, das warst du. Ach, und muss ich dich erst wieder an die Plätzchen für den Kindergarten erinnern? Und Spekulatius, Vanillekipferl und Macarons für den Buchclub von Maeve, Ann und deiner Großmutter Fiona? Wenn ich mich recht entsinne, machst du das alles freiwillig und zusätzlich zu deinem Bäckereibetrieb.«

»Ist ja gut«, erwidere ich und winke ab. »Drei Tonnen sind übrigens mächtig übertrieben. So viel Stollenkonfekt ist es nun auch nicht. Abgesehen davon zahlt die *Winter Haven Foundation* auch. Aber es macht mir halt Spaß und es ist doch schön zu wissen, dass die Leute die Sachen aus meiner Bäckerei so mögen und ich gebraucht werde. Und du wirst mir wie letztes Jahr liebend gern bei den Plätzchen für den Kindergarten helfen. Auri wollte ich auch schon verpflichten, aber die kann an dem Tag nicht.«

Ich zwinkere meiner Freundin zu, die lediglich die Augen verdreht und darauf verzichtet, Einspruch zu erheben. Schließlich weiß sie, dass ich keinen Spaß verstehe, wenn es um Kekse für die Kinder geht.

Es ist nicht gelogen. Der Gedanke daran, dass das *The Sweet Spot*, mein kleines Backimperium, so beliebt in Winter Haven ist, macht mich verdammt froh. Mir geht mein Herz auf und ich könnte mir keine schönere Aufgabe vorstellen als eben genau diese. Wer hätte gedacht, dass meine Bäckerei, die ich vor ein paar Jahren von meinem Ausbilder übernahm und in mein eigenes kleines Backparadies verwandelte, sich im Laufe der Zeit so machen würde. *The Sweet Spot* erfreut sich vor allem in den Wintermonaten regem Zulauf, und mit dem Cafébetrieb, den ich seit zwei Jahren zusätzlich anbiete, kann ich mich über zu wenig Arbeit definitiv nicht beschweren. Unterm Strich könnte man sagen, dass ich verdammt glücklich und zufrieden bin. Na ja, zumindest so lange ich nicht bei der Weihnachtsdekoration ausgestochen und überboten werde. Ob ich es zugeben will oder nicht, das frustet mich gewaltig.

»Weißt du, was das Seltsame an der ganzen Sache ist?« Mit verschränkten Armen drehe ich mich erneut zu Mikayla, die sich inzwischen auf den kleinen Hocker neben dem Backtisch gesetzt hat.

»In einem beschaulichen Nest wie Winter Haven, in dem jeder jeden kennt, will noch keiner mitbekommen haben, wer in das alte Haus der Randalls gezogen ist? Gefühlt habe ich jeden meiner Kunden gefragt, und selbst der Chatty Squad weiß angeblich nichts. Das ist doch komisch.«

Der Chatty Squad sind meine Nan Fiona mit ihren besten Freundinnen Maeve, Mikaylas Oma, und Ann, die Großmutter von Auri. Den drei Frauen entgeht nichts. Was sie nicht mit eigenen Augen sehen, erfahren sie binnen Stunden auf anderem Wege. Normalerweise. Dieses Mal scheinen aber selbst sie noch nicht herausgefunden zu haben, wer nach Winter Haven gezogen ist. Was eigentlich nur eins bedeuten kann: Die neuen Nachbarn bleiben lieber für sich und können der Art Leben, wie wir es hier in den schottischen Highlands führen, nichts abgewinnen. Sie werden sich noch umgucken, dass man in einer Kleinstadt, die so heimelig wie Winter Haven ist, eben nicht auf Anonymität setzen kann. Zumindest nicht für lange.

»Ich werde auf jeden Fall morgen mal mit einer großen Dose voll Weihnachtskeksen dort klingeln und mich als Nachbarin vorstellen. Ist ja nicht so, als hätte ich das nicht schon zweimal probiert.«

»Und keiner hat aufgemacht?« Neugierig blickt Mikayla mich an, aber mir bleibt nichts anderes übrig, als den Kopf zu schütteln.

»Nein. Es war niemand zu Hause.«

»Vielleicht sind es Städter, die hier nur einen Zweitwohnsitz haben oder beruflich die meiste Zeit unterwegs sind?«

»Hätten sie dann so geschmückt? Ich glaube nicht. Aber das werde ich schon noch herausbekommen. Wie heißt es so schön? Man wächst mit seinen Aufgaaaaaaaaargh!«

Ein gewaltiger Knall unterbricht mich und ich kann nicht anders, als laut aufzuschreien. Mikayla springt neben mir vom Hocker und kreischt ebenfalls. In heller Panik fahre ich zu meinem heißgeliebten Ofen herum und sehe Qualm entweichen. Nein! Das darf nicht wahr sein! Nicht ausgerechnet jetzt!

Ich stürze auf den Ofen zu, in dem ein weiteres Blech Muffins backt, und reiße die Tür auf. Erneut kommt mir eine Rauchwolke entgegen. Hektisch wedle ich mit meinem Handtuch in der einen und einem Backhandschuh in der anderen Hand umher, aber es ist zu spät. Der Feuermelder geht an und ein nervtötendes Piepen dringt durch die Backstube. Mikayla stürzt auf die Fenster zu und reißt sie auf, aber natürlich breitet sich der Rauch in der Backstube aus und der Gestank von Verbranntem strömt durch den Raum. Dinge, die die Welt nicht braucht. Ich korrigiere, die *ich* nicht brauche.

»So ein gottverdammter Mist«, fluche ich, während ich inständig hoffe, dass hier nicht noch ein Feuer ausbricht. Ich riskiere einen Blick, aber natürlich war auch nur der Wunsch Vater des Gedankens, dass die Muffins überlebt haben. Alles, was von ihnen übriggeblieben ist, sind schwarze Briketts. Und das, obwohl ich an den Einstellungen nichts verändert habe und alles gemacht habe wie immer.

Erst jetzt nehme ich wahr, dass der Feuermelder verstummt ist. Dann fällt mein Blick auf Mikayla, die einen Besen in der

Hand hält und triumphierend grinst. Der Feuermelder liegt zu ihren Füßen.

»Ich weiß, du wirst mich dafür hassen, aber ich habe dir mehr als einmal gesagt, dass du das Geld vom Sieg des Christmas Cookie Contests nicht immer gutmütig an andere spenden sollst. Hättest du dir den neuen Ofen gegönnt, wie wir alle gesagt haben, hättest du jetzt nicht diesen Salat.«

Genervt funkle ich Mikayla an. »Nicht hilfreich gerade. Ich bin mir sicher, der ist nur überhitzt und geht nachher wieder. Ich muss einfach ab sofort besser aufpassen, was die Temperatur betrifft, und darf mich nicht ablenken lassen. Schon gar nicht von irgendwelchen übertriebenen Weihnachtsdekorationen in der Nachbarschaft. Mein Ofen hat mir jahrelang gute Dienste geleistet, das wird er auch noch länger.«

»Das kannst du dir abschminken«, höre ich plötzlich eine männliche Stimme und staune nicht schlecht, als Brandon hinter uns in der Backstube auftaucht. In der Hand hält er einen Feuerlöscher.

»Was machst du denn hier? Sag bloß, du hast ihn gerufen?!« Mein Blick schießt zu Mikayla, die sofort abwehrend die Hände hebt.

»Wann hätte ich das tun sollen? Ich kann zwar viel, aber nicht zaubern!«

Okay, zugegeben, das Zeitfenster wäre wirklich ein bisschen knapp gewesen, schließlich haben wir seit einigen Momenten alle Hände voll damit zu tun, diesen elendigen Rauch aus der Backstube zu bekommen.

»Ich war gerade auf dem Weg zu Kieran ins *The Archer*, als ich den Knall gehört und dann auch schon den Rauch gesehen habe. Was zum Teufel ist passiert?«

»Lizzies Ofen hat den Geist aufgegeben!«

»Das sehe ich«, erwidert er, stellt den Feuerlöscher auf den Boden und zieht seine Jacke aus.

»Hat er gar nicht«, sage ich und schüttle den Kopf. »Er hat sich nur gerade in den Ruhemodus versetzt und muss abkühlen. Dann schaut Brandon sich den noch einmal an und im Nu funktioniert er wieder. Das hat beim letzten Mal auch wunderbar geklappt.«

Zu meinem Entsetzen schüttelt Brandon, der inzwischen den Ofen inspiziert, heftig den Kopf.

»Nichts wird Brandon tun. Ich habe dir bereits bei der letzten Reparaturaktion gesagt, dass du dringend einen neuen Ofen brauchst. Und wenn ich mich recht entsinne, haben wir alle, ich betone, aaaallleeee beim letzten Contest gesagt, dass du das gottverdammte Geld für dich behalten und nicht der Feuerwehr spenden sollst, damit die ihre Küche aufpimpen können. Jetzt hast du den Salat.«

»Du klingst schon wie Mikayla.« Genervt werfe ich den Backhandschuh samt Handtuch auf die Arbeitsplatte und merke, wie ein bisschen die Verzweiflung in mir aufsteigt. »Statt mich zu belehren, könntest dir wenigstens die Mühe machen, ordentlich nachzuschauen und irgendwie deine handwerklichen Fähigkeiten walten lassen.«

»Ich bin Handwerker, kein Zauberer«, verteidigt sich Brandon und nicht gerade begeistert muss ich feststellen, dass er das Stromkabel des Ofens aus der Steckdose zieht und aufrollt.

»Kann ich mich darauf verlassen, dass du das verdammte Ding nicht wieder ans Stromnetz anschließt, oder muss ich das Kabel durchschneiden?« Er schaut mich prüfend an und wie nicht anders zu erwarten, tut Mikayla es ihm gleich. Sie sagt zwar nichts, hebt aber abwartend eine Augenbraue als wollte sie sagen: »Wage es bloß nicht.«

»Ist ja schon gut.« Ich gebe mich geschlagen und werfe die Hände gen Himmel. »Ich verspreche, ich werde ihn nicht wieder anschließen. Seid ihr jetzt zufrieden?«

Beide nicken zeitgleich. »Sind wir«, sagt Brandon, während

er im nächsten Moment wieder zu seiner Jacke greift. »Ernsthaft, Lizzie. Das ist saugefährlich. Ich könnte nicht ruhig schlafen, wenn ich das Gefühl hätte, du würdest dich meinen Anweisungen widersetzen. Abgesehen davon möchte ich auch nicht wirklich, dass du samt Backstube in die Luft fliegst.«

»Das könnte passieren?« Bei seinen Worten setzt mein Herz kurz aus und erschrocken blicke ich ihn an.

»Na, was denkst du denn?«

»Ich dachte, es könnte maximal ein kleines Feuer ausbrechen und ich könnte es mit dem Wasser aus dem Hahn schnell wieder löschen.«

»Vergiss es«, tadelt er mich und entdeckt im nächsten Augenblick die bereits verpackten Muffins. »Sind das die letzten im alten Ofen gebackenen Köstlichkeiten?«

Während Mikayla nickt, muss ich plötzlich lauthals schniefen.

»Jaaaaa«, antworte ich weinerlich, denn auf einmal wird mir bewusst, dass der Ausfall des Ofens für mich bedeutet, dass mein Weihnachtsgeschäft in Gefahr ist und ich keine Ware mehr produzieren kann. Auch wenn ich es selbst nicht sehe, bin ich mir sicher, sämtliche Farbe weicht mir aus dem Gesicht, denn Mikayla schaut mich beängstigt an und springt auf.

»Lizzie, alles wird gut. Hier, setz dich erstmal.« Sie schiebt mir den Hocker hin. »Nicht umfallen. Wir bekommen das hin.«

»Aber wie?«, presse ich bekümmert hervor. »Du hast eben selbst aufgezählt, welche Aufträge ich angenommen habe. Vom normalen Tagesgeschäft will ich gar nicht erst anfangen. Wenn ich diese Weihnachtssaison ausfalle, kann ich das *The Sweet Spot* dichtmachen. Die Weihnachtssaison ist meine umsatzstärkste Zeit. Darauf bin ich angewiesen.«

Inzwischen laufen mir Tränen über das Gesicht. Auch wenn ich sonst einer der positiv gestimmtesten Menschen bin, die wahrscheinlich jemals diesen Erdball bevölkert haben, gerade in diesem Moment bin ich einfach verzweifelt.

Mikayla tritt dicht an mich heran und nimmt mich in den Arm. Brandon, der etwas hilflos danebensteht, tätschelt mir den Rücken.

»Uns fällt schon etwas ein. Notfalls stelle ich dir meine Küche zur Verfügung.«

Ich weiß, dass Mikayla es gut meint, aber ich atme laut seufzend aus.

»Ja, ja. Ich weiß. Es war auch nur eine Idee. Eine erste. Mein Ofen ist klein und meine Küche winzig. Aber für den Notfall vielleicht eine Option. Wir sind ja auch erst am Anfang unserer Überlegungen.«

»Genau.« Brandon schaut zwischen Mikayla und mir hin und her. »Und die führen wir jetzt woanders weiter. Lizzie, du kannst hier heute eh nichts mehr machen. Daher schlage ich vor, ihr begleitet mich zu Kieran in die Bar. Dee und Hayden sind auch da. Auf den Schreck können wir alle einen guten Whiskey oder Schnaps vertragen und vielleicht kommt uns dann ja die zündende Idee. Einwände?«

»Nope«, erwidert Mikayla und hebt zu ihrer Verteidigung erneut die Hände. »Schau mich nicht so an. Hin und wieder hat Brandon auch gute Ideen. Außerdem ist es hier durch die aufgerissenen Fenster schweinekalt und wenn wir sie jetzt schließen, halten wir es in dem Gestank nicht lange aus. *The Archer* ist ein super Vorschlag. Los, Lizzie. Schnapp dir deinen Mantel! Keine Widerrede.«

2

Das *The Archer* liegt nur einen Steinwurf vom *The Sweet Spot* entfernt und während ich mit Mikayla und Brandon die wenigen Meter hinter mich bringe, tanzen Schneeflocken durch die Luft. Es ist nicht ungewöhnlich, dass es im November hin und wieder schneit, wobei der erste heftige Schneefall meist erst Anfang Dezember einsetzt. So schön meine Heimat auch im Sommer ist, umso besonderer ist sie im Winter. Sobald der erste Schnee fällt und sich wie eine Decke über weite Teile der Region hier oben in den schottischen Highlands legt, fühlt sich die Welt ein bisschen entschleunigter an. Ich liebe die Stille, die sich dann ausbreitet. Obwohl jedes Jahr viele Touristen herkommen, um Ski zu fahren und das gesamte Wintersportgebiet auszukosten, wirkt alles bedächtiger, ruhiger, magischer.

Für mich gibt es nichts Schöneres, als zusammen mit meinen besten Freundinnen Mikayla und Auri in die Planung der Weihnachtszeit zu starten. Wir haben die Aufgabe des Planungskomitees übernommen und kümmern uns akribisch und mit voller Begeisterung um alles, was in Winter Haven zur

Weihnachtszeit dazugehört: Lebkuchenhausverzierwettbewerbe, den Christmas Karaoke Contest im *The Archer*, den Winterball, den Christmas Cookies Contest, die Santa's Lap Aktion, das Errichten der großen Weihnachtstanne auf dem Weihnachtsmarkt und und und. Durch Auris Abwesenheit im letzten Jahr ist viel an Mikayla und mir hängengeblieben, aber in einem Ort wie Winter Haven hält man zusammen und so hat jeder mit angepackt.

Gemeinsam schafft man alles.

Da es mitten in der Woche ist, ist heute in Kierans Bar nicht viel Betrieb, und so können Brandon, Mikayla und ich uns recht zügig zu unserem Stammtisch durchschieben, wo bereits Dee mit ihrem Bruder Hayden sitzt und sich angeregt unterhält.

»Da bist du ja endlich«, ruft sie, springt auf und drückt Brandon zur Begrüßung. »Und wie ich sehe, hast du Verstärkung mitgebracht. Wunderbar! Dann muss ich den Abend wenigstens nicht mit zwei Männern allein überstehen.«

Brandon schält sich aus seiner Jacke und wirft die Mütze auf den Tisch. »Tu nicht so. Du bist mit zwei Brüdern aufgewachsen. Du kannst dich sehr gut durchsetzen. Zumindest wenn man den Geschichten von Hayden und Tristan Glauben schenken darf.«

Hayden, der ebenfalls aufgestanden ist und uns nun begrüßt, kann sich ein Grinsen nur mühsam verkneifen. »Sei froh, dass unsere Mutter nicht hier ist. Die würde dir erzählen, dass Dee immer die Schlimmste von uns Geschwistern war.«

»Das stimmt doch gar nicht«, beschwert sich diese, zwinkert uns Mädels dann aber zu und deutet auf die Plätze neben sich. »Tristan hat es mal wieder nicht geschafft. Der hängt im Hotel fest und freut sich schon immens darauf, wenn Nathan und Auri zurück sind und Nathan ihm wieder unter die Arme greift.«

Die Eltern von Hayden, Tristan und Dee bauten vor vielen Jahren das beeindruckende Hotel im Ort aus, in dem Tristan inzwischen die Aufgaben des Hotel Managers von seinem Vater übernommen hat. Hayden arbeitet in Winter Haven als Tierarzt und Diana, die von allen nur Dee genannt wird, hat als Sanitäterin ihre Berufung gefunden.

Nachdem Nathan zu Auri nach Winter Haven gezogen ist und seine Marketingfirma an seine Schwester übergeben hat, hat er Anfang des Jahres in Tristans Hotel angefangen und dank seiner Eishockeyerfahrung und generellen Wintersportbegeisterung ist er nun in dem riesigen Hotel für den ganzen Sportmanagementbereich zuständig. Abgesehen davon hat er sich binnen Tagen mit den Männern aus unserer Clique angefreundet und ist inzwischen aus Winter Haven nicht mehr wegzudenken.

»Du siehst aus wie sieben Tage Regenwetter, Lizzie. Was ist passiert? Ist der Zuckerguss missraten?«

Dees Nachfrage führt dazu, dass ich wieder anfange zu schniefen.

»O Gott, sorry! Ich wusste nicht, dass ich damit ins Schwarze treffe. Hast du an der Rezeptur irgendetwas geändert? Bestimmt war nur eine Zutat schlecht. Beim nächsten Mal klappt es wieder! Du wirst dich doch von so ein bisschen Zuckerguss nicht unterkriegen lassen.«

Leicht panisch tätschelt Dee mir den Arm und schaut verzweifelt und hilfesuchend zwischen Brandon und Mikayla hin und her.

»Das ist es nicht«, antworte ich und ziehe ungeniert die Nase hoch. »Außerdem besteht Zuckerguss nur aus gesiebtem Puderzucker und Wasser. Da wird so schnell nichts schlecht.«

»Okaaaaay.« Dee scheint von meiner Antwort nicht sonderlich beruhigt. »Was ist es dann?«

»Meine Backstube ist explodiert!«

»Waaaaas?«

Dee springt auf und wir können gerade noch verhindern, dass die Gläser, die auf dem Tisch stehen, umfallen. Einige

Leute in der Bar drehen sich zu uns herum, sodass Dee sich leicht peinlich berührt umschaut. Sie war noch nie diejenige, die gern die Aufmerksamkeit von allen auf sich hatte. Wahrscheinlich ist das auch der Grund dafür gewesen, dass sie im Schulchor immer in der letzten Reihe gestanden hat und beim Weihnachtstheaterstück bevorzugt die Rollen gespielt hat, bei denen sie in einem Kostüm steckte, das sie nahezu unkenntlich machte.

»Ihre Backstube ist nicht explodiert. Lizzies Ofen hat den Geist aufgegeben und sich ins Nirvana verabschiedet«, erklärt Mikayla schnell.

Mit einem Stöhnen lässt Dee sich zurück auf ihren Platz fallen.

»Dann war das eben der Knall, den wir gehört haben, als wir zum *The Archer* gelaufen sind«, kombiniert Hayden und Brandon nickt. »Ich habe mich schon gefragt, was das gewesen sein könnte, habe aber kurz vermutet, dass vielleicht lediglich irgendwo etwas Größeres umgefallen sein könnte. Und Dee meinte, solange ihr Pieper nicht losginge und sie verständigt würde, könne es schon nicht so schlimm sein.«

»Es ist nicht nur schlimm«, entfährt es mir, »es ist eine Katastrophe. Eine gewaltige.«

»Können wir Miss Theatralisch bitte etwas zu trinken besorgen?« Brandon stöhnt und kassiert dafür sofort einen Boxhieb von Mikayla in die Seite. »Aua!«, gibt er gequält von sich und hält sich die Stelle, an der Mikayla ihn getroffen hat. »Wieso musst du mich eigentlich immer schlagen? Mein ganzer Körper ist schon grün und blau.«

»Weil sie darauf steht«, kommentiert Hayden und wird umgehend von Mikayla korrigiert: »Ich stehe da gar nicht drauf. Brandon verdient es einfach nicht anders.«

»Aber ist doch wahr«, beschwert sich dieser weiter, kann sich ein Grinsen aber kaum verkneifen. »Lizzie, du brauchst einen Whisky oder einen Schnaps. Danach sieht die Welt schon viel besser aus. Und dann überlegen wir gemeinsam, was wir tun können, damit deine Weihnachtssaison nicht komplett den Bach runtergeht. Da wird sich schon eine Lösung finden. Du hast doch bestimmt Rücklagen, oder? Wenn du einen neuen Ofen bestellst, wird es sicherlich keine halbe Ewigkeit dauern, bis der geliefert werden kann.«

O je, es war klar, das dieses Thema früher oder später auf den Tisch kommt. Sicher, mit Rücklagen wäre das keine so große Sache. Blöd nur, dass ich keine habe.

»Lizzie? Du hast doch Rücklagen?«

Auf einmal fühlt es sich an, als wären alle Augenpaare am Tisch auf mich gerichtet. Was sie auch sind. Na, bravo. Ich schlucke den Kloß in meinem Hals herunter.

»Ähm. Um ehrlich zu sein, nicht so wirklich. Ich habe recht viel in den Umbau der Bäckerei gesteckt und ja, ich weiß, ich hätte Geld zurücklegen müssen, dass ich notfalls Gerätschaften kaufen kann, wenn welche kaputt gehen. Aber ich habe einfach immer darauf gehofft, dass das nicht passieren wird. Wer konnte denn ahnen, dass mich der blöde Ofen ausgerechnet jetzt verlässt?«

Mikayla prustet neben mir und verdreht die Augen. »Liebes, so ziemlich jeder, der die Ofenaussetzer im letzten Jahr schon mitbekommen hat. Wir haben dir nicht umsonst gesagt, dass du von deinem Preisgeld einen neuen kaufen sollst. Aber nein, unsere Lizzie denkt immer an alle anderen nur nicht an sich.«

»Wenn du das so ausdrückst, klingt das ganz schön blöd und negativ«, versuche ich mich zu verteidigen, mir absolut bewusst, dass ich auf die anderen hätte hören sollen.

Zu meiner Überraschung ist es Brandon, der sich auf meine Seite schlägt.

»Leute, es bringt nichts, Lizzie Vorhaltungen zu machen. Jetzt müssen wir schauen, wie wir ihr helfen können. Blöd, dass du dir keinen neuen Ofen kaufen kannst. Also muss eine andere Lösung her. Vorschläge?«

Wortlos forme ich das Wort »Danke« in seine Richtung, denn ich fühle mich schon schlecht genug, dass ich mich eigenhändig in diese Misere gebracht habe.

»Können wir dir nicht mit unseren Backöfen aushelfen?« Dee schaut mich fragend an und ich sehe ihr an, wie sehr sie hofft, dass das eine Lösung sein könnte.

So sehr ich ihr Angebot auch zu schätzen weiß, bleibt mir nichts anderes übrig, als den Kopf zu schütteln.

»Das ist lieb, Dee. Aber das wäre viel zu umständlich und letztendlich auch nicht machbar. Für die Mengen, die ich produziere, sind eure Öfen einfach zu klein. Abgesehen davon kann ich mich nicht fünfteilen. Neben all den Vorbereitungen für die Weihnachtszeit, den ganzen Bestellungen und meinen Versprechen für zusätzliche Keks- und Backlieferungen, muss ich ja auch das Tagesgeschäft irgendwie rocken. Wenn ich in der Bäckerei auf einmal weniger Auswahl hätte, würden sich meine Kunden wohl bedanken. Ihr merkt, es ist einfach die größte Katastrophe, die gerade passieren konnte.«

»Also muss eine größere Küche her«, wirft Hayden ein und die anderen nicken. »Was wäre, wenn du Tristan fragst? Die Küche im Hotel ist riesig und da würdest du das definitiv alles hinbekommen.«

Zugegeben, die Idee ist mir auch schon gekommen, aber ich habe sie binnen Sekunden verworfen.

»Möglich. Aber das Hotel ist nicht im Stadtkern und ich müsste dafür sorgen, dass alles von A nach B transportiert würde. Das würde sicherlich im allergrößten Notfall gehen, aber ich möchte Tristan ehrlich gesagt nicht fragen. Ich weiß, dass er mir das anbieten würde, aber sind wir mal ehrlich: Das Hotel ist um diese Jahreszeit ausgebucht. Die Küche hat genug damit zu tun, den gewohnten Service zu leisten. Da können die nicht noch eine panische Lizzie dazwischen ertragen, die zusätzlich Chaos produziert. Ihr wisst alle selbst, wie heiß es in meiner Backstube hin und wieder hergeht.«

»Auch ohne, dass dein Ofen explodiert«, scherzt Brandon und hebt sofort schützend die Hände, um einen möglichen Boxschlag von Mikayla abzuwehren.

»Richtig«, pflichte ich ihm bei und muss unwillkürlich lachen. So langsam wandelt sich meine Verzweiflung wohl in Galgenhumor. »Ich habe gerade selbst schon darüber nachgedacht, dass ich diesen Winter nur noch Köstlichkeiten anbiete, die ich nicht im Ofen backen muss. Aber selbst, wenn ich ein paar Rezepte im Kopf habe und Himbeer-Käsekuchen-Riegel, Brigadeiros und so was wirklich lecker sind, gehören Weihnachtsplätzchen, Lebkuchen und Christstollen einfach zur Jahreszeit. Und die müssen gebacken werden.«

Alle nicken zeitgleich.

»Habe ich da Christstollen gehört?«

Kieran erscheint am Tisch und winkt in die Runde. »Habt ihr alle kein Zuhause, oder was verschafft mir mitten in der Woche die Ehre? Mikayla und Lizzie, mit euch habe ich jetzt nicht gerechnet. Ofen schon aus, Lizzie? Um diese Jahreszeit bekommen dich doch keine zehn Rentiere aus deiner Backstube.«

Als die anderen raunen und ich theatralisch den Kopf in meine Hände stütze, wirkt Kieran sichtlich irritiert.

»Okay, was habe ich nicht mitbekommen?«

Neugierig zieht er sich einen Stuhl heran und nimmt Platz.

Inzwischen hat mich sämtlicher Mut und Elan verlassen, sodass ich lediglich vor mich hinmurmle: »Mikayla, übernimm du und erkläre es ihm. Ich kann das Elend nicht noch einmal durchleben.«

Ich klinge furchtbar verzweifelt, oder?

Als ich zu Kieran schaue, sehe ich mindestens drei Fragezeichen auf seiner Stirn. Zugegeben, mir würde es in der Situation nicht anders gehen.

»Lizzies Ofen hat sich dazu entschieden, in den wohlverdienten Ruhestand zu gehen. Mit einem Knall sozusagen.«

Kieran kombiniert schnell und reißt die Augen auf. »Dein Ofen ist hinüber? Jetzt? Zu dieser Jahreszeit und mitten im Weihnachtsgeschäft? Ach du meine Güte!«

»Du sagst es«, erwidere ich gequält und lasse den Kopf hängen. Ich bin mir sicher, ich sehe aus wie ein Häufchen Elend.

»Hast du schon einen neuen bestellt? Wie schnell geht die Lieferung?«

»Falsche Frage«, kommentiert Brandon und schüttelt den Kopf, während er Sekunden später Pete, dem Kellner, signalisiert, dass wir gern Whisky hätten. Normalerweise trinke ich selten, aber vielleicht mache ich aufgrund der Umstände heute mal eine Ausnahme.

»Lizzie ist pleite.«

»Danke, Brandon«, presse ich genervt hervor. »Möchtest du es gern noch lauter in die Welt brüllen? Bestimmt haben dich noch nicht alle hier in der Bar gehört.«

»Sorry«, murmelt er entschuldigend und blickt sich um. »Hat, glaube ich, keiner mitbekommen.«

Ich zucke lediglich mit den Schultern und hoffe, dass er recht behält. Es fehlt mir gerade noch, dass sich in ganz Winter Haven verbreitet, dass mein Konto leer ist und ich auf Almosen angewiesen bin.

Nun gut, so schlimm ist es nicht, aber ich habe einfach nicht so viel Geld übrig, dass ich mir umgehend einen neuen Ofen für die Backstube kaufen kann. Ich bräuchte ein erfolgreiches Weihnachtsgeschäft, dann könnte ich vielleicht darüber nachdenken. Das Problem ist nur, dass an eben solches ohne funktionierenden Ofen nicht zu denken ist. Vielleicht hätte ich im letzten Jahr doch auf meine Freunde hören und das Geld für den Sieg beim Christmas Cookie Contest sinnvoll investieren sollen. Aber wie heißt es so schön? Hinterher ist man immer schlauer.

»Der Whisky geht aufs Haus.« Kieran schaut mich mitleidig an und tätschelt unbeholfen meinen Arm. »Ich nehme an, alle haben dir bereits ihre Küchen und Öfen zur Verfügung gestellt?«

Ich nicke schwach. »Du kannst dir meine Antwort denken.«

»Alle zu klein für die Menge.«

»Richtig.«

»Fuck!« Kieran spricht mir aus der Seele. Ich hätte es nicht passender ausdrücken können.

Wir zucken alle nahezu zeitlich zusammen, als Mikayla plötzlich mit ihrer Hand schwungvoll auf die Tischplatte haut und lauthals tönt: »Ich hab's! Dass wir darauf nicht sofort gekommen sind!«

Entgeistert starre ich sie an. »Tatsächlich frage ich mich gerade eher, ob du sie noch alle hast, uns so zu erschrecken. Bist du von allen guten Geistern verlassen?«

»Ja, Leute! Überlegt doch mal. Wo sind wir?« Sie deutet um sich.

»In Kierans Bar.«

»Richtig.«

»Ich verstehe nur Bahnhof. Kieran hat keinen riesigen Ofen wie die Backstube. Die Bar hat lediglich eine kleine Küche im Bereich hinter der Theke, um ein bisschen Fingerfood oder mal eine Portion Fish and Chips rauszuhauen.« Hayden starrt Mikayla mindestens genauso ungläubig an wie wir anderen auch.

»Kierans Bar nicht.«

Mikayla grinst von einem Ohr zum anderen und trommelt dabei sichtlich ungeduldig mit beiden Händen auf den Tisch. »Los, Leute, denkt nach!«

»Ich hatte eine lange Schicht. Ich bin zu müde zum Nachdenken«, stöhnt Dee und ist Pete behilflich, der gerade mit dem

Whisky kommt und ihn vor uns hinstellt. Sofort greift Mikayla nach ihrem Glas, das ich ihr schnurstracks aus der Hand nehme.

»Nichts da. Du bekommst keinen Alkohol. Du scheinst jetzt schon nicht mehr ganz bei Verstand zu sein«, tadle ich sie.

»Das sagst du jetzt, weil du noch nicht weißt, was mir gerade eingefallen ist.« Sie grinst und langsam werde ich ungeduldig.

»Lizzie, dass dir die Idee selbst noch nicht gekommen ist. Was hat Kieran vor nicht allzu langer Zeit gekauft, weil er darüber nachdenkt, die Bar zu vergrößern?«

Ich ziehe eine Augenbraue hoch und wende mich ihr zu. »Das Gebäude nebenan.«

»Richtig. Und was war in dem Gebäude nebenan einmal?«

Okay, jetzt werde ich doch hellhörig. »Ein Restaurant. Aber das hat bereits seit zwei Jahren geschlossen und das Gebäude steht seitdem leer.«

»Auch richtig. Zumindest in Teilen.«

Ein Bierdeckel fliegt über den Tisch und trifft Mikayla am Oberkörper.

»Mikayla, du machst mich wahnsinnig. Komm zum Punkt«, herrscht Brandon sie an und ich frage mich, wann es eigentlich angefangen hat, dass diese zwei sich immer so ärgern. Zu Schulzeiten hat er sie eher ignoriert, aber inzwischen vergeht kein Zusammensein, bei dem die beiden sich nicht foppen. Manchmal ist es kaum auszuhalten.

»Halt die Klappe, Brandon«, knurrt sie und weist ihn somit in seine Schranken. Sofort strahlt sie wieder über das ganze Gesicht. »Lizzie.« Sie greift nach meiner Hand und drückt sie einmal leicht. »Die Küche ist da nie rausgekommen. Ich weiß das so genau, weil ich mir das Gebäude einmal angeschaut habe, ob ich es vielleicht als Showroom für den Brautladen nutzen kann. Wenn Kieran also nicht alles rausgeschmissen hat, hast du eine riesige Küche in der Nachbarschaft, die sicherlich noch funktioniert. Daran glaube ich jetzt mal ganz fest. Oder liege ich da so falsch?«

Während mein Herz aufgeregte Sprünge macht, drehen sich alle Köpfe zu Kieran herum, der sichtlich überrascht wirkt.

»Ähm, also ... Nein, die Küche ist noch drin und soweit ich weiß, funktioniert sie noch.«

»Wunderbar«, jubelt Mikayla und ihre Aufregung schwappt auf mich über. Hoffnung! Da ist ein Hoffnungsschimmer.

»O Kieran! Bitte sag, dass ich mir die Küche anschauen darf und sie nutzen kann, wenn alles noch funktioniert. Du würdest mein Leben retten. Sie wäre nur einen Steinwurf von meiner Backstube entfernt und so hätte ich kaum Probleme, die Backwaren ins *The Sweet Spot* zu bekommen. Kieran, dich schickt der Himmel.«

»Ich habe ja noch nicht einmal Ja gesagt«, raunt er und fährt sich mit einer Hand durchs Haar. »Ich ... ähm.«

»Es ist mir völlig egal, ob da restloses Chaos herrscht. Das bekomme ich hin. Darf ich sie mir angucken? Biiiiittteeee!«

Es fehlt gerade noch, dass ich vor ihm auf die Knie falle.

»Herrje, Kieran! Wie lange willst du die arme Frau noch betteln lassen?« Hayden schaut ihn eindringlich an und wenn ich es nicht besser wüsste, würde ich behaupten, dass dieser gerade innere Kämpfe mit sich ausficht. Macht er sich Gedanken darüber, wie es dort aussieht? Oder hat er das Gebäude verkauft, es uns aber noch nicht erzählt?

»Kieran?«, hake ich nach, jetzt ein bisschen vorsichtiger, denn sein Zögern ist mir definitiv nicht entgangen. »Es würde mir wirklich viel bedeuten.«

»Okay. Komm morgen gern vorbei und schau dir alles an. Ich will nicht schuld daran sein, wenn es dieses Jahr in Winter Haven kein Weihnachtsgebäck gibt.«

»Himmel, du kennst Lizzie wirklich schlecht. Als ob sie in Ruhe bis morgen warten könnte. Sie wird heute Nacht nicht eine

Sekunde die Augen zumachen können vor lauter Aufregung. Gib ihr die Schlüssel für nebenan, Kieran.«

Mikayla kennt mich eindeutig am besten. Wäre Auri jetzt hier, hätte sie genau das Gleiche gesagt.

Wieder zögert Kieran, doch als Mikayla aufspringt und ihm symbolisch ihre Hand hinhält, sodass er die Schlüssel hineinlegen kann, gibt sich Kieran geschlagen. Obwohl er dabei sehr gequält aussieht. Er erhebt sich, greift in seine Hosentasche und zieht augenblicklich einen Schlüsselbund hervor, an dem mehrere Schlüssel befestigt sind. Dann löst er einen davon und gibt ihn mir.

»Hiermit kommst du rein. Wenn du mir bis morgen Zeit gibst, kann ich vorher die Küchengeräte überprüfen. Das wäre kein Problem für mich.«

»Das übernehme ich morgen früh«, mischt sich Brandon ein und nickt mir zu. »Lauf du jetzt rüber und schau, ob es so ist, wie du es dir vorstellst. Ich komme morgen vor der Arbeit bei dir in der Backstube vorbei und helfe dir, alles Wichtige rüber zu tragen beziehungsweise zu kontrollieren.«

»Wunderbar«, jauchze ich und umschließe den Schlüssel mit beiden Händen. Unbändige Vorfreude steigt in mir auf. »Ich schaue mir die Küche jetzt aber wirklich schon einmal an, dann kann ich heute Nacht ein bisschen planen. Kieran, dich schickt der Himmel.«

Und noch bevor er reagieren kann, springe ich auf, drücke Kieran einen Kuss auf die Wange und laufe Richtung Ausgang. »Ich bin in zehn Minuten wieder da!«, rufe ich von der Tür aus und als ich Sekunden später in den kalten Winterabend trete und die Schneeflocken durch die Luft tanzen sehe, fühlt sich mein Herz auf einmal ganz leicht an. Die Weihnachtssaison ist gerettet. Christmas Cookie Contest, ich komme. Dieses Mal kaufe ich mir den gottverdammten neuen Ofen!

3

Ich muss lediglich um die Ecke biegen und schon stehe ich vor der alten massiven Eingangstür, von der nur an wenigen Stellen etwas dunkelgrüne Farbe bröckelt. Ein Hoch auf witterungsbeständiges Material, denn bei den kalten Wintern, die wir hier in Winter Haven regelmäßig haben, ist es gut, Holz zu haben, das stabil und widerstandsfähig gegenüber Verrottung ist. Das Gebäude, in dem sich das ehemalige Restaurant befindet, liegt direkt neben Kierans Bar und nur wenige Meter vom *The Sweet Spot* entfernt. Die großen Fensterfronten, durch die man früher das geschäftige Treiben im Restaurant sehen konnte, sind schmutzig, sodass man kaum ins Innere blicken kann. Nichts, was ein paar Eimer Wasser und ein Putzlappen nicht regeln könnten.

Als ich den Schlüssel ins Schloss stecke, schlägt mein Herz ein bisschen schneller. Es wäre übertrieben zu sagen, dass in meinem Kopf gerade *Jingle Bells* in Dauerschleife läuft und ich im Takt der Musik die kurze Strecke vom *The Archer* bis hierher hüpfend hinter mich gebracht habe. Hoffnung keimt in mir und ich bin frohen Mutes.

Zu meiner Überraschung ist es im Gebäude selbst gar nicht so staubig und dreckig wie angenommen. Alles sieht danach aus, als hätte Kieran das Gröbste sauber gemacht. Ich hatte damit gerechnet, dass es nach dieser Zeit ein bisschen muffig riecht, aber dem ist nicht so. Über den Tischen und Stühlen liegen große Tücher. Natürlich sind da einige Spinnweben an den Leuchten unter der Decke, aber nichts, was man mit ein bisschen Einsatz nicht reinigen könnte. Es bleibt mir wohl nichts anderes übrig, als morgen die Backstube für einen Tag zu schließen und im *The Sweet Spot* das zu verkaufen, was ich noch in der Auslage und in der Vorratskammer habe. Dann kann ich sauber machen und die Küche soweit auf Vordermann bringen, dass ich hier gutgelaunt ans Werk gehen kann.

Ich bin früher ein paar Mal im Restaurant gewesen, als es noch in Betrieb war, daher weiß ich, wo die Küche ist. Schnell gehe ich an der Theke vorbei in den hinteren Teil des Restaurants. Gott sei Dank hat Kieran mir beim Rausgehen noch zugerufen, wo der Sicherungskasten ist, damit ich das Licht einschalten kann, denn sonst stünde ich komplett im Dunkeln. Als ich den Schalter betätige, brennt die Küchenbeleuchtung auf. Das Licht flackert, ist dämmrig. Die Lampen müssen definitiv ausgetauscht werden, aber ich will mich nicht beschweren. Fürs Backen reicht es allemal.

Dann lasse ich meinen Blick im Raum umherwandern. Er ist perfekt. Auf seine ganz eigene Art. Das hier ist keine Küche, die für eine Konditorei oder Bäckerei ausgerichtet ist, aber das Wichtigste sehe ich direkt vor mir: den Ofen.

Und davon gibt es nicht nur einen, sondern gleich zwei, was mehr ist, als ich zu hoffen gewagt habe. Heute muss trotz allem mein Glückstag sein. Wer hätte das gedacht?

Ich lasse meine Hand über die große Arbeitsfläche in der Mitte gleiten und kann bereits vor meinem inneren Auge sehen, wie ich hier ab übermorgen mit dem Teig hantieren werde,

Plätzchen aussteche und für den Christmas Cookie Contest Neues kreiere. Ich habe noch keine Ahnung, was ich dieses Mal backen werde, und glaube auch, dass es durchaus schwer wird, meine Auri-und-Nathan-Kekse aus dem letzten Jahr zu übertreffen, aber so schnell gebe ich nicht auf. An Kreativität hat es mir noch nie gemangelt und ich bin guter Dinge.

In einer Ecke finde ich einen Besen, der mir sehr gelegen kommt. Ich greife danach und obwohl ich eigentlich nur vorhatte, hier einmal vorbeizuschauen und einzuschätzen, ob ich es für mich passt und in Frage kommt, beginne ich damit, die Küche auszufegen. Meine Freunde werden mir wahrscheinlich einen Vogel zeigen, aber egal. Ich lege mein Handy auf die Arbeitsplatte, öffne meine aktuelle Playlist und Augenblicke später dringen weihnachtliche Klänge durch das Restaurant. Mit dem Besen in der Hand tänzle ich singend und pfeifend durch den Raum.

Plötzlich höre ich einen Knall hinter mir und kreische erschrocken auf, bevor ich herumfahre. Das ist heute schon das zweite Mal. Müssen die anderen mich so erschrecken?

Doch augenblicklich sehe ich, dass weder Mikayla noch Brandon noch Kieran in der Tür stehen. Auch Dee und Hayden sind es nicht. Stattdessen ist es ein anderer großer Mann. Für einen Augenblick steigt die Angst in mir auf. Aber dann erkenne ich ihn, und die Angst weicht einem anderen Gefühl. Einem, das ich lange verdrängt habe.

Ich bin wie festgewachsen und sehe nur auf die Gestalt, die im Türrahmen steht und mich anstarrt. Das kann nicht sein. Ich muss träumen. Oder muss bei der Rauchaktion eben in meiner Backstube etwas eingeatmet haben, das mich ins Delirium versetzt hat. Ich blinzle und kann es nicht glauben. Was macht er hier?

Cillian McLean.

Wahrhaftig.

Alles, nur das nicht.

Es fühlt sich wie Minuten an, in denen wir uns anstarren. Auch auf seinem Gesicht erscheint ein ungläubiger Ausdruck. Mein Herz schlägt mir bis zum Hals. Verdammt! Selbst auf diese Entfernung könnte ich in seinen Augen ertrinken. Diesen wunderbaren braunen Augen, die mich früher schon in ihren Bann gezogen haben. Allein wenn ich daran denke, wie sich seine Hände auf meiner Haut angefühlt haben, zieht sich alles in mir vor Verlangen schmerzhaft zusammen.

Doch dann habe ich unsere letzte Begegnung vor Augen. Ich erinnere mich an die Einsamkeit, die mich danach monatelang wie ein unsichtbarer Kerker gefangen hielt, aus dem es kein Entkommen gab. Alles fühlte sich kalt und leer an. Als stünde ich in einer gigantischen Höhle aus Eis, in der meine eigene Stimme von den Wänden hallte, während ich nach ihm rief und sich die Kälte in mein Herz fraß und es mit einem Panzer aus Eis verschloss.

Es ist wahrhaftig Cillian McLean. Cillian, der besser aussieht, als er es je getan hat. Älter. Reifer. Erwachsener.

Ich schlucke und weiß nicht, was ich tun soll. Sein Blick ruht auf mir und ich spüre regelrecht, wie er mich damit festhält.

Atmen, Lizzie. Vergiss jetzt bloß nicht, zu atmen. Und auch nicht, was du dir vor all den Jahren geschworen hast.

Monatelang wollte ich Antworten auf ein Wieso. Auf ein Warum. Bis ich verstanden habe, dass ich diese nie bekommen werde.

Nie wieder wird dieser Mensch so eine Macht über mich haben, dass ich nicht mehr ein noch aus weiß. In dem Moment, in dem er mich verließ, raubte er mir die Luft zum Atmen. Ich drohte zu ersticken, gefangen in meinem Rausch der Gefühle, den ich wusste, niemals mehr stillen zu können. Wahrscheinlich scheiterten deshalb auch alle anderen Beziehungen mit Männern, in die ich mich stürzte. Cillian verließ mich und mit ihm ging ein Teil von mir. Zurück blieb eine Stille in meinem Herzen, die laut schrie. Es dauerte Monate, bis ich verstand, dass ich ihn nicht hätte halten können. Dass ich nicht genug war.

Cillian kommt in meine Richtung und mein Körper und mein Herz sträuben sich dagegen, etwas anderes zu tun, als die Flucht zu ergreifen. Obwohl sich ein riesiger Kloß in meinem Hals gebildet hat und ich wegrennen will, tue ich genau das Gegenteil. Ich gehe ebenfalls einen Schritt auf ihn zu.

Immer wieder denke ich leise in meinem Kopf: »Nie wieder. Nie wieder. Nie wieder!«

Wenn ich ihn jetzt umbringe, bekommt das jemand mit?

Wäre doch gelacht, wenn ich diese Sache nicht irgendwie überstehen würde. Ich habe mich schon ganz anderen Gegnern gestellt - unzuverlässigen Lieferanten, heimtückischen Öfen, zu klebriger Teigmasse. Leider waren alle nicht ein Meter neunzig groß, mit braunen Haaren, Bart und den schönsten und wärmsten Augen, die man sich vorstellen kann. Leider waren sie alle nicht eins: mein Ex-Freund.

Oh, und Cillian soll nicht meinen, dass ich mich von ihm einschüchtern lasse.

Also lege ich meinen Kopf leicht schräg, stecke meine Hände in die Hosentasche und atme einmal tief durch, bevor ich sage: »Cillian McLean. Die Großstadt hat dir gutgetan.«

Für den Hauch einer Sekunde sehe ich, wie sich seine Augenbraue kurz hebt. Dann verzieht sich sein Mund zu einem Grinsen. »Wieso? Habe ich Falten bekommen?«

Ich schüttle den Kopf und versuche möglichst gleichgültig zu klingen. »Nein. Und ich wüsste auch nicht, seit wann Falten etwas Gutes sind. Du siehst erwachsen aus. Gereift.«

»Jetzt lässt du es klingen, als wäre ich eine sonnengereifte Tomate oder ähnliches.« Sein Mundwinkel zuckt. »Du siehst aus wie immer, Lizzie Gordon. Wunderschön.«

Nicht fair. Absolut nicht fair.« »Spar dir deine Komplimente für jemand anderen, Cillian. Bei mir bewirken sie nichts mehr.«
Okay, das ist gelogen.

Schnell spreche ich weiter: »Was tust du hier?«

Cillian verlagert sein Gewicht von einem Bein aufs andere und verschränkt die Arme. Dass sie sich dabei deutlich unter seinem Hemd abzeichnen, ist nicht sonderlich förderlich in dieser Situation.

»Das Gleiche könnte ich dich fragen. Bist du hier eingebrochen?« Er lässt seinen Blick an mir vorbei in Richtung des Besens wandern, der mir vor Schreck eben aus der Hand gefallen ist. »Wenn ich mich recht erinnern kann, ist das *The Sweet Spot* ein paar Meter die Straße entlang.«

Er schaut mich an und ich muss alles daransetzen, ihm nicht entweder eine zu scheuern oder vor Hingabe zu zergehen.

Ich spiegle seine Regung von gerade und verschränke meine Arme ebenfalls vor der Brust. Natürlich wirkt das bei mir eher wie eine Trotzreaktion, aber das ist mir gerade egal. Dann bin ich halt trotzig. Ich klinge auf jeden Fall bereits so.

»Nun, wenn du es genau wissen willst, mein Ofen ist kaputtgegangen und dein Bruder hilft mir aus der Patsche. Er lässt mich die Küche hier benutzen. Ich schaue sie mir gerade an, um morgen zu starten. Du hast mich bei meiner Inspektion gestört.«

Herrje, wieso plappere ich eigentlich so?

Cillians Antwort ist ein erneutes Grinsen. Ich drehe noch durch! Was ist an dieser Situation so lustig?

»Was gibt es da zu grinsen, Cillian?« Ich funkle ihn an und habe auf einmal das Gefühl, mich verteidigen zu müssen. Instinktiv recke ich das Kinn und bin mir sicher, ich wirke mit meinen ein Meter achtundsechzig wie ein kleiner Trotzkopf.

Cillians Reaktion fällt nüchtern aus: »Dann haben wir jetzt wohl ein Problem.«

Ich hasse das Wort »Problem«. Ich bin Team »Herausforderung«. Zumindest so lange, bis es um Cillian geht. Dann habe ich ein großes Problem.

»Wir? Wieso? Ich wüsste nicht, was Mr Big City Boy mit meinem Vorhaben, die Küche für eine Weile zu nutzen, für ein Problem haben sollte. Schließlich gehört das Gebäude deinem Bruder und nicht dir.«

Warum habe ich bloß das ungute Gefühl, dass gleich eine schreckliche Bombe platzen wird? In meiner Magengegend breitet sich ein unangenehmes Ziehen aus.

»Wir haben ein Problem, weil er mir die Küche zur Verfügung gestellt hat.«

Erschrocken horche ich auf und kann nicht glauben, was ich da höre. »Was? Wieso?«

Er lockert seine Arme und deutet im nächsten Moment um sich.

»Et voilà, du stehst höchstpersönlich in meinem neuen Restaurant.«

Ich versuche, mir nicht anmerken zu lassen, dass mich seine Äußerung völlig aus der Bahn wirft. Das muss ein schlechter Scherz sein.

Nein! Nein! Nein! Noch einmal macht er mir nicht alles kaputt.

Wie war das? Angriff ist die beste Verteidigung.

»Tja«, sage ich trotzig und schiebe meine Unterlippe ein Stück vor. »Dann haben nicht *wir* ein Problem, sondern *du*. Kieran hat mir vor knapp dreißig Minuten sein Okay gegeben. Aktueller geht es wohl nicht. Pech für dich.«

Erst jetzt wird mir klar, dass ich dichter an ihn herangetreten bin. Aber statt sauer zu werden, schmunzelt er und denkt anscheinend gar nicht daran, wieder Abstand zwischen uns aufzubauen.

»Du musst gar nicht so von oben auf mich herabschauen«, grummle ich und versuche den vertrauten Geruch zu ignorieren, der verführerisch in meine Nase dringt.

Cillian riecht noch genauso gut wie früher. Nach frischen Narzissen, Zedernholz und einer warmen Vanillenote. Selbstsicher. Mutig.

Verdammt!

»Lizzie, du vergisst, dass ich einen ganzen Kopf größer bin als du. Solange ich nicht vor dir auf die Knie falle, werde ich immer größer sein als du.«

»Das hast du bereits meisterlich bei einer anderen gemacht«, platzt es aus mir heraus. »Kein Grund, das zu wiederholen.« Innerlich verdrehe ich die Augen und schlage mir mit der flachen Hand vor die Stirn.

Meine Worte sind schneller raus, als ich denken kann, und noch bevor Cillian oder ich etwas sagen können, geht die Tür zum Restaurant auf und Mikayla und Kieran stürzen herein.

Rettung in letzter Sekunde. Wobei, sie wären besser mal zwei Minuten früher gekommen.

»Ai«, entfährt es Kieran, als er Cillian und mich so voreinander stehen sieht. Er fährt sich sichtlich verunsichert durchs Haar. »Wir kommen wohl doch ein wenig zu spät, Mikayla.«

Diese funkelt die Brüder böse an, bevor sie sagt: »Lizzie, wir gehen. Wir müssen noch alles in der Backstube zusammenpacken, damit du hier zeitnah starten kannst. Das kann sie doch, oder Kieran?«

Sie wirft ihm einen prüfenden Blick zu und selbst auf die Entfernung hin sehe ich, dass er schluckt. Dann nickt er, bevor er entschuldigend zu Cillian blickt und die Schultern hebt. »Das geht schon klar.«

Ich habe keine Ahnung, wie das irgendwie klargehen soll, aber für den Moment weiß ich nur eins: Ich muss hier raus!

Also schnappe ich mir mein Handy, das Gott sei Dank aufgehört hat, Weihnachtslieder abzuspielen, ziehe meinen Mantel an und lasse den Besen Besen sein. Den kann ich auch morgen noch aufheben. Dann nicke ich Cillian zu und laufe geschwind zu Mikayla. Bevor ich mich, ohne Cillian noch eines Blickes zu würdigen, an Kieran vorbeischiebe, funkle ich ihn an.

»Wir zwei haben noch ein Hühnchen miteinander zu rupfen. Ach, was sage ich Hühnchen. Drei Weihnachtsgänse und einen Truthahn. Dass dein Bruder zurück ist, hättest du mir sagen müssen!«

»Ich habe ihn gebeten, es nicht zu tun.« Cillians Stimme lässt eine Gänsehaut auf meinen Armen ausbreiten.

Weich. Wie Samt.

»Wie viele andere auch«, fährt er fort. »Ich wollte das selbst übernehmen. Lass deine Wut also bitte nicht an den Gänsen und Truthähnen aus, Lizzie. Das haben sie nicht verdient. Und Kieran auch nicht. Der wollte dir sofort erzählen, dass ich in Winter Haven bin.«

Ich atme tief ein, drehe mich aber nicht in die Richtung, aus der seine Stimme kommt, sondern nicke Kieran lediglich zu.

»Ach, und bevor ich es vergesse ...«

Was noch, Cillian? Was kann jetzt bitte noch kommen?

»Auf gute Nachbarschaft! Ich mag Ihre Weihnachtsdeko, Frau Nachbarin. Da hatten Sie schon immer ein Händchen für. Ich hoffe, es stört Sie nicht, dass ich auch ein bisschen geschmückt habe.«

4

»Nachbarin?« Wütend stapfe ich neben Mikayla die Straße herunter zum *The Sweet Spot*, über dem sich meine Wohnung befindet. »Ich muss in meinem letzten Leben ein furchtbar schlechter Mensch gewesen sein. Das darf doch wohl nicht wahr sein. Nachbarin?«, wiederhole ich mich.

Wenig später schließe ich die Tür zu meiner Wohnung auf. Natürlich kommt Mikayla noch mit zu mir. An Schlaf ist jetzt nicht zu denken und wie es beste Freundinnen eben tun, müssen wir diese Sache durchdiskutieren. Da Auri nicht da ist, weiß Mikayla hoffentlich, was ihr blüht.

»Nicht nur ist Cillian wieder in Winter Haven«, fluche ich, »er wohnt jetzt auch noch auf der anderen Straßenseite und meint, mich mit seiner Weihnachtsbeleuchtung ausstechen zu müssen. Wobei, nee! Wahrscheinlich will er, dass ich aufgrund der Lichter konstant zu seinem Haus herüber starren muss, damit ich mich bloß an die gute alte Zeit erinnere. Das kann er vergessen!«

Mikayla läuft hinter mir die Treppe hoch und lässt mich weiter schimpfen, ohne mich zu unterbrechen. Möglicherweise wartet sie auf den Moment, in dem erstmal das Gröbste raus ist. Doch der ist noch nicht gekommen.

O nein! Noch lange nicht. Nicht, wenn es um Cillian McLean geht.

»Der tolle, sagenhafte Cillian. Er war immer schon besser als ich. Besser als Winter Haven und überhaupt! Was will er hier?«

»Das ist eine gute Frage«, antwortet Mikayla.

Während ich meinen Mantel ausziehe, zückt sie ihr Handy. Kurze Zeit später erscheint Auri auf dem Bildschirm. Facetime sei Dank.

»Hallo, ihr zwei! Alles in Ordnung? Oder warum ruft ihr so spät noch an? Es ist mitten in der Woche! Was ist passiert?«

In wenigen Sätzen lässt Mikayla Auri wissen, was heute geschehen ist und natürlich schlägt sich diese sofort auf meine Seite. Ich liebe meine Freundinnen.

»Und wenn er sich auf den Kopf stellt. Du nutzt die Küche vom Restaurant. Lizzie, lass dich da nicht rausdrängen!«

»Den Teufel werde ich tun«, verkünde ich lauthals und denke nicht im Traum daran, Cillian den Gefallen zu tun.

»Meinst du, noch andere wussten bereits Bescheid, dass er zurück ist?«

Auris Frage kommt nicht völlig überraschend, denn wenn ich ehrlich bin, habe ich mir dazu auch schon Gedanken gemacht. Ich bin mir ziemlich sicher, dass meine beiden besten Freundinnen davon nichts wussten, für einige andere würde ich meine Hand jedoch nicht ins Feuer legen.

»Wenn ich es mir recht überlege, ja. Ich habe eben noch zu Mikayla gesagt, dass es in einem Ort wie Winter Haven nicht sein kann, dass niemand mitbekommen haben will, wer meine neuen Nachbarn sind.«

»Ich habe das Gefühl, als wollten sie dich vielleicht beschützen, Lizzie.« Mikayla schaut mich von der Seite an und ich werde hellhörig. »Jeder kennt eure Geschichte, kennt euch. Vielleicht wollte Cillian wirklich, dass er es dir persönlich und in Ruhe sagen kann.«

Mikaylas Worte setzen mir zu. Jeder kennt unsere Geschichte. Paaaah! Eine Geschichte, von der ich wünschte, sie wäre ein Märchen. Doch mehr als ein Albtraummärchen ist sie leider nicht.

Cillian McLean war alles für mich. Wie hätte ich mich auch nicht in Kierans drei Jahre älteren Bruder verlieben können? Er war nett, sah gut aus und als ich herausfand, dass er genau wie ich stundenlang in der Küche stehen konnte, war es um mich geschehen. Während andere in unserem Alter ins Kino gingen oder an den See fuhren, probierten wir, zur Belustigung unserer Familien, sämtliche Rezepte aus, die wir in die Hände bekamen und die uns zusagten. Kieran hatte irgendwann aufgegeben, Einsprüche gegen unsere innige Freundschaft zu erheben, und als Cillian ihm mitteilte, dass er sich in mich verliebt hatte, war das Einzige, das Kieran zu uns sagte: »Ich will euch nicht beim Sex erwischen.«

Sex mit Cillian war magisch. Er war gefühlvoll und nahm mir die Angst vorm ersten Mal. Während wir uns am Anfang noch langsam herantasteten, spürten wir wohl beide diese absolute Anziehung füreinander. Es hat nie wieder jemanden gegeben, bei dem ich mich habe so fallenlassen können wie bei ihm. Schlimmer noch, ich habe es bis heute nicht wirklich ablegen können, Männer, die ich kennenlerne, mit Cillian zu vergleichen, was eine dauerhafte Bindung schwierig macht.

Nach seinem Abschluss begann Cillian eine Lehre im Hotel von Tristans, Haydens und Dees Eltern. Schnell erkannte er, dass ihm das nicht reichte – er wollte mehr. So bewarb er sich auf einen der Plätze an der *Le Cordon Bleu London*, eine der erfolgreichsten Eliteschulen in der Gastronomie, und verließ kurze Zeit später Winter Haven. So eine Fernbeziehung war eine ganz schöne Mammutaufgabe, um nicht zu sagen Herausforderung für uns. Am Anfang versuchte Cillian noch alle zwei bis drei Wochen, zurück nach Hause zu kommen. Aber von Monat zu Monat wurde es seltener und ich blieb daheim, während er das Leben in London genoss und eine sagenhafte Ausbildung erhielt. Wenn er in Winter Haven war, erzählte er von Kursen im Food Styling, der Boulangerie oder Cake Decorating. Und natürlich wunderte es mich nicht, als er davon berichtete, dass er neben dem Diplome de Cuisine auch das Diplome de Patisserie erwerben wollte, um alles im Grand Diplome bündeln zu lassen. Dann vergaß er meinen Geburtstag. Etwas, was ihm in all den Jahren unserer Freundschaft nie passiert war. Heimlich weinte ich bittere Tränen, doch versicherte ihm Tage später am Telefon, dass es Schlimmeres gäbe und wir ja immerhin an Weihnachten wieder zusammen wären, wenn er heimkäme. Wie hätte ich wissen können, dass wir nie wieder gemeinsam Weihnachten feiern würden? Ende November vor nun mehr genau sieben Jahren verkündete er mir, dass es vorbei sei und er sich neu verliebt hätte. Meine Welt brach zusammen und es dauerte verdammt lange und brauchte viel Energie und Liebe meiner Freunde, bis ich wieder anfing, die Weihnachtszeit zu mögen. Ich begann eine Ausbildung als Konditorin in Winter Haven und schwor mir ein für alle Mal, mich nie wieder zu verlieben.

Natürlich funktionierte das nicht, aber auch wenn der ein oder andere nette Mann in mein Leben trat, keiner war wie Cillian.

»Was gedenkst du jetzt zu tun?«

Mikaylas Frage holt mich aus meinen Gedanken und ich zucke mit den Schultern. Wenn ich das wüsste.

»Was soll ich schon tun? Cillian hat schon einmal mein Leben komplett auf den Kopf gestellt und nahezu zerstört. Die Chance bekommt er kein zweites Mal. Auch ich bin erwachsen geworden und weiß, wer ich bin.«

So oft habe ich in den vergangenen Jahren in mich gehorcht und mich gefragt, ob es mich auch aus Winter Haven rausgezogen hätte. Cillian wollte in der weiten Welt Karriere machen und ging nach seiner Ausbildung in London nach Singapur und anschließend Sydney, um dann als Nächstes Station im *The Dorchester* in London zu machen. Aber ich war hier glücklich und zu keiner Zeit so rastlos, wie er es gewesen zu sein schien.

Auri schaut mich durch den Bildschirm des Handys prüfend an und fast sieht es so aus, als wolle sie etwas sagen, schweigt dann aber.

»Viel wichtiger ist jetzt wirklich, was ich machen kann. Ich habe überlegt, ob ich bei der Bank einen Kredit bekomme. Und so lange muss ich wohl oder übel mit ihm in der Küche stehen, beziehungsweise seine Gesellschaft ertragen und mitbekommen, wie er das Restaurant umbaut. Je schneller ich da weg bin, umso besser.«

»Wie teuer ist so ein Ofen?«, erkundigt sich Auri.

»Gute Frage. Wenn man etwas Vernünftiges haben will, muss man bei zehntausend Pfund anfangen.«

»Uuuh!« Mikayla stöhnt neben mir auf. »Da reicht das Geld vom Christmas Cookie Contest aber auch nicht aus. Da gibt es nur einen Bruchteil des Betrags. Und ich Naivchen dachte immer, damit hätten wir die Lösung für all deine Probleme.«

Auch wenn ich es eigentlich nicht will, lasse ich für einen kurzen Augenblick den Kopf hängen.

»Nein. Das Geld reicht nicht im Geringsten. Aber wenn ich den Gewinn nehme, meine Ersparnisse zusammenkratze und ein gutes Weihnachtsgeschäft habe, kann es funktionieren.

Dann darf aber wirklich nichts mehr passieren und die Sache mit dem Kredit muss irgendwie aufgehen. Und bevor jetzt eine von euch etwas sagt, und damit meine ich dich, Auri, ich werde mir kein Geld bei euch leihen. Weder von euch noch von Nathan oder sonst wem. Geld und Freundschaft vermischt man nicht. Ich versuche das mit dem Kredit.«

Neben mir räuspert sich Mikayla.

»Was?« Abwartend blicke ich sie an und rechne bereits damit, dass sie mir die Hoffnung auf die Unterstützung durch die Bank nehmen will.

»Hat sich eigentlich schon eine von euch Gedanken darüber gemacht, warum Cillian hier ist? Er will hier ein Restaurant eröffnen, obwohl er so einen tollen Posten in London hat? Irgendwas ist da doch gewaltig faul. Da könnt ihr mir sagen, was ihr wollt.«

»Zwei Doofe, ein Gedanke«, kommentiert Auri. »Ist er mit Frau und Kind in Winter Haven?«

Bei Auris Frage zucke ich unwillkürlich zusammen. Cillian ist verheiratet und der Tag, an dem ich von der Hochzeit erfuhr, weil Kieran mir davon erzählte, war einer der schlimmsten meines Lebens. Heimlich hatte ich immer gehofft, dass er irgendwann zu mir zurückkommen würde, und nur darauf bedacht, mich zurückzugewinnen. Aber er heiratete Jolie, eine wunderhübsche Französin, die er in der Londoner Restaurant-szene kennengelernt und für die er mich verlassen hatte. Es sollte noch schlimmer für mich kommen, denn kurze Zeit später war sie schwanger und ihre gemeinsame Tochter Eleni wurde geboren. So sehr ich mich für ihn freuen wollte, ich schaffte es nicht. Ich schämte mich, weil ich ihm das Glück nicht gönnte und schrecklich verletzt war, und löschte ihn endgültig auf meinen Social-Media-Kanälen und aus meinen Kontakten, weil ich es nicht riskieren wollte, Pärchen-Bilder zu sehen.

»Lizzie?«

Bei Auris erneuter Frage fühle ich mich ertappt. Schnell verdränge ich die Gedanken an früher und mache dem Ärger wieder Platz, mit dem ich definitiv besser klarkomme.

»Keine Ahnung«, erwidere ich genervt und könnte mich selbst dafür ohrfeigen, dass Cillian McLean nun schon seit mehr als einer Stunde dauerhaft in meinem Kopf herumspukt. Es ist ja nicht so, als hätte ich nicht verdammt lange daran gearbeitet, dass das nicht mehr passiert.

»Zuzutrauen ist ihm, dass er Frau und Kind allein in London zurückgelassen hat. Im Abhauen und Hängenlassen ist er ja ein ganz Großer. Das sollten wir nicht vergessen.«

Okay, das ist jetzt eindeutig die Frustration, die aus mir spricht, aber in einer Situation wie dieser sind solche starken Gefühle erlaubt. Finde ich zumindest.

»Du weißt, ich bin immer auf deiner Seite, Lizzie. Und wenn du willst, gehe ich jetzt rüber und zerstöre all seine Weihnachtsdekorationen. Aber vielleicht sollten wir kein vorschnelles Urteil fällen. So schwierig es auch ist. Ich kenne Cillian zwar nicht so gut wie du, aber vor London, vor dem ganzen Debakel, war er ein toller Kerl. Und es muss einen triftigen Grund geben, warum er wieder hier ist. Ich meine, man mag Winter Haven lieben, und Gott bewahre, ich will hier nicht weg, aber eine Karriere, wie er sie hat, wirft man nicht einfach so für seinen Heimatort weg. Zumindest kann ich mir das nicht vorstellen.«

»Um ehrlich zu sein, ist es mir total egal, was er hier macht. Wenn es nach mir geht, darf er ganz schnell wieder verschwinden.«

»Was er wahrscheinlich nicht tun wird.« Ich sehe, wie Auri mit den Schultern zuckt. »Tut mir leid, Lizzie, dass ich gerade nicht da bin, um dich zu drücken, aber ich bin mir sicher, die nächsten paar Tage wird Mikayla alles in ihrer Macht Stehende tun, um dich zu unterstützen.«

Neben mir nickt Mikayla heftig und wieder einmal merke

ich, wie dankbar ich für die zwei großartigen Frauen in meinem Leben bin.

»Danke. Ihr seid toll.« Ob ich will oder nicht, ich muss ein paar Tränen wegblinzeln, die sich in meinen Augenwinkeln sammeln. Hätte man mir heute Morgen gesagt, dass mein Tag so aus dem Ruder laufen würde, ich hätte es nicht für möglich gehalten. Wer rechnet denn auch mit zwei riesigen Desastern am Tag?

Mikayla schlingt beide Arme um mich und drückt mich fest.

»Morgen helfen Brandon und ich dir erstmal, das Wichtigste zusammenzupacken, damit du für deine Backsessions ins Restaurant ziehen kannst. Ich muss morgens nur eben schnell in den Brautladen und Naomi Bescheid geben, dass sie ein paar Stunden allein zurechtkommen muss. Aber das ist kein Problem. Ich habe keinen Anprobetermin im Kalender stehen, daher kannst du dann den Rest des Tages über mich verfügen. Und Brandon habe ich bereits gesagt, dass er sich erst gar nichts anderes vornehmen soll.«

»Der Arme«, antworte ich lachend und bin in diesem Moment einfach nur erleichtert, so tolle Freunde zu haben.

»Polly übernimmt den Verkauf im *The Sweet Spot*?«

»Macht sie«, erwidere ich und nicke Mikayla zu. »Ich bin froh, dass ich sie seit einem Jahr mit im Team habe und nicht dauerhaft den Cafébetrieb und die ganze Backerei allein stemmen muss.«

»Es ist ja nicht so, als hätten wir dir das nicht von Anfang an gesagt, als du das Café eröffnet hast.« Auri lacht und für einen kurzen Moment muss ich sogar mitlachen. Wie wahnsinnig gut das tut.

»Ich muss jetzt auflegen«, sagt sie Augenblicke später und sieht aus, als hätte sie auf einmal ein fürchterlich schlechtes Gewissen. »Nathan und ich gehen morgen früh mit Penny frühstücken und ich habe die letzten zwei Nächte schon so schlecht geschlafen, dass ich dringend ein paar Stunden Schlaf nachholen muss. Wenn was ist, ruf mich morgen an, Lizzie. Okay?«

»Mache ich.« Ich winke ihr zu. »Danke fürs Zuhören und grüß Nathan. Wird Zeit, dass ihr wiederkommt!«

»Nur noch ein paar Tage«, erwidert Auri, verabschiedet sich und beendet den Videoanruf.

»So, und du gehst jetzt auch nach Hause«, sage ich und wende mich an Mikayla, die gerade dabei ist, ihr Handy wieder in ihrer Tasche zu verstauen. »Keine Widerrede. Mir geht es gut. Ich verspreche, heute Nacht keine Voodoo Puppen zu basteln, die Ähnlichkeit mit Cillian haben. Und ich werde auch nicht rübergehen und seine Weihnachtsdeko abreißen. Du wirst das auch nicht tun, Mikayla. Verstanden?«

Sie zwinkert mir zu und schaut herrlich unschuldig drein.

»Verstanden. Dann schlaf mal, so gut es geht, und wir sehen uns morgen früh.«

Sie drückt mich an sich und schaut mir danach tief in die Augen. »Du bist toll, Lizzie. Du bist einzigartig. Und jeder, der meint, das nicht sehen zu müssen, gehört dahin, wo der Pfeffer wächst.«

Bei ihrem Kommentar muss ich schmunzeln. »Weißt du überhaupt, wo das ist?«

»Wo was ist?«

»Na, wo der Pfeffer wächst.«

»Keine Ahnung. Hoffentlich weit weg.« Sie zuckt mit den Schultern.

»Südindien. Alternativ auch Indonesien, Vietnam, China, Sri Lanka und Brasilien. Such dir was aus.«

»Wunderbar. Alles weit von Winter Haven entfernt. Optimal. Grandiose Aussichten für ein Cillian-freies Leben.«

Auch wenn ich weiß, dass sie mich damit beruhigen oder gar auf andere Gedanken bringen will, ahne ich, dass selbst die größte Entfernung es nicht schaffen würde, Cillian aus meinem

Kopf zu bekommen. Selbst als er am anderen Ende der Welt war, weit von mir entfernt, hat er nie wirklich mein Herz verlassen. Aber das kann ich Mikayla nicht sagen. Sie würde es nicht verstehen. Herrje, ich verstehe mich ja selbst nicht.

Cillian McLean ist zurück.

Liebes Herz, pass auf dich auf.

5

Keine Ahnung, ob sich Cillian dazu entschieden hat, mir bewusst nicht über den Weg zu laufen, aber tatsächlich taucht er am nächsten Tag nicht ein einziges Mal im Restaurant auf, während ich dort alles auf Vordermann bringe und gefühlt dreißig Mal durchwische. Genauso wenig steckt er seinen Kopf in die Backstube, in der Mikayla und ich eine ganze Weile damit beschäftigt sind, wichtige Zutaten, Töpfe, Backformen und weiteres Zubehör zusammenzupacken, um alles rüber in meine Notbackstation zu bringen. Ich bin Kieran so dankbar, dass er den Kühlschrank und die Öfen nicht weggegeben hat, sodass ich mir auch um die frischen Zutaten keine Sorgen machen muss.

Brandon ist zusammen mit Tristan im *The Sweet Spot* gewesen, um aus meiner Backstube den alten Ofen abzuholen. Irgendwie war mir klar, dass er mir nicht zutraut, dass ich ihn ausgeschaltet lasse.

Okay, ich will Cillian nicht begegnen müssen, aber so lebensmüde bin ich dann doch nicht.

Wie kann es auch anders sein, sprechen mich den ganzen

Vormittag Leute auf meinen neuen Nachbarn an. Und o Überraschung, natürlich wissen alle, wer das ist. Auch meine Nan, wie sich just in dem Moment herausstellt, als sie in die Backstube kommt, um nach dem Rechten zu sehen.

Natürlich hat es sich wie ein Lauffeuer herumgesprochen, was passiert ist, und dass ich einen Umzug auf Zeit vorantreibe.

»Seid ihr fleißig, Mädels? Braucht ihr was? Kann ich euch etwas zu essen bringen?«

»Nein danke, Fiona«, ruft Mikayla ihr zu, während diese bereits dabei ist, auf mich zuzusteuern und mich in die Arme zu nehmen. Sehr verdächtig, denn auch ihre Umarmung fällt fester aus als sonst. Kurz wechsle ich einen Blick mit Mikayla, der mir verrät, dass sie das Gleiche wie ich vermutet. Dann zwinkert sie mir zu und tut für die nächsten Minuten sehr geschäftig.

»Wie gehts dir, Kindchen?«

Oh! Ich ahne, worauf sie anspielt und blicke ihr direkt in die Augen, nachdem ich mich aus ihren Armen befreit habe. Als könnte sie kein Wässerchen trüben, lächelt sie mich an.

»Ernsthaft, Nan? Du wusstest, dass Cillian zurück ist und hast mir nichts erzählt?«

Sofort ändert sich ihr Ausdruck und sie wirkt tatsächlich ein bisschen verlegen. Auch wenn es nur für den Hauch einer Sekunde ist. War meine Vermutung also richtig.

»Okaaaaay. Ich weiß es seit ein paar Tagen von Alice. Was hat mich jetzt verraten?«

Ich fuchtele mit kreisenden Handbewegungen vor ihrem Gesicht herum und schüttle dabei den Kopf. »Das! Alles!«

Sie verzieht den Mund und hebt die Schultern.

»Du musst jetzt gar nicht so unschuldig tun. Meine eigene Nan fällt mir in den Rücken.«

»Tut sie nicht«, antwortet sie prompt und stemmt dabei ihre Hände in die Hüften. Trotzig verzieht sie den Mund und ich kann nicht anders, als zu lachen.

Wie ich die kleine Frau vor mir liebe. Auch wenn das Rot ihrer Haare inzwischen zu verblasstem Kupfer mit silberweißen Strähnen geworden ist, das Strahlen ihrer Augen ist funkelnd wie eh und je und ihr Witz unschlagbar. Dass sie schon immer ganz groß in Sachen Mimik war, steht außer Frage.

»Ernsthaft, Nan, wir reden hier von Cillian. Ich hätte definitiv eine Vorwarnung gebraucht.«

»Und was hätte das gebracht? Wärest du abgehauen? Hättest du das Haus der Randalls angezündet? Das Restaurant abgefackelt, damit Cillian das nicht haben kann?«

»Du tust ja so, als wäre ich eine Brandstifterin.«

Kommentarlos deutet sie auf die Stelle in der Backstube, an der noch vor Kurzem der Ofen gestanden hat, und hebt eine Augenbraue.

»Nicht witzig«, brumme ich und verziehe den Mund auf die gleiche Art wie sie eben.

»Bestimmt hat Cillians Rückkehr einen Grund. Außerdem hat jeder eine zweite Chance verdient. Denk einfach ein bisschen positiv.«

Pfff, bei Cillian McLean kann ich alles - nur nicht positiv denken. Aber ich verkneife mir den Satz, denn es bringt nichts, mit meiner Großmutter zu diskutieren. Fiona Seagull hat einen Dickkopf, wie er im Buche steht. Typisch eben für eine waschechte Schottin. Ich weiß das so genau, weil meiner nicht weniger schlimm ist.

»So lieb ich dich auch habe, ich habe keinen Kopf für diesen Kerl«, sage ich und fasse meine Nan zärtlich an die Schultern. »Und auch wenn ich dich liebend gern um mich habe, Mikayla und ich müssen hier fertig werden. Ich will nachher noch einmal im Restaurant alles final saubermachen und zurechtlegen. Zu lange ohne frisches Gebäck halten weder ich noch die Bewohner von Winter Haven aus. Außerdem gibt es da so einen

Buchclub, der auch noch Sonderwünsche hat.« Ich zwinkere ihr zu und drücke ihr einen Kuss auf die Wange.

»Ich bin mir sicher, Maeve und Ann sind gespannt darauf, was du ihnen berichtest. Ihr trefft euch doch sicherlich gleich, oder?«

Nan nickt, hakt aber im gleichen Augenblick nach: »Berichtest? Von was?«

Als würde ich ihr die Unschuldsnummer jetzt noch abnehmen. Sie und ihre besten Freundinnen haben es faustdick hinter den Ohren. Natürlich sind alle neugierig, wie es mir wegen Cillian McLeans Rückkehr geht.

»Davon, wie ich reagiert habe, als das Thema ›Cillian‹ zur Sprache kam.«

»Du tust ja gerade so, als würden wir immer nur über so etwas reden.«

»Tut ihr doch auch. Wie war gleich noch einmal euer Name? Chatty Squad?«

»Ach, Humbug.« Sie winkt ab. »Dass die Leute auch immer so übertreiben müssen. Wir stellen nur fest. Gern und oft.«

»Oder so«, kommentiert Mikayla, die sich während des Gesprächs zurückgehalten hat, nun das Ganze und legt ihren Arm um meine Nan. »Lass mich raten, meine eigene Nan ist die Schlimmste?«

»Maeve? Aber sowas von!« Meine Großmutter grinst und genau für diese Momente bin ich glücklich darüber, dass wir Mädels so ein gutes Verhältnis zu unseren Großmüttern haben. Alle drei werden in Winter Haven geliebt. Vielleicht auch gerade deshalb, *weil* ihnen nichts entgeht. Lassen wir das so stehen.

»Euer Glück liegt uns halt immer am Herzen. Außerdem muss ich euch an Auri erinnern. Da hat unser Tipp auch wunderbar funktioniert. Manchmal sollte man einfach auf uns älteren Frauen hören. Wir haben eindeutig mehr Erfahrung als ihr jungen Hühner.«

»Junge Hühner, ich muss doch sehr bitten«, erwidert Mikayla und tätschelt ihr den Arm. »So jung sind wir auch nicht mehr. Wir gehen mit großen Schritten auf die Dreißig zu. Wir haben alle nur noch knapp drei Jahre.«

»Umso wichtiger ist es, dass auch ihr beiden bald auf den richtigen Weg gelangt. Bei Auri müssen wir uns jetzt keine Sorgen mehr machen. Wenn ich nicht völlig daneben liege, wird Nathan nicht mehr lang warten, sie zu seiner Frau zu machen. Und auch du wirst noch jemanden finden, der dich vergöttert.«

Mikaylas Reaktion fällt recht einfach aus: Sie verdreht die Augen. »Mir geht es auch allein sehr gut. Und ganz abgesehen davon glaube ich, mein Traummann muss erst noch gebacken werden.«

Meine Nan lacht und deutet auf mich. »Na, dann kannst du ja froh sein, dass Lizzie so geschickt in der Backstube ist.«

»Wie kommt es eigentlich, dass du deiner Enkelin nicht auch diesen Tipp mit dem Backen gibst?«, will Mikayla wissen und legt ihren Kopf leicht schief, während sie meine Großmutter abwartend anblickt.

»Ganz einfach: Weil sie den nicht mehr backen muss. Aber auf mich will ja keiner hören!«

»Zeit zu gehen, Nan!«, rufe ich, bevor dieses Thema noch in epischer Breite ausdiskutiert wird. Denn ich habe keine Lust, mir von ihr sagen zu lassen, wie toll Cillian doch ist. Allein ihr Gerede von einer zweiten Chance ist mehr als unangebracht. Sie müsste doch genau wissen, wie es mir mit seiner Rückkehr gehen muss. Schließlich hat sie mich damals erlebt.

Ich lege meine Hände auf ihre Schultern und schiebe sie in Richtung Ausgang. »Wir müssen was tun und so lieb ich dich auch habe, wenn du hier bist, schaffen wir nichts!«

Statt sich zu beschweren, grinst sie, was aber auch daran liegen könnte, dass Mikayla sie spontan fest an sich zieht und ihr nicht sonderlich leise zuflüstert: »Es ist noch ein bisschen früh für dieses Thema. Gib ihr Zeit.«

Ich funkle meine Freundin an, die sofort abwehrend die Hände hebt. »Ist ja schon gut. Dann backen wir eben zwei Traummänner.«

Damit ist die Diskussion beendet und meine Großmutter verabschiedet sich winkend und wie immer gut gelaunt durch die Tür.

Mikayla und ich werkeln noch eine Weile in der Backstube, bevor sie sich ebenfalls entschuldigt und geht, weil sie noch ein wichtiges Telefongespräch mit einem Lieferanten hat.

Ich packe die letzten Sachen zusammen und mache mich auf den Weg rüber in meine Ersatzwirkungsstelle. Dort angekommen, schaue ich mich im Raum um und bin erleichtert. Das Gröbste ist geschafft. Jetzt noch ein finales Mal wischen und alles desinfizieren, dann kann es losgehen. Doch erstmal habe auch ich mir eine kleine Pause zum Durchatmen verdient.

Ich stütze die Hände auf die Arbeitsfläche und hieve mich hoch. Dann lasse ich die Beine baumeln und schließe die Augen. Ich lege meinen Kopf in den Nacken und atme ein paar Mal tief ein und aus. Herrlich, diese Ruhe.

Immer wieder kreisen mir Gedanken durch den Kopf, warum Cillian hier ist. Warum er zurück ist. Ich bin mir sicher, durch meine Anwesenheit verschiebt sich so einiges in seiner Zeitplanung, aber das kann mir herzlich egal sein. Ich kann nur hoffen, dass er jetzt nicht jeden Tag hier rumgeistert, sonst wird die nächste Zeit eine Qual. Vielleicht würde ich es hinbekommen, immer nur morgens in der Früh hier zu sein, dann könnte ich danach alles ins *The Sweet Spot* transportieren und für den Rest des Tages im Café arbeiten. Knapp zehn Sekunden, nachdem mir die Idee gekommen ist, verwerfe ich sie wieder. Meine To-do-Liste für diesen Monat ist so lang, dass ich höchstwahrscheinlich eher rund um die Uhr zwischen Milch, Mehl und Eiern verbringen werde, während Polly sich allein um das Café kümmern wird. Ich muss einfach ehrlich bleiben und mir parallel dazu ein verdammt dickes Fell zulegen. Denn selbst wenn er hier heute nicht auftaucht, heißt das noch lange nicht, dass das in den nächsten Wochen bis Weihnachten auch so sein wird. Wir haben noch nicht einmal Dezember und die nächsten knapp vier Wochen wartet eine Menge an Arbeit auf mich. Vielleicht sollte ich doch Lotto spielen. Diese Option halte ich mir offen, wenn die Bank mir einen Kredit verwehrt. Aber wie heißt es so schön? Die Hoffnung stirbt zuletzt.

Nach einer Weile öffne ich meine Augen wieder und lasse den Blick erneut durch den Raum schweifen. Dann bleibt er am großen Kühlschrank in der Ecke haften.

Was ist das? Das kann doch nicht ... Hängt da ein Zettel dran? Wie ist der denn dahin gekommen?

Obwohl ich die Antwort bereits kenne, springe ich von der Arbeitsfläche und gehe die paar Schritte auf den Kühlschrank zu. Ohne Zweifel - es ist eine Notiz von Cillian. Seine Handschrift erkenne ich auch nach Jahren noch. Sie ist ein bisschen erwachsener und reifer geworden. Wie alles an ihm. Dynamisch und ausgeprägt. Ich löse die Notiz, die mit Kreppband befestigt ist. »Statt Brot und Salz« steht darauf. Irritiert lese ich die vier Worte erneut. Dann öffne ich den Kühlschrank und traue meinen Augen nicht.

Cillian muss genau den Moment abgepasst haben, als Mikayla und ich die letzte Tour zum *The Sweet Spot* gemacht haben. Denn eben, als ich das Restaurant verlassen habe, klebte noch nichts am Kühlschrank.

Jetzt sind die Zutaten, die ich bereits eingeräumt hatte, auf Augenhöhe etwas zur Seite geräumt und in der Mitte, direkt vor mir, steht eine weiße Schale. Auch ohne genau hinzusehen, erkenne ich sofort, was sich darin befindet: Gekühlte Tomatensuppe aus ofengerösteten Tomaten.

Ich schlucke und bin froh, dass ich gerade allein bin, denn mich durchströmt ein Schwall Emotionen, die ich kaum kontrollieren kann.

Es ist ein Sommerrezept, das eigentlich nicht im Geringsten zu dieser Jahreszeit passt. Aber es ist das Rezept, das Cillian und ich bei unserem ersten Date zusammen gekocht haben. Wir waren mächtig stolz darauf und auch wenn die Suppe weit weniger gut schmeckte, als wir gehofft hatten, war sie besonders.

Er hat sich erinnert. Cillian hat sich daran erinnert.

Und ich weiß nicht, was ich jetzt denken soll, verdammt noch mal! Ein Teil von mir will die Suppe gegen seine Hauswand werfen, was sicherlich eine besondere Form der Weihnachtsdekoration bedeuten würde, der andere Teil lässt auf einmal Gefühle zu, die mir zum Verhängnis werden können.

Mit zittrigen Händen hebe ich die Schale aus dem Kühlschrank. Ob ich will oder nicht, ich schmunzle. Diese Suppe hat nichts mehr mit unserem kläglichen Anfängerversuch zu tun. Diese hier trägt die Handschrift eines Profikochs.

Durch das Rösten der Tomaten im Backofen hat die Suppe wunderbare Aromen bekommen. Ich rieche die frischen Kräuter und das Chili. Cillian muss die Suppe am Ende durch ein Sieb gestrichen haben, denn sie ist herrlich samtig, was ich sofort bemerke, als ich den Löffel eintauche, den Cillian dazugelegt hat.

Ich seufze und gebe mich geschlagen, denn tatsächlich habe ich heute den ganzen Tag noch nichts gegessen und mein Magen knurrt fürchterlich. Als der erste Löffel Suppe in meinem Mund verschwindet, kann ich mich gerade noch beherrschen, nicht laut aufzustöhnen.

Himmel! Schmeckt die gut.

Mensch, Lizzie! Reiß dich zusammen! Es ist nur eine kalte Suppe.

Aber sie ist von Cillian und ich schmecke nicht nur die

Tomaten, ich schmecke Erinnerungen. Schmecke so viel mehr. Schmecke uns. Momente unglaublicher Nähe und Verbundenheit. Vertrauen. Zärtlichkeit. Unfassbaren Kummer.

Verdammt! Das hier ist nicht fair. Wenn er glaubt, mich mit einer Schüssel kalter Suppe besänftigen zu können, hat er sich geirrt. Da hilft auch kein ganzer Tankcontainer Suppe, um mich den Schmerz vergessen zu lassen, den ich damals wegen seines Weggangs gefühlt habe.

Statt um Vergebung zu betteln, stellt er mir eine gottverdammte kalte Suppe in den Kühlschrank. Eine kalte Suppe! Im Winter! Wer macht denn sowas?

Grrrrr ... Und ich musste sie auch noch essen und kurz einen Geschmacksorgasmus erleben.

Blöd, Lizzie! So verdammt blöd!

Rasch löffle ich die Schale aus, verdränge sämtliche Gaumenfreuden und spüle sie anschließend samt dem Löffel ab.

Da ich annehme, dass das eine Schüssel von ihm daheim ist, stelle ich sie anschließend im Gastraum auf den abgedeckten Tisch direkt neben der Eingangstür. Dann schaue ich mich ein letztes Mal um.

Vor meinem inneren Auge sehe ich, wie Cillian diesen Ort zu einem Restaurant mit wunderbarem Ambiente verwandeln wird. Ich spüre es. Und es ist genau das, was das beklemmende Gefühl in meiner Brust wachsen lässt. Cillian ist zurück. Zurück, um zu bleiben.

6

Weihnachtsmusik dringt durch die improvisierte neue Backstube und der Duft von frischem Christstollen strömt durch das Restaurant, das, außer der Küche, im Dunkeln liegt. Ein Piepen signalisiert mir, dass meine erste Ladung Plätzchen fertig ist, und so öffne ich den Backofen. Sofort entsteigt ihm ein Schwall aus Dampf und füllt den Raum. Ich ziehe ein langes Blech hervor und lege es sicher auf der Arbeitsfläche ab, bevor ich den Arbeitsschritt noch zwei weitere Male wiederhole.

Der heutige Tag hat es in sich, denn vor mir liegen noch vier weitere Köstlichkeiten, die darauf warten, gebacken zu werden. Jetzt aber ist erstmal ein Blech Red Velvet Cookies dran, die meine Kunden immer wieder aufs Neue fordern, seit ich mit ihnen vor zwei Jahren den Christmas Cookie Contest gewonnen habe. Besonders hat wohl meine Variante mit der Geschmackkombination von Vanille und Schokolade mit einer leicht säuerlichen Note gefallen. Auch ich mag die buttrig-zarten Cookies, die einfach perfekt zu Weihnachten sind. Warum auch immer, sie wecken in mir eine ganz wunderbar gemütliche Stimmung an kalten, frostigen Tagen.

Bei den Kunden sind sie nicht nur wegen ihres Geschmacks beliebt. Vor allem die Kinder mögen den Knittereffekt, der dadurch entsteht, dass die Teigkugeln in Puderzucker gewälzt werden, sodass sich, wenn die Plätzchen anschließend im Backofen aufgehen und größer werden, Risse bilden.

Ich hole eine Schüssel hervor und siebe nacheinander Mehl, Kakao, Natron, Backpulver und Salz ineinander. In einer anderen Schüssel schlage ich anschließend Butter und Kristallzucker schaumig. Dann gebe ich die Eier hinzu und im Anschluss noch Vanille, rote Lebensmittelfarbe und ein bisschen Essig. Dann kommt die trockene Mehlmischung hinein und wird gerührt, bis die Masse gut vermischt ist. Anschließend landet der Teig für mindestens zwei Stunden im Kühlschrank.

Wie froh ich bin, dass ich gestern Abend bereits weitere Teige zubereitet habe, damit ich gleich anfangen kann.

Nach und nach forme ich aus der Masse Kugeln, die ich anschließend in Puderzucker wälze und auf zwei großen Backblechen verteile. Anschließend können sie auch schon in den Ofen. Herrlich einfach und im Nachhinein wunderbar anzusehen.

Ich bereite noch ein weiteres Blech vor, dieses Mal stecke ich kleine Stücke aus weißer Schokolade in den Teig.

Da ich gerade eh schon mit Lebensmittelfarbe hantiere, entscheide ich mich für ein weiteres Blech mit Christmas Rainbow Cookies. Wenn ich diese in die Auslage im Schaufenster lege, bleiben vor allem die Kinder begeistert davor stehen. Die drei unterschiedlich farbigen Teigschichten werden mit Feigenmarmelade zusammengehalten und mit einer dicken Schokoladenglasur verziert.

Ich bin in meinem Element und bemerke gar nicht, wie die

Zeit vergeht. Ich liebe einfach, was ich tue, und vor allem zur Weihnachtszeit macht alles noch mehr Spaß.

Zwar bin ich dankbar, dass ich die Küche hier nutzen kann, jedoch vermisse ich meine Backstube jetzt schon. Sie ist nicht so groß wie die Küche im Restaurant, aber die Fenster erlauben mir jederzeit einen direkten Blick nach draußen. Das ist besonders schön, wenn es schneit. Hier sind die Fenster ein ganzes Stück von meinem Arbeitsbereich weg.

Na ja, okay. Ich werde es überleben.

»Du hast Mehl auf der Stirn.«

Ich zucke zusammen, als Cillians warme Stimme plötzlich durch den Raum dringt. Kurz schreie ich erschrocken auf und mache dabei einen Sprung zur Seite. Mein Herz setzt einen Schlag aus und hämmert dann weiter. Cillian scheint nichts anderes einzufallen, als zu grinsen. Gut, dass ich gerade in diesem Moment kein Blech oder eine Schüssel in der Hand hatte. Die wäre nämlich im hohen Bogen geflogen. Bevorzugt an seinen Kopf.

»Himmel! Cillian! Erschreck mich doch nicht so!«

Was muss er sich auch so heranschleichen.

Jetzt lacht der Idiot auch noch!

Sichtlich unbeeindruckt von meiner Reaktion verschränkt er seine Arme und lehnt sich gegen den Rahmen des langgezogenen Tresens, der die Küche von dem Rest des Restaurants teilt. Es ist so konzipiert, dass die Gäste einen Blick auf die offene Küche haben, und somit hat er mich auch schon eine Weile beobachten können, ohne dass ich es mitbekommen habe. Ganz wunderbar. Wahrscheinlich hat er auch gehört, wie schrecklich schief ich mit Michael Bublé im Duett gesungen habe.

»Entschuldige. Ich habe nicht damit gerechnet, dass du mich überhaupt nicht hörst. Ich habe mich geräuspert und dich bereits gerufen. Aber die Weihnachtsmusik und dein allgemeiner Backelan scheinen alles andere ausgeblendet zu haben.«

Ich wische mir das Mehl von der Stirn und hoffe, es dadurch nicht schlimmer zu machen. Dann lasse ich meinen Blick kurz an ihm auf- und abwandern und weiß sofort, dass das ein gewaltiger Fehler war.

Einmal mehr fällt mir sein sportlicher Körper auf und da ich weiß, wie Cillian unter seiner Kleidung aussieht, macht es das nicht sonderlich einfacher, meinem Puls zu kontrollieren. Er hat schon immer die Meinung vertreten, dass man für einen körperlich anspruchsvollen Job in der Küche, der einem viel abverlangt, topfit sein muss. Er sieht gut aus. Verdammt gut.

Vor allem in seiner dunkelgrauen Hose und dem schwarzen Rollkragenpullover. Wie kommt es eigentlich, dass ich Männer mit Rollkragenpullover immer sexy finde? Besonders, wenn sie dann auch noch so markant und anziehend wie Cillian aussehen?

Er trägt seinen Bart inzwischen ein bisschen länger als damals und ich muss sagen, es steht ihm. Sein Haar ist voll. Das hat er wohl den guten Genen seines Vaters zu verdanken, denn der ist zwar inzwischen bereits grau, aber kahle Stellen sucht man bei ihm vergeblich. Ich spüre, dass seine Augen mich beobachten, die mich immer an wunderschöne Kastanien erinnern. Doch eine Sache irritiert mich.

Fast wirkt es so, als sei Cillian unsicher. Ich muss mir das einbilden. Definitiv. Ein unsicherer Cillian existiert nicht. Das passt ungefähr so gut zusammen wie kalte Tomatensuppe im Winter. Oder schlimmer: Leberwurst auf Croissants.

Wie witzig ich doch sein kann.

»Wäre das okay für dich, wenn ich auch ein bisschen hier arbeite? Ich muss mich auf die Gespräche wegen der Einrichtung vorbereiten.«

Fragt er mich wirklich gerade, ob er in seinem eigenen Restaurant arbeiten kann? Also, ich meine, im Restaurant seines Bruders, aber wer schaut schon aufs Kleingedruckte?

Jetzt oder nie, Lizzie.

Komm cool rüber.

Dir ist es völlig egal, dass er hier ist.

Völlig wurscht, dass er meint, sich in Winter Haven wieder breit machen zu müssen.

Du hast auch nicht seit drei Minuten, in denen er da angelehnt steht und so gut aussieht, das Verlangen zu testen, ob sich sein Rollkragenpullover so weich anfühlt, wie er aussieht.

Schnell räuspere ich mich und winke ab.

Sollten sie neue Darsteller für das Krippenspiel brauchen, ich wäre die perfekte Besetzung. Schauspielern kann ich.

»Tu dir keinen Zwang an. Das Restaurant ist groß genug, dass wir uns nicht in die Quere kommen. Oder musst du für die Planungen auch in die Küche?«

Abwartend ziehe ich eine Augenbraue hoch und warte auf Cillians Antwort.

Er schüttelt den Kopf. »Nein. Das kann ich machen, wenn du nicht da bist. Außerdem habe ich mein Küchensetup ziemlich verinnerlicht und weiß, was ich wie haben will.«

»Ich verstehe. Dann ist alles gut.«

»Ist es das, Lizzie?«

Ernsthaft? Will Cillian wirklich, dass ich hier die Nerven verliere?

Ich hatte mich so gut unter Kontrolle. Idiot!

Schnell verkneife ich mir ein Nein und verschränke stattdessen die Arme. Cillian kann mich mal kreuzweise. Er kann lange darauf warten, dass ich ihm sage, wie sehr er mir gefehlt hat. Nicht, dass er jemals danach gefragt hätte.

»Natürlich, alles ganz wunderbar. Auch wenn ich bei diesen Temperaturen eine warme Suppe definitiv bevorzugt hätte. Ich habe dir deine Schüssel samt Löffel dort drüben hingestellt. Kannst du also später mit nach Hause nehmen. Wenn du mich jetzt entschuldigst, ich muss wieder an die Arbeit.«

Mit diesen Worten wende ich mich von ihm ab und widme mich wieder meinem Teig, der bereits darauf wartet, weiter verarbeitet zu werden. Könnte sein, dass ich an dem gleich meinen Frust auslasse und ihn länger als nötig knete.

»Kein Problem.« Cillian stößt ein Seufzen aus, das ich geflissentlich ignoriere.

Augenblicke später sehe ich aus den Augenwinkeln - offene Küche sei Dank - wie er die großen Stofflaken vom Mobiliar zieht und an einem der Tische Platz nimmt. Er breitet Unterlagen aus und beginnt mit seiner Arbeit.

Es fällt mir schwer, mich von dem Anblick zu lösen, aber es nützt ja alles nichts. Wenn ich mit meiner Arbeit fertig werden will, dann muss ich was tun.

Als Nächstes stehen meine Orangen-Kardamom-Plätzchen mit Frischkäse-Frosting auf dem Programm. Damit bin ich erstmal eine Weile abgelenkt und das ist definitiv von Vorteil.

Obwohl ich nicht konstant zu ihm herüber starre, spüre ich, dass Cillian immer mal wieder zu mir schaut. Was bin ich froh, dass er auf diese Entfernung nicht sehen kann, dass mir jedes Mal die Luft wegbleibt, wenn er sich auf mich konzentriert. Zumindest hoffe ich das. Was er wohl gerade denkt? Ob er es verflucht, dass wir hier gemeinsam so etwas wie Co-Working betreiben müssen?

Ich seufze leise und konzentriere mich wieder auf meine Plätzchen, die darauf warten, verziert zu werden. Wenn ich Glück habe, beruhigt sich auch mein rasender Puls gleich wieder, denn sonst ist an gerade Linien bei den Verzierungen nicht zu denken und das Frosting hat mehr Ähnlichkeit mit einem Kothaufen als mit einer sauberen runden Fläche.

»Daaaaadddyyyyy!«

Abrupt halte ich in meiner Arbeit inne, als plötzlich die Stimme eines Kindes durch den Raum schallt. Wo kommt das denn auf einmal her?

Daddy?

Meine Gedanken rasen und auf einmal wird mir klar, was hier gerade passiert.

Daddy!

Rasch blicke ich auf und sehe einen kleinen Wirbelwind auf Cillian zustürmen, der von seinem Stuhl aufgestanden ist und die Arme ausbreitet. Dabei strahlt er über das ganze Gesicht.

Sofort entscheiden meine Eierstöcke, sich zu Wort zu melden.

Klappe da unten!

Das kleine Mädchen springt in Cillians Arme und der wirbelt sie lachend einmal im Kreis herum, bevor er sie fest an sich drückt und ihr einen Kuss auf die Wange gibt. Dabei quietscht die Kleine und schlingt im nächsten Moment ihre Arme um seinen Hals.

»Na, Pumpkin? Bist du deiner Oma davongelaufen?«

»Oooooo Daddy, ich bin doch kein Kürbis!«

Sie presst sich die Hände vors Gesicht und schüttelt den Kopf.

Himmel, ist das süß.

»Wäre es dir lieber, wenn ich dich Tomate nenne?«

Wieder wirft sie ihren Kopf lachend hin und her. »Ich heiße Eleni, Daddy!«

O mein Gott, was macht Cillians Tochter hier? Wenn sie hier ist, ist seine Frau dann auch in Winter Haven? Bitte nicht! Liebes Universum, ich verkrafte das nicht, wenn sie als Familie zusammen in die schottischen Highlands gezogen sind. Bitte, tu mir das nicht an.

»Das weiß ich, mein Schatz. Und wo ist deine Oma jetzt?«

Oma? Ich blicke in Richtung Tür, in der ich Alice McLean erkenne, Cillians Mutter. In ihren Händen hält sie etwas, das verdächtig nach einer Kinderjacke aussieht, und sie strahlt über das ganze Gesicht. Sie geht mit einem breiten Grinsen auf ihren

Sohn zu, der seine Tochter immer noch auf dem Arm hält. Wenn mich nicht alles täuscht und ich in meiner Panik richtig rechne, dürfte die Kleine noch keine fünf Jahre alt sein.

»Eleni wollte dich unbedingt im Restaurant besuchen kommen und schauen, was du so machst. Dabei waren wir gerade dabei, Weihnachtssterne aus Papier für ihr Kinderzimmerfenster zu basteln.«

Lachend streicht sie der Kleinen übers Haar, als Cillian sie wieder abgesetzt hat, und sie begrüßt ihren Sohn mit einem liebevollen Kuss auf die Wange. Sofort geht mir das Herz auf, denn ich liebe es, wenn sich Eltern und ihre Kinder auch im Erwachsenenalter noch so nah stehen. Bei mir ist es Gott sei Dank ähnlich. Cillian und Kieran haben tolle Eltern. Wahrscheinlich tat es mir deswegen damals so weh, als unsere Beziehung zerbrach. Es war, als hätte ich so etwas wie meine Bonus-Eltern verloren.

»Kommst du voran?« Alice deutet auf die Unterlagen, die auf dem Tisch verstreut liegen.

Natürlich sehe ich Cillains Eltern, Alice und ihren Mann Alistair, regelmäßig in Winter Haven. Ich muss ihnen hoch anrechnen, dass sie – auch nach der Trennung von ihrem Sohn und mir – mir offen und herzlich gegenüberzutreten. Schließlich bin ich auch noch mit ihrem zweiten Sohn, Kieran, befreundet, der definitiv nicht so ein Blödmann wie sein Bruder ist. Auch wenn er gerade nicht so gute Karten bei mir hat, weil ich ihn immer noch dafür vors Schienbein treten könnte, dass er mir nichts von Cillians Rückkehr erzählt hat.

»Es geht«, höre ich diesen zu seiner Mutter sagen, werde aber sogleich abgelenkt, weil ein kleiner brauner Wuschelkopf neben mir auftaucht. Ich war wohl mal wieder so von Cillian abgelenkt, dass ich nicht bemerkt habe, wie Eleni sich von ihm gelöst hat und zu mir herübergekommen ist. Im Gegensatz zu ihrer Großmutter hat sie mich entdeckt.

One tough Christmas Cookie

»Du siehst aus wie Merida! Daddy, wer ist deine Freundin?«

Sofort drehen sich Cillian und Alice zu mir herum und ich winke verlegen zu ihnen herüber. Was will ich auch sonst tun? Mich ducken? Das wäre wohl selten dämlich. Dann wende ich mich rasch dem kleinen Mädchen zu, das mich mit großen Augen anstarrt. »Hi! Du musst Eleni sein. Ich bin Lizzie.«

Es ist zwar schon ein paar Jahre her, dass der Pixarfilm über die ungestüme kleine Schottenprinzessin erschienen ist, aber natürlich kennen ihn noch viele Kinder. Und Eleni hat nicht unrecht. Mein rotes Haar erinnert tatsächlich ein bisschen an das Mädchen aus dem Film. Sie sind zwar nicht ganz so lang, aber rot und lockig allemal. In der Schule früher haben sich einige immer darüber lustig gemacht, aber das hörte schnell auf, als ich ihnen sagte, dass ich meine Haare liebe.

»Hi, Lizzie! Was machst du da?« Neugierig zieht sie sich mit den Händen an der Arbeitsplatte hoch, weil sie noch zu klein ist, um alles richtig sehen zu können. Ihr Kopf lugt aufmerksam zu mir hoch, während ihre Füßchen versuchen, noch einige Zentimeter herauszuholen. Wie Cillians Haare sind ihre braun und ihre Augen strahlen in der gleichen wunderbaren Farbe wie die ihres Vaters. Was sie wohl von ihrer Mutter Jolie hat?

Schnell verdränge ich den Gedanken und konzentriere mich wieder auf das Mädchen, das mich aufmerksam anschaut und auf eine Antwort wartet.

»Ich backe Plätzchen für mein Café, das *The Sweet Spot*. So heißt mein Geschäft.«

»Was für Plätzchen backst du denn?«

»Gerade backe ich Weihnachtsplätzchen.«

»Ich kann nicht backen«, lässt sie mich sofort wissen und schaut gebannt auf das Blech, auf dem ich noch ein paar der Christmas Rainbow Cookies liegen habe.

»Du bist ja auch noch jung. Das lernst du bestimmt noch.

Dein Daddy wird dir sicherlich behilflich sein und dir alles zeigen.«

»Ich bin nicht jung. Ich bin vier.« Sie hält ihre rechte Hand hoch und zeigt mir die entsprechende Anzahl Finger.

»Wow, das ist wirklich schon alt. Dann wird es Zeit, dass dein Daddy dir das zeigt.«

»Er sagt immer, dass er Teig doof findet.«

Gespielt entrüstet blicke ich sie an. »Das kann ich mir nicht vorstellen.«

»Doooooch«, ruft sie lautstark und dreht sich zu ihrem Vater um, der inzwischen zu uns gekommen ist und seine Hand auf ihren Kopf legt. »Frag ihn!«

»Was soll Lizzie mich fragen?« Cillian schaut aufmerksam zwischen seiner Tochter und mir hin und her. Keine Ahnung, ob ich es mir einbilde, aber auf einmal ist da noch mehr Unausgesprochenes zwischen uns. Wie könnte es auch nicht? Ich lerne gerade seine Tochter kennen, die er mit einer anderen Frau hat. Der Frau, wegen der er mich verlassen hat.

Schnell verjage ich den Gedanken aus meinem Kopf und halte Eleni ein Plätzchen hin, nachdem ich stumm von Cillian die Erlaubnis dazu eingefordert habe.

»Warum du Teig nicht magst und nicht gerne backst. Das kann ich ja gar nicht verstehen. Ich liiiiiiiebe Backen.«

Bei den Worten zwinkere ich Eleni zu, die genüsslich in ihr Plätzchen beißt. Sie schaut abwartend ihren Vater an und dann wieder zu mir. Dabei grinst sie so süß, dass ich mich für eine Sekunde bei dem Gedanken erwische, wie es wohl wäre, selbst eine kleine Tochter zu haben und mit ihr in der Backstube zu stehen. Es ist nicht so, als hätte ich mir generell noch nie Gedanken über Kinder gemacht, aber bisher tickt meine innere Uhr nicht laut. Wenn ich ehrlich bin, tickt sie bedeutend leiser, seit ich damals erfahren habe, dass Cillian Vater geworden ist. Nicht, dass ich da nicht erst zweiundzwanzig und die Vorstellung von Kindern ganz weit weg gewesen wäre. Trotzdem habe ich mir hin und wieder ausgemalt, wie es wohl wäre, mit ihm Kinder zu haben.

Cillian räuspert sich und schaut mich beinah entschuldigend an. Gott sei Dank holt er mich aus meinen Gedanken, denn es bringt nichts, über Vergangenes nachzudenken beziehungsweise es zu betrauern. Zumindest nicht Dinge, die man mit einem Ex-Freund verbindet. Einem Ex, der leider immer noch viel zu gut aussieht und anscheinend ein wunderbarer Vater ist, denn Eleni kuschelt sich an ihn und schaut zu ihm hoch.

»Nun, ich koche lieber. Beim Backen muss man immer so schrecklich genau sein.« Wieder streicht er ihr über das Haar und strahlt dabei so viel Zärtlichkeit aus, dass sich mein Herz verkrampft.

Blödes Herz!

»Siehst du, Lizzie. Ich habe es ja gesagt.« Eleni grinst und wirkt für ihr Alter ganz schön erwachsen. Wenn man das über eine Vierjährige sagen kann.

Plötzlich werden wir durch ein Räuspern unterbrochen und im nächsten Moment tritt Alice neben ihren Sohn und ihre Enkelin. Freundlich blickt sie mich an und lächelt.

»Lizzie, wie schön, dich hier zu sehen. Ich habe schon von den Jungs gehört, dass du hier gerade Unterschlupf gefunden hast.« Dann lacht sie. »Den Jungs. Wie das klingt. Ich vergesse immer, dass die beiden erwachsen sind und ich inzwischen Oma. Ich hoffe natürlich, dass du bald zurück in deine Backstube kannst. Mit neuem Ofen.«

Hach, da war ja was. Wie lange kann ich wohl den Gang zur Bank hinauszögern? Ich kenne die Antwort ziemlich gut. Gar nicht. Aber jetzt steht erst einmal das Wochenende vor der Tür und die Zeit werde ich nutzen, um mir einen anständigen Plan zurechtzulegen, damit der Bankangestellte mich nicht sofort wieder vor die Tür setzt.

»Komm, Eleni«, sagt Alice im nächsten Moment, hält ihrer Enkelin die warme Jacke hin und ist ihr behilflich, sie anzuziehen. »Lassen wir deinen Dad und Lizzie wieder allein. Die beiden müssen noch arbeiten.«

Dem Gesicht der Kleinen ist anzusehen, dass sie eigentlich hierbleiben möchte, aber Alice zeigt keine Gnade und nimmt sie auf den Arm. Eleni blickt auf die Kekse und dann zu mir. »Darf ich noch einen?«

Als wüsste sie genau, was zu tun ist, blinzelt sie ihren Vater aus wunderschönen Augen bettelnd an. Wahrscheinlich liegt es auch an dem bezaubernden Schmollmund, den sie aufsetzt, aber ich kann verstehen, dass Cillian leise seufzt, bevor er nickt. »Na gut, aber nur noch einen. Sonst bekommst du später Bauchweh oder isst dein Abendbrot nicht mehr.«

Fast entschuldigend blickt er zu mir und zuckt kaum merklich mit den Schultern.

Schau mich nicht so an, Cillian. Sie ist deine Tochter. Von mir hat sie das nicht!

Aber ich weiß, dass Cillian einem Schmollmund noch nie sonderlich gut widerstehen konnte.

»Das passt schon«, ruft Eleni gut gelaunt und nimmt ihm den Keks aus der Hand, den er ihr hinhält. Knuffig ist sie ja, das muss man ihr lassen. Und anscheinend weiß sie auch schon sehr gut, wie sie ihren Dad um den Finger wickeln kann.

»Bist du morgen auch beim Kranzbinden dabei?« Die Frage von Alice überrascht mich ein wenig, und gleichzeitig so gar nicht. Kurz nicke ich, bevor ich sage: »Du weißt doch, meine Nan hat wieder einmal überall erzählt, dass wir das nur schaffen, wenn auch alle mithelfen.«

Moment, hat sie gerade »auch« gesagt? Ich hoffe, Alice redet nur von sich.

»O ja. Deine Großmutter liebt diese weihnachtlichen Events. Aber ich glaube, vor allem liebt sie es, dass der halbe Ort dann zusammenkommt und wir mehr oder weniger gemeinsam die Weihnachtszeit einläuten.«

»Wohl wahr.« Verstohlen schaue ich zu Cillian, der gerade auf sein Handy blickt, nur um es im nächsten Moment wieder in der Tasche verschwinden zu lassen.

»Paris?«, erkundigt Alice sich bei ihm und er nickt kaum merklich. »Paris.«

Wahrscheinlich hat er bereits das nächste Angebot auf dem Tisch liegen. Ich würde mich nicht wundern, wenn Winter Haven mal wieder nur eine Zwischenstation für ihn ist. Dann frage ich mich, warum er das Restaurant renovieren will und ein Haus gekauft hat.

Verdammt, Lizzie! Es kann dir total egal sein!

»Ich muss sagen, dass ich das Kranzbinden immer toll finde. Wenn meine Hände irgendwann nicht mehr mitmachen, hoffe ich, dass jemand anderes auch einen Kranz für mich bindet.« Alice lächelt, während sie Eleni, die nicht mehr auf ihrem Arm sein wollte, an die Hand nimmt und zum Ausgang führt.

»Dann binde ich dir einen«, erwidere ich. Als ich noch jünger war, habe ich oft bei meiner Großmutter im Blumenladen gestanden und ihr dabei zugesehen, wie sie einen Kranz nach dem nächsten gebunden hat. Irgendwann ist sie dann zusammen mit Ann und Maeve auf die Idee gekommen, dass das eine schöne Sachen für all die Menschen sein könnte, denen es nicht mehr gelingt, sich selbst um einen Kranz zu kümmern. Und so gibt es seit vielen Jahren den Nachmittag des großen Kranzbindens in Winter Haven, an dem lauter fleißige Hände zusammenkommen und für all die Haushalte, die Hilfe benötigen, sowie die Bewohner im Seniorenheim des Ortes Weihnachtskränze binden. Die Männer bringen anschließend die Kränze bei den Menschen an und der Tag endet damit, dass der große Baum auf dem Markplatz errichtet wird, der am nächsten Tag geschmückt wird. Damit wird dann die jährliche Weihnachtssaison in Winter Haven offiziell eröffnet.

»Das ist lieb von dir, Lizzie. Du hast einfach ein großes Herz. Dieses Jahr haben wir noch ein paar helfende Hände mehr, das wird Fiona freuen.«

Alice deutet auf ihren Sohn, während ich mir verkneife zu sagen, dass meine Nan es sicherlich auch schrecklich freuen würde, wenn Cillian einen Kranz an meiner Haustür aufhängen würde. Aber Gott sei Dank ist das nicht nötig. Bei mir ist bereits perfekt geschmückt, und je weniger ich mit Cillian zu tun habe, umso besser.

»Bis morgen dann, Lizzie«, ruft Alice zum Abschied und auch Eleni winkt, als sie das Restaurant verlässt. Dann sind Cillian und ich wieder allein. Na bravo.

»Süß, die Kleine«, sage ich und hoffe, dass er sich auch rasch wieder an seine Arbeit machen wird. Doch Cillian scheint nicht im Traum daran zu denken. Stattdessen antwortet er: »Wenn du nicht möchtest, dass ich morgen beim Kranzbinden auftauche, dann musst du es sagen. Es war die Idee meiner Mum, dass ich mitkomme und zeige, dass ich wieder zurück in Winter Haven bin. Ich bin mir sicher, das wissen eh schon alle.«

»Schon möglich.« Ich zucke mit den Schultern und winke ab. »Für mich ist das kein Problem. Wieso auch? Winter Haven ist schließlich auch dein Zuhause. Du kannst machen, was du willst.«

Klingt das möglichst gleichgültig?

Ja, oder?

»Bist du dir sicher?«

Super Frage, Cillian. Nicht.

»Absolut«, lüge ich und deute vor mich. »Wenn du mich dann jetzt entschuldigen würdest. Ich muss noch etwas tun, sonst werde ich nie im Leben mit allem fertig. Du hast doch sicherlich auch noch Dinge zu erledigen? Ich meine, so ein Restaurant plant sich schließlich nicht von allein.«

»Nein, das tut es nicht.«

Für einen Moment blickt er mir in die Augen und wenn ich es nicht genau wüsste, würde ich behaupten, er sucht dort nach Antworten. Vielleicht auch nach der Wahrheit, die ich nicht gedenke auszusprechen.

Nicht mit mir, Cillian.

Du bist zurück und das kann ich gut finden oder nicht.

Ändern kann ich es sowieso nicht.

Daher reiße ich das Pflaster besser schnell ab, als langsam in dem Schmerz zu baden, der auch nach all der Zeit noch da ist.

Ich verschreibe mir also die riesige Dröhnung Cillian McLean.

Du willst mit mir im Restaurant sein? Super.

Du meinst, beim Kranzbinden helfen zu müssen? Ganz toll.

Du musst dich zurück in mein Herz drängen? Kannst du vergessen!

7

»Du willst mir nicht wirklich weismachen, dass dir Cillians Anwesenheit nichts mehr ausmacht?« Mikayla mustert mich mit einem Blick, der Bände spricht.

»Genau das habe ich mir vorgenommen. Ich sage mir jetzt einfach, dass er machen kann, was er will, und dass ich mein eigenes Leben habe. Ob er da ist oder nicht, tangiert mich peripher.«

»Nee, ist klar.«

Natürlich glaubt sie mir kein Wort.

»Und deswegen hast du auch ein Outfit an, das furchtbar unpraktisch für diese Arbeit ist und überhaupt nicht gut aussieht.« Sie schaut an mir herunter und hebt eine Augenbraue. Okay, zugegeben, ich habe noch nie in einem schwarzen Bleistiftrock samt beigen Rollkragenpullover Kränze gebunden, aber es gibt schließlich für alles ein erstes Mal.

»Du findest, dass das gut aussieht? Ach, das ist doch schon alt.« Ich winke ab und liefere ihr damit die dämlichste Ausrede seit Langem.

»Ich bitte dich, Lizzie. Die Stiefel, die du trägst, sind natürlich auch nur dafür da, dass du sie schnell abwischen kannst, wenn dir etwas drauf fällt, richtig?«

Sie deutet in Richtung meiner Füße, die in kniehohen Lederstiefeln mit gar nicht mal so flachen Absätzen stecken.

»Genau, das war der Plan.« Ich tue die Sache schnell ab und weiß selbst, wie bescheuert das klingt. Cillian ist noch nicht einmal aufgetaucht und ich bin schon ein nervliches Wrack. Nicht nur habe ich die Schere bisher dreimal fallen lassen, auch einige der Zweige, die vor mir auf dem Tisch liegen, sind bereits das ein oder andere Mal auf dem Boden gelandet.

»Wenn du nicht bald ruhiger wirst, parke ich dich da vorn bei den alten Herren, die nichts Besseres zu tun haben, als Schnaps zu trinken und die ganze Aktion hier zu kommentieren. Wahrscheinlich bist du da besser aufgehoben.«

»Ist ja gut«, erwidere ich und gebe mir größte Mühe, meinen Puls zu beruhigen. Es ist eine Sache, Cillian im Restaurant zu ertragen, wenn er über irgendwelchen Plänen hockt. Es ist jedoch eine andere, wenn er sich mit den Worten verabschiedet: »Ich freue mich drauf, dich morgen wiederzusehen.«

Kann er das mal sein lassen?

Ich freue mich ganz und gar nicht darauf, dich wiederzusehen, Cillian McLean. Nicht im Geringsten. Vor allem nicht, weil ich nicht weiß, ob ich jeden Moment damit rechnen muss, dass deine Frau hier auftaucht.

»Wie ist denn euer erster gemeinsamer Arbeitstag gelaufen?«

Während Fiona sämtliches Dekomaterial vor uns ausbreitet, lässt Mikayla es sich nicht nehmen, mir ins Ohr zu flüstern: »Los, erzähl. So wie du aussiehst, habt ihr euch nicht die Köpfe eingeschlagen.«

Ich verdrehe die Augen und weiß ganz genau, dass es eine bescheuerte Idee von mir war, hier heute aufzutauchen. Wäre ich mal besser im Café geblieben und hätte mich um meine

Gäste gekümmert. Oder mir meinetwegen schon mal einen Plan zurechtgelegt, welche Plätzchen ich für den diesjährigen Christmas Cookie Contest kreieren will. Aber nein, ich musste mich ja auftakeln, um Cillian zu beeindrucken. Wahrscheinlich wird ihm eh nicht auffallen, dass ich Lippenstift aufgelegt habe. Und selbst wenn, wird er sich ebenfalls köstlich darüber amüsieren, dass ich so ein unpraktisches Outfit für eine Aktion wie diese auswähle.

»Ich soll dir übrigens schöne Grüße von Auri bestellen. Die hat mich heute Morgen schon angerufen, weil sie wissen wollte, ob wir Cillian jetzt hassen oder nicht. Wir würden uns da ganz nach dir richten.«

»Wie gnädig von euch. Ihr müsst ihn nicht hassen. Ihr dürft ihn mögen.«

»Verstehe«, raunt sie. »Und du?«

»Was ich?«

»Magst du ihn auch?«

»Nein.«

Ich bin mir sicher, sie glaubt mir wieder kein Wort, lässt es aber für den Moment so stehen, denn Nan ist in die Mitte des Raumes getreten und bittet um Ruhe.

Es ist so schön zu beobachten, wie die kleine Frau ganz in ihrem Element ist. Ich weiß, dass ihr die tägliche Arbeit im Blumenladen fehlt, aber es war die richtige Entscheidung, ihn an meine Cousine Deidra abzutreten, die das Geschäft jetzt weiterführt. Natürlich ist meine Großmutter noch regelmäßig da, aber sie muss wenigstens nicht mehr täglich im Laden stehen. Jetzt hat sie viel mehr Zeit, die Tage mit ihren beiden besten Freundinnen Ann und Maeve zu verbringen, was sie liebend gern tut.

»Alle zusammen, zuhören! Deidra und ich wollen hinterher nicht lauter Verschnitt haben oder jede Menge Unfälle mit dem Draht und den Heißklebepistolen.«

Von allen Seiten ertönt Gelächter und dann beginnt sie auch schon, uns Anwesenden in aller Ruhe zu erklären, wie man einen vernünftigen Kranz bindet, sodass das Tannengrün nicht lieblos runterhängt und sich die befestigten Glitzerkugeln, getrockneten Orangenscheiben – oder was auch immer man für die Dekoration nutzt - binnen Minuten verabschieden. Für die meisten von uns ist es nicht das erste Mal, dass wir hier mithelfen, aber natürlich kann eine kleine Auffrischung über die richtige Technik des Kranzbindens nicht schaden. Wir alle machen das nur einmal im Jahr und auch dann nicht sonderlich professionell.

Fiona wäre nicht Fiona, wenn sie nicht vorher bei den älteren Bewohnern des Ortes nachgefragt hätte, ob sie sich besondere Verzierungen wünschen. So kommt es, dass Mikayla Minuten später Zimtstangen an ihrem Kranz befestigt, während ich den Kampf mit Eukalyptus und getrockneten Dattelbeerenzweigen auf mich genommen habe.

Alice steht ein paar Meter neben mir und hat mich bereits bei meiner Ankunft herzlich begrüßt. Von Cillian fehlt noch jede Spur. Das ist aber auch nicht verwunderlich, denn für gewöhnlich stoßen die Männer immer etwas später dazu, wenn der Großteil der Kränze bereits fertig ist. Sie sind in der Zwischenzeit damit beschäftigt, die große Tanne zum Markplatz zu bringen und sie dort aufzustellen. Wenn sie dort fertig sind, kommen sie her und bringen die gefertigten Kränze zu den einzelnen Häusern und Wohnungen. Die Frauen bereiten Glühwein und Kinderpunsch vor, der später am Marktplatz ausgeschenkt wird. Wie jedes Jahr steuere ich Plätzchen dazu, die ich gestern noch als Letztes gebacken habe, nachdem sich Cillian bereits aus dem Restaurant verabschiedet hatte.

Inzwischen habe ich mich daran gewöhnt, dass ich in der Weihnachtszeit viel weniger Schlaf bekomme als sonst. Für gewöhnlich macht mir das auch nichts aus. Leider ist es dieses

Mal mit dem reinen Plätzchenbacken nur nicht getan. Dieses Jahr läuft alles unter erschwerten Bedingungen. Ob damit mein kaputter Ofen oder Cillian gemeint ist, sei dahingestellt.

»Nicht gleich durchdrehen, Lizzie! Cillian ist da.«

Mikaylas gutgemeinte Warnung trifft mich wie ein Schlag. Was? Jetzt schon?

Sofort realisiere ich, dass mein Puls an Fahrt aufnimmt und ich hoffe inständig, dass mein Make-up, das ich für heute aufgelegt habe, meine roten Wangen übertönt.

Einatmen, ausatmen. Einatmen, ausatmen. Ganz ruhig bleiben, Lizzie. Es ist nur Cillian.

Nur.

»Eins muss man ihm lassen, er sieht echt gut aus.«

Ich verdrehe die Augen und blicke zu meiner Freundin, die grinsend neben mir steht. Wenn sie eine Reaktion von mir heraufbeschwören wollte, herzlichen Glückwunsch, das ist ihr gelungen.

Natürlich starre ich bei ihrem Kommentar sofort in seine Richtung und leider hat sie recht. Furchtbar recht.

Seit wann achte ich so minutiös darauf, was Männer anhaben? Ich habe doch sonst nichts darauf gegeben, welche Kleidung sie tragen. Okay, vielleicht sollte ich »sie« eingrenzen. Was Cillian trägt. Aber sahen Holzfällerhemden an Männern immer schon so gut aus?

»Wenn man auf den Typ Holzfäller abfährt, ja.«

Ungläubig starre ich Mikayla an.

»Habe ich das gerade laut gesagt?«

Blut rauscht durch meine Adern und ich bin mir sicher, knallrot angelaufen zu sein. Amüsiert nickt sie.

»Hast du.«

»Scheiße.«

»Ich glaube, das hat niemand mitbekommen.«

»Hoffst du das, oder weißt du das?« Hastig blicke ich mich

um, aber niemand reagiert auch nur in Ansätzen so, als wäre er Zeuge meiner peinlichen Aussage geworden. Und wenn doch, verhält er sich zumindest so ruhig, dass ich es nicht mitbekomme.

»Ich bin mir ziemlich sicher. Du kannst also durchatmen.«

»Mmmhmm«, merke ich an und würde am liebsten im Erdboden versinken. Das hier ist nicht gut. Gar nicht gut. Es darf nicht sein, dass ich noch immer so auf Cillian reagiere. Schließlich hat er mir wehgetan. Schrecklich wehgetan durch seinen Egoismus und damit, dass er einfach aus Winter Haven verschwunden ist und sich für ein neues Leben entschieden hat.

»Bist du dir sicher, dass du deine Aussage von eben so stehen lassen willst?« Mikayla lehnt sich neben mich an die Arbeitsfläche, verschränkt die Arme und schaut mich grinsend an.

Keine Ahnung, was schon wieder in ihrem Kopf abgeht, aber mir schwant nichts Gutes.

»Von welcher Aussage redest du? Holzfällerhemden?«

»Nein.«

»Sondern?«

Statt sofort zu antworten, zwinkert sie mir amüsiert zu, was jetzt nicht sonderlich förderlich für meinen Seelenfrieden ist.

»Nun, du hast eben gesagt, dass Auri und ich ihn mögen dürfen, du ihn aber nicht magst.«

»Tue ich auch nicht.« Meine Antwort kommt schnell und Mikayla ist anzusehen, dass sie mir nicht ein einziges Wort glaubt. Ich mir selbst auch nicht, was absolut katastrophal ist.

»Danach sieht es aber nicht aus.«

»Ich weiß. Und das nervt mich.«

Stöhnend stecke ich die letzten drei Zweige am Kranz fest und betrachte mein Werk. Dafür, dass ich nur einmal im Jahr Kränze binde, sieht der gar nicht schlecht aus.

»Warum nervt dich das so? Letztendlich ist es mehr als nur verständlich.«

»Ist es nicht.«

Lauter, als mir vielleicht lieb ist, kommen mir die Worte über die Lippen. Das merke ich daran, dass dieses Mal wirklich ein paar der Umherstehenden zu uns blicken. Na, wunderbar.

»Es ist nicht verständlich«, sage ich etwas leiser zu Mikayla, »weil Cillian mich sitzengelassen hat und ich monatelang die Einzelteile meines Herzens vom Boden aufsammeln durfte. Du und Auri wisst das ganz genau. Ihr wart dabei.«

»Ja. Aber was ist, wenn er sich geändert hat?«

Schmollend blicke ich zu ihr. »Fällst du mir jetzt in den Rücken?«

»Nein. Aber du hast eben gesagt, dass wir ihn mögen dürfen. Er müsste dich nicht im Restaurant die komplette Küche benutzen lassen und tut es trotzdem.«

»Es ist Kierans Restaurant und der hat das entschieden. Cillian hat keine andere Wahl.«

»Das sei mal dahingestellt.«

»Keine Ahnung, ist mir auch egal.«

Ob ich mir gerade selbst wie ein trotziges Kleinkind vorkomme? Ja.

»Wäre es denn so schlimm, wenn du ihn noch mögen würdest? Du und er, euch hat so viel verbunden.«

»Das liegt in der Vergangenheit und wir waren Kinder. Und ich habe keine Lust, noch einmal durch die Hölle zu gehen. Mein Gefühl sagt mir, dass ich besser dran bin, wenn ich ihn auf Distanz halte. Das ist gesünder für mich.«

»Und du bist dir sicher, dass dir das gelingen wird? Ihn auf Distanz zu halten?«

»Es muss mir gelingen. Und ich wäre dir sehr dankbar, wenn du mir keine Flausen in den Kopf setzt. Das darfst du auch gern Auri ausrichten. Ich brauche euch, denn ich bin mir ziemlich sicher, dass die anderen Cillians Rückkehr lieben.«

Mikayla zuckt mit den Schultern. »Wahrscheinlich. Aber

einverstanden. Ich spreche dich nicht mehr auf ihn an und werde das auch Auri sagen. Wenn du drüber reden willst, lass es uns wissen. So lange legen wir den Fokus wieder auf die wirklich wichtigen Dinge.«

»Die da wären?«

Sie deutet mit einem Finger auf ihren Kranz, der im Gegensatz zu meinem erst halb fertig ist. »Dass ich es gar nicht einsehe, dass ich mich einer Heißluftpistole geschlagen gebe. Das Ding kommt direkt aus der Hölle. Ich habe mich schon zweimal verbrannt.«

Lachend knuffe ich sie in die Seite. »Verstehe ich gar nicht. Du bist doch sonst nicht ungeschickt, was sowas angeht. Ich meine, im Brautladen kommst du doch auch klar.«

»Da reden wir ja auch von Nadel und Faden und nicht von Heißklebepistolen.«

»So schwer ist das doch nicht«, erwidere ich und schaue mir ihren Kranz etwas genauer an.

»Du hast ja auch Fionas Blut in den Adern. Das ist unfair.«

Gut gelaunt verbringen wir die nächsten Minuten damit, ihren Kranz zu optimieren. Schließlich begutachtet sie stolz ihr Werk.

»Du kannst froh sein, dass Mrs Reilly halb blind ist. Dann sieht sie die Schwachstellen an deinem Kranz nicht.«

Ich kann gerade noch verhindern, dass Mikayla Brandon, der sich plötzlich unserem Tisch genähert hat, mit dem Kranz abwirft, denn wie nicht anders zu erwarten, nutzt er mal wieder jede Chance, sie zu ärgern.

Diese beiden!

Schützend hebt er seine Hände vors Gesicht und dreht sich ein bisschen weg. »Ist ja schon gut, nicht gleich aggressiv werden.«

»Dann sei gefälligst lieb zu meinem Kranz. Der ist vielleicht nicht so schön wie die anderen, aber er hat Charakter.«

»Okay, okay«, antwortet Brandon grinsend und zwinkert mir zu. »Ich behaupte ab sofort das Gegenteil. Er sieht gar nicht so schlecht aus.«

»Das will ich auch meinen.« Sie streckt ihm die Zunge raus, während ich die Augen verdrehe und den Kopf schüttle.

»Fiona!«, ruft Mikayla im nächsten Moment und winkt meine Großmutter zu uns heran. Wie nicht anders zu erwarten, strahlt diese über das ganze Gesicht.

»Hach«, seufzt sie und ihre Wangen glühen vor Aufregung und Freude. »Wie schön, dass alle wieder hier sind und helfen. Klappt bei euch alles?«

Aufmerksam betrachtet sie unsere beiden Kränze und versteckt, ohne dass Mikayla es merkt, noch einen kleinen Draht an ihrem Kranz, der zwischen den kleinen Tannenzweigen hervorlugt.

»Hier hat alles ganz wunderbar funktioniert. Stell dir vor, Fiona, Brandon hat sich gerade selbst angeboten, die diesjährige Fahrt zu Mrs Jameson zu übernehmen. Ist das nicht nett?«

»Ooooo wie schön!«, entfährt es meiner Nan und sie bekommt nicht mit, wie Brandon Mikayla einen wütenden Blick zuwirft, die sich ein lautes Lachen gerade noch verkneifen kann.

Mrs Jameson ist im Ort gefürchtet. Nicht, weil sie schrecklich unsympathisch und herrisch ist. Aber seit ihr Mann vor einigen Jahren gestorben ist, hat sie es sich zur Gewohnheit gemacht, jeden, aber auch wirklich jeden, der zu ihr kommt, für irgendwelche Dinge einzuspannen. Sei es das Aufhängen von frisch gewaschenen Gardinen, das Befestigen eines Netzes über dem Salatbeet, damit die Schnecken nicht drankommen, oder andere Kleinigkeiten, die sie erledigt haben möchte. Vor allem zur Weihnachtszeit gehört da so Einiges zu.

O Mikayla, das war böse. Aber tatsächlich auch die beste Retourkutsche für Brandons Spruch bezüglich ihres Weihnachtskranzes.

»Ich sage es ja immer wieder, Brandon: Leg dich nicht mit Mikayla an. Das könnte übel für dich enden.«

Statt zu antworten, verzieht Brandon nur gequält das Gesicht und lässt es über sich ergehen, dass einige andere Männer im Raum, die die Aktion mitbekommen haben, ihm gut gelaunt auf die Schulter schlagen. Wie war das? Schadenfreude ist doch die schönste Freude.

»Du kannst Cillian dann direkt Bescheid geben, dass du die Fahrt übernimmst«, lässt meine Großmutter ihn im nächsten Moment wissen. »Der hatte sich nämlich angeboten, das dieses Jahr zu erledigen.«

»Ich bin mir sicher, das wird ihn freuen«, erwidert Brandon zähneknirschend. Amüsiert beobachte ich, wie er zu Cillian herübergeht, um ihm die mehr oder weniger frohe Botschaft zu überbringen.

Zu meinem Entsetzen löst sich Cillian aus der Gruppe Männer, die uns gegenüberstehen, und kommt auf unseren Tisch zu. Als hätte Mikayla etwas wahnsinnig Wichtiges zu tun, greift sie zu ihrem Handy und signalisiert mir, dass sie dringend telefonieren muss. Überhaupt nicht auffällig.

»Hey.«

Ob ich will oder nicht, Cillians warme Stimme schickt kleine Stromstöße durch meinen Körper. Auf diese furchtbar angenehme Art, wie nur er es kann. Verdammter Mist.

»Selber hey«, erwidere ich rasch und setze alles daran, diesen Gedanken ganz schnell zu verscheuchen. Dann lasse ich meinen Blick über sein Gesicht wandern. Es ist mir so vertraut und wie schon so viele Male zuvor muss ich mir eingestehen, dass Cillian unfassbar attraktiv ist. Seine Lippen sind für einen Mann erstaunlich voll und sinnlich. Wenn ich damals schon dachte, dass mich sein männliches Gesicht faszinieren würde, hätte mich niemand auf den erwachsenen Cillian mit seinen ausgeprägten Wangenknochen und dem markanten Kinn vorbereiten können, der mir jetzt gegenübersteht. Seine Augen sind jedoch noch immer das Faszinierendste. Sie leuchten in einem wunderbar warmen Braun und je nachdem, wie das Licht in sie fällt, sieht es aus, als würde kleine Goldsprenkel sie durchsetzen. Seine Wimpern sind so schön lang und geschwungen, dass Frauen neidisch werden können.

Ich kann es nicht gebrauchen, dass meine Fingerspitzen bei diesem Anblick plötzlich kribbeln und mein Herz sich vor Sehnsucht zusammenzieht.

Rasch raffe ich das restliche Material zusammen, das vom Kranzbinden vor mir liegt, und stopfe es in die dafür vorgesehenen Behälter. Ich spüre seinen Blick auf mir und es ist nicht übertrieben, zu sagen, dass mich diese Situation grenzenlos überfordert.

»Dein Kranz sieht sehr schön aus. Wer auch immer ihn bekommt, wird sich sicherlich freuen.«

Muss er so etwas Nettes sagen? Ich kann mich nicht entscheiden, ob ich ihn dafür hassen soll oder nicht. Ich weiß nur, dass ich hier ganz schnell wegmuss, bevor ich noch etwas sage oder tue, das ich nicht zurücknehmen kann. So etwas Wahnsinniges wie: *Danke, soll ich dir auch einen machen?*

Ich presse die Lippen aufeinander und nicke lediglich.

»Kommst du nachher auch zum Marktplatz zum gemeinsamen Glühweintrinken?«

»Ich denke«, antworte ich knapp und verfluche die Tatsache, dass mich seine Anwesenheit so unsicher macht. Ich mag es nicht, unsicher zu sein. Vor allem wegen eines Mannes wie Cillian. Diese Sache mit seiner Rückkehr nach Winter Haven passt mir so gar nicht. Ich könnte ihn lynchen. Genau. Das ist es. Im Augenblick könnte ich ihn einfach nur ... küssen!

Was? Wie? Nein! Umbringen! Das ist es. Genau. Umbringen. Zum Teufel jagen. In ein Iglu verbannen und ihn erst im Frühjahr wieder rauslassen. Dann könnte ich ihn vielleicht küssen. Frühestens dann. Ja, das wäre ein Kompromiss.

Hilfe, warum muss ich jetzt grinsen wie ein Honigkuchenpferd? Cillian wird denken, ich hätte sie nicht alle. Wie könnte er das auch nicht tun. So langsam habe ich mir selbst sämtliche Zurechnungsfähigkeit abgesprochen. Das muss sich dringend ändern.

»Schön, ich freue mich, wenn wir uns dort sehen. Ich muss jetzt los. Vielleicht dann bis später.«

Ehe ich reagieren kann, nickt Cillian mir kurz zu und hat sich im selben Moment bereits umgedreht.

Liebes verräterisches Herz, hör verdammt noch einmal auf, so schnell zu schlagen. Wenn du nicht ruhig bist, muss ich dich herausreißen. Schnell und ohne Rücksicht auf Verluste. Bevor jemand anderes das wieder tun kann.

Als hätte das Universum meine Stoßgebete erhört, taucht Cillian nicht beim Glühweintrinken auf dem Marktplatz auf. Natürlich erkundige ich mich nicht explizit nach einem Warum, kann aber trotzdem heraushorchen, dass es Eleni nicht so gut geht und er sich entschieden hat, zu Hause bei ihr zu bleiben.

So kommt es, dass ich zusammen mit Mikayla, Tristan, Dee, Brandon, Kieran und Hayden auf die anstehende Weihnachtssaison anstoße und mir den ein oder anderen Glühwein zu viel gönne. Wie jedes Jahr beginnt mit dem Aufstellen des Baumes auf dem Markt die offizielle Weihnachtszeit in Winter Haven. Ab jetzt heißt es gefühlt jeden Tag, dass irgendein Event ansteht, zu dem mindestens der halbe Ort zusammenkommt.

Morgen im Laufe des Vormittags wird der Baum geschmückt und in den nächsten zwei Tagen werden alle Buden des Weihnachtsmarkts aufgebaut. Ebenso wird die große Eisfläche aufgestellt, auf der in den nächsten knapp vier Wochen Groß und Klein ihre Runden drehen. Der Lebkuchenverzierwettbewerb muss vorbereitet werden, der Winterball und die diesjährige Santa's Lap Aktion stehen auch auf dem Plan. Es wird Zeit, dass Auri zurückkommt, denn nachdem sie bereits im letzten Jahr viel verpasst hat, hat sie hoch und heilig versprochen, uns diese Saison wieder kräftig unter die Arme zu greifen. So wie ich sie kenne, hat sie Nathan schon ein kleines bisschen verflucht, dass sie den heutigen Tag und das Kranzbinden verpasst, aber es sei ihr verziehen. Seit sie und Nathan letztes Jahr zusammengekommen sind, ist sie so glücklich wie wahrscheinlich noch nie in ihrem Leben. Es würde mich nicht wundern, wenn wir auf kurz oder lang eine Hochzeit in Winter Haven feiern würden.

Es ist bereits spät, als ich mich von den anderen verabschiede und den Weg nach Hause antrete. Hier in meiner schottischen Heimat ist es so beschaulich, dass ich keine Angst haben muss, im Dunkeln allein nach Hause zu gehen. Das Schlimmste, das hier in den letzten fünf Jahre passiert ist, ist der Diebstahl eines Stapels Brennholz – und selbst der hat sich binnen zwei Stunden aufgeklärt.

Der Großteil der Häuser ist inzwischen so festlich geschmückt, dass es in keiner Straße wirklich dunkel ist. Der Schein der Lichter, die durch die Fenster dringen, versetzt die ganze Umgebung in eine wunderschöne Atmosphäre. Während einige Vorgärten bereits weihnachtlich dekoriert sind, beschränken sich andere auf ein paar Lichterketten in den Fenstern und vielleicht einen Türkranz. Es fehlt nur noch ein bisschen mehr Schnee, der die Welt in einen weißen Mantel hüllt. Für mich gibt es kaum etwas Schöneres, als morgens aufzuwachen und zu sehen, dass die Landschaft über Nacht in ein glitzerndes Wunderland verwandelt wurde. Dem ersten Schnee des Winters liegt doch immer ein Zauber inne: Wenn die Luft klar und frisch ist, und die ganze Gegend mit einer Decke aus flauschigem Weiß versehen ist und wenn die Sonne den Schnee wie Millionen kleiner Diamanten funkeln lässt.

Als ich in die Straße biege, in der das *The Sweet Spot* und meine Wohnung liegen, halte ich die Luft an. Zu wissen, dass Cillian mir jetzt jeden Tag begegnen kann, ist ein Gefühl, an das ich mich noch gewöhnen muss. Was hätte ich früher dafür gegeben, ihn wiederzusehen. Ihm jeden Tag in die Arme laufen zu können. Ihn in meiner Nähe zu wissen. Aber er musste ja gehen und alles kaputtmachen.

Ob Eleni schon einmal Weihnachten im Schnee gefeiert hat?

Ich schüttle den Kopf und schiebe mein Gedankenchaos auf den Glühwein. Dann bleibe ich vor Cillians Haus stehen und überlege tatsächlich kurz, ob ich noch klingeln soll. Es brennt noch Licht und es ist noch nicht so spät, dass er im Bett liegen wird.

Nein, Lizzie! Einfach nein!

Ich stecke die Hände tief in meine Manteltaschen und atme ein paar Mal die frische Winterluft ein. Hätte man mir vor ein paar Tagen gesagt, dass ich mir dieses Jahr Weihnachten Gedanken über Cillian machen muss, ich hätte gelacht.

Hör auf dich zu belügen, Lizzie. Du denkst ständig an ihn. Jedes Mal, wenn dich ein Mann näher kennenlernen will. Jedes Mal, wenn du jemanden aus seiner Familie siehst. Jedes verdammte Mal!

Immer, wenn mich eine Erinnerung zurück in unsere gemeinsame Zeit versetzt, habe ich darüber nachgedacht, wie es ihm wohl gerade geht. Wenn etwas Schönes passiert ist, habe ich darüber nachgedacht, dass ich es früher gern sofort Cillian erzählt hätte.

Doch das alles nützt nichts, wenn plötzlich irgendwelche Französinnen in meinen Gedanken auftauchen und sich Cillians letzte Worte an mich zurück in mein Gedächtnis schieben: ›Lizzie, ich will mich nicht mehr ausbremsen. Mit Jolie habe ich das

Gefühl, alles erreichen zu können. Du und Winter Haven seid meine Vergangenheit, sie ist meine Zukunft.‹

Auf einmal spüre ich, wie Wut in mir aufsteigt. Und tatsächlich ist das das Beste, das mir gerade passieren kann. Cillian hat mich nicht gewollt. Hat Winter Haven nicht mehr gewollt. Dann soll er auch jetzt nicht meinen, hier wieder auftauchen zu müssen, als wäre nichts geschehen. Das hier ist meine Welt. Und in der soll er nicht meinen, plötzlich eine Show machen zu müssen.

Ich hasse mich dafür, dass meine Gefühle seinetwegen Achterbahn fahren. Und noch mehr hasse ich, dass seine Weihnachtsdekoration viel pompöser aussieht als meine.

Warte ab, Mr Starkoch. Du magst in der Küche vielleicht mehr können als ich, aber in Sachen Weihnachten kommst du an mich nicht heran.

8

Ich stehe vor meinem Laden und begutachte eine knapp vier Meter lange Tannengirlande, an die ich unterschiedlich große rote Kugeln befestigt habe, und die nun den Bereich rund um meine Eingangstür ziert. Das Gesicht meiner Cousine sagte alles, als ich sie gefragt habe, ob sie mir so ein Monstrum besorgen oder gar anfertigen könnte. Kopfschüttelnd hat sie mich angeschaut und mir anschließend dabei geholfen, online so ein Ding zu finden. Es war ein kleiner Kampf, die Lichterkette so um das Grün zu wickeln, dass man sie von der Straße gut erkennen kann und dass vor allem noch genügend Platz für die anderen Dekorationen da ist, die neben mir auf dem Boden liegen.

Ich rücke die Leiter zurecht und bringe verteilt rot-weiß gestreifte Minzbonbons aus Plastik an, während ich noch genügend Raum für die grünen, weißen und roten Macarons lasse, die nur darauf warten, ebenfalls aufgehangen zu werden.

Es ist nicht so, als wären die Fenster des *The Sweet Spot* nicht auch schon schön weihnachtlich geschmückt, aber wenn Cillian meint, er könnte das dekorierteste Haus hier in der Straße haben, dann muss er früher aufstehen.

Zugegeben, es war vielleicht ein bisschen übertrieben, noch zwei gigantische und vier kleinere Candy Cane Stangen zu bestellen, aber wenn schon kitschig, dann bitte so richtig. Außerdem darf mein Laden ruhig auch von außen nach einem weihnachtlichen Zuckerparadies aussehen.

Also greife ich nach einer der großen Candy Cane Stangen und steige wieder auf die Leiter. Es ist schon faszinierend, was man alles unternimmt, wenn man sich nicht mit einem möglichen Banktermin beschäftigen will, der dringend heute Nachmittag erfolgen muss. Da tut so ein bisschen Ablenkung beim Dekorieren doch gut.

Ich schiebe die riesige Stange durch die Tannengirlande und habe größte Mühe, das Gleichgewicht auf der Leiter zu halten, als plötzlich eine laute Stimme zu mir hochdringt.

»Was tust du da?«

»Nach was sieht es denn aus?« Sichtlich unbekümmert werfe ich Cillian, der am Fuß meiner Leiter steht und tadelnd zu mir hochschaut, einen Blick zu, bevor ich ihn wieder ignoriere.

»Kann es sein, dass du in Sachen Weihnachtsdekoration noch einen drauflegen willst, weil dir ein gewisser Nachbar den Rang abläuft?«

»Mir läuft niemand den Rang ab.« Ich stopfe die noch etwas locker sitzende Candy Cane Stange fester in die Tannengirlande.

»Du bist schrecklich dickköpfig, Lizzie. Lass mich das machen! Ich sehe dich schon von der Leiter fallen und auf deinem Allerwertesten landen.«

»Ich komme schon klar«, brumme ich und denke gar nicht dran, von dieser Leiter zu steigen. Zumindest so lange nicht, bis ich fertig bin.

Ich lehne mich ein Stück nach vorn und schwanke gewaltig auf der Sprosse. Cillian scheint jedoch verstanden zu haben, dass ich mich von meinem Vorhaben nicht abbringen lassen werde. Er begnügt sich also damit, am Fuß der Leiter stehen zu bleiben. Natürlich weiß ich, dass er mich die ganze Zeit dabei nicht aus den Augen lässt und jeden Moment einschreiten könnte, sollte ich fallen.

Ich weiß nicht, wie ich die Vorstellung finden soll, in seinen Armen zu landen, aber statt mich auf diesen Gedanken zu versteifen, konzentriere ich mich lieber darauf, alles richtig zu befestigen, damit weder eine Windbö noch plötzlich eintretender Schneefall meine Dekoration auf Talfahrt schicken können.

Verstohlen blicke ich zu Cillians Haus und muss innerlich grinsen. Sein Vorgarten und das Haus sind zwar schön geschmückt, jedoch hat niemand im näheren Umkreis über zwei Meter lange Candy Cane Stangen und tellergroße Kunst-Macarons über der Eingangstür hängen. Mission accomplished.

»Was machst du hier?«, frage ich Cillian, als ich endlich von der Leiter steige und neben ihm auf dem Bürgersteig zum Stehen komme. Fast sieht es so aus, als würde er erleichtert aufatmen, als ich endlich festen Boden unter den Füßen habe.

»Ich wollte mich entschuldigen, dass ich nicht beim Glühweintrinken auf dem Marktplatz war. Ich wollte dir das eigentlich gestern schon im Restaurant sagen, aber Eleni lag krank auf dem Sofa und ich habe Krankenschwester gespielt. Na ja, Krankenpfleger eher.«

»Oje, die arme Kleine.« Besorgt blicke ich ihn an. »Geht es ihr denn inzwischen besser?«

Ich greife zur Leiter, um sie zusammenzuklappen, doch Cillian kommt mir zuvor und nimmt sie mir einfach aus der Hand.

»Es geht. War wohl so ein Vierundzwanzig-Stunden-Virus, den haben Kinder häufiger mal. Eleni ist Gott sei Dank selten krank und wenn, dann auch schnell wieder topfit. Sie saß gestern schon den halben Nachmittag mit Decke auf dem Sofa und hat *Merida* geschaut. Irgendwer hat sie wohl dazu inspiriert.«

Er blickt mich vielleicht etwas länger als nötig an und lächelt dabei ein bisschen. Schnell räuspere ich mich und will ihm die Leiter abnehmen, doch er hält sie fest.

»Lass mich raten, das war noch nicht alles?« Natürlich muss er auf meine opulente Deko deuten, die zugegebenermaßen wirklich ein bisschen groß ist. Aber hey, man darf mich halt nicht herausfordern.

Beinahe unschuldig ziehe ich die Schultern hoch und deute mit dem Finger in Richtung Café.

»Es könnte sein, dass drinnen noch ein paar Sachen liegen, die ich an die Fenster anbringen wollte.«

»Musst du dafür wieder auf die Leiter steigen?«

»Nein«, lüge ich und vermeide es, Cillian anzuschauen.

»Lizzie?«

»Okay, vielleicht.«

»Alles klar, das übernehme ich.«

Bereits früher war Widerrede bei Cillian zwecklos und so kommt es, dass er sich ohne jeden weiteren Kommentar die Leiter schnappt und die Tür zum *The Sweet Spot* öffnet. Gerade ist das Café recht leer und Polly schafft die wenigen Kunden allein, weswegen ich die Gunst der Stunde genutzt habe, die Sachen über dem Eingang anzubringen. Das hätte mir auch noch gefehlt, wenn der halbe Ort mitbekommen würde, dass Cillian mir hier behilflich ist und ich es auch noch zulasse. Schlimm genug, dass ich ihm nicht einfach die Leiter aus der Hand reiße und ihn wegschicke. Oder meinetwegen rüber ins Restaurant, wo es sicherlich etwas für ihn zu tun gibt.

Aber ich kenne Cillian viel zu gut, dass ich weiß, dass er sich nicht davon abbringen lassen wird, mir zu helfen. Tatsächlich muss ich mir eingestehen, dass er das sicherlich in der Hälfte der Zeit schaffen wird.

Komm, Lizzie, zehn Minuten wirst du ihn und seine Nähe schon noch ertragen. Tu einfach so, als hättest du etwas Dringendes in der Backstube zu tun.

»Lizzie, gib mir doch bitte die einzelnen Kugeln, damit ich nicht immer wieder die Leiter hoch und runter muss.«

Okay, mein Vorhaben ist dahin. War klar.

»Meinetwegen«, antworte ich und verbringe die nächsten fünfzehn Minuten damit, Cillian nach und nach die Kugeln anzureichen, die er samt Bändern an den kleinen Haken befestigt, die über meinen Schaufenstern in der Wand stecken.

Natürlich entgeht mir nicht, dass jeder Cafébesucher, der zur Tür hereinkommt, uns ausgiebig mustert. Meine Hoffnung, dass Winter Haven von dieser spontanen Hilfsaktion nichts mitbekommt, ist somit dahin. Zu meiner Überraschung verkneifen sich aber alle irgendeinen Kommentar und grüßen uns nur freundlich. Selbst Polly zwinkert mir lediglich zweimal zu und lässt uns unsere Arbeit machen.

Jedes Mal, wenn Cillian mir eine der Kugeln aus der Hand nimmt, starre ich auf seine schönen Hände. Sie sind schlank und gepflegt und mehr als nur einmal schieben sich Erinnerungen von den Momenten zurück in mein Hirn, in denen mich diese Hände sanft berührt und liebkost haben.

Halleluja ... Ich muss dringend auf andere Gedanken kommen.

»Wenn das die letzte Kugel war, sind wir fertig.«

Gut gelaunt kommt Cillian die Leiter runter, klappt sie zusammen und lehnt sie an die Wand. »Wenn du mir sagst, wo sie hinkommt, bringe ich sie noch eben weg. Gibt es sonst noch etwas zu erledigen? Und wehe, du sagst jetzt Nein und steigst nachher noch einmal ohne mein Beisein auf die Leiter. Dann Gnade dir Gott.«

Ich schüttle den Kopf. »Nein, alles geschafft. Meine Weihnachtsdekoration für dieses Jahr steht.«

»Bist du dir sicher? Nicht, dass du noch etwas nachlegen musst? Es könnte zu wenig sein.« Er verzieht den Mund zu einem Grinsen und zwinkert mir zu.

»Passt schon«, erwidere ich grummelnd und stemme die Hände in die Hüften. »Tu nicht so, als wenn du nicht wüsstest, dass das hier meine Jahreszeit ist.«

»Du hast das in die Wiege gelegt bekommen. Ich weiß. Fiona traue ich auch zu, dass sie noch auf Leitern steigt.«

Womit er recht haben könnte.

»Ich muss schon sagen, Winter Haven zur Weihnachtszeit ist schon etwas Besonderes.«

»Winter Haven ist immer besonders«, korrigiere ich ihn.

»Du musst zugeben, zur Winterzeit drehen hier alle auf. Ich sage nur Christmas Karaoke, Winterball, Miss-Candy-Cane-Wahl, Krippenspiele, Weihnachtsbasar. Das ist schon alles ein bisschen viel, findest du nicht?«

»Um ehrlich zu sein, nein. Du weißt doch, wie sehr ich alle Weihnachtstraditionen liebe. Und das nicht erst seit gestern.«

Er antwortet nicht sofort, sondern starrt mich nur an. Dann kommt er einen Schritt auf mich zu und verringert den Abstand, sodass ich die einzelnen Bartstoppeln erkennen kann, die seine weichen, sinnlichen Lippen umrahmen.

»Alle?«

Cillians Stimme ist leiser geworden und er deutet auf etwas über uns. Mein Blick folgt der Richtung, in die sein ausgestreckter Finger zeigt, und ich sehe den baumelnden Mistelzweig, den ich in der Eingangstür über den Türrahmen gehängt habe.

Nie wieder werde ich so ein Ding bei Deidra kaufen und im Café aufhängen. Ich wiederhole, nie wieder!

Ich schlucke und weiß nicht, was ich sagen soll. Cillian und ich stehen direkt unter dem kleinen Zweig. Als ich zu ihm hochschaue, sehe ich Emotionen in seinen Augen. Emotionen, die ich nicht deuten kann.

»Die meisten«, korrigiere ich mich räuspernd und kann gerade nicht gut mit der Stille umgehen, die sich zwischen uns ausbreitet.

Warum musste ich ausgerechnet diesen gottverdammten Mistelzweig in die Tür hängen? Und wieso habe ich nicht daran gedacht, sondern stelle mich einfach, ohne weiter drüber nachzudenken, neben Cillian in den Türrahmen?

»Und diesen?« Er deutet erneut über uns und nimmt im nächsten Moment meine Hand, bevor er mich sanft zu sich heranzieht. »Du weißt schon, dass dem altertümlichen Brauch zufolge eine junge Frau einen Kuss nicht ablehnen darf?«

Ich schlucke erneut, denn altertümlicher Brauch hin oder her, wie kann ich denn schon ahnen, dass ich hier mit meinem Ex-Freund unter dem Mistelzweig lande.

»Ähm, wenn man es genau nimmt, haben sich die Zeiten geändert und das Einverständnis aller Beteiligten sollte da sein, Mistelzweig hin oder her.«

Stottere ich gerade etwa?

Er hebt kaum merklich eine Augenbraue und verzieht seinen Mund zu einem Grinsen. Dann streicht er mit seiner freien Hand eine meiner roten Locken hinter mein Ohr.

»Und? Liegt dein Einverständnis vor?«

Atmen, Lizzie. Aaaaatmen!

Was soll ich auf diese Frage jetzt bitte sagen? Händeringend suche ich nach einer passenden Antwort. Meine Lösung ist eine Gegenfrage.

»Du weißt, dass ein Kuss unter dem Zweig das Versprechen ist, den anderen ewig zu lieben, oder?« Das wird ihn hoffentlich abhalten. Doch Cillian zuckt lediglich kurz mit den Schultern und schon spüre ich seinen Daumen über meine Wange streichen.

Dann senkt er seinen Kopf und kommt meinen Lippen verdammt nah.

»Das weiß ich, Lizzie«, flüstert er und ich halte die Luft an.

Das kann er hier alles gerade nicht ernst meinen. Und was, wenn doch?

Auf einmal wird hinter uns die Eingangstür aufgezogen und Cillian und ich fahren auseinander. Mit weit aufgerissenen Augen starre ich in die verdutzten Gesichter von Mikayla und Auri, die anscheinend deutlich kürzer als ich brauchen, diese Szene hier zu begreifen und einzuordnen.

Sofort breitet sich ein riesiges Grinsen auf Mikaylas Gesicht aus und Auri hat nichts anderes zu sagen als: »Mir scheint, wir kommen genau richtig!«

Das kann man jetzt so oder so sehen …

»Du bist zurück!«, rufe ich und entziehe Cillian meine Hand, um Auri zur Begrüßung in den Arm zu nehmen und fest an mich zu drücken. »Wir haben dich vermisst.«

»Ich habe euch auch vermisst«, antwortet sie lachend und richtet ihr Augenmerk dann auf Cillian.

»Na, schau an. Ich habe schon gehört, dass du wieder in Winter Haven bist.«

Muss sie mir jetzt so auffällig zuzwinkern? Was soll Cillian denken?

»Das bin ich.« Er breitet seine Arme aus und begrüßt Auri wie eine alte Bekannte. »Schön, dich wiederzusehen. Ich habe gehört, du hast dir einen Amerikaner geangelt? Einen berühmten noch dazu?«

»Lass ihn das nicht hören.« Auri lacht. »Nathan bleibt lieber unerkannt und Gott sei Dank sind hier in Schottland nicht alle so eishockeyverrückt wie daheim bei ihm in New York.«

»Ich freue mich schon darauf, ihn kennenzulernen. Kieran meinte, er sei ein cooler Typ.«

»Wenn dein Bruder das sagt«, kommentiert Mikayla das Ganze und schaut dann wieder zwischen Cillian und mir hin und her. »Und was habt ihr zwei Hübschen hier getrieben?«

»Weihnachtsdekoration aufgehangen.« Hastig deute ich zu den Schaufenstern.

»Eine interessante Art, Weihnachtsdekoration aufzuhängen«, erwidert sie und macht eine Kopfbewegung hoch zu dem Mistelzweig, der verräterisch im Türrahmen baumelt.

»Papperlapapp!« Schnell winke ich ab. Das fehlt mir gerade noch, dass ich hier jetzt Rede und Antwort stehen muss. Noch dazu vor Cillian.

»Wie kommt es, dass ihr bereits um diese Zeit hier reinschneit?«

»Hallo? Darf ich nicht mitteilen, dass ich zurück bin? Ich dachte, du freust dich.« Gespielt entrüstet stemmt Auri die Hände in die Hüften und legt den Kopf schief. Lange hält sie ihre ernste Miene jedoch nicht aus, dann grinst sie.

»Tue ich auch. Aber ihr kommt für gewöhnlich frühestens in eurer Mittagspause vorbei und so spät haben wir noch nicht. Also, ich höre!«

»Auri hat eine Lösung für dein Ofenproblem!« Freudestrahlend schaut Mikayla mich an.

»Ich dachte, das hätten wir bereits? Lizzie kann solange sie will die Küche im Restaurant nutzen.« Cillian blickt ein wenig irritiert zu meinen Freundinnen.

»Abgesehen davon habe ich nachher einen Termin bei der Bank. Davon verspreche ich mir auch einiges«, sage ich und bin gespannt, welche Idee Auri hat. Wenn es nach mir geht, möchte ich lieber gestern als heute auf die Küche im Restaurant verzichten können. Es reicht schon, dass Cillian mein neuer

Nachbar ist und ich ihn gefühlt ständig sehen muss. Auch ohne, dass wir gemeinsam Zeit im Restaurant verbringen.

»Nun, wir wissen alle, dass der Christmas Cookie Contest zwar eine Chance für dich ist, Geld zu gewinnen, aber nachdem ich erfahren habe, wie teuer so ein Ofen werden kann, habe ich mir Gedanken gemacht, was man sonst noch tun könnte. Natürlich könnten wir eine Spendenaktion für dich ins Leben rufen, aber ich bin mir sicher, du würdest es nie gestatten, dass andere Leute ihr Geld für dich ausgeben. Also habe ich weiter überlegt und als ich in der Bahn von London in die Highlands saß, ist mir ein Zeitungsartikel in die Hände gefallen. Okay, eigentlich hat Nathan ihn gefunden und ihn mir unter die Nase gehalten.«

Jetzt werde ich doch ein bisschen hellhörig und bin gespannt, was Auri zu berichten hat. In der jetzigen Situation bin ich für jeden Tipp dankbar, denn irgendwie fühlt es sich reichlich komisch an, sich von der Bank Geld leihen zu müssen. Ich habe furchtbar ungern Schulden und mag gar nicht daran denken, wie die nächsten Wochen werden könnten.

»Hast du schon einmal vom Scottish Christmas Culinary Championship gehört? Das ist ein großer Wettbewerb, der jährlich im Dezember stattfindet. Dieses Jahr wird er hier oben bei uns in den Highlands in der Nähe von Inverness ausgetragen.« Aufgeregt schaut Auri mich an und auch Mikayla scheint begeistert.

Ich schüttle den Kopf. »Um ehrlich zu sein, nein.«

»Ich wusste bisher auch nicht, dass es so etwas gibt«, fährt Auri fort und wirkt dabei voller Enthusiasmus, »aber der Sieger beziehungsweise die Siegerin erhält zwanzigtausend Pfund. Das ist doch grandios, oder?«

»Allerdings.« Kurz wechsle ich einen Blick mit Cillian, der ruhig neben uns steht und zuhört. »Aber da werden ja sicherlich Köche gefragt sein und niemand, der mit Süßspeisen an den Start geht.«

»Danach haben wir sofort geschaut«, mischt sich nun auch Mikayla ein. »So wie ich das verstanden habe, gibt es drei Kategorien: Vorspeise, Hauptgang und Dessert. Es gibt mehrere Runden. Am Ende treten die jeweiligen Sieger in der Kategorie gegeneinander an und die Jury entscheidet sich final für einen Gewinner. Und der muss nicht automatisch eine Hauptspeise zubereitet haben. Also kann auch ein Pastry Chef, sprich Konditor, gewinnen. Komm, sag, dass das grandios ist. Das ist deine Chance!«

Ohne lange zu überlegen, drehe ich mich zu Cillian. »Kennst du den Wettbewerb?«

Er nickt. »Ja. Er ist in Schottland angesehen und das Preisgeld attraktiv. Mikayla und Auri haben recht. Das könnte eine sehr gute Chance für dich sein.«

»Meinst du, ich sollte mich anmelden?«

»Warum solltest du das nicht tun? Der Wettbewerb kommt für dich doch wie gerufen.«

»Jaaa«, antworte ich und lasse die Schultern hängen. »Da werden doch sicherlich nur Profis sein.«

»Und was bist du?« Cillians Frage kommt schnell, und als ich zu ihm blicke, sehe ich, dass er mich ungläubig anschaut. »Wehe du behauptest jetzt, dass du alles andere als ein Profi bist. Stell dein Licht nicht unter den Scheffel. Wie viele Christmas Cookie Contests hast du in Folge gewonnen? Mich wundert es, dass der noch nicht nach dir benannt ist.«

»Ja aber da treten nur Leute aus Winter Haven an.«

»Papperlapapp.« Ich merke schon, Unterstützung für meine Selbstzweifel kann ich von Cillian nicht erwarten. Stattdessen deutet er mit seinem Finger auf mich. »Du bewirbst dich, dann wirst du überprüft und wenn die Organisation der Meinung ist, dass du passt und den Herausforderungen gewachsen bist, bekommst du eine Einladung. Was hast du zu verlieren?«

»Nichts, wie mir scheint.« Ich zucke mit den Schultern und beiße mir auf die Unterlippe.

»Bis wann ist denn diese Anmeldung?«

»Heute!«, ruft Mikayla, was dazu führt, dass ich beinahe Schnappatmung bekomme.

»Das heißt, ich kann noch nicht einmal eine Nacht drüber schlafen, um mir die Sache anständig durch den Kopf gehen zu lassen?«

»Dafür wäre es eh zu spät.« Auri grinst.

»Waruuuuum?« Ich kann mir die Antwort irgendwie schon denken.

»Weil wir dich bereits angemeldet haben. Auch auf die Gefahr hin, dass du uns später dafür lynchst«, erklärt Mikayla und ihr ist anzusehen, dass sie diese Situation gerade absolut liebt.

Neben mir lacht Cillian auf, die Situation scheint ihn zu amüsieren. Er zieht sich den Mantel, den er während der Aufhängaktion ausgezogen hat, wieder an. »Vielleicht habt ihr Glück. Mich hat sie trotz allem bisher am Leben gelassen. Eure Chancen stehen also gut.«

Ich schüttle den Kopf und weiß nicht, ob ich in Panik verfallen oder mich stattdessen einfach freuen soll, dass meine besten Freundinnen so an mich glauben.

»Ich will mein Glück aber auch nicht überstrapazieren und werde jetzt verschwinden«, sagt Cillian und wendet sich in Richtung Tür. »Ich muss noch etwas für das Restaurant machen und ihr habt bestimmt viel zu bereden.« Dabei zwinkert er mir zu.

Schlauer Mann, natürlich wird es dabei nur um ihn gehen. Zumindest den Großteil der Zeit.

»Kann ich die Leiter hierlassen?« Abwartend blickt er mich an, während mir nichts anderes einfällt, als zu stöhnen.

»Warum glauben bloß alle, ich würde mich gern in Gefahr bringen?«

»Keine Ahnung, frag Brandon«, antwortet er lachend und ist im nächsten Moment bereits aus der Tür.

Mikayla scheint es egal zu sein, dass wir nicht ganz allein im Café sind, und braucht nicht lange, um auf den Punkt zu kommen. »Wobei haben wir euch gerade unterbrochen?«

Genervt verdrehe ich die Augen und ziehe meine beiden Freundinnen zu einem Tisch, der etwas Abstand zu den anderen Cafébesuchern hat. Während sie sich setzen, gehe ich zum Tresen und besorge uns drei große Tassen Kaffee und jeweils einen Muffin. Ich brauche jetzt definitiv Süßkram, um mich auf das Kreuzverhör einzustellen.

»Hast du meine Frage verstanden oder soll ich sie noch einmal wiederholen?«

»Ich habe dich sehr wohl verstanden, Mikayla. Vielleicht will ich deine Frage nur nicht beantworten.«

»Willst du nicht oder kannst du nicht?«

»Lasst uns über den Wettbewerb sprechen. Was musstet ihr da über mich angeben?«

Ich bezweifle zwar, dass es mir gelingen wird, die beiden auf ein anderes Thema zu bringen, aber Versuch macht schließlich klug, oder?

»Deine Berufserfahrung, ob du besondere Auszeichnungen hast und ob du guten Männergeschmack beweist.« Während Auri sich bei Mikaylas Antwort das Lachen verkneifen muss, verdrehe ich lediglich erneut die Augen.

»Ernsthaft, Ladys. Was wollt ihr hören?«

»Eigentlich nur, ob ihr euch beinahe geküsst hättet.« Mikayla lehnt sich auf ihrem Stuhl zurück und verschränkt die Arme. Ein bisschen hoffe ich, bei Auri auf Verständnis zu stoßen, aber die prostet mir lediglich mit ihrer Kaffeetasse zu. »Was Mikayla sagt.«

»Wer Freundinnen wie euch hat, braucht keine Feindinnen mehr«, stöhne ich und beiße in meinen Muffin. So kann man auch Zeit schinden. Dann habe ich wenigstens einen Augenblick, um mir selbst darüber klar zu werden, was gerade beinahe zwischen Cillian und mir passiert ist. Nach einem kurzen Moment komme ich mit der wohl einfachsten Lösung daher, die es gibt: »Wir standen halt unter einem Mistelzweig. Was will man da tun?«

»Zur Seite springen?«

Herrlich, wie pragmatisch Auri sein kann.

»Wenn man denn will«, pflichtet Mikayla ihr bei. »Und? Wolltest du, Lizzie?«

Zwei Augenpaare sind auf mich gerichtet und selten habe ich eine Busladung Kunden so sehr herbeigesehnt wie gerade in diesem Moment. Natürlich bleibt die aus.

»Ach, ich weiß es doch auch nicht.« Genervt von mir selbst stütze ich den Kopf in die Hände und verfluche den Tag, an dem mein Herz entschieden hat, Cillian noch eine Chance zu geben. Mein Verstand sieht die ganze Sache nämlich gewaltig anders.

Houston, wir haben ein Problem.

9

Zwei Tage später ist der Dezember endlich da und mit ihm auch der erste richtige Schnee. Über Nacht hat es geschneit und während ich gut gelaunt vor das *The Sweet Spot* trete, kämpft sich die Sonne gerade durch die Wolken. Wie schön Winter Haven zu dieser Jahreszeit aussieht. Vor allem jetzt, da die Gebäude schneebedeckt sind und die Eiskristalle alles zum Glitzern bringen. In den Straßen ist bereits reges Treiben, denn niemand scheint es sich nehmen lassen zu wollen, die weiße Pracht zu bestaunen. Wenn das Wetter jetzt richtig mitspielt, wird die Region in ein, zwei Tagen einem Märchenland gleichen und zu ausgedehnten Schlittenfahrten oder Schneeballschlachten einladen.

Bereits jetzt duftet es nicht nur im *The Sweet Spot* überall nach Mandeln, Nüssen und Lebkuchengewürz. Man merkt einfach im ganzen Ort, wie sehr die Menschen hier die Weihnachtszeit lieben.

Die ersten Touristen sind bereits da und genießen die Schneepisten und die wunderschöne Natur. Wie könnte man das auch nicht zu dieser Jahreszeit? Die Berge sind schon seit einer Weile schneebedeckt und die höher gelegenen Regionen weiß bestäubt.

Als Kind habe ich jede freie Minute mit Rodeln, Skifahren oder bloßem Herumtollen in der weißen Pracht verbracht. Ich konnte gar nicht genug davon bekommen, mit meinen Freunden im Schnee zu spielen. Keine Ahnung, wie viele Schneemänner ich bereits gebaut habe, aber würde man mich heute zu einer Schneeballschlacht einladen, ich würde nicht Nein sagen.

Genauso wenig kann ich Nein sagen, wenn es um das Besorgen von Wichtelgeschenken geht. Seit ein paar Jahren sind wir dazu übergegangen, uns im Freundeskreis auf diese Art zu beschenken. Obwohl Hayden zwar voller Inbrunst dafür gestimmt hat, dass wir uns für Schrottwichteln entscheiden, wurde er wie die Male zuvor eindeutig überstimmt.

Dieses Jahr stehe ich vor einer besonderen Herausforderung, denn ich habe Hayden gezogen. Kurz habe ich überlegt, ob ich ihm zur Strafe ein fürchterliches Geschenk mache, das er dann beim Schrottwichteln weitervermacht, aber ich bringe es nicht übers Herz, Dinge zu verschenken, die ich selbst nicht schön finde.

Ich hoffe inständig, dass entweder Auri oder Mikayla mich dieses Jahr gezogen haben. Nachdem mir Brandon im letzten Jahr einen Verbandskasten für die Backstube geschenkt hat, hätte ich gern mal wieder etwas, das nicht nur praktisch, sondern auch schön ist.

Inzwischen kann ich behaupten, dass ich mich mit dem Hin und Her zwischen dem Restaurant und dem *The Sweet Spot* arrangiert habe. Tatsächlich funktionieren die Abläufe prima und meine Aufträge und das Tagesgeschäft leiden nicht unter den erschwerten Bedingungen. Dass das Ganze für mich mehr Planung und Organisation bedeutet, ist zu verkraften.

Vielleicht schaffe ich es in den nächsten Tagen auch endlich, mir Gedanken über den Christmas Cookie Contest zu machen.

So sehr sich alles in mir dagegen wehrt, einen möglichen Gewinn anzunehmen, muss ich in diesem Jahr wohl selbstsüchtiger sein als die Male zuvor.

Bisher habe ich noch nichts vom Scottish Christmas Culinary Championship gehört, und wer weiß, ob ich das überhaupt tue. In der Zwischenzeit habe ich jedoch herausgefunden, dass es vier Runden gibt: Vorrunde - Viertelfinale - Halbfinale - Finale. Die Vorrunde und das Viertelfinale finden am achten und fünfzehnten Dezember statt, das Halbfinale dann am einundzwanzigsten und das Finale einen Tag später am zweiundzwanzigsten Dezember. Alles verdammt nah beieinander, aber wenn ich nicht für eine Teilnahme ausgewählt werde, muss ich mir auch keine weiteren Gedanken dazu machen. Das Einzige, das ich bisher weiß, ist, dass für jede Runde ein anderes Motto ansteht, zu dem man etwas Passendes zubereiten muss. Wie gut, dass ich unter Druck funktioniere. Wollen wir hoffen, dass die Mottos auch machbar sind.

»Lizzie!«

Überrascht drehe ich mich um, als ich jemanden meinen Namen rufen höre. Im nächsten Moment stürmt auch schon ein kleiner Wirbelwind auf mich zu und schlingt seine Ärmchen um mich.

»Hey, Eleni«, sage ich lachend und begrüße das Mädchen herzlich. Dann blicke ich hoch und sehe, dass Cillian vor mir steht und sich verlegen am Kopf kratzt.

»Ich habe ihr gesagt, sie soll dich nicht so überfallen, aber seit Tagen sagt sie schon, dass wir dich besuchen sollen. Jetzt hat sie wohl die Gunst der Stunde genutzt. Mir scheint, da hat jemand einen Narren an dir gefressen.«

Gut gelaunt tätschle ich Elenis Kopf. »Wie kann man das auch nicht?«, rutscht es mir im nächsten Moment heraus und ein bisschen peinlich berührt starre ich Cillian an, der lediglich sagt: »Ja, das weiß ich auch nicht.«

»Freust du dich über den Schnee?«, frage ich Cillians Tochter schnell, um die Situation zu überspielen und ernte heftiges Kopfnicken.

»Jaaaaa! Daddy will nachher einen Schneemann mit mir bauen!«

»Will er das?«

»Jaaaa! Er hat gesagt, er kann das voll gut.«

»Dann bin ich ja mal gespannt«, erwidere ich schmunzelnd. »Pass auf, dass er nicht vergisst, dem Schneemann einen Schal umzubinden. Sonst friert der noch.«

Eleni grinst und zupft im nächsten Augenblick an meinem Ärmel. »Lizziiiiie?«

»Jaaaaa, Eleni? Was gibt's?«

»Kannst du Plätzchen mit mir backen?«

Überrascht schaue ich zwischen ihr und Cillian hin und her. Dieser zuckt entschuldigend mit den Schultern. »Eleni, ich habe dir gesagt, dass Lizzie viel zu tun und keine Zeit hat, für dich und deine Freunde Plätzchen zu backen. Ich habe dir versprochen, dass wir das zusammen machen.«

»Aber du magst es nicht, Plätzchen zu backen. Und du hast gesagt, dass Lizzie das am besten kann.«

Amüsiert muss ich mir ein Grinsen verkneifen. »Für was möchtest du die Plätzchen denn haben, Eleni?«

Ich gehe in die Hocke, um auf Augenhöhe mit ihr zu sein. Sofort strahlt sie mich an und beginnt mit leuchtenden Augen zu erzählen.

»Ich will meinen Freunden etwas mitbringen.«

»Du möchtest«, korrigiert Cillian sie und schaut mich nahezu entschuldigend an.

»Das finde ich eine sehr schöne Idee, Eleni. Und da hast du dir überlegt, etwas zu backen?«

Sie nickt heftig. »Muffins!«

»Ich liebe Muffins!«

»Ich auch.« Sie grinst. »Hilfst du mir?«

»Eleni, Lizzie hat bestimmt etwas anderes zu tun, als so viele Muffins zu backen. Wir machen das heute Nachmittag zusammen.«

Elenis Gesicht verzieht sich und fast sieht es so aus, als würde sie anfangen zu weinen. Wortlos formt Cillian das Wort »Sorry«, doch ich winke rasch ab.

»Ich helfe dir sehr gern«, sage ich, was Eleni sofort strahlen lässt.

»Heute?«

»Eleni, wir müssen Lizzie erst fragen, ob sie auch heute Zeit hat«, mahnt Cillian sie und ich könnte mich köstlich darüber amüsieren, was für ein schottischer Dickkopf die Kleine ist. Geschieht ihm recht.

»Hast du, Lizzie?«

»Für dich immer.«

Wie soll ich dem kleinen Wirbelwind mit den wunderschönen Augen einen Wunsch abschlagen?

Eleni klatscht in die Hände und schaut aufgeregt zwischen mir und ihrem Vater hin und her. In dem Moment fällt mir ein, dass ich immer noch nicht weiß, ob Elenis Mutter mit in Winter Haven ist, obwohl sie bisher nicht in Erscheinung getreten ist. Im nächsten Augenblick besinne ich mich wieder, denn wenn sie mit hier wäre, hätte ich das inzwischen erfahren. Schließlich ist Cillian schon einige Tage zurück. Warum er jedoch allein mit Eleni hier ist, ist noch nicht zu mir durchgedrungen. Wenn ich ehrlich bin, geht das auch niemanden etwas an. Neugierig bin ich trotzdem.

»Dann kommst du nachher?« Die Aufregung steht Eleni ins Gesicht geschrieben und sie hüpft unruhig von einem Bein aufs andere.

»Das mache ich. Ich bringe dann auch alles mit. Hast du einen Wunsch, welche Muffins du machen möchtest?«

»Weihnachtliche!«, ruft Eleni und ihre Wangen leuchten.

»Na, wenn das alles ist«, erwidere ich und lächle sie an. »Das bekommen wir hin.«

Ich wende mich an Cillian, der die ganze Szene ruhig beobachtet und sich nicht einmischen zu wollen scheint.

»Passt dir gegen fünfzehn Uhr? Ich wollte über Mittag noch einmal die Restaurantküche in Beschlag nehmen und ein paar Dinge fürs Café backen, danach hätte ich Zeit.«

»Fünfzehn Uhr passt. Danke, dass du das machst, Lizzie. Du bereitest ihr damit eine riesige Freude.«

In seinen Augen sehe ich, dass er das ehrlich meint. »Und«, fährt er fort, »mir ersparst du einen Backalbtraum.«

Ich kann nicht anders, als zu grinsen, und frage mich im nächsten Moment, ob das wirklich so geschickt ist, zu Cillian nach Hause zu gehen. Vielleicht wäre es besser gewesen, die beiden in die Restaurantküche zu bestellen, aber dafür ist es jetzt zu spät.

10

Ich habe mich in meinem Leben schon so einigen Herausforderungen gestellt: Referate in der Schule über Themen, die ich nicht im Geringsten verstanden habe, allein in ein Flugzeug zu steigen, weil ich ja unbedingt an einem Patisserie-Kurs in Paris teilnehmen wollte. Und die wahrscheinlich größte Challenge bisher: mich selbstständig zu machen.

Heute jedoch sehe ich mich mit einer ganz neuen Herausforderung konfrontiert. Ich muss bei meinem Ex-Freund an der Tür klingeln, um im Anschluss mit seiner Tochter Plätzchen zu backen, obwohl das doch eigentlich die Aufgabe einer Mutter sein sollte.

Gut, wenn man das Ganze so auseinanderdividiert, klingt es wahrlich dramatischer oder, um beim Thema zu bleiben, herausfordernder, als es eigentlich ist. Schließlich geht es nur darum, ein paar Muffins zu backen. Mit einem Kind, das so zuckersüß ist, dass da die süßeste Backware nicht herankommt.

Trotzdem bin ich aufgeregt. Aus diesem Grund habe ich inzwischen bereits dreimal kontrolliert, ob ich auch wirklich nichts an wichtigen Utensilien und Zutaten vergessen habe. Schließlich hat Eleni nur verkündet, dass ihr Wunschgebäck weihnachtlich sein soll. Da ist viel möglich. An Ideen mangelt es mir auf keinen Fall, sodass die Sache eigentlich funktionieren müsste. Eigentlich.

Wenn mein Herz in Cillians Gegenwart mitspielt.

Ich zucke zusammen, als hinter mir lautstark der Schneepflug durch die Straße fährt, und erkenne Scott Grendloe hinter dem Steuer, der mir freundlich zuwinkt. Wenn es noch ein paar Tage weiter schneit, werden manche Straßen hohe Schneeberge säumen, die der Schneepflug auftürmt.

Jetzt aus reiner Angst vor einer seltsamen Situation mit Cillian abzusagen wäre auch nicht okay, schließlich habe ich es Eleni versprochen.

Es nützt nichts. Ich habe mir die Suppe selbst eingebrockt, jetzt muss ich sie auch auslöffeln. Also betätige ich die Klingel. Es dauert nicht lange, da wird bereits die Tür geöffnet. Cillian taucht im Türrahmen auf und neben ihm steht eine sichtlich aufgedrehte Eleni.

Ich bekomme kaum die Chance, anständig Hallo zu sagen, da ergreift sie auch schon meine Hand und zieht mich ins Innere des Hauses. Schnell klopfe ich meine Stiefel auf der Haustürmatte ab und trete an Cillian vorbei ein. Ich habe keine Ahnung, was ich erwartet habe. Ich war nur wenige Male im Haus der alten Randalls, aber davon ist hier drinnen nichts mehr geblieben. Das gesamte Haus, zumindest soweit ich das so schnell überblicken kann, ist renoviert. Wo damals dunkle Holzdielen und Möbel standen, ist jetzt alles offen und hell. Statt eines Kamins befindet sich nun ein Pellet-Ofen im Wohnzimmer und der warme Schein des Feuers versprüht sofort eine heimelige Atmosphäre.

»Magst du mir deinen Mantel geben?« Cillian hat die

Haustür geschlossen und steht abwartend neben mir, während ich mich aus meinen warmen Sachen schäle. Den Korb habe ich auf den Boden gestellt und mir entgeht nicht, dass Eleni bereits neugierig hineinschaut. Cillian selbst scheint hingegen mich zu beobachten. Als würde er nur darauf warten, was ich sage.

»Gern«, antworte ich lediglich und reiche ihm nacheinander Mantel, Schal und Mütze. Bevor Cillian damals Winter Haven verließ, hatte er ein Zimmer bei seinen Eltern, und so ist es wirklich das erste Mal, dass ich sein eigenes Haus betrete. Um ehrlich zu sein, ist das schon ein komisches Gefühl. Vor allem, weil ich jeden Augenblick damit rechne, dass Jolie die Treppe herunterkommt und vor mir steht.

Innerlich schlage ich mir selbst vor die Stirn und zwinge mich, nicht so einen Schwachsinn zu denken. Stattdessen lasse ich meinen Blick erneut durch den offenen Wohnbereich streifen. Da fällt mir auf, dass eine wichtige Kleinigkeit fehlt. Na ja, wenn man es genau nimmt, eher eine wichtige Großigkeit. Zumindest in meiner Welt.

»Hast du keinen Weihnachtsbaum?«

»Ich bin noch nicht dazu gekommen«, erwidert Cillian und man merkt ihm an, dass ihm die Sache sichtlich unangenehm ist. »Mit dem Umzug, dem Restaurant und allen Veränderungen war das alles ein bisschen viel. Aber ich habe mir vorgenommen, dieses Wochenende einen zu besorgen.«

»Du hast dein gesamtes Haus von außen geschmückt, Lichterketten in die Fenster gepackt und einen halben Staatsakt daraus gemacht, aber der Weihnachtsbaum fehlt noch?«

»Du klingst wie meine Mutter«, sagt er und streift sich mit der Hand durch sein Haar. »Wenn ich ehrlich bin, hat sie den Großteil der Dekorationen aufgehängt. Vor allem für Eleni. Du weißt, ich liebe Weihnachten auch, aber die Zeit ist irgendwie dieses Jahr nicht auf meiner Seite.«

»Ich verstehe. Dann ist es ja gut, dass ich nun hier bin. Wir ändern das nämlich jetzt.« Ich hebe den Korb mit den Zutaten und Utensilien vom Boden auf und schaue zu Eleni.

»Eleni, was hältst du davon, wenn wir deinen Dad jetzt losschicken, damit er einen Weihnachtsbaum besorgt, und wir zwei backen in der Zwischenzeit leckere Muffins? Dann haben wir das Haus und die Küche ganz für uns allein und niemand bekommt mit, wenn wir etwas Teig naschen.«

Sofort weiten sich die Augen des kleinen Mädchens und sie strahlt über das ganze Gesicht. »O jaaaa! Aber einen großen Baum!«, ruft sie und ich kann gar nicht anders, als mit ihr zu grinsen.

»Hätten wir das also geklärt.« Ich drehe mich zu Cillian und deute auf seinen Mantel, der an der Garderobe hängt. »Einen großen! Du hast es gehört. Gibt es noch Weihnachtsbaumschmuck in diesem Haus oder musst du den auch noch besorgen? Zeit hättest du jetzt.«

»Ich kümmere mich drum«, grummelt er amüsiert und gibt sich somit sehr schnell geschlagen.

Wunderbar, ich liebe es, wenn ein Plan funktioniert. Wenn Cillian einen Baum besorgt, bedeutet das automatisch, dass ich nicht aufpassen muss, dass ich nicht vor Nervosität etwas fallen lasse oder gar Salz statt Zucker in den Teig mische.

Zuzutrauen wäre mir das nämlich.

Eleni steckt so in ihrer Vorfreude für unser gemeinsames Backen, dass es ihr nichts auszumachen scheint, dass sich Cillian den Mantel anzieht und sie in meine Obhut übergibt. Zwar haben wir uns inzwischen schon zweimal gesehen, aber schließlich bin ich immer noch eine Fremde für sie.

»Sollte irgendwas mit Eleni sein, rufe ich deine Mum an«, versichere ich ihm, denn ihn jetzt nach seiner Telefonnummer zu fragen, verkneife ich mir.

»Es wird schon nichts sein. Eleni ist pflegeleicht. Abgesehen davon ist sie ein großer Fan von dir. Ich bin auch nicht Ewigkeiten weg. Ihr zwei rockt das schon.« Zu Eleni gewandt sagt er: »Und du machst, was Lizzie dir sagt. Ich verspreche dir, ich besorge uns einen tollen Weihnachtsbaum. Da wird sich Santa dann auch mächtig drüber freuen, wenn er vorbeikommt und die Geschenke bringt.«

Sie strahlt und wie so oft wünschte ich, man könnte sich im Erwachsenenalter ein bisschen von dieser kindlichen Vorfreude bewahren. Erwachsen sein - mit all seinen Verantwortungen, Verpflichtungen und Vorschriften - kann schon wirklich anstrengend sein.

»Bis später«, wende ich mich an Cillian und öffne die Haustür, als wäre es nicht sein Haus, in dem wir uns befinden, sondern meins. Vorsichtshalber schaue ich hoch, aber zu meiner Erleichterung entdecke ich keinen Mistelzweig. Das hätte mir jetzt auch noch gefehlt, dass womöglich Eleni darauf bestanden hätte, dass wir zwei uns küssen.

»Man könnte meinen, du willst mich loswerden.« Cillian lacht und könnte nicht mehr recht haben.

Grinsend zucke ich mit den Schultern. »Wer weiß. Abgesehen davon sind wir Frauen gern unter uns. Los, erfüll deine Männeraufgabe und schlag einen Baum.«

»Ich werde einem beim Weihnachtsbaumverkauf besorgen und nicht in den Wald stiefeln. Das können wir uns für nächstes Jahr vornehmen.«

Mit diesem Satz verabschiedet er sich von Eleni, dreht sich um und geht aus der Tür. Dass er mich mit einem großen Fragezeichen zurücklässt, scheint ihm egal. Wen meint er denn nun mit »wir«?

»Super machst du das, Eleni.«

Ich stehe mit Cillians Tochter in der Küche seines Hauses und um uns herum sind sämtliche Utensilien und Zutaten ausgebreitet. Das Radio ist eingeschaltet und Weihnachtsmusik dringt aus den Boxen. Eleni steht neben mir und gibt sich größte Mühe, die erste Ladung Muffins zu verzieren. Sie hat sich für Weihnachtsmuffins im Rentier-Look entschieden. Gerade ist sie dabei, kleine Salzbrezeln vorsichtig in den Schokoladenguss zu drücken, mit dem ich die Muffins verziert habe. Die herausforderndste Aufgabe für die Kleine ist wohl das Warten, denn es braucht seine Zeit, bis der Guss so weit trocken ist, dass die Brezeln auch halten. Aus Marzipan und Puderzucker bereite ich dann eine Masse vor, aus der ich kleine Kreise aussteche, die im Anschluss die Marzipannasen der Rentiere sein sollen. Jeder Marzipankreis erhält eine rote Schokolinsennase und zum Schluss spritze ich noch aus Puderzuckerguss Augen auf die Muffins, die als letzten Arbeitsschritt noch Pupillen aus Schokoguss bekommen.

Eleni beobachtet alles aufmerksam und mit einer Konzentration, die erstaunlich ist.

»Freust du dich auf den Weihnachtsbaum?«, frage ich zwischen zwei Arbeitsschritten und Eleni nickt.

»Ja!«, ruft sie und ihr Strahlen ist Zeugnis genug, dass es richtig ist, dass Cillian gerade unterwegs ist und den Baum und alles weitere Erforderliche besorgt.

»Hattet ihr in London auch einen Weihnachtsbaum?«

Wieder nickt sie, dieses Mal wirkt sie aber weniger euphorisch. Dann murmelt sie etwas, das ich nicht von einem Kind in ihrem Alter erwartet habe. »Aber der war aus Plastik. Mama mag keine Weihnachtsbäume. Die machen Dreck, hat sie gesagt.«

Ich spüre einen kleinen Stich in der Brust, denn auch wenn echte Tannenbäume nadeln und Pflege benötigen, bringen sie einen wunderbaren Duft in ein Haus und sind einfach schöner als ihre künstlichen Geschwister.

»Hast du denn schon deinen Wunschzettel zusammen mit deinem Dad oder deiner Oma geschrieben und in Santas Briefkasten geworfen?«

Sie schaut mich mit großen Augen an. »Santa hat doch keinen Briefkasten!«

»O doch! Den hat er. Hat dein Dad dir den noch nicht gezeigt? Der steht gar nicht weit von eurem Haus entfernt. Wir können deinen Dad gleich darum bitten, dass er ihn dir bald einmal zeigt.«

»Au ja!«

Es ist so herrlich, wie schön Kinderaugen vor allem in der Weihnachtszeit funkeln können.

»Bekommt Santa dann alle Briefe von allen Kindern?«

»Natürlich!«, rufe ich und lege den leeren Spritzbeutel mit der kleinen Lochtülle in die Spüle. »Solche Briefkästen gibt es auf der ganzen Welt und alle Kinder werfen da ihre Briefe an Santa rein. Dann werden sie automatisch zu Santa geschickt. Selbst wenn man Santas Adresse am Nordpol vergisst draufzuschreiben, kommen die Briefe an. Das ist eins der vielen Weihnachtswunder.«

»Ich möchte Santa auch einen Brief schreiben. Kann ich dann da reinschreiben, was ich mir wünsche?«

»Ganz genau.« Ich nicke und helfe ihr, ihre mit Schokoguss beschmierten Hände abzuwaschen. »Weißt du denn schon, was du dir wünscht?«

Eleni ist für einen Moment still, dann schüttelt sie den Kopf und wirkt dabei ein bisschen traurig. Dieser Ausdruck verschwindet aber rasch wieder, als wir hören, wie die Haustür aufgeschlossen wird. Augenblicke später steht Cillian mit einer prächtigen Tanne im Raum.

»Da bin ich wieder«, ruft er und seine Wangen glühen. Ob vor Anstrengung, Aufregung oder Freude weiß ich nicht, aber es macht Spaß zu sehen, wie begeistert Eleni ihn empfängt.

Während sie zu ihrem Vater läuft und aufgeregt in die Tüten schaut, die Cillian dabeihat, räume ich die letzten Spuren unserer Backaktion weg, denn die Küche glich einem Schlachtfeld.

»Du reagierst gar nicht auf Nachrichten, oder?«

Mit großen Augen schaue ich Cillian an, der sich seines Mantels entledigt hat und dabei ist, den großen Christbaumständer aus seinem Karton zu holen.

»Nachrichten?«

»Nachrichten«, bestätigt er und grinst mich an. »Ich habe dir geschrieben.«

»Oh! Mein Handy steckt in meiner Manteltasche«, sage ich rasch zur Entschuldigung, bevor ich ihn irritiert anschaue. »Woher hast du meine Nummer?«

»Ich habe deine alte Nummer nie gelöscht.«

Sofort habe ich das Gefühl, dass mir das Blut durch die Adern rauscht. Warum hat er das nicht getan? Schließlich hat er ein neues Leben begonnen. Löscht man nicht immer die Nummern seiner Ex-Partner?

Ich habe das getan. Gut, ich war auch rasend vor Wut und Trauer, daher war es das einzig Richtige, Cillians Nummer nicht mehr zu besitzen. Wer weiß, ob ich ihm nicht sonst eines Nachts doch böse Nachrichten hinterlassen hätte.

»Was hast du denn geschrieben?«, hake ich schnell nach, denn ich weiß nicht wirklich, was ich auf sein Geständnis sagen soll. Okay, vielleicht ist der Umstand auch gar nicht so ungewöhnlich, aber ich habe nicht damit gerechnet.

»Ich hatte dich gefragt, was du glaubst, wie lang eine Lichterkette für einen ein Meter achtzig Baum wohl sein muss. Jetzt habe ich einfach eine mit tausend Lichtern mitgebracht. Notfalls strahlt der halt meilenweit.«

Unwillkürlich muss ich lachen, denn ich stelle mir gerade vor, wie hilflos Cillian in der Weihnachtsschmuckabteilung gestanden und sich im Kopf ausgerechnet hat, wie lang so eine Lichterkette wohl zu sein hat und wie viele Birnen passend wären. Herzallerliebst.

»Wir haben Rentier-Muffins gebacken!«, unterbricht Eleni unser Gespräch und sofort liegt Cillians volle Aufmerksamkeit bei seiner Tochter.

»Echt? Lass mich sehen!«

Mit leuchtenden Augen und glühenden Wangen präsentiert Eleni ihre Muffins. Dabei erklärt sie Cillian stolz, was sie alles gemacht hat. Hin und wieder blickt er zu mir und zwinkert mir zu. Dass mir dabei ganz warm wird, versuche ich so gut es geht zu ignorieren.

»Die sehen toll aus, Eleni.« Er streichelt ihr liebevoll über den Kopf. »Hast du dich bei Lizzie bedankt, dass sie dir geholfen hat?«

Eleni schüttelt den Kopf, läuft aber im nächsten Moment auf mich zu und schließt ihre kleinen Ärmchen um mich.

»Danke, Lizzie«, quietscht sie und dreht sich dann wieder zu Cillian um. »Lizzie hat mir auch von Santas Briefkasten erzählt. Da müssen wir einen Brief einwerfen!«, ruft sie und wie ein Wirbelwind rennt sie im nächsten Augenblick aus der Küche. »Ich mache schon mal Platz für den Baum.«

Cillian und ich wechseln schnell einen Blick.

»Ich schlage vor, du gehst gucken, dass sie gleich nicht unter dem Baum liegt, weil sie geglaubt hat, sie könnte ihn allein bewegen. Ich hole derweil den Weihnachtsschmuck aus der Tasche und bereite die Kugeln vor, dass ihr sie nur noch aufhängen müsst.«

»*Wir* sie nur noch aufhängen müssen, meinst du sicher. Du wirst Eleni und mich ja dabei wohl nicht allein lassen. Wenn Weihnachtsbaum schmücken mit ihr in Ansätzen auch nur so ist wie mit meinen Eltern, gibt es hier gleich Nervenzusammenbrüche.«

»Jetzt übertreibst du aber«, antworte ich schmunzelnd und freue mich insgeheim darüber, dass Cillian möchte, dass ich bleibe. So sehr, dass mein Herz ein bisschen schneller schlägt.

Verrückt.

Oder wahnsinnig.

Vielleicht aber auch beides.

11

»Sorry, dass Eleni dich heute so in Beschlag genommen hat.«

Vorsichtig schließt Cillian die Kinderzimmertür hinter uns und gemeinsam gehen wir auf leisen Sohlen über den Flur und die Treppe herunter zurück in die Küche.

»Nicht schlimm. Es war ein richtig schöner Tag und das Backen mit ihr hat echt Spaß gemacht.«

Ich spüre Cillians Nähe, als er hinter mir hergeht, und versuche, mir meine Nervosität nicht anmerken zu lassen. Nicht auszudenken, würde er bemerken, wie unruhig mich seine Nähe macht. Ich bin froh, dass er weiterspricht und kein Schweigen zwischen uns zustande kommt, denn zum ersten Mal an diesem Tag sind wir allein, jetzt, da Eleni eingeschlafen ist.

»Den hatte Eleni auch. Du hast ihr eine große Freude gemacht. Sie hat mir eben erzählt, wie sehr sie darauf gespannt ist, wie den anderen Kindern die Rentier-Muffins schmecken werden. Danke, Lizzie. Wirklich. Danke, dass du meiner Tochter so einen schönen weihnachtlichen Tag beschert hast. Gerade jetzt. Das ist nicht selbstverständlich. Der Weihnachtsbaum ist auch dein Verdienst.«

»Ach, jetzt tu mal nicht so.« Ich winke ab. »Den Weihnachtsbaum wolltest du sowieso besorgen. Ich habe vielleicht nur ein wenig Tempo in die Sache gebracht.«

Lächelnd zieht er mir den Stuhl zurück und wartet darauf, dass ich wieder am Tisch Platz nehme. Cillian hat es sich nicht nehmen lassen, für uns zu kochen. Eleni jedoch ist über die Hauptspeise nicht hinweggekommen und beinahe auf ihrem Stuhl eingeschlafen. Also haben wir sie ins Bett gebracht und ich musste ihr tatsächlich noch eine kurze Weihnachtsgeschichte vorlesen.

Irgendwie ist diese Situation doch verrückt. Und was meinte Cillian vorhin mit »gerade jetzt«? Bevor ich mir stundenlang den Kopf zerbreche, entscheide ich mich, nachzufragen.

Angespannt greife ich nach dem leeren Glas vor mir und fahre mit meinen Fingern über den Rand. »Cillian«, beginne ich, nicht sicher, ob die nächste Frage vielleicht nicht doch ein bisschen übergriffig ist, »was meintest du eben mit ›gerade jetzt‹?«

Mein Gegenüber atmet schwer durch und bevor er antwortet, steht er auf und holt eine neue Flasche Wasser aus dem Kühlschrank. Dann hält er inne. »Oder möchtest du Wein?«

Ich schüttle den Kopf, denn es ist mitten in der Woche und ich muss morgen wieder früh raus. Er gießt uns beiden ein, bevor er sich wieder hinsetzt.

»Jolie hat mich verlassen«, sagt er dann ohne Umschweife und mir stockt der Atem. »Na ja, eigentlich hat sie mich und ihre Tochter verlassen, was viel schlimmer ist.«

Ich kann nicht glauben, was ich da höre. Mag eine Trennung heutzutage nichts Ungewöhnliches mehr sein, aber welche Mutter lässt ihr Kind zurück? Das ist dann doch mehr als untypisch.

»Das tut mir sehr leid. Wann? Wieso?«

One tough Christmas Cookie

Geistreichere Fragen fallen mir in der Situation nicht ein.

Wieder atmet Cillian gequält ein und aus, bevor er sich auf seinem Stuhl zurücklehnt und mich anschaut. »Vor ein paar Wochen. Ich hatte gerade eine Vertragsverlängerung in London unterschrieben, als sie mich mit gepackten Koffern zu Hause erwartet hat. Sie fühle sich in London nicht mehr gefordert und habe jetzt, da Eleni ein bisschen älter ist, das Bedürfnis, sich noch einmal neu zu finden und zu definieren. Sie wolle die Welt bereisen und kulinarisch wachsen. Noch unbekannte Restaurants und Köche entdecken, die sie neu inspirieren.«

»Aber Eleni wird gerade mal fünf!« Ich kann nicht glauben, was ich da höre. »Sie ist doch noch ein kleines Mädchen und braucht ihre Mutter. Und ihren Vater natürlich«, füge ich an, als Cillian gequält den Mund verzieht. Restaurantkritikerin hin oder her. Das kann man auch in und um London herum sein und muss nicht die Welt bereisen, wenn man ein Kind hat.

»Genau das habe ich ihr auch gesagt.«

»Und wie hat sie reagiert?«

Jetzt schnaubt Cillian. »Sie hat gemeint, dass sie, wenn sie zurückkäme, Eleni eine bessere Mutter sein könnte, und dass unsere Tochter dann noch viel mehr zu ihr aufblicken würde, weil sie eine Frau wäre, die ihre eigenen Entscheidungen träfe und ihre eigenen Wege und Ziele verfolge. Sie sieht sich als Vorbild.«

Bei Cillians Worten breitet sich Wut in meinem Bauch aus. Auch ohne Jolie jemals getroffen zu haben, hasse ich diese Frau.

»Und dann ist sie einfach gegangen?«

Er nickt. »Ich habe ihr gesagt, dass sie nicht wiederzukommen brauche, wenn sie ginge. Und dass sie sich auch nicht mehr bei Eleni zu melden habe.«

»Und?«

»Es hat sie kalt gelassen. Sie hat gesagt, dass ich anders denken werde, wenn ich sehe, welche Frau zu mir, zu *uns* zurückkommen würde. Mit welchem Potenzial und welcher kulinarischen Erfahrung. Als ob das alles wäre, was zählt.«

Ich wische mir eine Träne aus dem Augenwinkel, denn mein Herz bricht für die kleine Eleni. Und tief in mir drin spüre ich, dass es erneut für mich bricht. Aber ich setze alles daran, dass mich dieses Gefühl nicht übermannt. Also hake ich nach: »Wie hat Eleni das aufgefasst?«

Es dauert einen Moment, bis Cillian antwortet und ich merke ihm an, wie schwer es ihm fällt, darüber zu reden. »Sie denkt, dass ihre Mutter auf einer Reise ist, um für ein Buch zu recherchieren, das sie bald schreiben wird, und sich nicht meldet, weil es da überall so schlechten Empfang gibt, dass ihre Anrufe nicht durchkommen.«

»Du hast ihr also nicht die Wahrheit gesagt?«

»Dass sie ihrer Mutter nicht genug bedeutet? Nein!« Seine Stimme schneidet durch den Raum und plötzlich fühlt es sich an, als wäre die Temperatur um mindestens zehn Grad gesunken.

»Es tut mir leid, ich wollte mit meiner Anmerkung keine Wunden aufreißen. Ich bin mir sicher, du hast als ihr Vater entschieden, welcher Weg momentan der richtige ist.«

»Ich versuche es zumindest. Ich bringe es nicht übers Herz zu sagen, dass Jolie keine gute Mutter ist. Sie ist bemüht. Aber ich habe viel zu lange nicht erkannt, wie egoistisch und auf sich bezogen sie ist. Ich könnte mir nicht vorstellen, ohne Eleni zu sein. Zu sehen, wie ihre Augen leuchten. Ich mag gar nicht daran denken, wie es wäre, nicht in ihrer Nähe sein zu können. Auch wenn ich Stunden im Restaurant verbracht habe, für mich gibt es nichts Schöneres, als nach Hause zu kommen und Eleni ist da. Vielleicht versuche ich auch deswegen, ihr so ein schönes Weihnachtsfest wie möglich zu bereiten. Mit all den Dekorationen, Traditionen und eben auch einem Weihnachtsbaum.« Für einen Augenblick hält er inne und scheint wieder in Gedanken versunken. Dann spricht er weiter: »Ich habe mich damals blenden lassen. Alles war neu und aufregend, als ich aus Winter Haven weggegangen bin. Jolie war so anders als all das, was ich bisher kannte. Sie hat mich fasziniert und in ihren Bann gezogen.« Er stockt, denn wahrscheinlich wird ihm bewusst, dass wir gerade das erste Mal nach all der Zeit über das sprechen, was passiert ist. Oder zumindest in die Nähe eines Gesprächs kommen. Seine Worte machen etwas mit mir. Sie machen mich wütend. Ich balle meine Hände, die auf einmal eiskalt sind, unterm Tisch zu Fäusten und versuche, meinen Atem unter Kontrolle zu bringen. Aber es will mir einfach nicht gelingen. Mein Puls rast. Meine Fingernägel graben sich in meine Handinnenflächen und es kostet mich eine immense Mühe, an mich zu halten.

Weiß er überhaupt, was er da von sich gibt? Wer hier vor ihm sitzt, dem er das sagt?

»Lizzie, du sagst gar nichts. Ist alles okay?«

Wortlos schüttle ich den Kopf. Dann schließe ich die Augen und spüre, wie Tränen in mir aufsteigen. Ich kämpfe mit aller Gewalt dagegen an. Was glaubt er, wer er ist? Ich bin mir sicher, mein Mund ist zu einer harten Linie verzogen.

»Lizzie?«

Ich hebe die Hand, signalisiere ihm so, dass er nicht weitersprechen soll. »Ich denke, es ist besser, wenn ich jetzt gehe.«

»Aber ... Warum?«

Er hat seine Frage noch nicht ausgesprochen, als ich aufspringe. In meinem Kopf brennt die extra für ihn installierte Sicherung durch und es fällt mir schwer, nicht laut zu werden. Aber ich möchte Eleni nicht aufwecken, weshalb ich tief durchatme und mit gepresster Stimme sage: »Weil ich kein Interesse daran habe zu hören, wie faszinierend Jolie für dich war. So neu, so toll, so verführerisch und aufregend anders. Es tut mir leid, dass ich das sagen muss, aber wenn du ihr vorwirfst, egoistisch zu sein, darfst du dir sehr wohl an deine eigene Nase packen. Du hast vielleicht kein Kind zurückgelassen, aber mich. Einfach so. Weil du deine Karriere vorangestellt hast. Und Jolie! Wir waren vielleicht nur eine Jugendliebe, aber das, was wir hatten, war nicht nichts. Und so leid es mir auch tut, dass Eleni das jetzt mitmachen muss, dass du das mitmachen musst, glaub mir, ich weiß, wie es sich anfühlt, auf einmal vor den Scherben einer Beziehung zu stehen und nicht zu wissen, wie der nächste Tag aussieht und wie man sich und anderen das alles erklären soll.«

Cillians Miene ist wie versteinert und ich sehe ihm an, dass er den Atem anhält.

»Du musst jetzt auch nichts sagen, Cillian. Die Sache zwischen dir und mir liegt in der Vergangenheit. Ich bin über all das hinweg und habe ein wunderbares Leben. Auch ohne dich.«

Es ist, als hätten diese Worte rausgemusst, denn auf einmal spüre ich eine Ruhe, die sich in mir ausbreitet. Schließlich ist es etwas, das sich all die Jahre angestaut hat und unausgesprochen geblieben ist, weil Cillian mir nie die Chance auf ein Gespräch gegeben hat. Mit den Worten verfliegt meine Wut und zurück bleibt nur ein Gefühl von Traurigkeit. Trauer um das, was wir mal waren. Was wir hätten sein können. Gleichzeitig ist da auch ein Hauch von Stolz, weil ich weiß, was für eine Frau aus mir geworden ist. Auch ohne ihn.

Ich schiebe den Stuhl an den Tisch und nicke ihm zu. »Danke für das Essen. Und berichte mir, was Elenis Freunde zu den Muffins gesagt haben. Ich bin mir sicher, wir sehen uns morgen oder an einem der anderen Tage im Restaurant.« Mit diesen Worten gehe ich zur Garderobe und nehme meinen Mantel vom Haken. Gerade will ich ihn mir anziehen, als ich Cillian hinter mir wahrnehme. Er nimmt mir den Mantel wieder ab und legt ihn auf die kleine Kommode, die unter der Garderobe steht. Dann schaut er mich mit seinen Augen an, in denen ich schon so oft versunken bin.

»Es tut mir so leid.« Seine Stimme zittert und als ich den traurigen Blick in seinen Augen sehe, muss ich schlucken. »Dass ich gegangen bin. Dass ich dir das Gefühl gegeben habe, nicht genug zu sein. Dass ich unsere Zukunft weggeschmissen habe.« Er macht einen Schritt auf mich zu, hält inne, doch dann streckt er seine Hand aus und streicht mir eine Haarsträhne aus dem Gesicht.

Mein verräterischer Körper kribbelt bei seiner Berührung und in mir sehnt sich plötzlich alles danach, vom ihm gehalten zu werden. Verdammt, so war das nicht geplant. Ich war doch so stark. Ich hole tief Luft, schließe die Augen und werde mir all der Gefühle bewusst, die auf einmal auf mich einprasseln.

»Du hast ...« Meine Stimme bricht. »Du hast einen Teil von mir mitgenommen, als du gegangen bist. Es hat mich fast zerstört, als ich erfahren habe, dass du deine Zelte hier abgebrochen hast, um dauerhaft wegzugehen. Ich konnte es nicht glauben, dass du all das, was wir waren, aufgeben konntest. Für etwas Neues. Spannenderes als mich. Auf einmal warst du einfach weg.«

Es ist still ihm Flur, nur leise ist das Knistern der Pellets im Ofen zu hören.

»Aber jetzt bin ich hier«, flüstert er und schaut mir dabei tief in die Augen. »Ich bin hier und gehe auch nicht mehr weg.«

Cillian hebt mein Kinn mit einer Hand an und zwingt mich, ihn anzusehen. Auch wenn ich es nicht will, verschleiern mir erneut Tränen die Sicht. Mein Herz setzt für einige Sekunden aus, ehe es langsam und stolpernd wieder anfängt, zu schlagen. Auf einmal ist da dieses furchtbare Gefühl eines Vielleichts, dieses verräterische Ding Hoffnung.

»Bitte weine nicht. Ich kann dich nicht weinen sehen.« Mit dem Daumen fährt er unter meinen Augenlidern entlang.

Die Gefühle, die mich gerade durchströmen, gleichen einem Schneesturm, der mit aller Gewalt über mich hereinbricht. Ich versuche, die Kontrolle zurückzugewinnen, aber dieser Mann macht es mir einfach nicht leicht.

»Ich habe einen riesigen Fehler gemacht, als ich gegangen bin.«

Seine Worte erreichen einen Punkt tief in meinem Herzen, den ich lange, verdammt lange verschlossen gehalten habe. Ich schlucke schwer bei dem Versuch, alle Gefühle zu zügeln, die in mir toben.

»Das hast du«, wispere ich leise, greife nach seiner Hand und löse sie von mir. Es kostet mich alle Kraft, die ich in diesem Moment aufbringen kann, aber ich weiß, dass es das Richtige ist. Dann atme ich tief durch und sage mit fester Stimme, von der ich nicht weiß, wo ich sie gerade herhole: »All das liegt in der Vergangenheit. Wir haben als Paar versagt, Cillian. Lass uns das als Freunde nicht tun. Vielleicht bekommen wir das hin. Irgendwann.«

»Das wäre schön«, antwortet Cillian leise und fast ein bisschen zögerlich. »Das würde ich mir wünschen.«

Ich nicke und greife nach meinem Mantel. Dieses Mal lässt Cillian es zu und beobachtet mich lediglich stumm. Dann legt er mir den Schal um und reicht mir meine Mütze.

»Komm gut heim.« Langsam öffnet er die Tür.

»Ich habe es nicht weit.« Unwillkürlich müssen wir nun beide schmunzeln.

»Gute Nacht, Cillian.«

»Gute Nacht, Lizzie.«

Ich trete aus der Tür ins Freie, spüre sofort, wie mich die kalte Winterluft des späten Abends umgibt und einhüllt. Kurz schließe ich die Augen und dann gehe ich, ohne mich noch einmal umzudrehen, die wenigen Meter bis zu meiner Wohnung.

Mein Herz klopft hart gegen meine Brust und ich bin dankbar, dass mir niemand entgegenkommt, denn dieses Mal kann ich die Tränen nicht zurückhalten, die über meine Wangen laufen.

Es war richtig, zu gehen. Genauso wie es wichtig war, ihm endlich alles zu sagen, was schon so lange schwer auf meiner Brust liegt. Den Cocktail an Emotionen, der in den letzten Minuten so bittersüß geschmeckt hat, spüre ich noch jetzt auf meiner Zunge. Genauso wie den Drang, Cillians Lippen noch einmal auf meinen zu spüren.

12

»Und dann bist du einfach gegangen?«

Ungläubig blickt Mikayla mich an und scheint nicht glauben zu können, was ich ihr und Auri gerade erzähle.

Ich nicke.

»Was hätte ich denn deiner Meinung nach tun sollen? Mich ihm an den Hals werfen? Nach allem, was gewesen ist? Ich bitte dich, ich bin doch nicht verrückt. Ich habe einmal bitterlich wegen ihm gelitten, ich werde es kein zweites Mal tun. Da hilft es auch nicht, wenn er meint, mir eine Haarsträhne aus dem Gesicht zu streichen und mich mit Welpenaugen anzuschauen.«

»Das hat er gemacht?« Auri schaut mich fragend an.

»Hat er.«

»Und was, wenn er es ernst meint und jetzt vielleicht alles anders sein könnte?«

»Bitte was?« Erstaunt über Mikaylas Worte starre ich sie an und überlege für einen Moment, ob sie nun von allen guten Geistern verlassen ist. »Muss ich dir noch einmal erzählen, wie es mir damals ging, als er Winter Haven den Rücken gekehrt hat? Um eine Beziehung mit einer ach so spannenden, aufregenden Französin in London zu starten? Ich glaube nicht, oder?«

Ironie kann ich. Definitiv.

»Musst du nicht«, erwidert Mikayla und zieht für sich und Auri zwei Hocker zurecht, sodass sie mir beim Verzieren der Pecannuss-Kürbis-Törtchen zuschauen können.

»Ich glaube nur, dass es nichts bringt, wenn du dich ständig im Kreis drehst zwischen ›Ich find ihn toll‹ und ›Er ist ein Arschloch‹«. Mikayla zuckt mit den Schultern.

»Ich habe weder gesagt, dass ich ihn toll finde, noch dass er ein Arschloch ist«, grummle ich und finde es auf einmal gar nicht mehr so berauschend, dass mich meine beiden besten Freundinnen in ihrer Mittagspause im Restaurant besuchen. Wenn ich mich aufrege, schaffe ich bei Weitem nicht das, was ich schaffen müsste.

»Du hast andere Wege gefunden, das zu kommunizieren«, mischt sich Auri nun ein und erntet von Mikayla ein eifriges Kopfnicken. »Also, ich meine, wie du zu ihm stehst.«

Was mich am meisten an der Sache nervt, ist, dass ich weiß, dass die beiden recht haben. Seit Cillian zurück ist, bin ich wie ein Fähnlein im Wind. In einem Moment könnte ich ihm unentwegt vors Knie treten, ihn teeren und federn und ihm sämtliche boshaften Restaurantkritiker an den Hals wünschen. Im nächsten stelle ich mir vor, wie es wäre, wieder in seinen Armen liegen zu können.

»Ich habe ihm gestern gesagt, dass unsere Beziehung gescheitert ist und wir es als Freunde versuchen können. Damit ist die Sache jetzt eh gegessen.«

Ich bin immer noch ein bisschen stolz darüber, dass mir das gelungen ist. Auch wenn ich mir selbst die meiste Zeit nicht glaube.

»Aha«, entfährt es Auri. »Kannst du überhaupt mit ihm befreundet sein?«

Wieso muss sie auch immer die richtigen Fragen stellen?

»Natürlich«, antworte ich rasch und klinge dabei furchtbar überzeugend. Nicht.

»Lügnerin.« War klar, dass sie mich sofort durchschaut. Diese Unterhaltung läuft definitiv nicht so, wie sie laufen sollte. Gerade will ich etwas erwidern, als plötzlich jemand die Tür vom Restaurant aufstößt. Zu meiner Überraschung ist es nicht Cillian, sondern ich erkenne einen Mann, der verdächtig nach einem Brief- oder Paketzusteller aussieht.

»Lizzie Gordon?« Er schaut fragend zu uns herüber.

»Das bin ich.« Ich wische mir die Hände an meiner Schürze ab und trete um den Tresen herum. Dann eile ich auf ihn zu. »Was gibt's?«

»Man hat mich hierhergeschickt und gesagt, dass ich Sie hier finde. Ich habe einen Brief für Sie. Wenn Sie die Zustellung einmal unterschreiben würden?«

»Natürlich«, erwidere ich und nehme ihm diesen komischen Stift ab, um auf seinem Pad zu unterzeichnen. Zwar bin ich es für das *The Sweet Spot* gewohnt, regelmäßig Lieferungen zu quittieren, aber ich kann mich nicht daran erinnern, wann ich das das letzte Mal für eine Privatzustellung getan hätte. Der Mann drückt mir einen großen Umschlag in die Hand und verabschiedet sich sogleich wieder.

»In amerikanischen Filmen sagen sie jetzt immer so etwas wie ›You've been served‹«, höre ich Mikayla sagen, während ich irritiert den Umschlag in meinen Händen drehe. Dann erkenne ich den Absender und werde schlagartig nervös.

»Der ist von der Organisation, die für den Scottish Christmas Culinary Championship zuständig ist.«

»Wie spannend!« Auri rutscht von ihrem Hocker und tritt neben mich.

»Mach auf!«, fordert mich nun auch Mikayla auf. Ich liebe meine Freundinnen dafür, dass sie sofort mit mir aufgeregt sind.

Mit zittrigen Händen öffne ich den Umschlag und ziehe ein Schreiben heraus, das an mich gerichtet ist. Hastig überfliege ich die Zeilen und plötzlich schlägt mir mein Herz bis zum Hals.

»Und? Was steht da drin?«, will Mikayla ungeduldig wissen und auch Auri ist anzumerken, dass sie es kaum abwarten kann, dass ich etwas sage.

»Ich bin dabei«, stammle ich und lasse das Schreiben sinken. »Ich bin wirklich dabei!« Aufregung breitet sich in mir aus.

»Juhuuuuu!« Mikaylas Aufschrei hört man bestimmt bis weit in den Ort hinein. Im nächsten Moment fallen mir die beiden auch schon um den Hals.

»Ich hab's doch gewusst!«, jauchzt Auri und klatscht dabei in die Hände. »Wer, wenn nicht du?«

»Und untersteh dich, jetzt umgehend zu behaupten, nicht gut genug zu sein«, ermahnt mich Mikayla und nimmt mir den Brief aus der Hand. »Unsere Lizzie ist dabei. Süße, ich bin stolz auf dich.«

»Noch habe ich nichts gemacht und bin weit vom Finale oder einem potenziellen Gewinn entfernt.«

»Bla bla.« Mikayla winkt ab. »Die werden bei so einem großen Wettbewerb schon prüfen, wen sie antreten lassen. Und ich bin mir sicher, irgendwer vom Kommittee war in den letzten Tagen hier und hat etwas aus dem *The Sweet Spot* probiert. Ist dir jemand Verdächtiges aufgefallen?«

O Gott! Darüber habe ich noch gar nicht nachgedacht. Was, wenn sie mitbekommen haben, dass ich momentan nur über eine Ausweichbackstube verfüge, weil mein eigener Ofen hinüber ist? Dann besinne ich mich wieder, denn letztendlich ist das für den Moment nicht entscheidend. Schlussendlich kommt es darauf an, was ich backe und nicht, wo ich es backe.

»Willst du nicht endlich erzählen, was jetzt auf dich zukommt?« Abwartend blickt Auri mich an, während ich mir wieder den Brief aus Mikaylas Händen sichere.

»Würde ich ja gern, aber unsere Freundin hier hat mir das Schreiben kurzzeitig entwendet.«

»Aber nur, weil ich mich selbst mit eigenen Augen überzeugen wollte«, verteidigt sich diese sofort und ich kann mir ein Grinsen nicht verkneifen.

Halleluja, wie aufregend das alles ist!

Dann lese ich meine Zusage erneut und versuche zu verstehen, wie Wettbewerb von statten geht. Abwartend stehen Auri und Mikayla neben mir und auch wenn sie ungeduldig auf eine Auskunft hoffen, geben sie mir die Ruhe, damit ich alles verinnerlichen kann, was in dem Schreiben steht.

»Okay«, sage ich nach einer Weile und deute auf einen der Tische, an denen für gewöhnlich Cillian sitzt, wenn er hier im Restaurant über irgendwelchen Plänen und Zeichnungen brütet. »Lasst uns hinsetzen und dann berichte ich euch alles über den Wettbewerb und den Ablauf. Das steht hier nämlich alles auf dem Beiblatt, das mit im Umschlag lag.«

Beim Gedanken an Cillian hüpft mein Herz kurz einmal etwas schneller, aber rasch verdränge ich den mentalen Ausreißer wieder und konzentriere mich auf den Wettbewerb.

Wir nehmen Platz und ich beginne mit meinen Erzählungen. »Die erste Runde findet bereits Sonntag in ein paar Tagen statt. Heute ist der vierte, also in genau vier Tagen. Halleluja. Aufgabe ist es, vor Ort in der Kategorie, in der man sich angemeldet hat, ein Gericht zuzubereiten. Dafür gibt es ein Motto. Dieses lautet für die erste Runde ›Vorfreude auf Weihnachten‹. Am fünfzehnten findet dann das Viertelfinale statt. Was man da zuzubereiten hat, erfährt man mit dem Ergebnis der ersten Runde. Das Halbfinale ist am einundzwanzigsten. Dafür wird das Motto - wie könnte es anders sein - mit den Ergebnissen des Viertelfinales verkündet. Der Finaltag ist dann bereits einen Tag später. Hier erfährt man erst an dem Tag, was auf einen zukommt. Laut Schreiben kann das dann ein Motto sein, eine bestimmte Zutat, die in Szene gesetzt werden muss, oder oder oder.«

»Eine bestimmte Zutat?« Auri schaut mich irritiert an. »Und die ist für alle drei Kategorien gleich? Sprich jemand, der einen Hauptgang zubereitet, hat die gleiche Zutat wie jemand, der ein Dessert macht? Das kann doch gar nicht funktionieren.«

»Doch«, sage ich. »Es gibt Zutaten, Gewürze zum Beispiel, die passen sowohl in eine Süßspeise wie auch in etwas Herzhaftes. Schokolade zum Beispiel.«

»Brrrrrr.« Mikayla schüttelt sich. »Schokolade in einer warmen Hauptspeise? Das stelle ich mir fürchterlich vor.«

»Ganz und gar nicht.« Ich lache. »Sie funktioniert wunderbar in Saucen.«

»Gott sei Dank bist du darin Expertin und nicht ich. Ich lasse hin und wieder sogar Spaghetti verkochen.« Entschuldigend zuckt Mikayla mit den Schultern.

»Dafür hast du andere Talente«, erwidere ich und tätschle ihr den Arm. »Brandon ärgern, zum Beispiel. Was ist das überhaupt mit euch beiden? Ihr seid schlimmer als Geschwister.«

Sie verdreht die Augen und funkelt Auri anschließend böse an, weil diese ungehemmt losprustet.

»Gar nichts ist zwischen uns beiden. Und da wird auch nie etwas sein. Er ärgert mich halt gern und ich lasse das nicht so stehen. Er braucht endlich eine Frau, damit er seine ganze Energie nicht an mir auslässt. Die muss jedoch noch gebacken werden. Vielleicht kannst du da was machen, Lizzie. So, und nun Themenwechsel.«

»Einverstanden.« Amüsiert schaue ich meine Freundin an und frage mich, welcher Mann es jemals schaffen wird, sie so zu faszinieren, dass sie nicht binnen zwei Wochen fürchterlich von ihm gelangweilt ist. Vielleicht muss der wirklich noch gebacken werden.

»Gut, dann reden wir über Cillian und dich.« Triumphierend

grinst Mikayla und dieses Mal bin ich es, die mit den Augen rollt.

»Nein, danke.« Ich will aufstehen, werde aber von ihr zurück auf meinen Stuhl gezogen. »Was? Der Wettbewerb, zu dem wohlgemerkt *ihr* mich angemeldet habt, beginnt in ein paar Tagen und ich habe noch keine Ahnung, was ich machen soll. Ich muss an die Arbeit.«

»Das schaffst du doch mit links«, versucht Auri mich umgehend zu beruhigen. »›Vorfreude auf Weihnachten‹ ist doch so ein weitgefasstes Thema, da fällt dir sicherlich etwas ein. Steht in dem Schreiben auch, ob die Zutaten alle vor Ort sind oder musst du die selbst mitbringen?«

»Es gibt für die Runde vor Ort eine gewisse Grundausstattung. Ich nehme an, damit sind Eier, Mehl, Zucker, Sahne und so etwas gemeint. Wenn man bestimmte Dinge benötigt, muss man die selbst mitbringen. Aber das ist ja kein Problem.«

»Brauchst du Hilfe beim Brainstorming?« Abwartend blickt Auri mich an.

»Vielleicht. Aber erstmal muss ich jetzt zurück in die Küche, damit das *The Sweet Spot* nicht plötzlich ohne Ware dasteht. Mikayla, du hast im Kopf, dass du angeboten hast, mir am Montag mit den Plätzchen für den Kindergarten zu helfen?«

Gespielt theatralisch stöhnt sie auf. »Angeboten? Ich wurde genötigt. Manchmal, liebe Lizzie, bist du wirklich schlimmer als jeder Arbeitsoberaufseher!«

»Hört, hört. Das sind ja völlig neue Töne! So schlimm ist Lizzie also?«

Wir alle zucken zusammen und Auri entfährt sogar ein kleiner Aufschrei, als plötzlich Cillian vor uns steht. Niemand von uns hat mitbekommen, dass er das Restaurant betreten hat. Was muss er sich auch so anschleichen?

Dieser Frage sieht er sich auch sogleich konfrontiert, als Auri ihn anfunkelt. »Himmel, ich bin gerade bestimmt fünf Jahre gealtert«, prustet sie und hält die Hand auf ihre Brust.

»So schlimm wird es schon nicht sein.« Cillian lacht. »Entschuldigt. Ich habe Hallo gesagt, aber ihr wart so in euer Gespräch vertieft, dass ihr nichts mitbekommen habt. Vielleicht solltet ihr demnächst das Restaurant abschließen. Sonst kommt noch jemand rein und entführt euch, weil ihr nicht reagieren könnt.«

»Die bringen mich eh im Hellen wieder«, sagt Mikayla und deutet auf den Umschlag mit dem Brief, der immer noch vor uns auf dem Tisch liegt. »Es gibt übrigens etwas zu feiern. Lizzie hat es in den Wettbewerb geschafft, für den wir sie angemeldet haben.«

Kurz habe ich das Gefühl, als rege sich etwas in Cillians Augen, aber dann verzieht sich sein Mund zu einem Lächeln. »Nichts anderes habe ich erwartet. Herzlichen Glückwunsch. Das sind wunderbare Neuigkeiten.«

»Finden wir auch«, erwidert Auri und schaut mich euphorisch an.

»Die Chance, dass du mich also bald wieder los bist, steigt enorm.«

»Wie muss ich das verstehen?« Cillian wirkt irritiert.

»Na, wenn ich gewinne, lasse ich mir in Rekordzeit einen neuen Ofen liefern.«

»Klingt nach einem Plan. Das Finale ist wann?« Er verschränkt seine Arme.

»Am zweiundzwanzigsten.«

»Wenn man die Lieferzeit und alles im Blick hat, bin ich dich also frühestens im neuen Jahr los.«

»Du mich los? Ich wohl eher dich. Keine vier Wochen mehr. Das überstehe ich jetzt auch noch.«

Er legt den Kopf leicht schräg und mustert mich. »Ja, dann …«

Ich warte darauf, dass er noch mehr sagt, aber es kommt nichts mehr. Stattdessen nickt er uns zu und verschwindet in den hinteren Teil des Restaurants, wo sich die Toiletten befinden.

Kaum ist er außer Hörweite, platzt es aus Mikayla heraus: »Was war das denn jetzt?«

Ich zucke lediglich mit den Schultern. »Keine Ahnung. Ist aber auch egal. Vielleicht ist er noch sauer wegen gestern Abend, dass er eine Abfuhr bekommen hat.«

»Hätte er dir dann zu deiner Teilnahme gratuliert?«

»Warum nicht, Auri? Ich meine, wir sind schließlich Freunde.«

»Bist du sicher, dass du die gleiche Definition von Freundschaft hast wie er? Du warst gerade schon ziemlich harsch zu ihm.«

»Wieso das?« Ich ziehe meine Augenbraue hoch und realisiere, wie meine Haut vor Unbehagen anfängt zu kribbeln.

»Ja, das frage ich mich auch. Du hast ihm mehr oder weniger gesagt, dass du froh bist, wenn du ihn in vier Wochen los bist.«

»Habe ich gar nicht.«

»Hast du«, stimmt Mikayla Auri zu und ich versteife mich.

»Ach, das war ja nur ein Scherz. Ich bin mir sicher, Cillian kann das abhaben«, versuche ich die Sache abzutun, erinnere mich aber nur zu gut an den Ausdruck in seinen Augen, als er auf meine Aussage lediglich mit »ja, dann« geantwortet hat.

»Du bekommst das schon wieder geradegebogen«, sagt Mikayla beruhigend und tätschelt mir den Arm. »Jetzt sind andere Dinge wichtig. Du brauchst einen freien Kopf für die Vorbereitung des Wettbewerbs. Und Cillian hin oder her, der raubt dir gerade nur die Konzentration, und das können wir nicht gebrauchen.«

»Wir?« Amüsiert blicke ich meine Freundin an, die inzwischen aufgestanden ist und Auri mit einem Wink auf die Uhr signalisiert, dass ihre Mittagspause vorbei ist.

»Wir«, bejaht sie und zieht ihren Mantel wieder an, den sie am Eingang über einen Stuhl gelegt hat. Auri tut es ihr gleich.

»Das Angebot steht. Wenn du Hilfe beim Brainstorming brauchst, lass es uns wissen. Und dass wir dich zum Wettbewerb begleiten, ist ja wohl klar. Da lassen wir nicht mit uns reden. Das Einzige, das du entscheiden darfst, ist, ob wir ein Plakat für dich machen oder nicht. Im Anfeuern sind wir mega.«

»Bitte nicht«, gebe ich gequält von mir und drücke die beiden zum Abschied. »Ich verspreche euch, ich widme euch meine Dankesrede, falls ich gewinne.«

»Wenn, nicht falls«, korrigiert mich Mikayla und wirft mir beim Rausgehen einen Kussmund zu. »Nicht vergessen, Lizzie! Wenn, nicht falls!«

13

Es ist bereits dunkel und das *The Sweet Spot* geschlossen, als ich mir einen Stuhl in der Backstube an meinen kleinen Tisch in der Ecke ziehe und auf ein leeres Blatt Papier starre. Kaum zu glauben, dass ich es wirklich in den Wettbewerb geschafft habe. Zwar weiß ich, dass ich sicherlich nicht völlig talentfrei bin, aber ein landesweiter Wettbewerb ist eine ganze andere Hausnummer als ein Christmas Cookie Contest im beschaulichen Winter Haven.

Ich habe keine Ahnung, gegen wen ich antreten werde, denn den Regularien zufolge ist man bis zum ersten Wettbewerbstag verpflichtet, Stillschweigen über eine Teilnahme zu bewahren. Ich weiß nicht, wo der Sinn darin liegt, aber vielleicht will man so sicher gehen, dass die noch unbekannteren Teilnehmer nicht völlig eingeschüchtert von den großen Namen sind. Wer weiß das schon? Ich habe meine Teilnahme zwar nicht an die große Glocke gehängt, aber zumindest wissen jetzt neben mir bereits drei weitere Leute davon, dass ich beim Wettbewerb dabei bin. Und wenn schon. Es wird mir sicherlich niemand einen Strick daraus drehen, solange ich es nicht online auf Social Media poste.

Ich für mich bin mir sicher, dass sich ab dem Betreten der Eventlocation Schnappatmung und Herzrasen abwechseln werde. Zwar bin ich durchaus ein Wettkampftyp und liebe die Herausforderung, aber dieses Mal ist es wirklich wichtig, dass ich gewinne. Oder zumindest den zweiten Platz belege, denn für den gibt es Küchengeräte im Wert von fünftausend Pfund. Es wäre schon ein Traum, wenn das irgendwie gelänge, wobei ich auch realistisch an die Sache herangehe. Wenn ich ehrlich bin, rechne ich mir keine großen Chancen aus, aber wie sagt meine Großmutter Fiona immer so gern? »Nicht schon im Vorfeld die Flinte ins Korn werfen.«

Fiona hat gut reden. Sie muss auch nicht gegen andere Köche beziehungsweise Konditoren antreten. Und dass Schottland durchaus hervorragende zu bieten hat, steht außer Frage.

Das ganze Theater nur, weil mich dieser gottverdammte Ofen im Stich gelassen hat. Kurz drehe ich mich um und starre auf die Lücke hinter mir, wo einst der Backofen stand, bevor Brandon ihn abgeholt hat. In Gedanken strecke ich ihm die Zunge raus, bevor ich mich wieder zu meinem Blatt Papier umdrehe. Okay, vielleicht auch ihnen: dem Ofen und Brandon.

Vorfreude auf Weihnachten - wie bringt man das auf einen Teller? Am einfachsten wird es wohl sein, wenn ich mich auf weihnachtliche Geschmäcker fokussiere und versuche, da etwas zu kreieren, das Lust auf mehr macht. Vielleicht einen ausgefallenen Cookie, Lebkuchen oder gar eine andere Art von Dessert. Puuuuh, ich wäre dankbar, wenn Ideen nicht tagelang auf sich warten ließen. Der Sonntag naht nämlich mit gewaltigen Schritten.

Ich fahre herum, als ich plötzlich ein Klopfen an der Backstubentür wahrnehme. Wenn ich abends hier allein bin, habe ich mir angewöhnt, abzuschließen. Zwar passiert in Winter

Haven nie etwas, aber trotzdem fühle ich mich sicherer. Kurz überlege ich, ob ich überhaupt öffnen soll, doch dann komme ich mir lächerlich vor. Ein Einbrecher würde kaum anklopfen. Hoffe ich zumindest.

Ich drehe den Schlüssel im Schloss um und als ich die Tür aufziehe, staune ich nicht schlecht. Cillian steht vor mir, in seinen warmen Mantel gepackt, den Schal weit hochgezogen und die Wollmütze auf dem Kopf.

»Hi«, sage ich überrascht und hadere kurz damit, ob ich an die Seite treten soll oder nicht, mache ihm jedoch dann Platz, sodass er eintreten kann.

»Was machst du hier?«, frage ich und warte, bis er die Mütze abgelegt hat. Irgendwie fühlt sich die Backstube auf einmal fünf Grad kälter an, was definitiv nicht daran liegt, dass ich kurz die Tür nach draußen geöffnet habe. Cillian wirkt anders als sonst.

»Wir müssen reden«, erwidert er kurz angebunden und seine Stimme ist dabei kaum hörbar.

»Ookaaayy. Das klingt ernst.«

Abwartend blicke ich ihn an und kann mir nicht erklären, was hier gerade geschieht.

»Ist es auch.« Seine Antwort fällt knapp aus. Alles in mir will etwas sagen, doch sämtliche Worte stecken in meinem Hals fest und so schweige ich. Stattdessen beobachte ich mit einem mulmigen Gefühl im Bauch, wie er seinen Mantel auszieht und ihn samt dem Schal und der Mütze an die Garderobe neben der Tür hängt.

Dann dreht er sich zu mir und schaut mich mit finsterer Miene an.

»Lizzie, ich bin es nicht gewohnt, dass man so mit mir spricht, wie du es heute Mittag getan hast. Nach gestern Abend dachte ich, es wäre zwar noch nicht alles vergessen zwischen uns, aber zumindest so weit okay, dass wir an einer Freundschaft arbeiten können. Da erwarte ich nicht, dass man mir gegenüber äußert, dass man froh sei, wenn man mich in Kürze los ist.«

Das ist also sein Problem. Ich will etwas erwidern, doch Cillian fährt fort: »Es geht nicht darum, dass mein Ego angekratzt ist und ich mir generell nichts sagen lasse. Ich bin selbstbewusst genug, mit Kritik umzugehen. Aber dein Kommentar heute Mittag hat mich getroffen. Und wenn ich mir eine Sache geschworen habe, bevor ich nach Winter Haven zurückgekehrt bin, dann, dass ich einen fairen Neustart möchte. Wenn das bedeutet, dass ich Leute verliere, dann ist das hart, aber manchmal passiert das im Leben. Ich weiß, dass du mich für das verfluchst, was ich damals getan habe. Ich habe mich entschuldigt und bin bereit, alles in meiner Macht Stehende zu tun, dir zu beweisen, dass ich eine Chance verdient habe. Aber wenn du mir auf diese Art signalisierst, dass du nicht bereit dazu bist, mir zu vergeben, oder es zumindest zu versuchen, sag es und ich werde dich in Ruhe lassen. Dann werden wir uns so arrangieren, dass wir uns im Restaurant nur selten begegnen und unsere Leben leben. Getrennt und auf Distanz. Auch wenn ich weiß, dass das in einem Ort wie Winter Haven eine große Herausforderung wäre.«

Seine Worte treffen mich mitten ins Herz und ich merke, wie ich innerlich zusammensacke. Als hätte Cillian Eis in meine Adern injiziert, das sich rasant in meinem ganzen Körper ausbreitet. Mit dieser Reaktion von ihm habe ich nicht gerechnet. Herrje, es war doch nur als Scherz von mir gemeint.

Mein Herz bekommt kleine Risse, als ich erkenne, dass ich ihn verletzt habe. In Gedanken habe ich ihm so oft Unvorstellbares an den Kopf geworfen und gewünscht, er könnte mindestens den gleichen Schmerz spüren, den ich bei seinem Weggang empfunden habe. Aber jetzt, da er vor mir steht und mir zu verstehen gibt, was das mit ihm macht, fühle ich mich furchtbar.

Tränen bilden sich in meinen Augen und schnell drehe ich mich weg, damit er sie nicht sieht.

Augenblicklich spüre ich seine Hand an meiner Schulter. Ich versteife mich, aber dann scheint mein Körper wie Wachs in seinen Händen zu werden.

Cillian muss meine Regung gespürt haben, denn kurz zieht er seine Hand zurück. Doch dann verringert er die Distanz zwischen uns und ist mir auf einmal unfassbar nah. Er berührt mich erneut und dreht mich zu sich. Ich weiß nicht warum, aber dieser Moment zwischen uns ist intimer als viele zuvor. Er weckt nicht nur Erinnerungen in mir, vielmehr fühle ich eine neue Art der Verbindung zwischen uns, die ganz zart anklopft. Ein Neuanfang?

Liebes Universum, warum gibt es für Situationen wie diese keine Gebrauchsanweisung?

Lange sagt er nichts, schaut mich nur an. »Hey, nicht weinen, Lizzie. Ich kann auch einfach sagen, dass ich hier bin, um mir Zucker zu leihen.«

Jetzt muss ich doch lachen und mache ein seltsames Geräusch, das eine Mischung aus Prusten und Schluchzen ist. Dieser Mann wird noch mein Untergang sein.

»Damit hätte ich besser umgehen können«, gestehe ich ihm. Sofort schleicht sich ein Grinsen auf Cillians Lippen und doch ist uns beiden die Ernsthaftigkeit des Moments sehr wohl bewusst.

»Es tut mir leid, dass ich das so flapsig gesagt habe. Ich habe es nicht so gemeint, wie du es aufgefasst hast. Ich habe nicht nachgedacht.« Meine Stimme gleicht einem Flüstern und ich hoffe, Cillian glaubt mir. Er steht vor mir und auf einmal fühlen sich all die Jahre, die zwischen damals und jetzt liegen, all die Tränen, die ich vergossen habe, all der Schmerz, der mich beinahe zerstört hat, furchtbar weit weg an.

»Ich weiß«, haucht er und unsere Blicke treffen sich. »Aber

bitte sei ehrlich mit mir, Lizzie.« Er hält inne. »Glaubst du, dass du mir jemals verzeihen kannst? Irgendwann? Ich weiß, dass das nicht sofort sein wird. Aber gibst du mir die Chance, noch einmal in deinem Leben sein zu können? Bitte.«

Er streckt eine Hand aus und ich sehe die Hoffnung in seinem Blick, dass ich meine Hand in seine lege. Dass ich seiner Bitte nachkomme. Es sind nicht nur meine Finger, die zu kribbeln beginnen, sondern mein ganzer Körper meldet sich zu Wort. Wie von einem unsichtbaren Band gezogen lege ich meine Hand in seine.

»Ja«, wispere ich. Dann sagt niemand von uns mehr etwas. Ich spüre das Gewicht dieses Schweigens, das sich in die Länge zieht, schwer auf meiner Brust. Mein Herz klopft so stark, dass es zu zerspringen droht. Ich hebe meinen Kopf, beiße mir auf die Unterlippe und suche in seinem Gesicht nach Antworten. Nach Lösungen, wie es jetzt weitergehen soll.

Cillian findet seinen eigenen Weg. »Darf ich dich im Arm halten, Lizzie?«

Bei seiner Frage steigen Erinnerungen in mir hoch und ich kann nicht anders, als zu nicken. Er zieht mich zu sich und in eine Umarmung, die inniger nicht sein könnte. In ihr liegt ein Versprechen. Ich fühle es und lasse zu, dass mich seine Nähe umfängt, dass mich seine Arme einschließen. Stumm lehne ich mich an ihn. Wie sehr hat mir Cillians Nähe gefehlt.

Ich habe keine Ahnung, wie lange wir so stehen, aber irgendwann löst er sich ein Stück von mir und legt seine Hand auf meine Wange. »Du bist wirklich noch so viel schöner als früher. Dein ganzes Wesen. Dein Herz.«

Was müssen wir für ein seltsames Bild abgeben. Wir zwei, so nah beieinander, in einer fast dunklen Backstube, spät am Abend in Winter Haven.

»Ich war so dumm.« Seine Stimme ist kaum hörbar und ich weiß, dass seine Worte nur für mich und niemanden sonst bestimmt sind. Im Nu sind meine Gedanken erneut das Chaos in Reinform. Ich zucke mit den Schultern.

»Du hast halt geglaubt, nur woanders glücklich zu werden. Mit jemand anderem.«

Cillian zieht scharf die Luft ein und dann beugt er sich zu mir vor. Seine Lippen sind dicht an meinen. »Ich weiß, dass ich einen riesigen Fehler gemacht habe. Ich liebe meine Tochter. Aus tiefstem Herzen. Aber dir, Lizzie ... dir gehört meine Seele. Hat sie schon immer.«

Sein Arm, der um meine Taille liegt, zieht mich enger an sich. Mein Herz beginnt zu flattern. Cillian hält mich noch fester und wie von selbst finden meine Hände den Weg auf seinen Rücken.

»Schon immer«, wiederholt er nah an meinem Ohr. Sein Atem streift meine Haut und die feinen Härchen in meinem Nacken stellen sich auf. Weil ich nicht weiß, was ich sagen soll, drücke ich mein Ohr dicht an seine Brust. Sein Herz pocht kräftig und ich schließe die Augen. Für einen Moment möchte ich glauben, dass es nur für mich schlägt. So wie es mein Herz für seins tut. Ich will diesen Augenblick genießen, will mir diese Minuten von nichts und niemandem nehmen lassen. Sie gehören mir. Uns. Wie gut kenne ich das Gefühl, wenn alles durch meine Hände rinnt und vorbei ist. Ich beginne zu zittern, was Cillian bemerkt.

»Ssshh«, flüstert er beruhigend und streicht mit seiner Hand über meinen Rücken. Dann hebt er mein Kinn an. Das Kribbeln, das meinen Körper durchfährt, ist allgegenwärtig und ich lehne mich in seine Berührung. Woher kommt bloß dieses plötzliche Herzstolpern schon wieder?

Ich kann mich belügen, so viel ich will. Verschwinde, Verstand. Was willst du noch hier, Vernunft?

Mit seinen Fingerspitzen streicht Cillian mir eine Haarsträhne aus dem Gesicht. Seine Lippen sind so nah an meinen, dass ich nur den Kopf ein bisschen anheben müsste ...

Ich atme ein und dann lasse ich es geschehen. Seine Wärme umgibt mich und ich vergesse alles um uns herum. Für diesen einen Moment gibt es nur noch ihn und mich. Mein Herz klopft so stark, dass ich mir sicher bin, dass auch Cillian es hören muss.

Sachte streicht sein Mund über meinen. Nach einer gefühlten Ewigkeit lässt er mich endlich seine Zunge spüren, öffnet mit ihr meine Lippen und wagt sich vorsichtig vor.

Dieser Kuss ist so viel mehr als nur ein Kuss. Er schmeckt nach einem längst verloren geglaubten Traum. Einem Funken Hoffnung. Einem Vielleicht. Bittersüß und doch genau richtig.

Verführerisch stiehlt er mir den Atem und fordert mich gleichzeitig auf, seinen Kuss zu erwidern.

Völlig überwältigt lasse ich mich gegen ihn sinken und seufze zwischen zwei Küssen auf.

Liebes Universum, wie kostbar kann ein Augenblick sein?

14

»onntest du eigentlich immer schon so gut küssen?«, presse ich atemlos hervor, als Cillians Mund meinen wieder freigibt.

Er lacht und zwinkert mir zu. »Du treibst mich einfach zu Meisterleistungen an.« Der Blick, den er mir dabei zuwirft, gehört verboten. Seine Worte hängen bedeutungsschwer zwischen ihm und mir.

Cillian küsst mich erneut und auf eine verführerische Art, die nur er beherrscht, stiehlt er mir den Atem. Diese Küsse sind besser als sämtliche Weihnachtsplätzchen der Welt vereint.

»Lizzie Gordon, du grinst, während sich unsere Lippen berühren.«

»Gar nicht«, versuche ich mich zu verteidigen, was natürlich nichts bringt.

»Ja, dann ...«

»Untersteh dich, einfach noch einmal zu mir › ja, dann‹ zu sagen!« Mit den Händen auf seine Brust gedrückt, gehe ich ein wenig auf Abstand.

»Noch zu früh?«

»Verträgst du das Echo, Mister McLean?«

Statt mir zu antworten, küsst Cillian mich auf die empfindliche Stelle zwischen Schulter und Nacken, die mich schon damals schwach gemacht hat. Himmel, seit wann gibt es dort so viele Engelschöre, die auch noch alle gleichzeitig singen?

Sanft saugt er an meinem Ohrläppchen und ich erschaudere. Beinahe kichere ich, aber kann mich gerade noch beherrschen.

»Bedankst du dich immer so, wenn du dir nur etwas Zucker leihen willst?«

»Vielleicht«, murmelt er, packt mich an den Hüften und zieht mich noch enger zu sich heran. Sofort erkunden seine Lippen meine Halsbeuge erneut. Wie soll man da bitte die Kontrolle bewahren? Das süße verräterische Ziehen zwischen meinen Beinen ist Beweis genug, dass ich dazu nicht wirklich im Stande bin.

Was ist in den letzten Minuten geschehen, dass wir uns auf einmal wieder so nah sind? Ich weiß es ganz genau. Mein Verstand hat sich verabschiedet und mein Körper hat übernommen.

»Lizzie, ist alles okay?«

Ich blinzle und sehe in Augen, die mich aufmerksam mustern.

»Ähm, ja. Alles in Ordnung. Es ist nur ... ähm ...«

»Raus mit der Sprache.« Er gluckst und blickt mich amüsiert an. »Du bist selten sprachlos, also? Ich höre.«

Ich hole tief Luft, nicht sicher, ob ich wirklich aussprechen soll, was ich denke. Aber dann werfe ich alle Zweifel über Bord und sage: »Ich habe Lust auf dich und weiß nicht, ob das richtig ist.«

Seine Augen verengen sich und für einen Moment antwortet er nicht. Dann verzieht sich sein Mund zu einem Grinsen.

»Ich finde, das ist genau richtig.«

»Ach ja?« In manchen Situationen kann ich herrlich

eloquent sein. Nervös beiße ich auf meine Unterlippe, was das Funkeln in seinen Augen nur verstärkt. Ich bin so dankbar, dass diese komische Stimmung von vorhin verflogen scheint.

»Ja.«

Bilde ich mir das ein, oder glühen seine Wangen auf einmal?

»Dir ist schon klar, dass wir uns gerade mitten in deiner Backstube befinden. Und die hat Fenster.«

Ich verdrehe die Augen, was er natürlich umgehend kommentieren muss.

»Hast du gerade etwa mit den Augen gerollt?«

Cillian stupst mich mit der Nase an.

»Habe ich. Ich habe nicht damit gerechnet, dass du so unkreativ bist.«

»Wie bitte?«

»Du hast schon richtig gehört. Erstens kann man das Licht ausschalten, zweitens gibt es einen Fußboden und drittens habe ich auch einen Vorratsraum.«

»Du warst schon immer herrlich romantisch«, raunt Cillian und streicht mit seinem Daumen über meine Lippen. Ich kann nicht anders, öffne meinen Mund ein Stück und lasse ihn die Spitze meiner Zunge spüren. Sofort verdunkeln sich seine Augen und er zieht scharf die Luft ein.

»Wenn wir damit jetzt anfangen, Lizzie, dann kann ich mich nicht mehr stoppen. Und du weißt, deswegen bin ich nicht hier. Um ehrlich zu sein, hatte ich das nicht eingeplant. Wenn man sowas überhaupt einplanen kann. Eigentlich wollte ich dir auch noch etwas erzählen.«

»Das kannst du auch später noch. Jetzt lösch bitte einfach das Licht.«

»Hast du das jetzt wirklich so plump gesagt?«

»Entweder machst *du* es oder ich.«

Woher nehme ich auf einmal dieses Selbstbewusstsein? Und wieso sind plötzlich alle schlimmen Gedanken an das, was war, ganz weit weg? Wieso setzt mein Verstand gerade aus und mein Körper übernimmt sämtliche Kontrolle für mich? Okay, die Erkenntnis habe ich eigentlich schon seit geraumer Zeit.

Ganz einfach - weil es Cillian ist, der mir gegenübersteht, und der für mich die reinste Versuchung ist. Und um ehrlich zu sein, auch ein Teil von mir. Ob ich will oder nicht.

Kaum merklich nickt er und geht zur Tür, neben der sich der Lichtschalter befindet. Mit dem nächsten Atemzug wird es dunkel in der Backstube und nur das Licht, das von draußen hereinfällt, gestattet uns, noch ein wenig zu erkennen.

Ich sehe alles, was ich brauche. Ihn. Cillians große Gestalt kommt auf mich zu und sämtliche Nervenenden sind in Alarmbereitschaft. Es ist lange her, seit er mich das letzte Mal berührt hat. Viel zu lange.

Cillian streckt die Hand nach mir aus und rasch überbrücke ich die Distanz zwischen uns. Dann schmiege ich mich an ihn, nehme seinen wohligen Duft in mir auf und spüre deutlich das Verlangen in mir, das so langsam sämtliche Kontrolle über mich gewinnt.

Ich schaue zu ihm hoch und unsere Blicke treffen sich. In seinen Augen liegt ein Ausdruck, den ich nicht erfassen kann, aber für den Moment ist das egal. Das hier funktioniert, ohne nachzudenken, und ich lasse das jetzt einfach geschehen.

Zärtlich streicht Cillian mir eine Haarsträhne hinter das Ohr und streift dabei sanft meine Wange. Die Berührung seiner Fingerspitzen schießt wahre Stromstöße durch mich durch, sodass ich mich an ihn presse und mehr will.

Ich will jetzt kein vorsichtiges Herantasten. Was ich will, ist die Flammen herauszulassen, die schon in mir zündeln, seitdem ich ihn wiedergesehen habe. Das Feuer muss raus und ich bin bereit, es intensiver zu entfachen.

Ich schiebe meine Hände unter meinen Pullover und warte nicht darauf, dass Cillian mir behilflich damit ist, ihn auszuziehen. Als ich nur noch im BH vor ihm stehe, glühen Cillians Augen und die Lust spricht aus ihnen.

Mir geht es nicht anders, als er sich kurzerhand ebenfalls seines Hemds samt T-Shirt entledigt und Sekunden später mit freiem Oberkörper vor mir steht. Ich schlucke und kann nicht behaupten, dass meine Atmung kontrolliert wirkt. Vielleicht leide ich unter leichten Atemproblemen und weiß es einfach nicht?

Dann öffne ich den Verschluss meines Rocks, ziehe ihn und meine Strumpfhose herunter und winde mich aus beiden heraus. Seit Cillian mich das letzte Mal in Unterwäsche gesehen hat, sind Jahre vergangen. Meine Brust und meine Hüften sind runder und weiblicher. Vielleicht liegt es an seinem Blick, aber ich fühle mich sexy. Nicht nur so ein bisschen sexy, sondern sinnlich und verführerisch.

Mit meinen Augen verfolge ich die Spur feiner Haare, die von seiner Brust runter über seinen flachen Bauch in südlichere Gefilde verläuft und dann in seiner Hose verschwindet.

Mein Gesichtsausdruck muss Bände sprechen, denn Cillian schmunzelt und legt den Kopf leicht schräg.

»Du machst mich an. Ich bin mir sicher, das kannst du sehen.«

Und ob ich das kann. Durch den Stoff seiner Jeans ist seine Erregung deutlich auszumachen.

Ich keuche auf, als Cillian nach meiner Hand greift, um mich in einer einzigen Bewegung umzudrehen und an sich zu ziehen. Sofort wird mein Rücken an seine Brust gepresst und jetzt kann ich seine Erregung spüren.

Ohne lange abzuwarten, öffnet Cillian den Verschluss meines BHs und streift ihn mir ab. Dabei gleiten seine Fingerspitzen über meine nackte Haut und Gänsehaut bildet sich überall da, wo er mich berührt. Als wüsste er, wie sehr mich seine Liebkosungen an meinem Hals und Nacken erregt haben, neckt er abwechselnd diese Stellen mit seinen Lippen und seiner Zunge. Mit den Daumen streicht er über meine Brüste, ehe er sie ganz mit seinen Händen umschließt. Dann küsst er meine Schulter und leckt mit seiner Zunge genau über diese Stelle. Ich habe es nicht für möglich gehalten, dass meine Brustwarzen noch härter werden können, aber sie tun es. Als er mit seinen Fingern darüber streicht, schmerzen sie vor Verlangen. Ich reibe meinen Po am offenen Reißverschluss seiner Jeans und seine Antwort erfolgt sofort. Er schiebt seine Finger unter den Bund meines Höschens und ich lasse den Kopf in den Nacken fallen und stöhne.

»Mmmh«, raunt er dicht an meinem Ohr und dreht mich dann zu sich um. »Ist da etwa jemand vorbereitet?«

»Bilde dir nichts drauf ein. Ich gehe regelmäßig zum Waxing.«

Er hebt eine Augenbraue. »Das muss doch wehtun.«

»Gehört Salz an jede Suppe?«

Er kichert und irgendwie ist das das Süßeste, was ich seit Langem gehört habe. Dann verdunkeln sich seine Augen und die Leidenschaft ist zurück. Rasch schiebt er meinen Slip nach unten und geht dabei in die Hocke. Dass er sehr nah an meiner empfindlichsten Stelle ist, steht außer Frage. Ich erwarte, dass er mich dort berührt, aber stattdessen stellt er sich wieder aufrecht und entledigt sich selbst seiner Shorts.

Halleluja, ich hatte völlig vergessen, dass Cillian zu den Männern mit einem wirklich schönen Schwanz gehört. Hätte ich eine Dildofabrik, ich ließe ihn Modell stehen. Es soll ja auch Plätzchenformen in der Art geben, aber das Motiv finde ich für die Bewohner von Winter Haven zu riskant. Hinterher erkennt ihn noch jemand wieder.

»Warum grinst du auf einmal so?«

Ich fühle mich ertappt und beiße mir auf die Unterlippe.

»Ähm, ich habe gerade kurz überlegt, ob dein Schwanz eine perfekte Vorlage für Backformen sein könnte.«

»Reden wir von kleinen Plätzchenformen? Oder solchen für Christstollen?«

»Ich habe noch nie Christstollen gesehen, der eine andere Form als Konfekt oder eben eine Rolle hat. Meinst du, wir könnten damit eine Marktlücke füllen?«

»Lizzie, wir stehen nackt voreinander. Willst du dich gerade allen Ernstes darüber unterhalten?«

Ich schüttle den Kopf und genieße es, dass Cillian seinen Blick an mir auf- und abwandern lässt.

Sehr gut, sieh ruhig, was du all die Zeit verpasst hast.

Als könnte er Gedanken lesen, kommt er auf mich zu und ehe ich mich's versehe, drückt er mich gegen die Arbeitsfläche. Ich zucke kurz, als ich die kalte Metallplatte an meinem Po spüre, aber dann blende ich das Gefühl aus und sehe Cillian voller Lust an. Und er versteht.

Er hebt mich hoch, spreizt meine Beine und schiebt sich dazwischen. Ich hatte keine Ahnung, dass das möglich ist, aber meine Erregung wächst ins Unermessliche. Als Cillian zwischen meinen Schenkeln entlangstreichelt, drohe ich zu zergehen. Das wird auch nicht besser, als er eine meiner Daumenspitzen zwischen seine Lippen nimmt und daran saugt.

Fuck! Wie soll ich dabei einen kühlen Kopf bewahren? Ist es dafür nicht eh schon viel zu spät?

»Du schmeckst so verführerisch gut.«

»Ist das so?«

»Zweifelst du etwa die kulinarischen Fähigkeiten eines Profikochs an?«

Ich lache lauthals auf, muss aber im nächsten Moment aufstöhnen, als Cillian zwei Finger in mich schiebt und dafür sorgt, dass ich mich auf nichts anderes konzentrieren kann als auf das Gefühl, das sich zwischen meinen Beinen ausbreitet und sich langsam, aber sicher bis in die kleinste Haarspitze verteilt.

Ich lehne mich zurück, stütze mich auf meinen Ellenbogen ab und blicke nach unten. Dann sehe ich ihn herausfordernd an. Meine Erregung wird beinahe unerträglich.

Weiß ich, dass wir in meiner Backstube sind und man uns von draußen sehen könnte, wenn man dicht vor den Fenstern steht und hereinblickt? Ja. Stört es mich? Nein.

Unsere Blicke treffen sich und in Cillians Augen erkenne ich Begehren.

»Was willst du?«

Sieh mir an, was ich jetzt brauche, du Idiot!

Gerade will ich etwas sagen, da zwinkert Cillian mir zu, beugt sich runter und drückt seinen Mund zwischen meine Beine.

Endlich.

Cillian verwöhnt mich mit seiner Zunge, leckt mich sanft, im nächsten Augenblick wieder fest und gierig. Mein Körper schwingt zwischen grausamer Folter und purer Ekstase hin und her. Ich bin mir nur nicht so sicher, ob ich das so lange aushalte.

Vor allem nicht, als Cillian seine Finger wieder mit hinzunimmt. Ich stemme mich ihm entgegen und bin froh, dass keins der Fenster aufsteht, denn ich atme heftig und muss alles daransetzen, nicht laut aufzustöhnen.

Wieder stimuliert mich Cillians Zunge. Sie taucht in mich ein, liebkost, neckt, saugt.

Ich kann nicht mehr und lasse mich fallen, atme schwer und stöhne so laut auf, wie ich es lange nicht mehr getan habe.

Verdammt.

Keuchend starre ich Cillian an, der grinst und sich über die Lippen leckt.

Muss er das tun? Heiß. So verdammt heiß.

Dann kommt er zu mir hoch, schwebt plötzlich dicht über mir, sein Mund ist meinem ganz nah.

»Du zitterst«, raunt er.

»Ich ... Ich weiß.« Ich bin völlig überwältigt, wie schnell und heftig mein Körper auf ihn reagiert hat. »Sorry«, stoße ich hervor und weiß nicht so recht, ob ich aufstehen oder peinlich berührt fragen soll, ob er mir meinen Pullover wiedergeben kann.

»Kein Grund, dich zu entschuldigen«, sagt er und küsst mich zu meiner Überraschung auf die Stirn.

Liebes Universum, wann verstehen Männer endlich, dass Küsse auf die Stirn etwas mit uns Frauen machen? Nicht gut. Gar nicht gut.

»Hat es dir gefallen?«

»Nach was sah es aus?«

»Es sah, hörte und fühlte sich so an.«

Jetzt muss ich doch grinsen und schlage mir kurz meine Hände vors Gesicht. »Soll ich dir jetzt einen Orden verleihen?«

»Nein, nicht nötig. Ich weiß auch so, dass du mich magst. Und bevor jetzt wieder so eine blöde Frage kommt wie ›Tue ich das?‹, sag einfach Ja.«

Ich bin mir sicher, er weiß, wie sehr ich ihn mag. Dafür kennt er mich zu gut. Und auch wenn ich mich die ersten Tage mit Händen und Füßen gewehrt habe, das hier sind wieder wir. Cillian und Lizzie. Zusammen. Wie früher.

Und doch sind wir nicht zusammen, sondern liegen einfach nur nackt in meiner Backstube auf der Arbeitsplatte. So sieht es also aus, wenn wir versuchen, Freunde zu sein. Ich weiß nicht, ob es ihm genauso wie mir geht, aber in meinem Kopf ist das totale Gedankenchaos. Wie könnte es das auch nicht sein? Schließlich hat mich Cillian gerade so intensiv geleckt, dass ich unsagbar schnell zum Orgasmus gekommen bin. Und das, obwohl ich mir damals hoch und heilig geschworen habe,

Cillian nie wieder so nah an mich rankommen zu lassen. Zumindest physisch ist mir das überhaupt nicht gelungen.

»Worüber denkst du nach?«

Noch so eine Frage, die in diesem Moment eigentlich fehl am Platz ist, aber ein Blick in Cillians Augen verrät mir, dass er auch nicht so recht zu wissen scheint, wie er mit dieser Situation umgehen soll.

Was, wenn ich einfach cool bleibe und ihm signalisiere, dass das hier für mich nur Sex ist? Es könnte funktionieren. Vielleicht.

»Ich habe tatsächlich gerade darüber nachgedacht, ob ich oben in meiner Wohnung noch Kondome habe.«

Jetzt ist Cillian es, der seine Augen weit aufreißt. »Hast du nicht wirklich!«

»Doch.« Ich zucke mit den Schultern und tue so, als würde es mir überhaupt nichts ausmachen, splitterfasernackt in meiner Backstube auf der Arbeitsplatte zu liegen, auf der ich sonst Teig ausrolle.

»Lizzie!«

»Was denn? Tu doch nicht so, als hättest du nicht darüber nachgedacht, wie es wäre, mit mir zu schlafen. Ich habe Augen im Kopf.« Bei dem Satz deute ich auf seine Errektion.

»Lizzie Gordon, du treibst mich gerade in den Wahnsinn!«

Seine Schultern beben. Kein Zweifel, der Mann lacht.

»Ich hoffe für dich, dass du mich gerade nicht auslachst.«

»Das würde mir nie einfallen. Ich überlege nur, ob du auch damals schon so verdorben warst.«

»Ich bin doch nicht verdorben«, erwidere ich, als sich Cillian plötzlich über meine Brüste beugt und an ihnen leckt. Seine Zunge umkreist meine Brustwarze, dann fährt er ganz leicht mit seinen Zähnen darüber und nimmt anschließend den anderen in seinen Mund. Binnen Sekunden steht mein ganzer Körper erneut in Flammen und meine Haut zieht sich beinahe lustvoll zusammen.

Es kann doch nicht sein, dass ich schon wieder erregt bin. Ach, was sage ich schon wieder. Eigentlich hat meine Erregung nie wirklich abgenommen.

In Gedanken renne ich die Treppe hoch und durchwühle meine Wohnung auf der Suche nach Kondomen. Ich will ihn. So sehr, dass das Pochen zwischen meinen Beinen kaum mehr auszuhalten ist.

»Lass uns bitte hochgehen«, entfährt es mir und ich bin mir nicht sicher, ob ich noch seufze oder bereits wimmere.

»Nichts lieber als das«, erwidert Cillian mindestens genauso atemlos wie ich.

Rasch raffen wir unsere Sachen zusammen und ich mache mir gar nicht erst die Mühe, etwas anzuziehen. Gott sei Dank geht von der Backstube eine direkte Treppe zu meiner Wohnung ab und wir müssen nicht erst einmal um das Gebäude laufen.

Mit schnellen Schritten laufe ich die Treppe hoch und ziehe Cillian mit mir. Ich spüre ihn dicht hinter mir und mein Körper reagiert auf seine Anwesenheit inzwischen fast automatisch mit einer Gänsehaut.

Rasch schließe ich die Tür zur Wohnung auf und realisiere, dass mein Atem schnell und stoßweise geht. Keine Ahnung, ob das wegen der Anstrengung oder Cillians Anwesenheit ist.

Wir lassen unsere Kleidung achtlos auf den Boden fallen und schon prallen wir förmlich wieder aufeinander.

»Wie schön du bist«, flüstert Cillian dicht an meinem Ohr und schiebt seine Hände in mein Haar. Der Laut, den ich deswegen ausstoße, ist halb Zischen, halb Aufstöhnen. Atemlos presse ich mich an ihn und als er meinen Namen raunt, klingt seine Stimme voller Leidenschaft. Bewusst atme ich tief ein, um den berauschenden Geruch seines Körpers zu genießen.

Seine warmen Hände gleiten aus meinen Haaren und legen sich auf meine Hüften. Mein verräterisches Herz wummert gegen meine Rippen. Dann senkt er seine Lippen auf meine. Fast muss ich lachen, als er ein zufriedenes Brummen ausstößt. Im nächsten Moment landen seine Hände auf meinem Po und mir bleibt nichts anderes übrig, als meine Arme um seinen Nacken zu schlingen. Er festigt seinen Griff und stiehlt mir den Atem, indem er mich sanft und gleichzeitig besitzergreifend küsst.

Im Rausch kralle ich mich an ihn und genieße es, als er mich hochhebt und in mein Schlafzimmer trägt, dessen Richtung ich ihm wie durch einen Nebel hindurch weise.

Vor meinem Bett angekommen, setzt er mich nicht ab, sondern blickt mir intensiv in die Augen. Seine Gesichtszüge sind sanft und zugleich wild vor Leidenschaft. Seine Augen scheinen, als würde ein Sturm in ihnen toben. Fast vergesse ich zu atmen.

»Noch kannst du Nein sagen«, raunt er und grinst mich verführerisch an. »Danach kann ich für nichts mehr garantieren.«

»Ich denke gar nicht dran«, erwidere ich und seufze auf, als seine Lippen die meinen berühren. Unsere Münder fechten einen heißen Kampf aus, bei dem es keine Verlierer geben wird. Ohne Vorwarnung wirft Cillian mich auf die Matratze. Ich quietsche und keinen Atemzug später folgt er mir in einer geschmeidigen Bewegung. Wie sehr kann mein Körper den seinen brauchen?

Seinen Anblick förmlich aufsaugend, beiße ich mir auf die Unterlippe und habe das Gefühl, vor lauter Lust langsam innerlich zu verbrennen.

Wenn ich jetzt sabbere, kann ich das dann mit verminderter Zurechnungsfähigkeit erklären?

Cillian war schon immer gut gebaut, aber jetzt ist er ein richtiger Mann und das macht ihn noch anziehender. Muskeln, sinnliche Lippen und schöne Hände sind eine verdammt sexy Kombination. Dieser Mann ist durch und durch meine Schwäche.

Es kostet mich einiges an Beherrschung, ihn nicht sofort anzuspringen, was in dieser Position, in der wir uns gerade befinden, durchaus herausfordernd wäre.

Sein Blick wandert über meinen Körper und als er lüstern auf meinen Brüsten zum Halt kommt, ziehen sich meine Brustwarzen erregt zusammen. Alles in mir will Cillian berühren. Ihn verwöhnen. Küssen. Neu entdecken.

Dann zieht er meinen rechten Nippel in seinen Mund und lässt mich seine Zähne spüren. Wimmernd beuge ich meinen Rücken durch und klammere mich an ihn.

Ich brauche kein langes Vorspiel mehr. Das hatte ich unten in der Backstube. Ich will diesen Mann und ihm scheint es nicht anders als mir zu gehen.

»Lizzie«, raunt er, »wo sind die Kondome?«

Dieses Mal wird alles verändern. Für immer. Das weiß ich. Selbst wenn wir als Freunde enden und nach dieser Nacht nie wieder miteinander intim sein werden, behalte ich diesen Moment in Erinnerung. Er hat sich jetzt schon tief in mein Herz gebrannt. In meine Seele.

»Im Nachttisch«, antworte ich und weise neben uns.

Kurz hebt er eine Augenbraue, gerade so, als wollte er fragen, ob ich die häufiger benötige, aber er sagt nichts, sondern löst sich von mir und zieht die Kondompackung aus der Schublade. Sorgsam reißt er sie auf und rollt sich das Gummi über seine Erektion. Wie sehr ich nach seinem Schwanz verlange. Mein Körper ihn fordert. Jetzt. Sofort.

Cillian legt sich auf mich und ich spüre seine Spitze dicht an meiner Mitte. Unsere Blicke verschmelzen miteinander, während alles in mir nach Erlösung schreit. Dann dringt er endlich in mich ein. Ich schließe die Augen und gebe mich dem

Gefühl hin, das mich ergreift. Mit jedem Zentimeter, den er sich tiefer in mich schiebt, mit jedem Atemzug, den wir gemeinsam nehmen, und jedem Wimpernschlag wird unsere Bindung stärker. Cillians Stöße sind entschlossen, kraftvoll, fordernd. Genau das, was ich jetzt brauche. Genau diese Mischung aus quälend langsam und hart.

»Mehr«, entfährt es mir und er lässt sich nicht lange bitten. Er stößt heftiger zu und ich stöhne aus tiefster Seele auf. Sekunden später spüre ich, wie sich meine Welle der Lust noch höher auftürmt und nach drei weiteren Stößen spannt sich mein Unterleib an. Ich biege mich Cillian entgegen und dann schießt ein so intensiver Orgasmus durch meinen Körper, dass ich heftig erzittere.

Auch er atmet immer schneller, sein ganzer Körper bebt und ich spüre seinen Schwanz in mir pulsieren. Dann kommt er stöhnend und sinkt kurze Zeit später auf mich. Erschöpft lasse ich mich von seinem Körper in die Matratze pressen und genieße seine verschwitzte Haut auf meiner. So verweilen wir eine Weile, bis er sich auf den Rücken dreht und mich mit sich zieht, sodass ich an seiner Seite zum Liegen komme. Es scheint ihn nicht zu kümmern, dass er immer noch das Kondom trägt, sondern genießt lieber den Moment. Seine Augen sind halb geschlossen und doch scheint alles an ihm furchtbar stark und lebendig. Euphorisch förmlich. Als würde er Funken sprühen, die auf mich übergehen und bis tief in mein Herz dringen.

»Das war schön«, sagt er leise und dreht seinen Kopf, um mir einen Kuss auf die Schläfe geben zu können.

»Das war es. Und so unerwartet.«

»Weil?«

»Ich hatte nicht geplant, heute noch Sex zu haben. Aber manchmal sind Überraschungen ja durchaus etwas sehr Angenehmes.«

»Angenehmes. So, so.« Er verzieht seinen Mund zu einem Grinsen und so liegen wir eine Weile nebeneinander.

So schön der Moment auch ist, es wird Zeit, wieder in die Realität zurückzukehren. Das, was hier gerade passiert ist, wird Dinge gewaltig verkomplizieren.

»Obwohl du schweigst, denkst du verdammt laut.« Seine Worte gleichen einem gemütlichen Brummen. »Manche Dinge ändern sich wohl nie.«

So gut es in meiner Position geht, zucke ich mit den Schultern.

»Also? Raus mit der Sprache, Lizzie. Ich habe dich heute mehr als einmal zum Orgasmus gebracht, ich habe etwas gut.«

»Spinner!« Augenblicklich muss ich lachen. »Ich …«, beginne ich und hoffe, er nimmt mir den nächsten Satz nicht übel. »Ich fände es gut, wenn wir das, was hier gerade zwischen uns passiert ist, vorerst für uns behalten.« Unsicher halte ich die Luft an und ich muss nicht lange auf eine Reaktion von ihm warten.

Er schaut mich ungläubig von der Seite an. »Was dachtest du? Ich stelle mich auf den Marktplatz und schreie es laut heraus? Keine Angst. Ich kann schweigen. Abgesehen davon muss ich auch an Eleni denken.«

»Natürlich«, sage ich schnell und überlege für den Bruchteil einer Sekunde, ob mich seine Worte treffen. Aber das tun sie nicht. Sind sie realistisch und erwachsen.

»Wo ist sie überhaupt?«, frage ich stattdessen und umgehe so ein quälendes Schweigen.

»Meine Mum passt auf sie auf.«

»Meinst du, sie wundert sich, wo du bleibst? Hast du ihr gesagt, dass du zu mir kommst?«

»Nein. Sie denkt, ich wäre im Restaurant und würde die letzten Entscheidungen wegen der Bestuhlung treffen.«

»Wie weit bist du mit den Planungen?«

Er legt den linken Arm hinter seinen Kopf, während er mich weiter in seinem anderen liegen lässt.

»Montag kommt jemand wegen der finalen Absprachen für die Innenausstattung. Danach kann ich mich daran machen, die Küchencrew zusammenzustellen. Wird sicherlich nicht einfach. Zwar ist die Gegend hier oben wunderschön, aber man muss schon die Abgeschiedenheit der Highlands lieben, um hier arbeiten zu wollen. Und noch hat mein Restaurant keine Sterne, was es für Köche interessant machen könnte.«

Mit meinem Zeigefinger zeichne ich kleine Kreise auf seinen Brustkorb.

»Bei deinem Ruf wird das sicherlich nicht lange dauern«, versuche ich ihn zu besänftigen, was er lediglich mit einem Schulterzucken kommentiert.

»Wir werden sehen«, sagt er nach einer Weile und dreht sich dann so, dass er mich anschauen kann. »Bist du schon weit mit den Vorbereitungen für den Wettbewerb?«

»Es gibt da jemanden, der mich heute Abend gestört hat, als ich mir Gedanken machen wollte.« Spielerisch boxe ich ihm in die Seite. »Aber du wolltest mir noch was erzählen, hast du eben gesagt.«

»Das dauert ein bisschen länger und ich muss heim. Hast du für das Motto des Wettbewerbs schon eine Idee? Lange brainstormen kann ich heute leider nicht, aber vielleicht habe ich einen Geistesblitz, was Kombinationen oder so angeht.«

Ich lache. »Natürlich, Mister Küchengenie. Nichts anderes war zu erwarten.«

Er grinst.

»Das Motto lautet ›Vorfreude auf Weihnachten‹ und mir fehlt noch ein bisschen der Zugang«, lasse ich ihn wissen, während ich mich aus seinem Arm löse und aufsetze. Da meine Kleidung es nicht mit ins Schlafzimmer geschafft hat, schnappe ich mir meinen Pyjama, der neben dem Bett auf dem Stuhl liegt, und ziehe ihn rasch an.

Cillian erhebt sich ebenfalls und schaut sich suchend im Raum um. Dann läuft er kurz aus dem Zimmer und kommt angezogen zurück. Der Kerl ist aber flott. »Vielleicht denkst du mal in die Richtung, was dich als Kind an Weihnachten erinnert hat oder was du damit verbunden hast. Das kannst du dann verfeinern und auf ein gehobeneres Level bringen. Mit einer Speise Erinnerungen zu wecken, ist immer gut.«

»Danke. Das ist ein guter Tipp. Ich werde mal drüber nachdenken.«

»Mach das.« Cillian blickt einmal an mir auf und ab und selbst wenn er etwas an meinem Outfit auszusetzen hat, verkneift er es sich. Ich habe das Gefühl, als wollte er noch etwas loswerden, aber stattdessen nimmt er mich in den Arm und drückt mich einmal fest. »Sehen wir uns in den nächsten Tagen?«

»Bestimmt. Wir wollen am Samstag mit allen über den Weihnachtsbasar. Da vielleicht? Wobei ich mir fast sicher bin, dass wir uns auch schon vorher im Restaurant oder so sehen.«

»Gut möglich«, antwortet er und greift nach seinem Mantel. »Ich freue mich drauf.«

Statt zu antworten, nicke ich und drücke ihm, bevor er aus der Tür geht, einen Kuss auf die Wange.

»Komm gut heim.«

»Ich habe es nicht weit«, wiederholt er meine Worte von gestern Abend und schaut mich vielleicht einen Augenblick zu lange an, bevor er sich umdreht und ich allein in meiner Wohnung zurückbleibe.

15

Ich sehe Cillian den ganzen nächsten Tag nicht, was mir sehr gelegen kommt. Nach unserer unerwarteten und vor allem nackten Begegnung habe ich genug mit mir selbst zu tun. Außerdem beschäftigt mich die Vorbereitung des Wettbewerbs auch nicht gerade wenig. Nachdem Cillian am Mittwoch spät meine Wohnung verlassen hatte, habe ich ausgiebig geduscht und mich im Anschluss ins Bett gelegt, wo ich binnen Sekunden eingeschlafen bin. Ich hatte völlig vergessen, wie sehr Sex schlauchen kann, und so bin ich am nächsten Morgen in so ziemlich der gleichen Position aufgewacht, in der ich auch eingeschlafen bin. Dass ich dabei Muskelkater an Stellen und in Regionen hatte, die ich auf diese Weise schon lange nicht mehr gefühlt habe, steht außer Frage. Ich will nicht sagen, dass ich am nächsten Morgen breitbeinig und auf wackligen Knien zur Arbeit gewankt bin, aber ich kann mich nicht erinnern, wann ich das letzte Mal so einen Muskelkater hatte.

Verrückt. Oder einfach ein Hinweis darauf, dass ich häufiger Sex haben muss oder zum Sport sollte. Natürlich weiß ich, was definitiv befriedigender für mich ausfallen würde.

Ich erinnere mich daran, dass Cillian meine Handynummer hat, aber sowohl am Donnerstag als auch am Freitag höre ich nichts von ihm. Auch im Restaurant treffe ich ihn nicht an. Vielleicht will er mir Raum geben, damit ich mich anständig auf den Wettbewerb am Sonntag vorbereiten kann. Tatsächlich war Cillians Tipp sehr gut, meine Kindheitserinnerungen an Weihnachten mit einfließen zu lassen, denn ich habe mich entschieden, eine Gourmet-Version von Lebkuchenküchlein zu machen, und sie mit Gewürzclementinen und einer Himbeerreduktion zu servieren. Auch wenn ich sonst nicht wie ein Patissier in der Küche für die Nachspeisen zuständig bin, kann ich durch meine Erfahrung und den ein oder anderen Lehrgang aus dem Vollen schöpfen, was mir vielleicht zugutekommt.

So vergeht auch der Freitag wie im Flug. Zwischen dem *The Sweet Spot*, meiner Zeit in der Ersatzbackstube, den Wettbewerbsvorbereitungen und den zusätzlichen Aufträgen, die ich zu dieser Jahreszeit nun mal habe, bin ich froh, wenigstens zwei Abende in Ruhe verbringen zu können. Lediglich Nans Einladung zum Abendessen konnte ich am Freitag nicht ausschlagen, sodass ich mich in ihrer gemütlichen Küche wiederfand und gefühlt alle fünf Minuten mit Fragen zu Cillian konfrontiert wurde.

Ich liebe meine Großmutter abgöttisch, aber zu wissen, dass ich immer ein bisschen vorsichtiger bei meiner Wortwahl und meinen Ausführungen sein muss, kann hin und wieder wirklich anstrengend sein. Zu meiner Überraschung unterlässt sie aber jegliche Andeutungen, was eine mögliche Liaison zwischen Cillian und mir betreffen könnte. Sie hat es zwar nie explizit gesagt, aber dass halb Winter Haven der Meinung ist, dass Cillian und ich zusammengehören, steht außer Frage. Wahrscheinlich haben Nan, Ann und Maeve jeden dazu angestachelt, mich in sämtlichen Situationen auf Cillian anzusprechen.

Als ich am Samstagmorgen früh aus dem Fenster blicke, hat

es frisch geschneit und es verspricht, ein schöner Wintertag zu werden. Wie jedes Mal, wenn der Basar in Winter Haven stattfindet, und das tut er Gott sei Dank zweimal im Dezember, haben wir vom *The Sweet Spot* einen kleinen Stand und zusammen mit Polly verkaufe ich leckere Backwaren, Kaffee und köstliche Weihnachtsplätzchen. In der Regel geschehen immer zwei Dinge: Entweder fragen mich die Leute, was ich denn für den diesjährigen Christmas Cookie Contest zaubere, oder sie wollen die Gewinnerplätzchen aus dem letzten Jahr haben. Auri und Nathan werden es mir hoffentlich verzeihen, dass ihr Konterfeit mit dem süßen weißen Rentier auch dieses Jahr wieder der Renner schlechthin sein wird. Wie immer ist Polly mir eine große Hilfe am Stand, denn nichts in der Welt hielte mich davon ab, bei der Santa's Lap Aktion vorbeizuschauen. Traditionell spielt Tristans, Haydens und Dees Vater Eliot Blackwood Santa Claus. Nur hin und wieder, wenn es ihm gesundheitlich nicht gut geht, springen seine Söhne ein. Dee muss dafür jedes Jahr im Weihnachtselfenkostüm zum Einsatz kommen und natürlich spricht ihr Gesicht wie immer Bände.

»Ich verfluche den Tag, an dem mein Vater zugesagt hat, diese Tradition vom alten Burton weiterzuführen.«

»Falsch«, antwortet Hayden ihr lachend. »Du verfluchst nur den Tag, an dem beschlossen wurde, dass das Weihnachtselfenkostüm mit weniger Stoff auskommt. Wenn es nach dir ginge, würdest du eine Uniform tragen, die bis oben zugeknöpft ist.«

»Ist halt auch viel bequemer als dieses Teilchen hier.« Dee zupft an dem Kleid herum, das ihr durchaus bis zu den Knien reicht. So kurz ist es gar nicht. Aber Dee war schon immer eher der sportliche Typ und ich kann mich genau an eine Situation erinnern, in der sie ein Kleid getragen hat: dem Abschlussball der Schule. Wenn es geht, schmeißt sie sich in einen Hosenanzug und fühlt sich darin pudelwohl.

Bei schlechtem Wetter findet die Santa's Lap Aktion

drinnen statt, aber da die Sonne heute vom Himmel lacht, ist das kleine Santaland draußen vor dem Saal aufgebaut, in dem der Basar stattfindet. Auch der Winterball wird hier in einigen Tagen sein sowie der Christmas Cookie Contest. Die Location bringt einige Vorteile mit sich: Sie ist zentral, man kann dort gut parken und sie macht mit den richtigen Dekorationen mächtig was her. Inzwischen sind Auri, Mikayla und ich für den Großteil der Organisation von sämtlichen Weihnachtsaktivitäten in Winter Haven zuständig und auch der Aufbau des Santalands wird von uns übernommen. Nun gut, wenn man es genau nimmt, haben Hayden, Brandon und Tristan das meiste aufgebaut, aber wer schaut schon aufs Kleingedruckte? Auri und Mikayla sind eine wahnsinnige Unterstützung, denn nachdem wir Auri im letzten Jahr fast komplett ersetzt haben, übernimmt sie einen Großteil meiner Aufgaben in diesem Jahr, damit ich mehr Luft für meine ganzen anderen Verpflichtungen habe.

Natürlich wuseln auch Maeve, Ann und Fiona hier irgendwo herum. Wie immer können sie das Zepter noch nicht ganz aus der Hand geben.

»Ich wette, Grandma hat selbst in ihrem Testament noch letzte Instruktionen stehen«, scherzt Mikayla, was ihr einen bösen Blick von Auri einbringt, die inzwischen mit Nathan auf dem Basar angekommen ist.

»Hör auf, über so etwas zu reden. Darüber macht man keine Scherze. Unsere Großmütter sind noch jung, die denken noch nicht im Geringsten daran, sich aus Winter Haven zu verabschieden.«

»So kann man das natürlich auch bezeichnen«, erwidert Mikayla und zuckt lediglich mit den Schultern. Furchtbar pragmatisch war sie schon immer, unsere Mikayla.

»Und, Mikayla? Was wünscht du dir dieses Jahr?« Brandon, der inzwischen auch da ist, stößt ihr mit dem Ellenbogen in die

Seite, greift aber beherzt zu, als sie leicht das Gleichgewicht verliert.

»Eine Frau, die dich mir abnimmt«, grummelt sie und erntet umgehend Gelächter von uns allen.

»Du tust ja fast so, als müsstest du so unter mir leiden«, beschwert Brandon sich, was sie mit einem Blick quittiert, der Bände spricht.

»Wer fängt denn dieses Jahr von uns an?« Auri schaut in die Runde und es ist Nathan, der umgehend nachhakt.

»Anfangen womit?«

Er ist im letzten Jahr erst kurz vor Weihnachten mit Auri nach Winter Haven gekommen, als die Santa's Lap Aktion schon vorbei war. Daher hat er keine Ahnung, was wir seit Jahren jedes Mal machen, wenn wir hier sind.

»Na ja, wir wollen natürlich auch auf den Schoß des Weihnachtsmanns und uns etwas wünschen!«, erklärt sie ihm und Nathans Augen weiten sich.

»Ihr alle setzt euch auf Santas Schoß?«

»Nicht alle gleichzeitig. Nacheinander.« Hayden grinst und Nathan schüttelt ungläubig den Kopf.

»Dein armer Vater! Wie hält er das durch?«

»Indem Brandon nur ganz kurz dasitzt.« Mikayla kann es einfach nicht sein lassen.

»Wir bleiben nur länger sitzen und haben viele, viele Wünsche und Fragen an Santa, wenn Hayden oder Tristan in dem Kostüm stecken«, erklärt Auri weiter, während wir gemeinsam zum Santaland rüber laufen.

Von Weitem sehe ich schon die rote Weihnachtsmannmütze leuchten und je näher wir kommen, desto mehr können wir von Mr Blackwood sehen: die weißen Locken, der weiße Bart und vor allem die freundlich blitzenden Augen. Er hat sein Kostüm dick ausgestopft und sein daraus entstandener Bauch ist wie immer nicht von schlechten Eltern. Als er uns sieht, winkt er uns freudig zu. Natürlich stehen schon viele Kinder Schlange und Dee hat alle Hände voll zu tun, eine gewisse Ordnung aufrechtzuerhalten. Gerade hat Santa einen kleinen Jungen mit brauner Wollmütze auf dem Schoß, unter der blonde Haarsträhnen hervorlugen. Das Grinsen des Jungen ist auch auf zwanzig Meter Entfernung zu sehen und seine Wangen leuchten vor Aufregung.

Brandon schlängelt sich zwischen all den Kindern durch, die vor dem Weihnachtsmann stehen. Der kleine Junge guckt ihn irritiert an, doch Brandon scheint das nicht im Geringsten zu stören.

»Ich bin dran!«, ruft er gut gelaunt, dreht sich zu uns um und zwinkert uns zu.

»Okaaaaaay«, antwortet der Junge und macht zu meiner Überraschung bereitwillig Platz. Brandon setzt sich wie selbstverständlich auf Santas Schoß, aber wer genau hinschaut, sieht, dass er mehr auf der Sessellehne sitzt als auf Mister Blackwoods Beinen. Dann dreht sich Brandon zu Santa und flüstert ihm etwas ins Ohr. Dieser lacht und schaut prompt zu Mikayla.

»Ich bringe ihn um«, höre ich sie sofort neben mir murmeln, während sie nach außen aber keine Miene verzieht und den beiden stattdessen zuwinkt.

»Du weißt doch gar nicht, was Brandon gesagt hat«, versuche ich ihn zu verteidigen, obwohl ich mir sicher bin, dass mein Kommentar wahrscheinlich auf taube Ohren trifft.

Nacheinander folgen Auri, Tristan, Hayden und auch Mikayla auf Brandon. Nathan bleibt unschlüssig neben mir stehen. Erst als Auri und Dee ihm zuwinken, reiht er sich in das Spektakel ein.

Natürlich ist unser Auftritt für die Umstehenden wie jedes Jahr ein großes Highlight, und auch die Kinder, die geduldig warten, bis sie an der Reihe sind, lachen immer wieder laut, wenn Santa sich nach jedem von uns Erwachsenen mit schmerzverzehrtem Gesicht die Beine massiert. Zwischendurch tritt Dee neben ihn und schubst vor allem die Männer herunter, was wiederum zu herzlichem Gelächter führt.

»Wie mir scheint, ändern sich manche Dinge nie.«

Ich zucke zusammen, als Kieran und Cillian auf einmal neben mir auftauchen. Eleni steht in der Mitte der großen Männer und hält jeweils eine Hand der beiden.

»Ich habe es dir ja gesagt, Cillian«, antwortet Kieran ihm und bückt sich dann zu Eleni herunter.

»Hast du auch einen Wunsch an Santa?«

Als hätte sie nur auf diese Frage gewartet, nickt die Kleine heftig und schaut dann zu ihrem Vater. »Ich will auch auf Santas Schoß«, platzt es aus ihr heraus und als ich ihre strahlenden Augen sehe, geht mir das Herz auf.

»Du möchtest«, korrigiert Cillian sie, was aber in dieser Situation eh nicht bei ihr ankommt, denn ihre Augen sind wieder auf das Spektakel vor ihr gerichtet.

»Hast du dir auch schon etwas gewünscht, Lizzie?«, fragt sie mich dann plötzlich. Überrascht schaue ich sie an.

»Nein, noch nicht. Ich habe aber auch keine großen Wünsche.«

»Darf ich dann deinen haben? Wenn du ihn eh überhast.« Man muss kindliche Logik einfach lieben.

»Nichts da, junges Fräulein. Jeder hat nur einen Wunsch und Lizzie wird Santa ihren gleich auch erzählen.«

Cillians Stimme ist dicht an meinem Ohr und sofort kribbelt mein ganzer Körper. Es ist das erste Mal, seit wir uns nach unserem heißen Abend wiedersehen und tatsächlich ist mir plötzlich so warm, dass ich kurz davor bin, meinen Mantel auszuziehen. Das lasse ich dann jedoch schön bleiben, denn mein Atem bildet kleine Dampfwolken vor meinem Gesicht, so kalt ist es. Gott sei Dank scheint die Sonne, denn bei klirrender

Kälte wäre das Santaland hier draußen nicht wirklich auszuhalten.

»Können du und Lizzie mitkommen?« Eleni schaut aufgeregt zwischen Cillian und mir hin und her und nachdem er mir einen kurzen Blick zugeworfen hat, nicke ich.

»Natürlich komme ich mit, Eleni. Ich wollte Santa schon immer mal persönlich kennenlernen.« Ich zwinkere Cillian zu, der mir ein sanftes Lächeln schenkt.

»Dann kommt jetzt endlich«, fordert sie uns Sekunden später ungestüm auf, greift nach meiner Hand und will Cillian und mich mitziehen.

Amüsiert lassen wir beide uns von Elenis Euphorie anstecken. Als wir vor Mister Blackwood und Dee ankommen, die wirklich wunderbar in ihren Verkleidungen aussehen, zieht Eleni am Ärmel meines Mantels. »Der hat aber einen dicken Bauch.«

Mister Blackwood hat den Kommentar natürlich gehört und ich sehe ihm an, dass er sich ein Lachen verkneifen muss.

Dann tritt Eleni ungeduldig von einem Fuß auf den anderen, bis sie an der Reihe ist. Ohne sichtliche Scheu klettert sie auf Santas Schoß und grinst uns zuckersüß an.

»Na, meine Kleine, wer bist du denn?«, will der verkleidete Mister Blackwood mit leiser, tiefer Stimme wissen.

»Eleni!«, ruft der Wirbelwind und strahlt immer noch über das ganze Gesicht.

»Aaaaah, du bist das. Ich habe schon von dir gehört!«

Erstaunt schaut Eleni ihn an. »Jaaaa?«

»Ja. Du musst wissen, als dein Daddy noch ein kleiner Junge war, hat er schon auf meinem Schoß gesessen.« Er deutet zu Cillian, der ihr zuwinkt. »Hast du mir einen Wunsch mitgebracht, den du mir verraten magst?«

Eifrig nickt Eleni und ich bin gespannt, ob sie ihm den

Wunsch ins Ohr flüstern wird. Aber sie entscheidet sich dafür, das so laut zu sagen, dass die Umstehenden es hören können. »Ich wünsche mir, dass meine Mama bald wieder zu Daddy und mir nach Hause kommt.«

Augenblicklich spüre ich, wie sich Cillian neben mir versteift. Auch mir schürt sich bei ihren Worten die Kehle zu. Natürlich weiß ich, dass Eleni ihre Mutter vermisst, aber nach dem, was vor Kurzem zwischen Cillian und mir passiert ist, wäre es gelogen, wenn ich nicht behaupten würde, ich hätte nicht über ein »Was wäre, wenn« nachgedacht. Ich Idiotin.

Cillian steht so dicht neben mir, dass ich wahrnehmen kann, dass er scharf einatmet und für den Hauch einer Sekunde berühren sich unsere Finger, aber wir beide zucken schnell wieder zurück. Es fehlt mir noch, dass die Umstehenden etwas mitbekommen. Rasch blicke ich mich um und fast glaube ich, Mikaylas prüfenden Blick auf mir zu spüren, da fordert Eleni auch schon wieder sämtliche Aufmerksamkeit ein. »Glaubst du, du schaffst das, Santa?«

Mr Blackwood fasst sich in seinen Bart. Ich habe keine Ahnung, ob er weiß, wie es um Cillians Ehe steht, denn natürlich hat sich in Winter Haven herumgesprochen, dass Jolie nicht mit ihm hier ist.

»Was macht deine Mum denn gerade?« Er scheint einer Antwort ausweichen zu wollen.

»Die besucht Restaurants überall auf der Welt und isst da«, erklärt Eleni es ihm in ihrer kindlich naiven Art und mein Herz weint ein kleines bisschen für sie. Noch immer finde ich die Vorstellung fürchterlich, dass ihre eigene Mutter so selbstsüchtig sein konnte. Für ihre Karriere. Dann bekomme ich keine Kinder, wenn mir mein Beruf so viel mehr wert ist, als sie aufwachsen zu sehen.

»Ich kann sie zwar nicht für dich zurückholen, aber ich bin

mir sicher, sie wird ganz begeistert sein, wenn sie erfährt, wie toll es dir hier geht. Gefällt dir Winter Haven?«

Eleni nickt heftig und ihr Kopf dreht sich in unsere Richtung. Dann grinst sie von einem Ohr bis zum anderen. »Lizzie hat mit mir gebacken. Rentier-Muffins!«

»Wow. Das muss ich meinen Rentieren erzählen, wenn ich sie wieder vor meinen Schlitten spanne, und wir zu all den anderen Kindern fliegen.«

»Wo sind deine Rentiere jetzt?« Manchmal ist die Neugierde der Kleinen doch zu witzig.

»Oh!« Mit der Frage hat Mr Blackwood wohl nicht gerechnet. Kurz schaut er hilflos zu Dee und anschließend zu uns, aber dann erklärt er: »Auf einer großen Wiese dort hinten ein Stück den Berg rauf.« Er deutet die Straße entlang in Richtung des Waldes. »Dort können sie sich ausruhen, solange ich hier in der Gegend etwas zu tun habe. Ich schaue regelmäßig nach ihnen.«

Begeistert klatscht Eleni in ihre kleinen Händchen.

»So, Eleni! Genug jetzt. Es wollen auch noch andere Kinder zu Santa und ihm ihre Wünsche verraten. Was hältst du davon, wenn wir jetzt mal schauen, ob Lizzie noch ein paar leckere Plätzchen an ihrem Stand hat? Außerdem wollen wir doch auch noch ein paar Lose für die Tombola kaufen. Hast du da noch Lust zu?«

»Ja!«, ruft sie jubelnd und springt beherzt von Mr Blackwoods Schoß. Dann dreht sie sich noch mal zu ihm um und winkt ihm zu, was er erwidert. Ihre Augen strahlen und man sieht ihr an, wie glücklich sie in diesem Moment ist. Zu meiner Überraschung greift sie nach meiner Hand und schaut mich aus großen Augen an. »Daddy hat erzählt, dass man bei einer Tombola etwas gewinnen kann. Ich habe noch nie etwas gewonnen. Du?«

»Ja«, antworte ich lächelnd und sofort plappert Eleni weiter: »Du sollst mitkommen, Lose kaufen, Lizzie!«

»Lizzie hat bestimmt etwas anderes zu tun.« Es mag sein, dass Cillian mir zur Rettung kommen möchte, aber um ehrlich zu sein fühlt es sich in diesem Moment so an, als wollte er mich loswerden.

Pffff ... Ich habe es ja schon verstanden, Mr McLean. Mir ist die Aussage deiner Tochter auch unangenehm, aber deswegen kann ich trotzdem noch sehr gut für mich sprechen und allein entscheiden.

»Ein bisschen Zeit habe ich noch«, sage ich schnell. »Und außerdem will ich mir auch noch ein Tombola-Los kaufen.«

Und so kommt es, dass ich die nächsten dreißig Minuten mit Eleni und Cillian über den Weihnachtsbasar laufe. Für alle Außenstehenden muss es aussehen, als wären wir eine glückliche Familie, denn Eleni denkt gar nicht daran, unsere beiden Hände loszulassen.

Hin und wieder treffen sich Cillians und mein Blick, und ich kann verdammt noch mal nicht deuten, was ich in seinen Augen sehe. Mal denke ich, er will der Situation schnellstmöglich entkommen und macht gute Miene zum bösen Spiel, dann wieder meine ich, eine Mischung aus Schmerz und Entschuldigung zu entdecken, was mich wahnsinnig macht. Wie gern würde ich ihn fragen, welche Gefühle Elenis Wunsch in ihm ausgelöst hat. Es kann auch für ihn nicht einfach sein, so etwas von seiner Tochter zu hören. Dann horche ich wieder in mich hinein und muss mir eingestehen, dass ihre Worte immer noch nachhallen und einen wunden Punkt in mir getroffen haben.

»Ich muss auch an Eleni denken«, hat Cillian neulich Abend zu mir gesagt.

Was, wenn das bedeutet, dass ich keine wirkliche Chance mehr bekomme? Und wieso bringe ich mich gerade schon wieder in die Opferrolle, wenn er es sein müsste, der mich anbettelt, dass ich ihn in mein Leben lasse?

Verdammtes Herz, das ist doch alles Mist!

Und wieso muss das morgige Motto »Vorfreude auf Weihnachten« sein? Ich glaube, gerade wäre ich viel kreativer mit »Bis die Hölle zufriert« oder auch »What the fuck«!

16

»Ich kann nicht glauben, dass du nicht nervös bist!«
Ungläubig starrt Auri mich an, während wir gemeinsam im Auto sitzen und zusammen mit Mikayla und einem voll beladenen Kofferraum in Richtung Inverness fahren, vor dessen Toren der Wettbewerb stattfindet. Ich zucke mit den Schultern und blicke konzentriert auf die Fahrbahn.

»Es ist ja nicht der erste Wettbewerb, an dem ich teilnehme«, erwidere ich schulterzuckend.

»Ja, aber dieses Mal hängt doch besonders viel daran.« Mikayla hat auf dem Rücksitz Platz genommen und sich nun ein Stück zu uns nach vorn gelehnt. Ihr Kopf schaut beinahe hinter Auris Rückenlehne zwischen den Sitzen zu uns durch. Gemütlich ist diese Position sicherlich nicht, aber wohl die effektivste, wenn man etwas von dem mitbekommen möchte, was zwischen Fahrer und Beifahrer kommuniziert wird.

»Musst du sie daran erinnern? Wir haben doch gesagt, wir bauen keine Erwartungshaltung auf«, ermahnt Auri sie und ich sehe durch den Rückspiegel, wie Mikayla mit den Augen rollt.

»Wir? Du hast das entschieden! Ich habe große Erwartungen.

Wir brauchen einen neuen Ofen. Dringend! Oder muss ich euch daran erinnern, dass Lizzies Gespräch bei der Bank nicht sonderlich erfreulich war? Von dem sie uns im Übrigen auch erst vor knapp einer Stunde berichtet hat?«

»Ich musste das einfach noch verdauen«, sage ich knapp und werfe ihr durch den Rückspiegel einen mahnenden Blick zu. Ungern möchte ich an diese schrecklichen dreißig Minuten bei der Bank erinnert werden. »Es ist ja nicht so, dass ich gar keinen Kredit bekommen würde.«

»Ja, ja«, kommentiert Mikayla das Ganze. »Aber unter welchen Bedingungen. Ich sage dir eins: Sollte diese dumme Trulla von Catherine irgendwann mal ein Hochzeitskleid brauchen, von mir bekommt sie es nicht. Und wenn, dann trenne ich höchstpersönlich heimlich die wichtigsten Nähte auf, damit sie eine Überraschung erlebt. Nur weil du in der Schule nicht mit ihr befreundet sein wolltest, musste sie dich jetzt nicht wirklich so von oben herab behandeln. Pffff … Warum du keine Rücklagen hättest? Was geht sie das an?«

»Ist ja schon gut.« Ich versuche, Mikayla zu beruhigen, denn wenn sie sich einmal in Rage geredet hat, gibt es kaum ein Halten. Außerdem hilft es mir nicht, mich in eine Negativspirale zu begeben. So gar nicht. Natürlich könnte ich behaupten, dass mich die Kreditsituation kalt lässt, aber wenn ich ehrlich bin, liegt mir das Gespräch mit Catherine in der Bank immer noch schwer im Magen. Und so cool ich auch tun will, was diesen Wettbewerb angeht, mehr denn je ist es nun wichtig, dass ich gewinne. Aber das behalte ich lieber für mich, um mich nicht weiter reinzusteigern.

»Lass uns lieber nach vorn blicken und uns darüber freuen, dass wir einen schönen Mädelstag zusammen verbringen können. Ist doch auch mal nett. Auch wenn ich weiß, dass ihr mir den Großteil der Zeit nur zuschauen werdet, während ich versuche, mich in die nächste Runde zu backen.«

»Stimmt, in letzter Zeit verbringst du ja auch bevorzugt Zeit mit Cillian.«

»Bitte was?« Ruckartig drehe ich mich zu Mikayla um und verreiße dabei fast das Lenkrad. Zwar ist hier oben in den schottischen Highlands nicht viel Verkehr, aber jetzt im Graben zu landen, womöglich noch eine Autoreparatur zahlen zu müssen, hätte mir gerade noch gefehlt. »Ich verbringe gar nicht so viel Zeit mit Cillian. Und wenn, dann notgedrungen«, verteidige ich mich und konzentriere mich so gut es geht wieder auf die Fahrbahn. Sonderlich glaubhaft klinge ich wohl nicht.

»Und was war neulich? Die Backaktion?« Auri blickt von der Seite zu mir.

»War ein Gefallen für Eleni.«

»Natürlich. Möchtest du uns stattdessen dann die Berühr-mich-bitte-Aktion von gestern vom Basar erklären?«

Manchmal frage ich mich, ob Mikayla nicht besser Reporterin als Besitzerin eines Brautmodengeschäfts geworden wäre, so neugierig wie sie immer ist. Ihrem scharfen Blick entgeht selten etwas.

»Ich weiß nicht, wovon du redest.«

Nur nicht rot werden, rede ich mir ein, was mir natürlich nicht gelingt. Ein schneller Blick in den Spiegel zeugt davon.

»Na, diese Wir-berühren-uns-kurz-mit-dem-Finger-und-jeder-zuckt-dann-schnell-wieder-zurück-Aktion. Willst du es uns selbst erzählen oder sollen wir bohren?«

Okay, ich nehme mir fest vor, Mikayla nach dem Aussteigen zu lynchen. Oder alternativ von der Rückfahrt auszuschließen und sie stattdessen am Bahnhof abzusetzen.

»Es gibt wirklich nichts zu erzä...«

»Lizzie.« Auch ohne den Kopf in Auris Richtung zu drehen, weiß ich, dass sie mich mahnend anstarrt. Frustriert stoße ich die Luft aus. Ob ich will oder nicht, dieser Situation werde ich nicht entkommen, also entscheide ich mich für eins: nach mir die Sintflut.

»Na gut, wenn ihr es genau wissen wollt: Cillian und ich hatten Sex. Höllisch guten Sex, um euren neugierigen Fragen sofort vorzubeugen. Verdammt höllisch guten Sex.«

Im Auto wird es still. Dann lässt Mikayla sich auf dem Rücksitz nach hinten fallen und stößt die Luft aus.

»Okay, daaaaamit habe ich jetzt nicht gerechnet. Definitiv nicht. Mit einem Kuss vielleicht. Aber Sex?«

»Verdammt höllisch gutem Sex«, korrigiert Auri sie umgehend und mir fällt nichts Besseres ein, als entschuldigend zu grinsen. Irgendwie ist es gut, dass dieses Geheimnis jetzt raus ist. Wie war das? Man reißt das Pflaster besser schnell und in einem Ruck ab? Nun gut, ich hatte gesagt, dass Cillian und ich die Sache erst einmal zwischen uns belassen sollen, aber das gilt doch nicht für Freundinnen, oder? Beste Freundinnen, wohlgemerkt, die mir damals zur Seite standen, als ich seinetwegen fürchterlich gelitten habe.

»Was hast du zu deiner Verteidigung zu sagen?« Auri verschränkt auf dem Beifahrersitz die Arme und plötzlich fühle ich mich wie in einem Verhör. Vielleicht war es doch keine so gute Idee, einfach damit rauszuplatzen.

»Es ist klar, dass er immer noch interessant für dich ist, aber muss ich dich daran erinnern, wie es dir damals ging? Als beste Freundin bin ich verpflichtet, das zu tun.«

»Auri hat recht«, pflichtet ihr nun auch Mikayla bei, auf die ich eigentlich in Bezug auf ein bisschen Rückendeckung gezählt habe.

»Aber jetzt berichte erst einmal, wie es dazu gekommen ist.«

Kurz überlege ich, wie ich das alles am besten in Worte fasse, doch dann entscheide ich mich für den direkten Weg. Einfach raus damit.

Meine Freundinnen hören mir zu und vielleicht ist es Fluch

und Segen zugleich, dass wir hier im Auto gefangen sind, denn sie unterbrechen mich nicht und lauschen meinen Ausführungen, bis ich fertig bin. Auri ist die Erste, die etwas sagt: »Und was gedenkst du, nun zu tun?«

Immer noch überfordert zucke ich mit den Schultern. »Eine Freundschaft versuchen?«

»Und du bist dir sicher, dass du das kannst?« Sie prustet und klingt nicht überzeugt. Ich sehe Mikaylas prüfenden Blick durch den Rückspiegel.

»Ich habe doch erzählt, was Eleni gesagt hat. Sie hofft, dass ihre Mutter bald wieder da ist.«

»Das bedeutet ja noch lange nicht, dass sie und Cillian dann wieder zusammenkommen. Oder schätzt du ihn so ein, dass er so etwas für ein Kind machen würde?«

Wie schon so häufig während dieser Fahrt zucke ich mit den Schultern. »Na ja, ich weiß nicht wirklich, wie oder was Cillian denkt. Schließlich haben wir uns Jahre nicht gesehen. Älterwerden verändert einen Menschen. Ein Kind mit Sicherheit auch.«

»Habt ihr nach Elenis Satz denn noch einmal geredet?«

»Nicht wirklich, Auri. Also, wir sind zwar noch gemeinsam über den Basar gelaufen und hin und wieder habe ich gespürt, dass er mich angeschaut hat. So, als wollte er etwas sagen. Aber er hat die Sache nicht mehr thematisiert und mir zum Abschied lediglich viel Erfolg für heute gewünscht. Kurzgefasst: Nein, wir haben über Elenis Aussage nicht mehr gesprochen.«

»Wie geht es dir damit?« Auri scheint nicht locker lassen zu wollen.

»Gut«, antworte ich rasch und glaube mir selbst nicht.

Auri geht es wohl ähnlich. »Und jetzt bitte die Wahrheit.«

Ich schweige für einen Moment und frage mich, wie weit es noch bis zum Zielort ist, aber definitiv zu weit, um die Sache auszusitzen und so lange den Mund zu halten.

»Weniger gut«, gebe ich dann nach ein paar angestrengten Atemzügen zu und bin selbst überrascht. Plötzlich ist mein Mund ganz trocken und meine Hände klammern sich ums Lenkrad. Die letzten Stunden habe ich alles darangesetzt, mein Kopfkino nicht zu starten und mir über das, was vorgefallen ist, keine Gedanken zu machen, aber es wäre gelogen zu behaupten, dass mir Elenis Wunsch nicht zugesetzt hätte. Das Gefühl, wie sich mein Herz verkrampft hat, spüre ich noch jetzt, und wenn ich ehrlich bin, ist das nicht gut. Gar nicht gut. Es ist nämlich Beweis dafür, dass ich eine Sache definitiv nicht kann: mit Cillian befreundet sein.

»Hätte mich auch gewundert«, höre ich Mikayla auf der Rückbank sagen, die sich im nächsten Moment wieder nach vorn lehnt. »Immerhin reden wir hier von Cillian McLean. Es ist eine Sache, wenn der Ex, den man noch liebt, zurück in der Stadt ist. Es ist eine andere, wenn er plötzlich auch noch eine Frau und ein Kind hat. Kaum auszudenken, wenn man die ständig sehen müsste.«

»Ich habe nie gesagt, dass ich ihn noch liebe.« Mein Einwand kommt leise, aber natürlich entgeht er Auri und Mikayla nicht. Wie könnte er auch, denn im Auto ist es still, seit Auri eben das Radio ausgestellt hat, damit wir uns vernünftig unterhalten können.

»Musst du auch nicht«, erwidert sie neben mir und in dem Augenblick wird mir wieder mal bewusst, wie gut die zwei mich kennen. »Du hast nie aufgehört, ihn zu lieben. Er ist ein Arsch für das, was er dir angetan hat. Aber seit er zurück ist, sehen wir dir an, wie du ihn auf Abstand halten willst, es jedoch nicht wirklich kannst. Und ohne es genau zu wissen, glaube ich, dass Cillian für dich auch viel empfindet. Weit mehr, als für euch zwei wahrscheinlich gesund wäre. Vielleicht war er über Elenis Äußerung selbst so geschockt, dass er unfähig war, etwas zu sagen. So blöd sich das jetzt vielleicht auch anhört - und ich will ihn definitiv nicht in Schutz nehmen -, aber für ihn hängt da auch viel dran. Schließlich bedeutet jede Abwendung von Jolie, dass Eleni in Zukunft nicht gemeinsam mit Vater und Mutter aufwachsen wird. Ich kann kaum glauben, dass ich ihn mal verteidigen würde, aber vielleicht hat er Angst vor allem, was geschehen kann.«

»Trotzdem darf er nicht vergessen, was er Lizzie angetan hat«, brummt Mikayla von hinten. Auch ohne es zu überprüfen, kann ich mir ihren Gesichtsausdruck genau vorstellen.

»Ich glaube, das weiß er. Erinnere dich dran, was Kieran gesagt hat.«

»Ihr habt mit Kieran über mich geredet? Über uns?« Entsetzt drehe ich den Kopf zu Auri, die sofort mit dem Finger nach vorn deutet und mich stumm dazu auffordert, mich wieder auf den Straßenverkehr zu konzentrieren.

»Na jaaaaa.« Auri weiß, dass sie zu viel gesagt hat, aber nun gibt es wohl kein Zurück mehr. »Was heißt geredet ...?«

»Raus mit der Sprache«, fordere ich sie auf und bin auf einmal furchtbar neugierig und gleichzeitig so nervös, dass ich mir unruhig auf die Unterlippe beiße. »Was hat Kieran über Cillian erzählt?«

Kurz nehme ich wahr, wie Auri und Mikayla einen Blick austauschen. Dann ist es Auri, die sich dazu entscheidet, weiterzusprechen. »Kieran hat berichtet, dass Cillian im Vorfeld mit ihm gesprochen hat, wie es wäre, nach Winter Haven zurückzukehren. Er hat sich dabei exklusiv nach dir erkundigt. Wollte wissen, ob Kieran glaubt, dass du mit seiner Rückkehr ein Problem hättest. Er habe lange mit sich gerungen, aber für ihn sei Winter Haven die beste Entscheidung gewesen. Vor allem wegen Eleni. Schließlich sei hier auch seine Familie und er wolle nicht, dass Eleni in London oder irgendwo anders ständig von einer Nanny betreut werden muss. Hier seien ihre Großeltern und die Familie. Und ...« Sie stockt kurz. »Und er ist es auch gewesen, der final entschieden hat, dass du das Restaurant nutzen kannst. Er hat wohl explizit gesagt, dass er die Eröffnung verschieben würde. So lang wie eben nötig. Ich glaube nicht, dass er das aus reiner Nächstenliebe tut oder weil er wegen früher ein schlechtes Gewissen hat. Ich bin mir sicher, dass er das hat. Aber allein, wie er dich anschaut, ist da, glaube ich, so viel mehr.«

»Und trotzdem war Jolie besser als Klein-Lizzie«, entfährt es mir und ich könnte mich selbst dafür ohrfeigen, dass ich immer wieder in diese beschissene Gedankenspirale rutsche.

»Ich weiß, dass du das jetzt nicht hören willst, Lizzie, aber es bringt nichts, in dieser Endlosschleife negativer Gedanken zu verharren. Cillian ist kein kleiner Junge mehr und sich wohl durchaus bewusst, dass all die Entscheidungen, die er jetzt trifft, wirkliche Konsequenzen haben werden. Und das bedeutet eben auch die Sache mit dir. Und deswegen glaube ich nicht, dass er einfach mit dir geschlafen hat, weil er eine Freundschaft will oder ihm nur danach war. Dafür ist die Sache zu riskant.«

Ich antworte nicht sofort, weiß aber, dass an Auris Worten etwas Wahres dran ist.

»Du liebst ihn noch, oder?« Mikaylas Frage kommt nicht wirklich überraschend.

»Brauche ich einen neuen Ofen?« Ein Ja würde bedeuten, dass ich es nicht mehr zurücknehmen kann. Natürlich weiß ich, dass meine Gegenfrage im Prinzip nichts anderes bedeutet.

»Wir sind da!«, ruft Mikayla plötzlich und deutet auf ein Hinweisschild vor uns. Erleichtert atme ich auf. Ich muss dringend aus diesem Auto raus. Viel dringender muss ich jedoch auf andere Gedanken gebracht werden. Es fehlt mir gerade noch, dass ich gleich sämtliche Mengenangaben vergesse, weil ausschließlich Cillian durch meinen Kopf geistert. Nicht, dass er das nicht eh schon die ganze Zeit tut.

17

Ich staune nicht schlecht, als wir das Gebäude betreten, in dem die Vorrunde des Wettbewerbs stattfinden soll. Ich weiß nicht, was ich erwartet habe, aber es sind deutlich weniger Kandidaten zu sehen, als zunächst vermutet. Ruhig ist es zwar nicht, überall wuseln Menschen herum, aber trotzdem ist es bedeutend übersichtlicher als gedacht.

Zu dritt gehen wir auf eine Frau zu, die im Eingangsbereich steht, ein Klemmbrett in der Hand hält und einen Knopf im Ohr hat. Sie sieht wichtig aus und so, als hätte sie hier den Überblick. Zumindest hoffe ich das.

»Willkommen beim Scottish Christmas Culinary Championship«, werden wir umgehend freundlich von ihr begrüßt und ich habe das Bedürfnis, das Schreiben aus der Tasche zu kramen, auf dem meine Einladung zur Teilnahme bescheinigt steht.

»Hi«, sage ich ein bisschen atemlos vor Aufregung und gebe mir größte Mühe, trotzdem selbstsicher und voller Kontrolle zu wirken. »Ich bin Lizzie Gordon und trete im Bereich Dessert an.«

»Lizzie, wie schön, dass Sie da sind. Ich bin Lauren und hier für die Koordination zuständig und dafür, dass alle Abläufe funktionieren.« Sie checkt ihr Klemmbrett und entdeckt meinen Namen in ihren Unterlagen. Dann setzt sich beschwingt einen Haken dahinter und schaut mich an. »Ich hoffe, Sie haben gut hergefunden?«

»Problemlos«, antworte ich ihr und schaue mich um. »Bin ich zu früh?«

»Nein! Wie kommen Sie darauf?« Ich blicke in ihr überraschtes Gesicht.

»Nun, ich hatte damit gerechnet, dass hier mehr Köche und Konditoren herumlaufen.«

Sie lacht. »Ach, das meinen Sie. Die Vorrunde läuft getrennt voneinander ab, damit wir alles an einem Tag schaffen. Die Teilnehmer, die für die Vorspeise und Hauptspeise antreten, bereiten ihre Kreationen in zwei weiteren Gebäuden hier auf dem Gelände zu und werden von einer separaten Jury bewertet. Zumindest in der Vorrunde. Man mag sich drüber streiten, ob das alles so sinnlogisch ist, aber zumindest stellen wir so sicher, dass wir bereits in wenigen Stunden wissen, wer es alles eine Runde weiter schafft.«

»Wie erfahre ich das dann?«

»Die Ergebnisse der Vorrunde werden von der Jury über eine große Tafel präsentiert. Ab dem Viertelfinale erfolgt die Bekanntgabe dann anders und es gibt nur noch eine gemeinsame Jury.«

So ganz verstehe ich zwar den Sinn hinter dieser Vorgehensweise nicht, aber wenn das die Regularien sind, dann ist das eben so. Jetzt konzentriere ich mich lieber auf den heutigen Durchgang und setze alle Hoffnung darein, die Jury mit meiner Kreation zu überzeugen. Es wäre schon bitter, meinen Namen später nicht auf der Anzeigetafel zu entdecken.

»Sie können Ihre Utensilien dort vorn abstellen. Das ist Ihr Bereich.« Lauren deutet auf eine Arbeitsstation in einigen

Metern Entfernung, zu der ein Kochfeld, ein großer Backofen und eine ausreichend große Arbeitsfläche gehören.

»Ihre Begleitung kann dann gern im Zuschauerbereich Platz nehmen und von dort zuschauen. An den jeweiligen Stationen dürfen sich nur die teilnehmenden Konditoren und Köche aufhalten. An Ihrer Station finden Sie zahlreiche Lebensmittel, die zur Grundausstattung gehören. Spezielle Dinge haben Sie selbst dabei, wie ich sehe.«

Ich nicke.

»Haben Sie noch Fragen? Sie können später auch jederzeit auf mich zukommen, wenn noch etwas sein sollte. In knapp einer Stunde geht es los. Wenn Sie noch etwas essen wollen oder auf Toilette müssen, haben Sie noch ausreichend Zeit dazu. Ansonsten wünsche ich Ihnen eine erfolgreiche Teilnahme!«

»Danke«, sage ich zu Lauren, die bereits auf dem Sprung ist, den nächsten Kandidaten zu begrüßen, der etwas hilflos im Eingangsbereich steht.

»Wie aufregend!«, entfährt es Mikayla neben mir, die sich umschaut. »Kennst du irgendwen von hier?«

Ich tue es ihr gleich, sehe aber nicht ein bekanntes Gesicht. Das muss aber nichts bedeuten, denn wenn man wie ich nicht in diesem Backzirkus aktiv ist, kennt man eben nicht alle und jeden. Sowieso sind Köche in der Regel bekannter als Konditoren, sodass ich vermutlich eher jemanden in den anderen Kategorien kenne und eben nicht hier. Also schüttle ich den Kopf.

»Um ehrlich zu sein, bin ich darüber auch froh. Ich glaube, das würde mich nur zusätzlich nervös machen, wenn ich wüsste, dass ich gegen eine Koryphäe antreten müsste. Was ich wahrscheinlich eh muss, aber gerade in diesem Moment sehe ich die oder den zumindest noch nicht.«

»Ich liebe deine Logik«, sagt Auri und nimmt mich im gleichen Moment in den Arm. »Ganz viel Erfolg, Süße! Wir drücken von dort drüben die Daumen. Du schaffst das. Und was immer dabei rauskommt, wir sind stolz auf dich.«

»Danke«, hauche ich und weiß, dass sie jedes ihrer Worte auch so meint. Genau wie Mikayla, die im nächsten Augenblick ergänzt: »Eine Runde weiter wäre trotzdem top!«

Ich lache und schüttle den Kopf, während ich mich auch von ihr umarmen lasse. Was würde ich nur ohne diese beiden machen? Definitiv nicht hier sein, so viel ist sicher.

Knapp drei Stunden später stehe ich neben Mikayla und Auri und trete unruhig von einem Fuß auf den anderen. Unsere Augen sind auf die große Tafel gerichtet, die in einigen Metern Höhe vor uns hängt, und auf der gleich die Ergebnisse zu sehen sein werden. Um uns herum stehen die anderen neunzehn Teilnehmenden mit ihren Begleitungen. Ihnen wird es sicherlich nicht anders gehen als uns. Nur vier werden es in die nächste Runde schaffen und die Anspannung ist im gesamten Raum zu spüren.

Ich muss sagen, dass ich sehr zufrieden mit meiner heutigen Kreation bin. Die Lebkuchenküchlein sind wunderbar aufgegangen und die Himbeerreduktion war eine himmlische Ergänzung zu den Gewürzclementinen. Trotzdem bin ich mir sehr darüber bewusst, dass das Teilnehmerfeld stark ist. Ich hatte zwar nicht viel Zeit, mir die Ergebnisse der anderen anzuschauen, aber was ich gesehen habe, war definitiv nicht das Level von Anfängern. Es bleibt also spannend.

»Wenn du noch ein einziges Mal vor Aufregung an deinen Fingernägeln herum beißt, besorge ich dir ein paar Handschuhe und ziehe sie dir höchstpersönlich an.« Auri schaut tadelnd zu Mikayla, der die Anspannung ins Gesicht geschrieben steht.

»Ich beiße nicht auf meinen Nägeln herum.« Als Reaktion

auf Mikaylas Antwort zieht Auri eine Augenbraue hoch. »Dann eben der Nagelhaut«, korrigiert sie sich und Mikayla brummt lediglich als Antwort.

»Bist du denn gar nicht nervös?«, fragt Mikayla und schaut mich an.

Langsam wiege ich meinen Kopf hin und her. »Geht.«

»Geht, sagt sie. Du wirkst absolut stoisch und so, als könnte dich nichts umhauen.«

»Das sieht nur so aus. Ich bin schon aufgeregt. Aber jetzt kann ich doch eh nichts mehr ändern.« Ich zucke mit den Schultern, was Mikayla nicht sonderlich zu besänftigen scheint.

»Na, toll«, brummt sie und dreht sich im nächsten Moment um. »Wie lang soll das denn noch dauern?«

»Psssst, sei leise«, mahnt Auri sie. »Die Leute gucken schon.«

»Blödsinn. Hier sind doch alle gespannt, wer weiter ist.«

Damit mag sie recht haben. So ruhig ich auch zu sein versuche, natürlich bin ich furchtbar angespannt. Mein Herz klopft fürchterlich und ich bin mir sicher, Blutdruck- und Pulsmessen würde gerade nicht wirklich funktionieren. Zumindest nicht, wenn man Werte herausbekommen möchte, die Aussagen über meinen generellen Gesundheitszustand liefern sollen. Wie schrecklich lang können bitte zehn Minuten sein? Vorhin hieß es, so lange würde es noch dauern, bis die Ergebnisse verkündet werden. Ich weiß nicht, was schlimmer ist: der Umstand, dass wir hier alle auf eine riesige Tafel starren, die über unser Schicksal verfügt, oder die Tatsache, dass ich mich vielleicht zu sehr an dieses kleine bisschen Hoffnung klammere, aus dem Wettbewerb als Siegerin hervorzugehen. Ich muss realistisch sein. Ich trete nicht nur gegen neunzehn andere Konditoren an, es sind auch noch vierzig weitere Köche mit dabei, die sicherlich auch nicht schlecht sind. Ob ich vielleicht doch parallel anfange, Lotto zu spielen?

»Es geht los!«, ruft Auri plötzlich und um uns herum drehen

sich alle in Richtung der Tür, die sich gerade geöffnet hat und aus der ein Mann in einem Anzug tritt.

Ein Raunen geht durch den Raum, bevor alle verstummen.

»Liebe Teilnehmende! Mein Name ist Declan Floyd und ich habe die große Ehre, Sie ab sofort durch den Wettbewerb zu begleiten und die nächsten drei Runden zu moderieren. Ich gratuliere Ihnen zu einem erfolgreichen Tag und freue mich nun, Ihnen nicht nur die vier Kandidatinnen und Kandidaten zu verkünden, die es in die nächste Runde geschafft haben, sondern auch denjenigen mitzuteilen, welche eine Aufgabe sie im Viertelfinale erwartet, das bereits in einer Woche ausgetragen wird.«

Um mich herum wird applaudiert und plötzlich fühlt sich alles ein bisschen wichtiger und professioneller an. Die Vorrunde scheint nur so etwas wie ein nötiges Übel gewesen zu sein, um die wirklich interessanten Teilnehmer herauszufiltern, denen dann mehr Aufmerksamkeit geschenkt wird. Das erklärt auch, warum erst jetzt jemand von der Presse zugegen scheint, der sich anschickt, gleich ein paar Aufnahmen zu machen.

»Sind Sie bereit?«, fragt Declan Floyd in die Runde und neben mir nuschelt Mikayla etwas, das verdächtig nach »Ne, Alter! Wir könnten gern vorher noch einen Kaffee trinken« klingt. Wie nicht anders zu erwarten, wirft Auri ihr einen bösen Blick zu, bevor beide meine Hände ergreifen. Himmel, nicht nur meine Hände sind eiskalt, Auri und Mikayla geht es nicht anders.

»Eine Runde weiter, und somit im Viertelfinale ist ... Helena Donald!«

Schräg hinter mir ertönt Jubel und als ich mich umdrehe, sehe ich das strahlende Gesicht einer jungen Frau, der von ihren Freunden und ihrer Familie gratuliert wird. Nach ihr rutschen zwei Männer in die nächste Runde: Martin St. Jones und Daniel Matthews. Mit jedem Namen, der erklingt, sinkt meine Hoffnung ein Stückchen mehr. Mein Herzschlag ist inzwischen in ein heftiges Pochen übergegangen und meine Hände sind furchtbar schwitzig, die immer noch von Mikayla und Auri festgehalten werden. Ich stelle mich darauf ein, dass es das gewesen ist und ich gleich wieder den Heimweg mit der zerplatzten Hoffnung auf einen neunen Ofen einschlage.

Ein letztes Mal hebt Declan Floyd das Mikrofon zum Mund und alle im Raum halten die Luft an. Herrje, muss er das so spannend machen?

»Die letzte Kandidatin, die es in die nächste Runde geschafft hat, ist …«

Wieder diese elendige Pause!

»Lizzie Gordon!«

Als mein Name ertönt, springen Auri, Mikayla und ich zeitgleich in die Luft, bevor die beiden mir um den Hals fallen und ich völlig aufgelöst abwechselnd von der einen zur anderen schaue.

»Ich hab's geschafft!«, rufe ich euphorisch und kann gar nicht glauben, dass das hier wirklich passiert. Für den Hauch einer Sekunde fühle ich mich schlecht, mich so vor all denen zu freuen, für die der Wettbewerb vorbei ist, aber dann erinnere ich mich wieder daran, worum es hier geht: meine Existenz. Außerdem habe ich gelernt, dass es richtig ist, auf das stolz zu sein, das man erreicht hat. Und so strahle ich über das ganze Gesicht und schüttle im nächsten Moment die Hand von Declan Floyd. Dann geselle ich mich zu meiner Konkurrenz, die mir ebenfalls gratuliert.

Mein Herzpochen ist zwar nicht weniger geworden, aber der Rhythmus, den es eingenommen hat, fühlt sich bedeutend besser an als der halbe Herzinfarkt noch vor ein paar Augenblicken. Wenn ich jetzt schon so aufgeregt und nervös bin, wie wird es mir dann in den nächsten Runden ergehen? Einfacher wird die ganze Sache hier sicherlich nicht.

Zusammen mit den anderen blicke ich hoch zur Anzeigetafel, auf der in diesem Moment unsere vier Namen erscheinen. Und es fühlt sich verdammt gut an, meinen eigenen dort oben zu sehen.

»Wunderbar!« Declan Floyd steht plötzlich neben mir. Er klatscht begeistert in die Hände. Zumindest so weit, wie es sein Mikrofon zulässt. »Was auch immer in Winter Haven im Wasser ist, es scheint Talent zu fördern«, sagt er in meine Richtung gewandt und noch bevor ich nachhaken kann, was er mit diesem Satz meint, deutet er auf die Anzeigetafel hinter uns, die nun alle zwölf Teilnehmer des Viertelfinales zeigt.

Augenblicklich gefriert mir das Blut in den Adern. Ich habe mit Vielem gerechnet. Herrje, sogar fast damit, Gordon Ramsays Namen höchstpersönlich auf der Anzeigetafel zu sehen, aber mit diesem einen habe ich nicht gerechnet: Cillian McLean.

Hastig drehe ich mich zu Auri und Mikayla, die mit weit aufgerissenen Augen abwechselnd zwischen mir und der Tafel hin und her starren. Ihnen scheint es genauso zu gehen wie mir. Unglaube macht sich in mir breit.

Das kann nicht sein verdammter Ernst sein!

Ich reiße mich zusammen und versuche mich zu konzentrieren, als Declan das Thema des Viertelfinales verkündet. So wunderbar weihnachtliche Gewürze auch klingen mögen, heute Abend wird es in Winter Haven Tote geben. Und wenn ich nicht dafür sorge, werden Mikayla und Auri das für mich übernehmen.

18

Während unserer Heimfahrt nach Winter Haven hätte kein Polizeibeamter im Auto sein dürfen. Zwischen Lynchen, Teeren und Federn oder an den Eiern aufhängen ist bei unserem Gespräch alles dabei. Erschreckend, wie brutal wir Frauen doch sein können, wenn wir von Wut getrieben werden.

Während ich vor den anderen Teilnehmenden noch gute Miene zum bösen Spiel gemacht habe, hat es nur zwei Sekunden im Auto gebraucht, nachdem die Türen alle verschlossen waren, dass ich zu fluchen begonnen habe. Ich würde behaupten, das Ganze hat knapp zehn Meilen angehalten, bevor ich das erste Mal wirklich Luft geholt habe.

Wie es sich für beste Freundinnen gehört, lassen Mikayla und Auri mich machen und widersprechen mir nicht ein einziges Mal. Auri hat vorsichtig gefragt, ob sie vielleicht fahren soll, aber ich habe vehement mit dem Kopf geschüttelt und stattdessen mit den Händen immer wieder auf das Lenkrad geschlagen. Dann habe ich das Radio angestellt und für ein paar

Minuten lautstark Musik aufgedreht, dass es nur so aus den Boxen gedröhnt hat.

Irgendwann reicht mir auch das und ich schalte die Musik wieder ab. Weitere Minuten fahren wir stillschweigend durch die Highlands und jede von uns dreien scheint in Gedanken versunken. Alternativ kann es auch sein, dass Auri und Mikayla nur darauf warten, bis ich wieder etwas sage, aber irgendwie spüre ich gerade lediglich, dass sich eine Leere in mir ausbreitet. Irgendwann hält Mikayla es wohl nicht mehr aus, denn es platzt aus ihr heraus:

»Ich kann nicht glauben, dass das Arschloch zu so etwas in der Lage ist!« Wutentbrannt trommelt sie mit ihren Fingern auf die Rückenlehne von Auris Beifahrersitz. Aus den Augenwinkeln kann ich sehen, dass auch diese ungläubig den Kopf schüttelt. Dann sagt Auri: »Ich bin ja sonst immer im Zweifel für den Angeklagten, aber in diesem Fall möchte ich ihn am liebsten an seiner verdammten Kochschürze höchstpersönlich aus Winter Haven ziehen. Der soll mir nicht noch einmal unter die Augen treten!«

Kurz blicke ich zu meiner Freundin, konzentriere mich dann aber wieder auf die Fahrbahn. Inzwischen sind es nur noch knapp dreißig Minuten, bis wir zurück in Winter Haven sind, und auf die letzten Meilen bin ich still geworden. Die Frage nach dem Warum ploppt immer wieder auf und ich versuche mir klarzumachen, warum Cillian so etwas gemacht hat. Wieso er mir nicht gesagt hat, dass er antritt. Jeder hat das Recht dazu, an irgendeinem Contest teilzunehmen. Aber er weiß ganz genau, was für mich auf dem Spiel steht. So sehr ich auch glauben will, dass es alles ein schrecklich blödes Zusammentreffen widerer Umstände ist, ich finde einfach keine sinnvolle Erklärung für die Tatsache, dass er nun zu meinem größten Konkurrenten geworden ist. Er hätte mich vorwarnen können. Herrje, was hat er denn gedacht, wie ich reagiere, wenn ich seinen Namen da auf der Anzeigetafel sehe? Er hat sich doch ausmalen können, dass er selbstverständlich in die nächste Runde rutscht und ich es dann mitbekomme. Die anderen Kategorien fanden in anderen Gebäuden statt, aber ich frage mich, ob er vielleicht bei meiner Verkündung da war und mich beobachtet hat. Schließlich waren auch ein paar der anderen Teilnehmenden aus den anderen beiden Kategorien bei unserer Verkündung zugegen. Das habe ich später mitbekommen.

»Lizzie, jetzt sag doch auch endlich etwas dazu!«

Ich schrecke zusammen, als ich von Mikayla direkt angesprochen werde, und suche rasch ihren Blick im Rückspiegel.

»Äääähm, wozu?«, stammle ich und natürlich erkennt sie sofort, dass ich nicht zugehört habe. Im Rückspiegel sehe ich, dass mir die Röte ins Gesicht schießt, und ich atme angestrengt ein und aus.

»Na, ob wir gleich auf direktem Weg zu ihm gehen. Du kannst noch entscheiden, ob wir sein Haus mit Eiern oder Tomaten bewerfen. Ich könnte mir vorstellen, dass das bei diesen Temperaturen ganz wunderbar aussehen wird. Vor allem wenn alles festfriert.«

Hastig schüttle ich den Kopf. »Gar nichts werden wir tun«, antworte ich entsetzt und natürlich trifft meine Aussage auf schieren Unglauben bei den beiden.

»Nicht?« Aus den Augenwinkeln sehe ich, wie Auri fragend eine Augenbraue hebt. »Wir können auch nur Schmiere stehen, während du irgendwas mit ihm anstellst.«

Wieder schüttle ich den Kopf. »Nein. Wir werden erstmal gar nichts machen. Ich muss da eine Nacht drüber schlafen und mir einen Plan zurechtlegen. Ich kann mit dieser Wut im Bauch jetzt nicht auf ihn treffen. Dann vergesse ich mich.«

»Und? Dann tust du das halt!« Mikayla lässt sich wieder zurück auf die Rückbank fallen. »Du darfst ihm auch eine schallende Ohrfeige geben und niemand würde es dir übelnehmen!«

»Mag sein«, sage ich leise und starre angestrengt auf die Fahrbahn. »Aber heute Abend mache ich das nicht. Sonst vergesse ich mich.«

»Ja, und? Muss ich mich wiederholen? Dann tust du das halt!«

»Will ich aber nicht, Mikayla. Verstehst du das nicht? Ich will nicht, dass er denkt, dass er diese Macht über mich hat. Wenn ich heute reagiere, weiß ich, dass ich mich nicht kontrollieren kann. Wahrscheinlich rechnet er damit, dass ich ihn heute konfrontiere. Nein, nein, nein. Wir machen heute nichts.«

Von hinten höre ich ein Grummeln und merke im nächsten Moment, dass Auri etwas sagen will.

»Was?« Ich drehe meinen Kopf kurz in ihre Richtung und sehe auch bei ihr schieren Unglauben.

»Heißt das, dass auch wir heute die Klappe halten? Immerhin wollten wir später noch zu Kieran in die Bar. Heute ist doch Adventstrinken bei ihm.«

»Auch ihr werdet niemandem davon erzählen. Niemandem, verstehst du? Auch nicht Nathan. Und schon gar nicht den anderen. Wenn, übernehme ich das. Aber ich will mir noch genau überlegen, wie ich das mache. Und vor allem wann. Haben wir einen Deal?«

Für einen Moment ist es still im Auto und natürlich kann ich nicht verhindern, dass Auri und Mikayla einen Blick austauschen. Sekunden vergehen, bevor ich von beiden ein zögerliches »Okay« vernehme. Natürlich weiß ich, dass sie mit meiner Entscheidung nicht einverstanden sind, aber letztlich ist es mein Ding, wie ich mit dieser Sache umgehen will. Leider weiß ich das nur selbst noch nicht genau.

19

Während andere Leute zum Abschalten meilenweit laufen oder exzessive Shoppingtouren veranstalten, backe ich. Reichlich. Gefühlt für komplette Rugbymannschaften. Oder besser noch: gleich zwei.

Würde der Ofen in meiner Backstube funktionieren, stünde ich jetzt mit Sicherheit dort und würde einen Backmarathon veranstalten.

Leider Gottes steht nur gerade kein Ofen in meiner Backstube und ich werde den Teufel tun, jetzt ins Restaurant zu gehen und dort womöglich auf Cillian zu treffen. Ich mag zwar stressresistent sein, aber völlig irre bin ich noch lange nicht. Um ehrlich zu sein wüsste ich auch nicht, ob ich mich nicht doch vergessen und ihm eine knallen würde, wenn er vor mir stünde. So ist es vielleicht das Beste, dass ich in meiner Wohnung auf der Couch sitze und einen riesigen Eisbecher in den Händen halte.

Eis im Winter. Wunderbar. Draußen herrschen ja nicht gerade Minusgrade. Aber hey, tatsächlich ist Eis ganz hervorragendes für Situationen wie diese, und jede Frau, die jemals Liebeskummer gehabt hat, wird das bestätigen.

Nicht, dass ich Liebeskummer hätte.

Pah!

Ich doch nicht.

Dafür bin ich viel zu wütend.

Als ich Mikayla und Auri zu Hause abgesetzt habe, mussten sie mir hoch und heilig versprechen, heute Abend den anderen lediglich davon zu berichten, dass ich im Contest weiter bin. Über Cillians Teilnahme beim Wettbewerb haben sie Stillschweigen zu bewahren. Das zu erzählen, darf er sehr gern selbst übernehmen, wenn er meint, das tun zu müssen. Ich bin mir sicher, dass auch die anderen diese Sache verdammt kritisch beäugen werden. Es ist dann jedoch nicht mehr mein Problem, wenn er ihnen Rede und Antwort stehen muss. Soll er selbst sehen, wie er mit den Reaktionen unserer Freunde verfahren will.

Ich für meinen Teil ziehe mich heute Abend zurück und gehe in mich, wie ich selbst mit diesem Verrat umgehen will. Nicht anders fühlt sich das Ganze nämlich an. Ich könnte mich selbst dafür ohrfeigen, dass mein Herz sich so furchtbar schwer anfühlt und ich einfach unsagbar verletzt, enttäuscht und traurig bin.

Habe ich mich so in ihm getäuscht? Das kann doch alles nicht sein. Ob es ein Fehler ist und Cillian nimmt gar nicht am Wettbewerb teil? Vielleicht ist sein Name nur aus Versehen auf der Anzeigetafel gelandet?

Ich verdrehe die Augen und höre mich laut sagen: »Lizzie, wie doof bist du eigentlich?«

Allein der Gedanke daran, dass ich jetzt wieder seinetwegen an mir arbeiten und mich emotional aufbauen muss, macht mich furchtbar wütend. Parallel zum Traurigsein ist das eine verdammt bescheidene Kombination. Ich könnte heulen und gleichzeitig irgendetwas kaputtschlagen. Tatsächlich habe ich kurz überlegt, Cillians Weihnachtsdekoration den Garaus zu machen, aber damit würde ich Eleni viel mehr verletzen als ihn und das darf ich nicht.

Wie kann es sein, dass ein Mann so ist? Hat er es sich zur Aufgabe gemacht, mir mein Leben zur Hölle zu machen? Mich langsam, aber sicher zu zerstören? Auf die ganz perfide Art und Weise? Reicht es nicht, dass er es einmal fast geschafft hat? Der Unterschied ist, dass dieses Mal meine Existenz daran hängt.

Lieber Weihnachtsmann! Darf mein Weihnachtswunsch sein, dass Cillian McLean bitte auf den Mond geschossen wird? Für immer und ewig? Oder in die Hölle? Je nachdem, wo er weniger anstellen kann.

Ich hasse es, so theatralisch zu sein. Vielleicht sollte ich doch zu den anderen ins *The Archer* gehen, statt mich hier im Selbstmitleid zu ertränken. Wohlgemerkt mit einem riesigen Eisbecher. Vielleicht ist Whiskey die bessere Alternative? Obwohl ich weiß, dass mir Eis wohl weniger Kopfschmerzen beschert als Alkohol. Wobei, wenn man es genau nimmt, Kopfschmerzen bereitet mir eigentlich nur einer: Cillian.

Vor lauter Schreck zucke ich zusammen, als es an meiner Wohnungstür klingelt. Wer kann das sein? Ich erwarte niemanden. Auri und Mikayla sind bei Kieran. Sie haben mir eben ein Bild aus der Bar geschickt und gefragt, ob ich zur Ablenkung nicht doch vorbeikommen möchte. Vielleicht ist es Nan, die wissen möchte, wie es auf dem Wettbewerb war? Für gewöhnlich trifft sie sich sonntags abends mit ihrem Buchclub, aber vielleicht hat die Neugierde gesiegt und sie kommt noch vorbei, bevor sie nach Hause geht. Ich sollte endlich in diese Videoklingel investieren, damit ich von hier oben sehen kann, wer unten vor der Tür steht, ohne abwarten zu müssen, dass sich derjenige hochbewegt hat.

Für gewöhnlich bekomme ich selten Besuch in meiner

Wohnung, denn die meisten kommen direkt ins *The Sweet Spot* oder die Backstube selbst, daher habe ich die Anschaffung vor mir hergeschoben. Auri und Mikayla klingeln meist vorher auf dem Handy durch, sodass ich Bescheid weiß, wenn sie Augenblicke später vor der Tür stehen.

Für einen Augenblick überlege ich, das Klingeln zu ignorieren, aber da es inzwischen zum zweiten Mal an der Tür schellt, bleibt mir wohl nichts anderes übrig, als zu öffnen. Vielleicht ist es wirklich Nan und die möchte ich ungern in der Kälte stehen lassen. Ich schlurfe also Richtung Tür und drücke auf den Buzzer, der die Haustür entsperrt.

Rasch rufe ich die Treppe herunter: »Ja?«

Fast rechne ich damit, Nans gutgelaunte Stimme von unten zu hören, doch es bleibt still.

Keine Antwort. Trotzdem kann ich genau hören, dass jemand ins Haus gekommen ist.

»Hallo?«, hake ich erneut nach. Mein Puls beschleunigt sich. Ich will gerade wieder die Haustür schließen, um notfalls in Sicherheit zu sein, als ich erkenne, dass es Cillian ist, der die Treppe hochkommt.

Das kann jetzt verdammt noch mal nicht sein Ernst sein! Er schaut zu mir hoch, zieht seine Wollmütze vom Kopf und hält für einen Moment inne, sich wohl nicht sicher, ob ich ihm die Tür gleich vor der Nase zuknalle.

O Lizzie, das solltest du einfach tun. Verdient hätte er es allemal. Du kannst auch so lange warten, bis er kurz davor ist, und dann schmeißt du sie mit Schwung zu, damit sein Gesicht Bekanntschaft mit der Tür machen kann.

»Du kannst gleich wieder umdrehen«, entfährt es mir und ich erschrecke mich selbst ein bisschen vor der Kälte in meiner Stimme.

»Nein.« Fast ist Cillian oben angekommen und noch habe ich die Chance, die Tür zuzuwerfen, aber ich entschließe mich vorerst dagegen, weil mich seine knappe Antwort dezent aus dem Konzept bringt.

»Nein?«

»Du hast richtig gehört.«

»Ich will aber nicht mit dir reden.«

»Wir *müssen* aber miteinander reden.«

»Ich wüsste nicht, worüber.«

»Lizzie«, sagt Cillian eindringlich und hindert mich im nächsten Moment daran, ihm die Tür vor der Nase zuzuschlagen, indem er einen Fuß zwischen Tür und Rahmen schiebt.

Wütend funkle ich ihn an und schüttle langsam den Kopf.

»Wenn du nicht willst, dass ich dir erst auf den Fuß trete und dir dann die Tür ins Gesicht schlage, verschwindest du jetzt besser.«

»Das Risiko bin ich bereit, einzugehen.« Seine Augen schauen mich abwartend an, wohl bedacht darauf, bei der kleinsten Regung meinerseits die Tür einfach aufzuschieben und einzutreten. Er hingegen bewegt sich keinen Millimeter. Lediglich seine leicht gepresste Atmung verrät mir, dass auch er angespannt ist.

»Lizzie.« Seine Stimme klingt rau, doch ich recke trotzig das Kinn. Er muss mir doch ansehen, dass er jetzt besser das Weite suchen und mich nicht provozieren sollte.

»Was zur Hölle!«, entfährt es mir, als er wenig später die Tür einfach aufschiebt und plötzlich mitten in meiner Wohnung steht, seine Mütze immer noch in der Hand.

»Was fällt dir ein? Gleich rufe ich die Polizei!«

»Wir wissen beide, dass du das nicht tun wirst«, sagt er in einer Ruhe, die mich beinahe wahnsinnig macht. Erschreckend unbehelligt schließt er die Tür hinter uns und geht einen Schritt auf mich zu. Ich jedoch weiche zurück.

»Herzlichen Glückwunsch, dass du eine Runde weiter bist.«

Lächelt mich Cillian gerade wirklich allen Ernstes an?

Nüchtern platzt es aus mir heraus: »Mehr hast du nicht zu sagen?«

»Ich wusste, dass du das schaffen wirst.«

Schierer Unglaube breitet sich in mir aus. Weiß er überhaupt, was das alles mit mir macht? »Du weißt genau, was ich meine«, presse ich hervor und mein Kiefer ist dabei so starr, dass es ein Wunder ist, dass überhaupt etwas aus meinem Mund kommt. »Macht dir das eigentlich Spaß?«

Jetzt ist Cillian derjenige, der mich irritiert anblickt. »Was genau meinst du, Lizzie?«

Meine Hände sind zu Fäusten geballt und mein Herzschlag dröhnt in meinen Ohren. Ich kann nicht glauben, dass er hier vor mir steht und so tut, als wäre nichts passiert. Hat er nicht gerade selbst noch gesagt, dass wir reden müssen?

Verdammt, dann rede doch einfach, du Idiot!

»Es tut mir leid, dass ich dir nicht vor heute gesagt habe, dass ich ebenfalls bei dem Wettbewerb mitmache.«

Abwartend blicke ich ihn an, aber es kommt nichts weiter. Ernsthaft? Das war's? Mehr hat er nicht zu sagen?

»Und?« Ich ziehe die Augenbrauen hoch und warte auf eine Erklärung.

»Und es tut mir leid, dass du es so herausfinden musstest.«

Kann mir einer verraten, warum er vor mir steht wie ein Häufchen Elend? Das soll ich ihm abnehmen?

Tränen schießen mir in die Augen und ich verliere vor lauter Wut sämtliche Kontrolle. Ob ich will oder nicht, es platzt aus mir heraus: »Ganz ehrlich, Cillian, mir reicht es. Das ist doch alles ein furchtbar schlechter Film. Warum musstest du zurückkommen? Mein Leben war gut ohne dich. Ich hatte alles hinter mir gelassen. Uns vergessen. Dann bist du auf einmal zurück in Winter Haven. Du faselst davon, plötzlich wieder Teil meines Lebens sein zu wollen. Schläfst mit mir und sagst mir nicht, dass du auch an diesem Wettbewerb teilnimmst? Was für eine dämliche Aktion ist das? Ist das wieder so ein egoistisches Cillian-Ding? Gibt dir das irgendwas, mich so herumzuschubsen und all das zu ignorieren, was mir etwas bedeutet? Hast du eigentlich eine Ahnung, dass ich durch die Hölle gegangen bin? Deinetwegen? Monatelang habe ich mich jede Nacht in den Schlaf geweint, weil ich an nichts anderes denken konnte als an dich. Und jetzt spielst du solche Spielchen? Es ist nicht fair, dass du mir all das kaputtmachst, was ich mir mühevoll aufgebaut habe. Wir reden hier von meiner Existenz. Klar, niemand kann dir verbieten, an diesem Wettbewerb teilzunehmen, aber verdammt noch mal, du hättest ehrlich mit mir sein müssen!«

Ich muss ein tolles Bild abgeben, wie ich wild mit den Armen fuchtelnd vor Cillian stehe und ihm eine Salve an Hasstiraden entgegenfeuere. Immer wieder versuche ich, mich zu beruhigen und meinen Atem in den Griff zu bekommen, aber es funktioniert nicht. Vor allem nicht, weil Cillian mich nur anschaut und nichts sagt. Stattdessen tut er etwas anderes, mit dem ich nicht gerechnet habe. Er dreht sich um und geht wortlos aus meiner Wohnung und zieht die Tür hinter sich zu.

Das ist jetzt nicht wirklich passiert, oder?

Dicke Tränen verschleiern mir die Sicht und ich schniefe.

Ich weiß, wie es sich anfühlt, jemanden zu verlieren, den man liebt. Und ich habe mir geschworen, nie wieder jemanden so nah an mich heranzulassen, dass mich dieser Schmerz noch einmal übermannen kann. Bis jetzt. Cillian hat die Mauern, die ich so mühsam um mich herum errichtet habe, einfach durchbrochen und sich einen erneuten Platz in meinem Leben gesucht. In meinem Herzen. Und dabei hat er von Minute eins nicht fair gespielt. Nein, stattdessen war er nur auf sein eigenes Wohl aus. Als hätte er den Gewinn des Wettbewerbs nötig. Pah!

Wutentbrannt starre ich auf die geschlossene Wohnungstür und höre Cillian die Treppe herunterlaufen. Augenblicklich wird mir eine Sache bewusst.

Die Lizzie von damals ist an dieser Situation zerbrochen. Die heutige Lizzie lässt so eine Sache nicht einfach geschehen. Nicht einfach so. Nicht schon wieder. Cillian hat kein Recht, sich schon wieder kommentarlos davonzumachen, ohne mir Rede und Antwort zu stehen.

Mit Schwung reiße ich die Tür auf, schnappe mir meinen Mantel und stürme hinter Cillian her.

»Bleib verdammt noch einmal stehen!«, brülle ich die Treppe herunter, sehr darauf bedacht, nicht über meine eigenen Füße zu stolpern. Doch Cillian ist bereits aus der Haustür, die hinter ihm ins Schloss gefallen ist.

Wollen wir hoffen, dass halb Winter Haven jetzt in diesem Moment nicht auf der Straße ist, denn was sie erleben werden, ist ein gewaltiges Schauspiel, das wohl niemand so schnell vergessen wird.

Ich ziehe die Haustür auf. Kalter Wind peitscht mir entgegen. Zu meiner Überraschung pralle ich förmlich gegen Cillian, der stehen geblieben ist.

Unsere Blicke treffen sich und dieses Mal entdecke ich etwas anderes in seinen Augen. Wut. Und irgendetwas anderes, das ich nicht greifen kann.

Er soll es nicht wagen, sauer auf mich zu sein. Wenn hier einer dazu das Recht hat, dann wohl ich.

»Läufst du wieder davon?«, entfährt es mir und ich baue mich vor ihm auf, was für Außenstehende sicherlich belustigend wirkt, denn schließlich überragt mich Cillian um ein ganzes Stück.

»Lizzie, lass gut sein. Jetzt nicht.«

»Das könnte dir so passen, Cillian McLean. Jetzt hörst du mir zu und rennst nicht schon wieder weg!«

»Ich habe gerade keine Kraft, mir das hier zu geben.«

»Das ist mir scheißegal. Ich wünschte, du würdest das hier

für eine Sekunde auch mal genauso ernst nehmen wie dein Leben!«

Cillian will sich in Bewegung setzen, doch ich halte ihn am Ärmel seines Mantels fest. Ruckartig zieht er den Arm weg und ich strauchle, weil ich mit dieser Reaktion nicht gerechnet habe.

»Ganz ehrlich, Lizzie, es reicht. Ich habe mir deine Wuttirade jetzt lange genug angehört. Entschuldige, dass deine Wut über meine Teilnahme bei einem Wettbewerb, bei dem alle mitmachen dürfen, meine kleinste Sorge ist. Du wünschst dir, ich würde das genauso ernst nehmen wie mein eigenes Leben? Du hast doch gehört, was Eleni sich gewünscht hat!«

Eleni? Wie vor den Kopf gestoßen starre ich ihn an. Was haben sie und ihr Wunsch vom Weihnachtsbasar jetzt plötzlich damit zu tun, ob Cillian mir die Wahrheit über seine Teilnahme sagt?

»Wenn du es wirklich wissen willst, Lizzie, ich wollte dir von meiner Teilnahme berichten. An dem Abend, als ich bei dir in der Backstube war. Aber entschuldige, irgendwas ist mir da wohl dazwischengekommen.« Er funkelt mich an. »Stell dir vor, am nächsten Morgen hat mich daheim ein Brief von Jolies Anwalt erreicht. Sie will die Scheidung. Die zwei Tage nach unserem Treffen habe ich mit meinem Anwalt verbracht und damit, mir zu überlegen, was ich jetzt tun soll. Ich hatte gehofft, dir am Samstag auf dem Basar alles zu sagen, aber dann kam Elenis Wunsch und danach war die Stimmung auf einmal anders. Ich sage es gern noch einmal: Entschuldige, dass ich dann einfach auch nicht mehr wusste, was ich tun soll. Habe ich mich jetzt genug entschuldigt? Bin ich genug zu Kreuze gekrochen? Noch irgendetwas, das du mir an den Kopf werfen möchtest? Ich würde dann nämlich jetzt gern gehen und meiner Tochter noch einen Gute-Nacht-Kuss geben.«

Mit weit aufgerissenen Worten werde ich Zeuge, wie Cillian

mich im nächsten Moment in der Kälte stehen lässt. Und dieses Mal lasse ich ihn einfach gehen.

20

»ie Plätzchen für die Kinder willst du in die Tütchen packen, oder?«
»Ja.«
»Zehn pro Tüte?«
»Genau.«
»Und vorher sollen die Hälfte von denen da aber noch eine Schokoglasur bekommen?«
»Mmmhmm.«
»Die rühre ich mit zweihundert Gramm Salz an, richtig?«
»Ja.«
»Lizzie!«
Ich zucke zusammen und mir fällt beinahe das Blech Plätzchen, das ich in den Händen halte, herunter, als Mikayla meinen Namen so laut ausruft, dass wahrscheinlich die halbe Nachbarschaft ihn gehört hat. Entgeistert starre ich sie an.
»Was denn?«
»Ja, das frage ich dich!« Ungläubig blickt sie mich an. »Salz in der Schokoglasur für die Kinder? Wo bist du mit deinen Gedanken?«

Tja, die Antwort ist simpel und ich bin mir sicher, Mikayla kennt sie bereits. Wie verabredet stand sie heute früh vor der Tür, um mir mit den Weihnachtsplätzchen für den Kindergarten zu helfen. Sie hat auch keine neugierigen Fragen gestellt, als ich, nachdem die Plätzchen fertig gebacken waren, angewiesen habe, dass wir den Rest in meiner Backstube erledigen. Zwar habe ich davon gefaselt, dass ich hier alle Tütchen zum Verpacken und so hätte, aber es wäre definitiv praktischer gewesen, alles in der Restaurantküche zu machen, statt das Gebäck von dort rüber in die Backstube zu transportieren. Bereitwillig hat Mikayla geholfen und nur einmal kurz die Stirn gerunzelt, als ich die Plätzchen für die kurze Reise verstaut habe. Sicherlich kann sie sich denken, dass ich in nächster Zeit alles daransetzen werde, Cillian aus dem Weg zu gehen. Als wir heute in der Früh zum Restaurant aufgebrochen sind, hat mein Herz wie wild geschlagen und meine Hände haben so gezittert, dass ich Mühe hatte, den Schlüssel ins Schlüsselloch zu stecken, um die Eingangstür aufzuschließen.

Ich habe keine Ahnung, ob Cillian heute nichts im Restaurant zu erledigen hat oder verhindern will, auf mich zu treffen, aber er taucht nicht auf, wofür ich dem Universum verdammt dankbar bin.

»Ich war abgelenkt, sorry«, versuche ich mich für meine Unachtsamkeit zu entschuldigen, was Mikayla mit einem prüfenden Blick kommentiert und lediglich nickt. »Natürlich kommt kein Salz in die Glasur.« Vorsichtshalber ziehe ich den Topf, der vor uns steht, näher zu mir.

Für eine Weile sind wir damit beschäftigt, die Plätzchen in die warme Masse zu tunken und fein säuberlich auf dem Rost auszulegen, damit die Schokolade trocknen kann. Nebenbei plaudern wir über den bevorstehenden Winterball und überlegen, was noch alles dafür zu erledigen ist.

»Bist du eigentlich zu einem Ergebnis gekommen?«, fragt Mikayla nach einer Weile und hält in ihrer Arbeit inne.

»Bezüglich?«

»Was du Cillian sagen willst, beziehungsweise wie du mit der Sache umgehen willst?«

»Ähm«, beginne ich, stocke dann aber, weil ich nicht weiß, wie ich den gestrigen Showdown in Worte fassen soll. Normalerweise reden Auri, Mikayla und ich über jede Kleinigkeit, aber in der Angelegenheit mit Cillian gestaltet sich alles ein bisschen schwieriger.

»Habt ihr gestern Abend im *The Archer* eigentlich über uns gesprochen? Also, ich meine, haben die anderen sich nach dem Wettbewerb erkundigt?«

»Aus welchem Grund lenkst du von meiner Frage ab?«

»Tue ich doch gar nicht!«, beschwere ich mich umgehend und weiß genau, dass Mikayla mir nicht ein Wort glaubt.

»Ach, nein?«

»Nein!«

»Und wann willst du mir davon erzählen, warum du bei Minustemperaturen abends im Dunkeln lautstark mit Cillian auf der Straße diskutierst?«

Ich reiße die Augen auf und starre sie an. Dezente Panik steigt in mir auf. Sofort beschleunigt sich mein Puls und mir wird warm. »Ihr habt uns gesehen?«

Mikayla schüttelt den Kopf. »Nicht wir. Maeve, als sie auf dem Rückweg vom Buchclub war.«

Für eine Millisekunde bin ich erleichtert, dass es nicht meine Nan war, aber dann wird mir bewusst, dass wenn Maeve es mitbekommen hat, Ann und sie es auch wissen. Und wie mir scheint, inzwischen auch halb Winter Haven. Na, bravo.

»Keine Angst«, sagt Mikayla schnell, die mir meine Unruhe ansehen muss. Sie tritt neben mich. »Sie hat mich angerufen, als ich noch in der Bar war, und musste mir hoch und heilig versprechen, darüber kein Wort zu verlieren. Ich gehe jetzt mal davon aus, dass sie das getan hat, sonst hätte sich deine Großmutter bestimmt schon bei dir gemeldet.«

Damit könnte Mikayla recht haben. »Und du? Hast du mit Auri drüber gesprochen?«

Ein bisschen kleinlaut zuckt sie mit den Schultern. »Ja. Ich habe angenommen, dass das für dich okay ist, weil wir ja schließlich auch von der Sache mit Cillian und dem Wettbewerb wussten.«

Ich nicke, um sie zu beruhigen. »Das ist schon okay. Warum habt ihr euch dann nicht bei mir gemeldet?«

»Wir hatten das Gefühl, dass du dich gemeldet hättest, wenn du bereit gewesen wärest, darüber zu sprechen. Und da wir wissen, dass Cillian dir nie etwas zu Leide tun würde, wussten wir auch, dass maximal er eine Ohrfeige von dir kassieren würde.«

»Mhm«, gebe ich von mir und erinnere mich äußerst ungern an die unangenehme Situation von gestern Abend.

»Er hat dir doch nichts angetan, oder?« Schockiert blickt mich meine Freundin an, greift nach meinem Arm. Rasch schüttle ich den Kopf.

»Bis auf die Tatsache, dass er zu meiner größten Konkurrenz geworden ist und sich für den Wettbewerb angemeldet hat, nein.«

»Ja, das ist Aktion Oberarschloch, das kann man nicht anders ausdrücken. Was war denn seine Entschuldigung? Also, ich meine, dass er sich angemeldet hat. Hat er das nötig? So wie ich Kieran verstanden habe, wäre die Übernahme des Restaurants kein Problem für ihn.«

»Das ... Das weiß ich nicht.«

»Wie? Das weißt du nicht? Hast du denn nicht gestern mit ihm über alles gesprochen?«

Ich lasse den Kopf sinken und starre für einen Augenblick

auf meine Hände. »Um ehrlich zu sein, habe ich ihn nonstop angeschrieben, ihm gesagt, wie scheiße er sei, und habe lediglich gefragt, warum er mir nichts davon gesagt habe. Auf die Idee zu fragen, warum er überhaupt teilnimmt, bin ich nicht gekommen. Dafür war die Lage zu hitzig.«

In wenigen Worten berichte ich Mikayla von allem, was gestern zwischen mir und Cillian vorgefallen ist. Sie hört zu, ohne mich zu unterbrechen.

»Mhm, und nun? Also ich an deiner Stelle würde das wissen wollen. Und ich würde ihn definitiv nicht so einfach davonkommen lassen, dass du damit total okay bist.«

»Bin ich ja auch überhaupt nicht. Ich denke, das hat er gestern verstanden.«

»Möglich. Aber interessiert es dich nicht, was diese arschige Aktion soll? Ich kann mir nicht vorstellen, dass er das macht, um dir zu zeigen, wie toll er ist.«

Zum wiederholten Mal am heutigen Vormittag zucke ich mit den Schultern. »Ich werde es wohl nie erfahren.«

»Und ob!«, ruft sie und nickt dabei heftig. »Jetzt zum Beispiel wäre die Gelegenheit.«

»Ich habe doch keine Ahnung, wo er sich gerade aufhält.«

»Im Restaurant«, platzt es aus Mikayla heraus und ich frage mich, ob sie neuerdings hellsehen kann.

»Ich habe eben gesehen, als wir zum *The Sweet Spot* gelaufen sind, dass sein Wagen um die Ecke gebogen ist und er vorm Restaurant geparkt hat. Es sah fast so aus, als hätte er nur darauf gewartet, dass du abschließt und ihm freie Bahn lässt.«

Sofort breitet sich in meiner Magengegend wieder dieses mulmige Gefühl aus, das immer da ist, wenn ich einer Sache am liebsten aus dem Weg gehen möchte. Mikayla kann nicht wirklich annehmen, dass ich jetzt Lust darauf habe, Cillian gegenüberzutreten. Zwar ist mir nicht peinlich, was gestern alles aus mir herausgebrochen ist, aber trotzdem gibt es wohl gerade schönere Orte, an denen ich sein könnte. Bali zum Beispiel. Oder die Malediven. Alternativ auch Skandinavien.

»Auf einer Skala von eins bis zehn, wie sehr willst du da gerade rübergehen?«

»Minus zweihundert.«

Sie grinst mich an. »Das habe ich mir gedacht. Du gehst also jetzt rüber?«

»Jetzt?« Sie kann nur scherzen. Wenn sie glaubt, dass ich das wirklich jetzt mache, irrt sie aber gewaltig.

»Klar. Worauf wartest du? Du hast doch nichts zu verlieren. Schlimmer, als es bereits ist, kann es doch nicht mehr werden, oder?«

Okay, das ist natürlich ein Argument. »Ich befürchte nicht.«

»Also? Ich kümmere mich in der Zwischenzeit um den Rest der Plätzchen und verspreche hoch und heilig, dass ich nichts mehr in die Glasur packe und alles fein säuberlich hinlege, damit sie trocknen können. Und dann tüte ich die ersten, die bereits fertig sind, schon einmal ein.«

Ich ziehe eine Augenbraue hoch und als Mikayla mich an den Armen packt und umdreht, um mir die Schürze loszubinden, merke ich, dass jeder Einwand zwecklos ist. Wie bin ich hier bloß reingeraten? Wollte sie gestern Cillian nicht noch selbst umbringen?

»Kannst du mir verraten, warum dir das so ein Anliegen ist, dass ich jetzt direkt gehe?«

»Weil du meine Freundin bist und ich dich liebe.«

»Ich verstehe den Zusammenhang nicht«, murre ich und sehe, wie Mikayla meine Schürze an den Haken an der Tür hängt.

»Es wird Zeit, dass du diese Cillian-Sache ein für alle Mal geklärst. Was auch immer da zwischen euch war, ist oder sein kann, regelt das. Ich habe keine Lust, die nächsten fünfzig Jahre damit zu verbringen, ihn zum Thema zu machen. Das ist also einfach zu meinem Selbstschutz.«

»Deinem Selbstschutz, ich verstehe.« Ich wiege den Kopf hin und her. »Und wenn er mich direkt wieder vor die Tür setzt?«

»Hast du einen Schlüssel, um wieder reinzukommen.«

»Und wenn er mir den abnimmt?«

»Hetzen wir ihm Kieran auf den Hals.«

»Wenn Kieran zu seinem Bruder hält?«

»Boykottieren wir ab sofort das *The Archer*.«

»Was ...?«

»Lizzie! Stopp! Du steigerst dich in etwas rein, was zwar keine Nichtigkeit ist, aber wir sind auch keine sechzehn mehr. Du bist jemand und nach all dem, was war, hast du ein Recht auf Antworten. Und eben auch auf die Frage nach dem Warum. Gehst du jetzt selbst oder muss ich dich rüber tragen?«

Frustriert stoße ich die Luft aus und weiß, dass ich eh keine Chance habe. Und natürlich muss ich diese Sache aus der Welt schaffen. Ich frage mich nur, was danach geschehen wird.

Eigentlich ist der Dezember für mich immer der Monat, in dem ich am glücklichsten bin und mich auf alles freue, das mit Weihnachten zu tun hat. Mit dem Fest der Liebe und der besinnlichsten Zeit des Jahres haben die letzten Tage für mich aber definitiv nichts zu tun.

21

Nicht ganz vierhundert Schritte später bin ich mir sicher, dass halb Winter Haven hinter den Fensterscheiben lauert und gebannt auf das Restaurant blickt, um herauszufinden, wie lange es dauert, bis ich vor die Tür gesetzt werde. Wenn Maeve gestern Nacht etwas von Cillians und meinem Streit mitbekommen hat, dann müssen das auch andere getan haben. In einem Ort wie Winter Haven, in dem es immer ruhig und beschaulich zugeht, muss eine spätabendliche Ruhestörung doch auffallen. Vielleicht hätte ich mir darüber Gedanken machen sollen, bevor ich wie eine Furie hinter Cillian her gestürmt bin, um ihn zur Rede zu stellen. Der Hausflur hätte es vielleicht auch getan. Nur dass Cillian da leider schon auf der Straße stand und eben nicht mehr im sicheren und vor allem schallisolierten Gebäude.

Jetzt ist es dafür aber zu spät und Umdrehen auch keine Devise, denn just in diesem Moment öffnet sich die Restauranttür und Cillian tritt heraus. Er ist nicht allein. Als ich erkenne, dass eine andere Frau neben ihm auftaucht, rutscht mir mein Herz in die Hose. Cillian ist schick gekleidet und trägt ein

Jackett. Die Frau neben ihm hat einen Hosenanzug an und obwohl ich noch nicht direkt vor ihr stehe, sehe ich, dass sie attraktiv ist. Ich bleibe auf der Stelle stehen und schon im nächsten Augenblick entdeckt mich Cillian. Für einen Moment glaube ich, dass er sich versteift. Vielleicht irre ich mich jedoch auch, denn schließlich trennen uns noch einige Meter. Er wendet seinen Blick von mir ab und reicht der Frau die Hand. Dann verabschieden sie sich mit zwei Küssen auf die Wange und mir schnürt sich der Magen zu.

Macht man das so in London und der Welt der Businesstermine? Ich kann mich nicht erinnern, dass ich meinem Mehllieferanten mal einen Kuss auf die Wange gehaucht habe, weil er mir so wunderbar meine Ware hat zukommen lassen.

Hastig atme ich ein und aus und beobachte, wie die Frau zu einem Fahrzeug geht, das neben Cillians steht, den Motor startet und kurze Zeit später davon rauscht. Noch immer stehe ich wie angewurzelt auf dem Bürgersteig gegenüber. Seit sich das Auto der Frau entfernt hat, ruht Cillians Blick auf mir. Er legt er den Kopf leicht schräg und mustert mich. Keine weitere Regung ist auf seinem Gesicht zu erkennen, doch dann wendet er sich ab und geht zurück ins Restaurant.

Und wenn ich doch einfach verschwinde? Ich könnte mich in meiner Wohnung einschließen und Mikayla würde es nicht mitbekommen. Dann denke ich an meinen knarzenden Fußboden und bin mir sicher, dass es keine zwei Minuten dauern würde, und sie stünde mit den Händen in den Hüften vor meiner Tür.

Mir bleibt also eigentlich nur die Flucht nach vorn. Ich schicke ein Stoßgebet gen Himmel und überquere die Straße, um zum Restaurant zu kommen. Von innen dringt warmes Licht nach außen und zum ersten Mal nehme ich bewusst wahr, dass inzwischen die Fenster gereinigt sind, und auch die Lichter an der Außenfassade des Restaurants alle in Takt sind. In der

Zwischenzeit sind sogar zwei große Blumenkübel geliefert worden, die zwar noch bepflanzt werden müssen, aber den Eingangsbereich zieren. Ich atme noch einmal tief ein und betrete das Gebäude.

Jetzt, da Cillian und ich regelmäßig hier sind, ist es beheizt und kaum noch etwas erinnert an den Ort, den ich vor einiger Zeit mehr oder weniger beschlagnahmt habe, um mein Weihnachtsgeschäft zu retten, was mir glücklicherweise zu gelingen scheint. Ich habe keine Ahnung, warum mir noch nicht aufgefallen ist, dass sich hier drinnen so einiges getan hat, und erkläre es mir damit, dass mein Fokus auf meiner Arbeit lag und darauf, möglichst keine Zeit mit Cillian verbringen zu müssen. Hätte ich mich da mal vor ein paar Tagen dran gehalten und ihn meiner Backstube verwiesen. Dann wüsste ich jetzt nicht, wie es sich anfühlt, mit einem erwachsenen Cillian zu schlafen und mich in andere Sphären versetzen zu lassen.

Cillian sitzt an einem der Tische, vor ihm liegen zahlreiche Unterlagen. Als ich hereinkomme, blickt er auf. Niemand von uns sagt er Wort. Sekunden vergehen, dann ist er es, der den Blick löst und sich wieder auf das konzentriert, was vor ihm auf dem Tisch liegt.

Ich weiß nicht, womit ich gerechnet habe, aber sicherlich nicht damit, dass er mich ignoriert. Nicht anders fühlt sich das hier nämlich gerade an. Ich atme tief durch und wickle meinen Schal ab. Unsicher halte ich ihn in den Händen und wünschte, ich könnte überall sein nur nicht hier. Trotzdem zieht mich ein unsichtbares Band zu Cillian, der immer noch beschäftigt scheint. Jetzt, da ich ihm näherkomme, sehe ich, dass Skizzen und Farbmuster vor ihm liegen. Er muss sich erneut mit der Bestuhlung und Anordnung der Tische beschäftigen. Ich streife meinen Mantel ab, lege ihn auf einen freien Tisch in der Nähe und sinke auf den Stuhl gegenüber von Cillian. Er schaut auf und ich sehe Überraschung in seinem Blick, aber gleichzeitig auch Härte und Distanz, die ich so nicht von ihm kenne. Ich habe damit gerechnet. Und auch wenn ich nicht viel Zeit hatte, mich auf ein Gespräch vorzubereiten, bin ich gefasst und ahne, dass mich gleich diverse Anschuldigungen treffen werden. Doch die bleiben aus. Stattdessen nickt er mir lediglich zu und sagt: »Lizzie.« Dann wandert sein Blick wieder zu seinen Unterlagen.

Ich räuspere mich und irgendwie finden die ersten Worte ihren Weg. »Magst du mir erzählen, welche Überlegungen du für das neue Innendesign hast?«

Cillians Kopf schnellt hoch und als er mich anschaut, sehe ich ihm an, dass er mit dieser Art von Frage nicht gerechnet hat. Es dauert einen Augenblick, bevor er antwortet und es scheint so, als müsste er sich die Worte ganz bewusst zusammensuchen. Bedacht darauf, nichts Falsches zu sagen. Zumindest fühlt es sich so für mich an.

»Der neue Look soll sehr gradlinig sein. Ich habe mich für helles Grau, Braun und Beige als die dominierenden warmen Farben entschieden. Vielleicht hast du bereits gesehen, dass ich den Raum neben der Küche ausgeräumt habe. Da soll der Chef's Table hin. Er wird in einem gemütlichen Dunkelgrün gestaltet, das dem Raum ein ganz besonderes Flair gibt und eine gewisse Intimität zulässt. Hannah, meine Innenarchitektin und die Frau, die du eben gesehen hast, hat gläserne Lampen im Industriestil vorgeschlagen und ich finde, sie hat damit ein besonderes Gespür für die Anforderungen der Lokalität bewiesen. Für mich wirkt alles sehr warm, stilvoll und gleichzeitig kosmopolitisch. Wie siehst du das?«

»Es gefällt mir und ich bin mir sicher, es wird ganz wunderbar aussehen.«

Er mustert mich, scheint etwas in meinem Gesicht zu suchen, dann sagt er: »Ich denke auch.«

Wieder vergehen mehrere Augenblicke des Schweigens. Augenblicke, in denen meine Gedanken rasen. Soll ich jetzt einfach etwas sagen? Ihn noch irgendwas fragen? Smalltalk betreiben? Alles fühlt sich schrecklich falsch an.

»Warum bist du hier, Lizzie?«

Wenn mein Herz noch schneller schlägt, muss ich befürchten, dass es mir gleich aus der Brust fliegt. Alternativ befürchte ich, ohnmächtig zu werden. Beides nicht das perfekte Szenario in diesem Moment.

»Warum?« Diese fünf Buchstaben scheinen eine Schlagkraft zu haben, denn Cillian atmet hörbar ein. Auch wenn eine Gegenfrage vielleicht nicht das geschickteste Vorgehen ist, ist es letztlich das, was ich wissen möchte.

»Warum was, Lizzie?«, fragt er ruhig und lehnt sich in seinem Stuhl zurück. Da er sein Jackett ausgezogen hat, sehe ich, wie das Hemd über seiner Brust und den Armen strafft.

Liebes Universum, wieso klingt mein Name aus seinem Mund immer so verdammt besonders? Weiß er nicht, was das mit mir macht?

Ich gebe mir größte Mühe, mich wieder zu fokussieren. Dann straffe ich die Schultern und frage das, was ich schon gestern hätte fragen sollen. »Warum hast du dich zum Wettbewerb angemeldet? Ich verstehe ja, dass du Geld für das Restaurant brauchst, aber ich hätte mir einfach gewünscht, dass du mit offenen Karten spielst.«

So, jetzt ist es raus.

Augenblicklich schüttelt Cillian seinen Kopf. »Nein.«

Ungläubig zucke ich zurück. »Nein?«

Nein? Was meint er damit?

»Ich brauche das Geld nicht für das Restaurant.«

»Wofür dann?«, platzt es aus mir heraus und schnell beiße ich mir auf die Zunge, denn es sähe wohl etwas seltsam aus, würde ich jetzt meine Hände vorm Mund zusammenschlagen.

Ich versuche, aus Cillians Ausdruck schlau zu werden, aber es gelingt mir nicht.

»Um ehrlich zu sein, sollte es eine Überraschung für dich werden.«

Okay, die Variante habe ich nicht kommen sehen.

»Eine Üüüüüberraschung? Eine schöne Vorstellung hast du von einer Überraschung«, stammle ich und schüttle den Kopf.

»Du verstehst nicht.«

»Um ehrlich zu sein, nein. Wie kann es zu einer Überraschung für mich werden, wenn du als mein Kontrahent antrittst? Kennst du dein Portfolio im Vergleich zu meinem?«

»Mach dich nicht kleiner, als du bist, Lizzie. Du bist unfassbar talentiert, auch ohne irgendwelche Sterne oder eine Ausbildung in Paris, London oder was weiß ich wo. Vielleicht ist meine Idee schwachsinnig gewesen, aber um ehrlich zu sein, hatte ich gute Absichten.«

»Die sich mir leider nicht erschließen.« Ich merke, dass ich unbewusst die Arme vor der Brust verschränkt habe und ändere sogleich meine Position, denn abwehrender kann eine Körpersprache kaum sein. Auch wenn ich nicht im Geringsten verstehe, wie mich das, was Cillian mir hier erzählt, besänftigen soll.

»Ohne überheblich klingen zu wollen, ich brauche das Geld für das Restaurant nicht. Ich habe mir gedacht, dass die Chance gleich doppelt so groß ist, wenn wir beide beim Wettbewerb antreten, dass wir das Geld für das *The Sweet Spot* gewinnen können. Und wenn es nur für den zweiten Platz reichen würde, sind das trotzdem Küchengeräte im Wert von fünftausend Pfund und somit schon mal ein gewaltiger Batzen für deinen Ofen. Mir war klar, dass du nie im Leben Bargeld von mir annehmen würdest. Aber ein Gewinn ist ja quasi so etwas wie eine Schenkung und damit müsstest du dann leben.«

Ungläubig starre ich Cillian an, denn ich kann nicht glauben, was er da sagt.

»Du würdest für mich antreten? Also, ich meine nicht *für*

mich, sondern irgendwie *mit* mir, damit sich meine Chance, zu gewinnen, verdoppelt?«

Sein Blick ist eindringlich und augenblicklich spüre ich tief in meinem Herzen, wie besonders dieser Mann ist und wie viel er mir bedeutet. Langsam nickt er und es dauert ein paar Atemzüge, bis er mir antwortet.

»Natürlich. Ich habe dir gesagt, dass ich alles für dich tun würde. Und vielleicht war es ein riesiger Fehler, das alles nicht mit dir zu besprechen, aber du musst mir glauben, dass meine Absichten echt und gut sind.«

Während Cillian das sagt, hat er sich nach vorn gelehnt und seine Hand auf den Tisch gelegt. Unwillkürlich spiegele ich seine Haltung und so kommt es, dass ich meine Hand auf seine lege.

Augenblicklich verschränkt er unsere Finger.

»Lizzie, wenn du willst, dass ich aus dem Wettbewerb austrete, weil es sich für dich nicht richtig anfühlt, dann tue ich das. Dann rufe ich jetzt sofort an und bin raus. Aber ich glaube wirklich, es könnte eine großartige Chance sein. Auch wenn ich weiß, dass du es aus eigenen Stücken schaffen willst. Verdammt, es auch schaffen wirst. Ich will nur den Weg mit dir gehen und an deiner Seite sein, um das gemeinsam zu machen, damit du das neue Jahr beruhigt starten kannst. Ich weiß, dass du mich nicht brauchst. Dass du dein Leben allein meisterst. Aber ich will helfen, alles in meiner Macht Mögliche tun, damit du wieder leichter atmen kannst und nicht diese Sorgen hast. Du willst es allein schaffen. Und dafür bewundere ich dich und bin unfassbar stolz auf dich. Es liegt also an dir. Soll ich austreten?«

Ich weiß nicht, ob es rein seine Worte sind, die dieses Kribbeln in mir auslösen, oder der sanfte Druck seines Daumens, der über meine Haut streicht, aber plötzlich ist da auf einmal so viel Liebe für diesen Menschen, der mir gegenübersitzt, dass mein Herz wehtut.

Bei jedem anderen Mann wäre ich sauer geworden, wenn er sich als Ritter in glänzender Rüstung hätte präsentieren wollen, der auf seinem Pferd daher reitet, um eine verzweifelte Frau zu retten. Aber instinktiv spüre ich, dass Cillians Absichten wirklich die sind, die er mir mitgeteilt hat. Er will helfen.

Kaum merklich schüttle ich den Kopf und ein kleines Lächeln stiehlt sich auf Cillians Gesicht.

Ich räuspere mich und ziehe im nächsten Moment die Hand aus seiner, denn plötzlich fühlt sich dieser Augenblick mit ihm so intim an, dass mir die Nähe ein bisschen Angst macht. Daher sage ich schnell: »Dir ist doch wohl klar, dass du nicht einfach so davon ausgehen kannst, mich zu besiegen, oder? Ich habe vielleicht nicht die gleiche kulinarische Ausbildung wie du genossen, aber ich war trotzdem die Beste in meiner Abschlussklasse und bin immerhin eine Gordon. Abgesehen davon habe ich das Blut meiner Nan in den Adern. Wenn wir eins haben, dann eine unfassbare Leidenschaft für das, was wir tun. Ring frei?«

Jetzt wird sein Lächeln breiter und er verschränkt seine Hände miteinander. »Nichts anderes habe ich erwartet. Ring frei. Aber«, sagt er und hält im nächsten Moment inne, »traust du dich diesbezüglich auch, zu wetten? Wenn ich gewinne, arbeitest du einen Tag in der Woche bei mir im Restaurant als Patissière. Ich weiß, was du kannst.«

»Das wird nicht passieren. Also, dass du gewinnst.«

»Hört, hört.«

Ich atme tief durch, dankbar für das bisschen Leichtigkeit, das zurückgekommen zu sein scheint. Im nächsten Augenblick wird mir bewusst, dass ich bei der ganzen Sache nur auf mich geblickt und dabei völlig vergessen habe, was er mir gestern noch gesagt hat. Jolie hat die Scheidung eingereicht. Plötzlich muss ich alles daransetzen, nicht loszuweinen, denn mich ereilt ein furchtbar schlechtes Gewissen. Ich verstehe, dass es eine Verkettung unglücklicher Umstände war, warum er mir nicht von seiner Teilnahme erzählt hat, und gleichzeitig wird mir bewusst, was ich ihm alles an den Kopf geworfen habe. Ich sollte mich entschuldigen, aber stattdessen geht mir eine andere Sache zuerst durch den Kopf. »Wie ... Wie geht es Eleni?«

Dieses Mal ist es Cillian, der zunächst schlucken muss und dann tief durchatmet. Er lehnt sich auf seinem Stuhl zurück und fährt sich anschließend mit der Hand durchs Haar. Dann schließt er kurz die Augen und als er sie wieder öffnet, sehe ich Schmerz in ihnen und so etwas wie ... Schuld?

»Ihr fehlt ihre Mutter. So sehr sich meine Eltern, und vor allem meine Mutter, um sie kümmern, es ist nicht dasselbe. Ich habe momentan bedingt durch das Restaurant so wenig Zeit, dass ich ihr nicht richtig gerecht werden kann. Das ist jetzt im Winter und vor allem in der Weihnachtszeit so furchtbar schade. Erinnere dich dran, wie wir hier aufgewachsen sind und was wir alles unternommen haben. Ich hatte mir fest vorgenommen, am Samstag mit Eleni Zeit zu verbringen, aber jetzt ist mir erneut ein Termin für das Restaurant dazwischen gekommen. Ich versuche, ihn noch zu verschieben, aber du merkst, es ist momentan nicht einfach. Sie erzählt immer noch so viel und begeistert von eurem gemeinsamen Backtag. Du hast ihr damit eine riesige Freude gemacht und sie ist so stolz gewesen. Glaub mir, es hat ihr eine Menge bedeutet.«

»Ich habe es gern gemacht«, antworte ich bedacht und sehe ihm an, wie sehr er darunter leidet, nicht so für seine Tochter da sein zu können, wie er möchte. Ich traue mich nicht, genauer nach Jolie zu fragen, und es fühlt sich auch nicht danach an, als wäre das hier jetzt der passende Ort und die passende Zeit.

Stattdessen erhebe ich mich, denn ich bin mir sicher, Mikayla wartet bei mir in der Backstube bereits gespannt auf meinen Bericht darüber, was sich zwischen Cillian und mir abgespielt hat. Vermutlich rechnet sie damit, dass die Fetzen fliegen. Vielleicht hat sie auch schon einen Spürhund losgeschickt, der einmal vorsichtig schaut, ob wir noch leben. Es ist an der Zeit, zu gehen.

»Ich muss die Lieferung für den Kindergarten fertig machen«, erkläre ich Cillian, als ich mich erhebe.

»Und Mikayla berichten, dass ich noch lebe?«

»Auch das.«

Er grinst und ich frage mich, warum diese Sache zwischen uns so schwer sein muss.

Vielleicht ist zu viel passiert.

Vielleicht sind wir für alles zu spät.

Vielleicht lohnt es sich jedoch, zu kämpfen.

»Wir treffen uns später auf dem Weihnachtsmarkt. Willst du mitkommen?«

Ich sehe Cillian an, wie er nachdenkt, doch dann schüttelt er den Kopf. »Ich habe Eleni versprochen, heute Abend mit ihr einen Film zu schauen.«

»*Merida*?«

»Zum sechsten Mal«, antwortet er gespielt gequält und unwillkürlich muss ich lächeln.

»Ich merke schon, das Mädchen hat dich im Griff. Dann vielleicht einen anderen Abend.«

»Bestimmt.«

Ich hole meinen Mantel, ziehe ihn mir an und lege mir den Schal um. Dann gehe ich zur Tür.

»Lizzie?« Ich halte inne und drehe mich ein letztes Mal zu Cillian, der mir hinterherschaut.

»Ja?«

»Was muss ich tun, wenn du gewinnst? Wie sieht dein Teil der Wette aus?«

Ich zwinkere ihm zu und zucke mit den Schultern. »Find es raus«, rufe ich ihm zu und als die Tür hinter mir ins Schloss fällt und ich an der frischen Luft stehe, atme ich schweren Herzens tief ein und aus.

»Wag mit mir einen Neuanfang«, flüstere ich und wünschte, wir hätten noch die Leichtigkeit von damals und müssten nicht mit verletzten Gefühlen, Schmerz, Zukunftsängsten und der Sorge um ein Kind umgehen. Alles war so einfach, als es nur Cillian und mich gab. Aber manchmal hat das Leben eben andere Pläne. Und manchmal steht man sich selbst am meisten im Weg.

22

Im Dezember hätten meine Tage am besten achtundvierzig Stunden. Dieses Jahr fühlt sich alles jedoch noch eine Spur stressiger an als sonst schon. Das liegt sicherlich unter anderem an der komplizierten Situation mit meiner Backstube, obwohl ich mich so langsam mit dem Hin und Her zwischen Restaurantküche und dem *The Sweet Spot* recht gut organisiert habe. Auri und Mikayla nehmen mir einen Großteil der Organisation für die diesjährige Weihnachtszeit in Winter Haven ab und so komme ich tatsächlich dazu, mein Gericht für den Wettbewerb ein paar Mal zu üben. Irgendwie hatte ich mich im Vorfeld schon darauf eingestellt, dass das Thema Gewürze drankommen wird. Da ich für die Vorrunde schon Lebkuchen verarbeitet habe, möchte ich mich nicht unbedingt mit der Geschmacksnote wiederholen und so habe ich eine Weile gebraucht, um mich für ein passendes Gewürz zu entscheiden. Neben Zimt, Anis, Gewürznelken, Kardamom und Muskatnuss gehört Gott sei Dank Vanille zu den klassischen Weihnachtsgewürzen und damit lassen sich im Dessertbereich natürlich zahlreiche Rezepte zubereiten. Ich bin gespannt, wie mein Vanillekipferl-Dessert ankommen wird, bin jedoch recht zuversichtlich, dass es mir am Wettbewerbstag gelingen wird. Vanillekipferl selbst habe ich schon viele Male gemacht und zerbröselt und als Topping werden sie zusammen mit weißer Schokolade, Sahne und Mascarpone ein cremiger Traum werden. Abgeschmeckt mit einem Hauch Zitrone auf einer Crème brûlée-Basis werden sie hoffentlich überzeugen. Ich habe keine Ahnung, für welches Gewürz sich Cillian entscheidet, verzichte aber darauf, ihn zu fragen. Wahrscheinlich könnte man ihn auch spontan mit einer Zutat konfrontieren und er würde daraus ein Meisterwerk zaubern. Gelernt ist eben gelernt.

Nach unserer Quasi-Aussprache am Montag schaffen wir es tatsächlich, den Rest der Woche recht gut miteinander, beziehungsweise wohl eher aneinander vorbei zu arbeiten. Hin und wieder begegnen wir uns im Restaurant und als ich am Donnerstag dort ankomme, staune ich nicht schlecht, dass die Tische anders stehen und die alte Bestuhlung verschwunden ist. Stattdessen ist ein Team von Dekorateuren dabei, all die Dinge aufzubauen, von denen Cillian mir am Montag erzählt hat. Das Restaurant nimmt Form an und ich bin gespannt, wie lange ich hier noch in der Küche arbeiten kann, bevor er eröffnen will.

Wie angekündigt hat Cillian uns nicht auf den Weihnachtsmarkt begleitet und auch am kommenden Abend, an dem wir uns bei Kieran in der Bar getroffen haben, war er nicht da.

Ihm ist anzusehen, wie gestresst er ist. Obwohl er versucht, es nicht zu zeigen, merke ich es ihm an. Ich kann mir schon vorstellen, wie schwer es ist, auf der einen Seite ein Restaurant neu zu eröffnen, parallel dazu für die eigene Tochter da zu sein und gleichzeitig auch noch eine Scheidung zu durchleben. Ich habe zwar nicht gefragt, aber ich bin mir sicher, er hat Eleni nichts von Jolies Plänen erzählt. Auch ohne selbst Mutter zu sein, kann ich nur erahnen, dass es ihm das Herz zerreißt. Dass er auch noch bei dem Wettbewerb mitmachen will, um mich zu unterstützen, kommt jetzt noch zu allem dazu.

Vielleicht sollte ich ihm sagen, dass er das nicht tun muss und ich allein klarkomme. Gleichzeitig weiß ich, dass er sich nie davon abbringen lassen und antreten wird.

Unsere gemeinsame Nacht fühlt sich so weit weg an wie kaum etwas anderes in meinem Leben. Es schmerzt und gleichzeitig weiß ich, dass jetzt der absolut falsche Zeitpunkt ist, irgendetwas zu initiieren oder gar zu überstürzen. Wenn ich wirklich zurück in sein Leben will, muss er auch Zeit und Kraft dafür haben, wieder einen Menschen dort hineinzulassen. Und momentan ist das leider nicht so.

An diesem Samstagmorgen scheint die Sonne wunderbar vom Himmel und als ich über die kurze Einfahrt bis zu Cillians Haustür gehe, komme ich nicht umhin, innerlich zu strahlen. Ich habe keine Ahnung, wie er mein Vorhaben aufnehmen wird, aber das werde ich wohl gleich erleben. Es fühlt sich einfach gut an, und vielleicht bringt es uns auch wieder näher zueinander.

Es dauert nicht lange und die Haustür öffnet sich einen Spalt, bevor Cillian in voller Größe auftaucht. Ich blicke an ihm herab. Graue Jogginghose, weißes T-Shirt. Mein Untergang.

»Was machst du denn hier?«, fragt er überrascht, bevor er sich in den Türrahmen lehnt und die Arme vor der Brust verschränkt. Auch das noch. Oberarme mit Muskeln. Erneuter Untergang.

Hinter ihm taucht ein kleiner brauner Wuschelkopf auf und Sekunden später strahlt Eleni mich an.

»Lizzie«, jauchzt sie und Cillian kann sie gerade noch davon abhalten, zu mir nach draußen zu laufen.

»Halt, Fräulein! Du hast keine Jacke an.«

»Dann soll Lizzie reinkommen«, quietscht sie und ehe ich mich's versehe, nimmt sie mich an die Hand und zieht mich ins Haus. Cillian tritt einen Schritt zurück, sagt aber nichts und schließt lediglich hinter uns die Tür. Dann schaut er mich mit großen Augen an und plötzlich sehe ich die furchtbare Ähnlichkeit zwischen ihm und seiner Tochter. Bisher hatte ich immer viel von Jolie in ihr vermutet, aber jetzt, da ich mit beiden in dem kleinen Flur stehe, erkenne ich, wie ähnlich sich ihre Augen doch sind. Sofort geht mir mein Herz auf.

»Also, noch mal.« Er schaut mich abwartend an. »Was machst du hier? Sind wir verabredet? Ich muss leider gleich ins Restaurant.«

Nach einem tiefen Atemzug glaube ich, mich genug für das im Griff zu haben, was ich sagen möchte.

»Ich bin eigentlich wegen Eleni hier.«

»Wegen mir?« Das kleine Mädchen reißt die Augen auf und schaut mich abwartend an.

»Wegen Eleni?«

»Genau«, sage ich und grinse breit. »Ich wollte fragen, ob du Lust hast, mit mir Eislaufen zu gehen und eine heiße Schokolade zu trinken. Vorausgesetzt dein Daddy hat nichts dagegen, wenn du mich begleitest.«

Kurz glaube ich, einen besorgten Gesichtsausdruck bei Cillian zu bemerken, doch dann ist der plötzlich verschwunden und pure Erleichterung steht ihm ins Gesicht geschrieben. Er beugt sich zu Eleni hinunter und schaut seine Tochter liebevoll an.

»Hättest du denn da Lust drauf, Eleni?«

Ich sehe, wie Eleni aufgeregt zu Cillian hochschaut und dann wieder zu mir. Dann holt sie tief Luft. »Jaaaaaaaa!«

»Okay, das war eindeutig.« Cillian lacht und streichelt seiner kleinen Tochter über den Kopf. »Aber hast du heute nichts im *The Sweet Spot* zu tun?«, erkundigt er sich.

Ich schüttle den Kopf. »Alles schon erledigt und außerdem ist Polly heute im Café da. Ich schaue später noch einmal dort vorbei. Für morgen ist bereits alles vorbereitet, sodass ich mir einen schönen Samstag machen kann. Mit Eleni.«

»Na, wenn das so ist, dann musst du dich jetzt wohl schnell anziehen, Eleni. Schaffst du das? Ich schaue gleich nach dir!«

Cillian hat seinen Satz noch nicht ganz beendet, da stürmt die Kleine los. Er zwinkert mir zu. »Was wetten wir, dass sie gleich mit der schrecklichsten Outfitkombination wieder vor uns steht?«

Ich zucke die Schultern und muss lachen. »Lass sie doch! Hauptsache warm.«

»Sagst du das auch noch, wenn sie ein hellblaues Prinzessinnenkleid über einer grünen Strumpfhose trägt?«

»So schlimm wird es schon nicht werden«, sage ich und stelle fest, dass ich überhaupt keine Ahnung habe, was Mädchen in dem Alter gern anziehen. Ich werde mich wohl überraschen lassen müssen.

»Wenn du kurz wartest, gehe ich eben nachschauen, damit sie wirklich warm genug angezogen ist. Kannst du in der Zwischenzeit prüfen, ob ihre Handschuhe in ihrer Jacke stecken? Die verliert sich nämlich gern mal.«

»Mache ich«, erwidere ich und als Cillian Eleni hinterherläuft, tue ich, um was er mich gebeten hat. Hätte man mir vor ein paar Tagen gesagt, dass ich einen Samstag vor Weihnachten mit einem kleinen Mädchen verbringen würde, ich hätte es nicht geglaubt.

Es dauert nicht lange, und die zwei tauchen wieder im Flur auf. Eleni ist dick eingepackt und lässt sich bereitwillig Winterjacke und Handschuhe anziehen. Nur bei der Mütze will sie kurz meckern, aber Cillians Hinweis, dass er sie sonst nicht mit mir mitgehen lassen kann, funktioniert. Augenblicke später treten wir an die frische Luft und Eleni schiebt ihre Hand in meine. Sie scheint wirklich aufgeregt zu sein, denn tatsächlich zieht sie mich mit sich, sodass ich kaum Zeit habe, mich anständig von Cillian zu verabschieden.

»Viel Spaß euch beiden beim Eislaufen!«, ruft er uns hinterher.

Ich drehe mich um und setze ein Lächeln auf. »Werden wir haben!«, erwidere ich gut gelaunt.

Plötzlich ertönt hinter mir ein: »Warte!«

Überrascht bleibe ich stehen und sehe, wie Cillian auf Eleni und mich zugelaufen kommt. Da die Einfahrt noch nicht geräumt ist, muss er dafür durch den Schnee laufen.

»Daddy, du hast keine Schuhe an!«, ruft sie amüsiert und hält sich anschließend eine kleine Hand vor ihren Mund. Auch ich runzle die Stirn und mustere ihn.

»Ja, bitte?«

»Danke«, sagt er und im nächsten Moment nimmt er mich in den Arm und drückt mich kurz an sich. Sofort dringt sein wohliger Duft in meine Nase und am liebsten würde ich aufseufzen, kann mich aber so gerade noch beherrschen, da Eleni neben uns steht und lauthals lacht.

»Du gehst jetzt besser mal rein, wo es warm ist. Ich will mir hinterher nämlich nicht sagen lassen, dass ich nur gewonnen habe, weil du krank geworden bist und den Wettbewerb nicht zu Ende führen konntest.«

Er grinst und fährt sich durch die Haare, was dazu führt, dass mein Herz Purzelbaumschläge macht. Zu diesem Gesamtbild einer sexy Morgenverführung fehlt jetzt nur noch eine Kaffeetasse in seiner Hand. Gott sei Dank ist die nicht zu sehen, sonst würde ich innerhalb von einer Minute dafür sorgen, dass Eleni eine Aufgabe bekommt, und ich mich um ihren Daddy kümmern kann.

Halleluja, jetzt dreht mein Kopfkino gewaltig durch und das ist in dieser ganzen Misere absolut nicht förderlich. Zwar haben Cillian und ich in gewisser Weise Frieden geschlossen, aber uns beiden ist sehr wohl bewusst, wie viel noch zwischen uns steht. Denn über den großen Elefanten, der im Raum steht, haben wir nicht gesprochen. Dafür ist wohl noch nicht die Zeit.

Knapp eine halbe Stunde später erreichen wir das Hotel von Tristan und seiner Familie, neben dem sich die schöne Eislauffläche befindet. Zwar hätten wir auch zu der auf dem Weihnachtsmarkt gehen können, aber ich wollte Eleni auf dem Weg hierher ein bisschen was von Winter Haven zeigen und hoffe, dass sie sich darüber freut und Spaß hat. Sie hat auf dem ganzen Weg meine Hand nicht losgelassen, als wäre es das Natürlichste der Welt. Das Gefühl, das dabei in meiner Brust entsteht, ist neu für mich. Es ist gleichzeitig ein Glühen und ein zufriedenes Ziehen, das ich nicht näher in Worte fassen kann.

Ich habe mir noch nie Gedanken darüber gemacht, was es bedeutet, die Welt durch Kinderaugen zu sehen, aber heute bekomme ich einen kleinen Eindruck davon. Eleni ist aufgeweckt und neugierig. Interessiert fragt sie zu allen möglichen Sachen etwas nach und als ich ihr davon erzähle, was ihr Daddy und wir anderen, als wir klein waren, zur Weihnachtszeit immer gemacht haben, leuchten ihre Augen auf.

»Ist das eigentlich der Weg zu dem Ort, wo Santas Rentiere auf ihn warten?«

Überrascht schaue ich sie an und weiß erst einmal nicht, wovon sie spricht. Dann erinnere ich mich jedoch daran, was Mr Blackwood ihr in seiner Rolle als Santa Claus erzählt hat, und nicke.

»Ich glaube, ja. Du musst wissen, ich habe sie noch nie dort gesehen, aber vielleicht habe ich sie auch immer verpasst. Ich kann mir sehr gut vorstellen, dass sie sich dort erholen, denn schließlich haben sie ja in der Weihnachtszeit ganz viel vor und müssen überall hinfliegen.«

»Glaubst du, dass sie gerade auch da sind?« Sie schaut mich mit großen Augen an und dreht sich dann wieder zur kleinen Anhöhe um, wo sie die Rentiere vermutet.

»Oh, das weiß ich nicht. Aber selbst wenn, sollten wir sie nicht stören.«

»Und Santa auch nicht, wenn er sich ausruht.«

»Nein, Santa auch nicht.«

Sie nickt bestimmt und zieht dann an meinem Arm, um meine Aufmerksamkeit zu bekommen.

»Duuuuhuuuu?«

»Ja, Eleni?«

Fast wirkt sie verlegen und ich bin gespannt, was in ihr vorgeht.

»Ich kann überhaupt nicht Schlittschuh laufen.«

Unwillkürlich muss ich lächeln und drücke einmal kurz ihre Hand. »Das ist gar nicht schlimm. Das konnte ich früher auch nicht. Aber weißt du, wer am Hotel auf uns wartet? Nathan. Das ist der Freund von Auri und auch ein guter Freund von mir. Er kann ganz toll eislaufen und hat mir versprochen, dass er es dir beibringt.«

Sofort erkenne ich die Aufregung auf ihrem Gesicht. »Machst du auch mit?«

»Natürlich«, erwidere ich und nicke. »Ich habe zwar ganz lange schon nicht mehr auf Schlittschuhen gestanden, aber es macht so viel Spaß, dass ich es einfach auch noch einmal probieren will. Wahrscheinlich bist du schnell viel besser als ich.«

»Kann Daddy auch Schlittschuh laufen?«

»Ja.«

»Besser als du?«

»Natürlich nicht«, sage ich und zwinkere ihr zu. »Aber verrat ihm nicht, dass ich das gesagt habe.«

Ich liebe es, dass Eleni so ein aufgewecktes Kind ist und tatsächlich Scherze schon sehr gut verstehen kann. Obwohl wir uns noch nicht lange kennen, scheint sie sich bei mir nicht unwohl zu fühlen und das ist wirklich schön zu wissen.

»Schau! Dort hinten ist Nathan!« Ich hebe die Hand zum Gruß und winke ihm zu. Wie verabredet steht er an der großen Eisfläche und hat bereits Schlittschuhe für uns organisiert. Ich bin ihm dankbar, dass er sich bereiterklärt hat, Eleni ihre erste Eislaufstunde zu geben, denn obwohl ich selbst nicht sofort auf dem Eis auf dem Allerwertesten lande, ist es etwas anderes, wenn das Training jemand übernimmt, der sein halbes Leben nichts anderes gemacht hat.

»Hallo, Nathan!«, begrüße ich ihn gutgelaunt und umarme ihn, bevor ich mich zu Eleni runterbeuge. »Eleni, das ist Nathan!«

Mit großen Augen schaut sie zu ihm hoch. Cillian selbst ist auch nicht klein, aber im Gegensatz zu Nathan ist er nahezu schmal gebaut. Auch wenn Nathan kein aktiver Eishockeyspieler mehr ist, lässt seine Statur immer noch Rückschlüsse auf seine Zeit auf dem Eis zu. Ich kann sehr gut verstehen, warum Auri sich Hals über Kopf in ihn verliebt hat. Dazu ist er auch noch unfassbar nett.

»Eleni! Schön, dich kennenzulernen. Lizzie hat mir schon viel von dir erzählt! Hast du Lust, heute mit mir über das Eis zu tanzen?«

»Tanzen?«

Dieser Mann weiß wirklich, wie man Frauenherzen gewinnt. Auch wenn sie noch keine fünf Jahre alt sind.

Elenis Augen strahlen und sie blickt ihn aufgeregt an, als er ihre Hand nimmt, um mit ihr aufs Eis zu treten.

Es ist schon eine ganze Weile her, dass ich das letzte Mal auf

Kufen gestanden habe und ich hoffe, dass meine Fähigkeiten nicht eingerostet sind. Daher halte ich mich erst am Rand der Bande fest, um auf die Eisfläche zu gelangen. Früher ging das definitiv geschmeidiger.

»Hast du nicht gesagt, du kannst Eislaufen?«, ruft Nathan mir zu und unwillkürlich strecke ich ihm die Zunge raus. Das scheint Eleni besonders zu erheitern, denn sie lacht laut auf und ihr Quieken bringt mich selbst zum Lachen. Fast verliere ich das Gleichgewicht, aber fange mich dann wieder. Nathan selbst weicht nicht von Elenis Seite und hilft ihr bei ihren ersten vorsichtigen Schritten auf dem Eis. Ich ziehe mein Handy aus der Jackentasche und halte ihre ersten Versuche mit der Kamera auf Video fest. Ohne weiter darüber nachzudenken, öffne ich das Nachrichtenprogramm und schicke das Video kommentarlos an Cillian. Es ist meine erste Nachricht an ihn seit Jahren.

Dann gleite ich vorwärts aufs Eis, mache ein paar schnelle Schritte und stelle fest, dass ich es nicht verlernt habe. Das Gefühl für die Kufen unter meinen Füßen kommt zurück. Es hat tatsächlich nur ein paar Minuten gebraucht, bis ich mich wieder sicher fühle. Ich drehe mich und schlittere im nächsten Moment gar nicht mal so unelegant auf Nathan und Eleni zu, die begeistert zu mir blickt. Geht doch.

»Du siehst wie eine Prinzessin aus!«, ruft sie mir zu und ihre Wangen leuchten rot.

»Danke!« Ich zwinkere ihr zu.

Von irgendwoher hat Nathan einen kleinen Pinguin besorgt, an dem sie sich nun festhält und sich mutig vorwärtsbewegt. Wie toll sie das macht. Sie zeigt keine Angst.

»Kannst du auch Tricks auf dem Eis, Nathan?«, fragt sie ihn und ich bin gespannt darauf, wie er reagiert.

»Ein paar«, gibt er zu, bleibt aber weiterhin so auf sie konzentriert, dass er jeden Moment zugreifen könnte, sollte sie ins Straucheln geraten. Er ist ein toller Lehrer.

»Zeig!« Ihr lautstarker Ausruf führt dazu, dass er lachen muss.

»Okay. Wenn Lizzie aufpasst und neben dir stehen bleibt.«

Kurz wechseln wir einen Blick und ich gleite neben Eleni und ihren Pinguin.

Nathan nimmt Tempo auf, dreht sich und fährt im nächsten Moment verkehrt herum an uns vorbei. Die nächste Runde dreht er rückwärts, macht erneut einen kleinen Kreis, der Eis aufspritzen lässt. Eleni quietscht vergnügt und klatscht in die Hände. Erstaunlicherweise verliert sie nicht im Geringsten das Gleichgewicht und beobachtet mit weit aufgerissenen Augen, wie Nathan gekonnt über das Eis gleitet. Man muss es ihm lassen, das sieht schon beeindruckend aus. Dann kommt er wieder auf Eleni zu.

»Möchtest du es jetzt einmal ohne den Pinguin versuchen?«

Im ersten Moment bin ich entsetzt und möchte Nathan am liebsten signalisieren, dass er den Verstand verloren hat. Aber dann verlasse ich mich auf seine Expertise und darauf, dass er die Situation richtig einschätzen kann.

Zu meiner Überraschung nickt Eleni sofort heftig und die Begeisterung steht ihr ins Gesicht geschrieben. Dieses unerschrockene, kleine Mädchen ist wirklich eine Wucht.

Zuerst wirkt sie noch ein kleines bisschen skeptisch, aber dann rutscht Eleni langsam vorwärts. Zu Beginn ist sie unsicher und wackelt gewaltig hin und her. Doch Nathan spricht ihr geduldig zu und auf einmal findet sie einen ruhigen Rhythmus, der sie gemächlich Schritt für Schritt vorwärtsbringt. Einmal gelingt es ihr sogar, ein bisschen zu gleiten, was Nathan und ich mit wahren Jubelstürmen quittieren. Es ist so schön zu sehen, wie mutig Kinder doch sind und im Gegensatz zu Erwachsenen viele Dinge einfach machen, ohne groß darüber nachzudenken.

Eine halbe Stunde später glühen ihre Wangen und es wird Zeit, dass wir vom Eis kommen.

»Wie wäre es jetzt zur Belohnung mit einer heißen Schokolade?«, frage ich und sowohl Eleni als auch Nathan nicken eifrig. Amüsiert blicke ich zu ihm.

»Was denn? Darf ein Mann nicht auch heiße Schokolade lieben?«

»Auf jeden Fall«, erwidere ich gut gelaunt.

Wir ziehen die Schlittschuhe aus, die Nathan wieder an sich nimmt, und gehen gemeinsam zum Hotel.

In der Lobby nehmen Eleni und ich an einem der Tische Platz und Nathan kommt mit drei großen Tassen heißer Schokolade zu uns.

»Hat es dir gefallen?«, will er von Eleni wissen, die seine Frage sofort bejaht und einen kleinen Schokoladenbart hat. »Dann müssen wir das unbedingt noch einmal machen!« Natürlich hat er damit einen weiteren Fan gewonnen. Wie könnte es auch anders sein. »Erzähl, Lizzie«, sagt er und wendet sich mir zu. »Wie läuft es mit dem Wettbewerb? Auri hat mir ein bisschen davon berichtet.«

Ich horche auf und hoffe herauszufinden, wie viel meine Freundin erzählt hat, merke aber recht bald, dass Nathans Frage aus reinem Interesse statt bloßer Neugierde herauskommt.

»Morgen gehts in die nächste Runde. Viertelfinale.«

»Bist du aufgeregt?«

»Jein«, erwidere ich wahrheitsgetreu und lehne mich in dem gemütlichen Sessel zurück. »Vor dem eigentlichen Wettbewerb nicht. Es kommt, wie es kommt. Bei mir hängt nun mal viel dran. Aber das weißt du ja.«

»Tue ich.« Er nickt. »Wenn du etwas brauchst, dann sag das einfach. Auri würde mir den Kopf abreißen, wenn sie erführe, dass ich dir das angeboten habe. Aber mir ist wichtig, dass du weißt, dass du auf mich zählen kannst. Wenn also alle Stricke reißen ...«

»Danke«, sage ich leise. »Das ist nicht selbstverständlich und ich rechne dir das hoch an. Ich bin froh, dass Auri so einen großartigen Mann in ihrem Leben hat.«

Er lächelt und prostet mir mit seiner Tasse zu.

»Daaaaddyyyyy!«

Aufgeschreckt lasse ich meine heiße Schokolade beinahe fallen, als Eleni neben mir aufspringt und in Richtung Eingangstür winkt. Tatsache, Cillian ist hier. Das nenne ich mal eine Überraschung. Schwungvoll stellt sie ihre Tasse ab und stürzt laut jubelnd auf ihn zu. Er öffnet die Arme, hebt sie im nächsten Moment hoch und wirbelt sie herum. Was ihm jetzt noch fehlt, ist ein kleiner Welpe und die gesamte Frauenwelt läge ihm zu Füßen. Mir inklusive. Verdammt.

»Was machst du denn hier?«, frage ich sichtlich überrascht und beobachte, wie Nathan aufsteht und Cillian mit Handschlag begrüßt. »Hast du mir etwa nicht zugetraut, dass ich deine Tochter wieder heile abliefere?«

»Doch, doch«, höre ich Cillian sagen, der im Sessel neben mir Platz nimmt und Eleni auf seinen Schoß zieht. »Aber wenn du mir Videos schickst, auf denen meine Tochter wie ein Eislaufprofi daherkommt, dann bin ich natürlich ein bisschen neidisch, nicht dabei sein zu können.«

»Bist du im Restaurant denn schon mit allem fertig?«

Er schüttelt den Kopf. »Nein. Aber manchmal gibt es Wichtigeres. Hattest du eine schöne Zeit mit Nathan und Lizzie, Eleni?«

Sie schaut ihn an und nickt euphorisch. Lachend wischt er ihr den Schokoladenbart ab und drückt sie an sich. »Dann machen wir das beim nächsten Mal gemeinsam und du zeigst mir, wie gut du schon bist!«

»Aber nur, wenn Lizzie auch mitkommt«, jauchzt die Kleine und mir geht es zum wiederholten Mal am heutigen Tag das Herz auf. Zumindest für einen kurzen Augenblick, denn als sich Cillian zu mir wendet und mich abwartend anblickt, muss ich schlucken.

»Wenn Lizzie denn möchte?«

»Möchtest du, Lizzie?«, hakt auch Eleni sofort nach und mir entgeht Nathans Lachen neben uns nicht.

»Ich glaube, du hast keine andere Wahl«, kommentiert er die Szene und erhebt sich. »Ich muss jetzt leider los und mit Tristan noch einige Dinge für das Erlebnisprogramm für die Weihnachtstage besprechen. Wir sehen uns spätestens auf dem Winterball, oder?«

Ich nicke und schaue schnell zu Cillian, gespannt auf seine Reaktion. Normalerweise gehört der Winterball für den Großteil der Bewohner von Winter Haven zum Pflichtprogramm und ist eines der schönsten Events in der Weihnachtszeit. Aber ich habe keine Ahnung, ob Cillian einplant, auch dorthin zu gehen. Wie zu erwarten, reagiert er verhaltener als ich.

»Ich muss schauen, wie ich das schaffe. Es ist noch einiges für das Restaurant zu tun und tatsächlich ist an dem Tag ja auch das Halbfinale des Wettbewerbs und einen Tag später das Finale. Vielleicht sollte ich da besser fit sein.«

Okay, soweit hatte ich noch nicht gedacht. Aber wegen des Wettbewerbs den Winterball auszusetzen, kann ich mir nur ganz schwer vorstellen.

»Man muss ja nicht so lange bleiben«, verteidige ich mich daher schnell und Nathan pflichtet mir bei.

»Genau. Außerdem: Wer feiern kann, kann auch arbeiten. Und wenn der Ball nur halb so schön wie im letzten Jahr wird, will man ihn nicht verpassen.«

Unwillkürlich muss ich grinsen, denn sehr wohl weiß ich, dass der Winterball im letzten Jahr unter anderem auch Auslöser dafür war, dass Nathan sein Herz für Auri geöffnet hat.

Nathan verabschiedet sich von uns und als Cillian, Eleni und ich Augenblicke später allein in der Lobby zurückbleiben, schaut er mich an.

»Ich bin mit dem Auto hier. Willst du mit zurückfahren? Ich

könnte uns etwas kochen und mich so bedanken, dass du Eleni diesen schönen Vormittag beschert hast.«

»Das ist lieb«, erwidere ich hastig und lasse mir schnell eine Ausrede einfallen. »Ich bin aber tatsächlich mit meinen Eltern bei Nan zum Essen verabredet. Die sind aus ihrem Urlaub zurück und haben sicherlich einiges zu berichten. Vielleicht ein anderes Mal?«

»Gern«, antwortet er und es hört sich an, als klänge ein bisschen Enttäuschung in seinen Worten durch. »Wollen wir dann vielleicht morgen zusammen zum Wettbewerb fahren? Oder planen Auri und Mikayla wieder, dich zu begleiten?«

»Nein. Wir können gern gemeinsam fahren. Mit zwei Autos wäre auch unlogisch.«

»Und nicht gut für die Umwelt«, ergänzt er augenzwinkernd und steht zusammen mit Eleni auf. »Soll ich dich um zehn einsammeln?«

»Mach das«, antworte ich und drücke Eleni an mich, die sich von mir verabschieden will. Kurz stehen Cillian und ich voreinander und überlegen wohl beide an einer angemessenen Verabschiedung, aber da er mich heute Morgen in der Früh schon einmal gedrückt hat, entscheidet er sich jetzt für die gleiche Vorgehensweise.

Ich hoffe, dass er nicht bemerkt, wie ich schlucken muss, denn mein ganzer Körper schreit danach, diese Umarmung länger zu halten.

»Bis morgen«, sagt er dicht an meinem Ohr und ein bisschen leiser, dass nur ich es hören kann: »Und danke noch mal.«

»Jederzeit«, antworte ich mindestens genauso leise und schaue ihnen dann nach, wie sie das Hotel verlassen.

Ich hingegen lasse mich zurück in den Sessel fallen und werde mir einer Sache schrecklich bewusst: Wenn mein Herz in seiner Gegenwart weiterhin so verrückt spielt, überlebe ich die Zeit bis ins neue Jahr nicht.

23

Natürlich schlafe ich nicht sonderlich gut und habe in der Früh Augenringe des Todes. Entweder fällt es Cillian nicht auf oder er hat so viel Anstand, es nicht zu kommentieren, denn als er mich einsammelt, hält er mir einfach einen Coffee-to-go-Becher hin und schmunzelt.

»Ich habe gedacht, den könnten wir unterwegs vertragen. Ich habe noch Stunden über dem Menü fürs Restaurant gesessen und bin erst spät ins Bett. Bist du frischer?«

»Nicht wirklich« Dankend nehme ich ihm den Kaffee aus der Hand.

»Hast du auch über Menüvorschlägen gehangen?«, hakt er nach, was ich natürlich verneinen muss.

»Ich habe mir noch Gedanken über die heutige Wettbewerbsrunde gemacht«, flunkere ich, denn ich kann ihm schlecht sagen, dass ich noch bis Mitternacht mit Auri und Mikayla getextet habe, um mir einen Schlachtplan für heute zurechtzulegen. Natürlich nicht für den Wettbewerb, sondern für die Zeit, die ich mit Cillian allein im Auto verbringe und in der eine Flucht ausgeschlossen ist.

»Bist du sehr nervös?«

Ich zucke mit den Schultern. »Ich habe den Fehler gemacht, die anderen Teilnehmer zu googeln. Vor allem Helena Donald aus meiner Kategorie ist nicht ohne und hat Beeindruckendes vorzuweisen. Ich könnte mir gut vorstellen, dass sie heute weiterkommt.«

»Genauso wie du«, erwidert Cillian unverzüglich.

»Wer ist denn deine größte Konkurrenz?«, hake ich nach, denn solange wir über nahezu Unverfängliches sprechen, besteht nicht die Gefahr, dass ich ins Stottern gerate und irgendeinen Blödsinn von mir gebe.

»Ross Geoffre.« Cillians Blick ist wieder konzentriert auf die Fahrbahn gerichtet. »Ich kenne ihn recht gut. Er kommt aus der Gegend von Inverness und hat bereits für Heston Blumenthal und Alain Roux gearbeitet. Aktuell ist er Head Chef in einem Restaurant in der Grafschaft Berkshire. Er ist eine sehr gute Konkurrenz, aber ich liebe die Herausforderung.«

»Verrätst du mir, was du kochst und für welches Gewürz du dich entschieden hast?«

»Nelken und Sternanis. Bei mir gibt es Rehrücken mit zweierlei Kirsche, Wildjus, Pilzcreme und Wildgewürzcrunch. Die Gewürze stecken im Wildjus.«

»Wow. Und das schaffst du alles in der vorgegebenen Zeit?«

»Muss ich. Aber das sollte hinhauen. Notfalls musst du das Ding halt allein weiter rocken.«

»Mhm«, seufze ich und klinge dabei wohl wenig optimistisch. Gegen Cillians kulinarischen Beitrag klingen meine Vanillekipferl nahezu stümperhaft. Gott sei Dank muss ich heute noch nicht gegen ihn antreten.

Eine Weile fahren wir schweigend weiter und ich genieße den wunderbaren Ausblick auf die schneebedeckte Landschaft der Highlands. Es ist mir ein Rätsel, wie man hier nicht leben möchte. Und auch wenn es manches Mal verdammt ruhig und beschaulich sein kann, möchte ich an keinem anderen Ort der Welt leben.

»Was steht in der nächsten Woche im Restaurant an?«, erkundige ich mich nach einer Weile, denn da Cillian das Radio ausgestellt hat, klingt unser Schweigen inzwischen verdammt laut.

»Ich habe ein paar Vorstellungsgespräche.«

»Ah, okay. Das ist bestimmt spannend. Wann willst du denn eröffnen? Hast du dir darüber schon Gedanken gemacht?«

Er antwortet nicht sofort, was mich ein bisschen unruhig werden lässt. »Mein ursprünglicher Plan war einmal, am ersten Januar zu eröffnen. Den habe ich aber bereits vor einer Weile verworfen.«

»Meinetwegen?«

Er zuckt lediglich mit den Schultern und fährt fort. »Wir öffnen nun einen Monat später. Das ist auch nicht schlimm. Dann kann ich mich in Ruhe um die Scheidungsangelegenheit kümmern, die nun dazwischengekommen ist.«

»Stehst du mit ihr in Kontakt?«

»Wir kommunizieren aktuell über Anwälte.«

»Keine schöne Situation.«

»Nein. Definitiv nicht. So habe ich mir das auch nicht vorgestellt. Also, mir war klar, dass unsere Ehe nicht mehr zu kitten ist, aber dass sie mir einfach ein Schreiben zukommen lässt und sich rein gar nicht für ihre Tochter interessiert, übersteigt meinen Horizont.«

»Hat sie sich dazu gar nicht geäußert?«

Ich sehe, wie verhärtet sein Kiefer ist, während sich seine Hände um das Lenkrad krallen.

»Ich werde mich für das alleinige Sorgerecht einsetzen, um Eleni so viel Stabilität wie möglich zu geben. Dafür bereite ich alles vor. Da zahle ich Jolie lieber irgendeine x-beliebige Summe, als Eleni einem möglichen Hin und Her auszusetzen. Ehrlich gesagt glaube ich nicht, dass Jolie überhaupt Interesse an einem geteilten Sorgerecht hat. Aber wer weiß, was in dieser Frau vorgeht? Ich weiss es schon lange nicht mehr.«

Zu sehen, wie es Cillian wegen seiner Tochter das Herz zerreißt, tut mir in der Seele weh. Mag er auch damals egoistisch und völlig auf sich selbst fixiert gehandelt haben, ich erkenne, dass er für seine Tochter alles tun würde.

»Es tut mir leid«, sage ich leise und fühle mich auf einmal furchtbar schlecht. »Alles. Was Eleni durchmachen muss. Mit was du dich konfrontiert siehst. Aber auch dafür, wie ich dich angegriffen habe. Das war nicht okay und tut mir von Herzen leid.«

Statt zu antworten, greift Cillian nach meiner Hand und drückt sie. Kurz rechne ich damit, dass er sie nicht wieder freigibt, doch er lässt los und legt seine Hand wieder ans Lenkrad.

Enttäuschung macht sich in mir breit, doch ich schiebe dieses Gefühl schnell beiseite, denn es hat hier nichts zu suchen und ist alles andere als förderlich.

»Ist dir eigentlich klar, wie viel Zeit wir heute miteinander verbringen müssen?«

»Müssen?«, hake ich nach und betone das Wort vielleicht ein bisschen übertrieben. »Hallo? Du *darfst* Zeit mit mir verbringen.«

Cillian lacht. »Ist das so?«

»Natürlich. Außerdem muss ich vorsichtig sein mit dem, was ich sage, und besonders nett sein. Sonst sehe ich mich nachher schon ein Taxi zurücknehmen.«

»Und das wollen wir natürlich nicht.«

»Definitiv nicht, Mr McLean. Was meinst du eigentlich, wann wir heute wieder daheim sind?«

»Wir sind noch nicht einmal da und du denkst schon an den Rückweg? Wieso? Was hast du noch vor?«

»Heute ist der Christmas Karaoke Contest bei Kieran in der Bar.«

Erneut lacht Cillian, und ich liebe den wohligen Klang seiner Stimme einfach. Sie breitet sich im Auto aus und legt sich wie ein wunderbar wärmender Mantel um mich.

»Du lässt zur Weihnachtszeit auch wirklich nichts aus, oder?«

Ich zucke mit den Schultern. »Du kennst mich doch. Und wenn wir weiterkommen, könnten wir das doch ganz wunderbar im *The Archer* mit den anderen feiern.«

»Klingt nach einem Plan. Jetzt müssen wir nur noch gewinnen.«

»Nichts leichter als das.« Ich wünschte, ich würde meinen eigenen Worten glauben.

Zu meiner großen Überraschung schaffen sowohl Cillian als auch ich es in die nächste Runde. An seinem Weiterkommen habe ich nie gezweifelt, bei mir selbst war ich mir da nicht so sicher.

Schon bei unserer Ankunft stelle ich fest, dass der Wettbewerb nun viel professioneller und größer abläuft als noch bei der Vorrunde. Alles findet zusammen in einer Location statt. Ständig ist dort jemand mit einer Kamera, der alles filmt. Declan Floyd ist in seinem Element und huscht von Teilnehmendem zu Teilnehmendem, führt Interviews und schafft es, dass auch die Begleitpersonen mit eingebunden werden. Obwohl mir klar war, dass Teile des Wettbewerbs von einem Kamerateam begleitet werden und in die Presse gelangen, ist es verdammt aufregend. Für jede der drei Kategorien steht sogar jeweils eine Person für uns zur Verfügung, die wir jederzeit ansprechen können, sodass es sicherlich im Finale dann so aussehen wird, dass es pro Teilnehmenden eine Eins-zu-eins-Betreuung geben wird. Es ist nicht so, dass ich ständig jemanden brauche, der um mich herum wuselt, aber allein schon, wenn es darum geht, dass man sich einzig und allein auf seinen Kochdurchgang konzentrieren kann, mag so eine Begleitung ein Mehrwert sein.

Wie erwartet sind es Helena Donald und Ross Geoffre, die mit uns in die nächste Runde kommen, in der wir ein Thema haben, bei dem ich jetzt spontan noch überhaupt keine Idee habe, wie ich das umsetzen soll: Rot, Grün, Weiß und Gold - die klassischen Weihnachtsfarben. Wer überlegt sich denn so etwas?

Cillian findet das Thema wunderbar spannend. Amüsiert und gleichzeitig leicht panisch verfolge ich seinen Ideencocktail auf der Heimfahrt. Dieser Mann lebt seinen Beruf. Ich korrigiere: seine Berufung.

»Soll ich dich gleich erst zu Hause absetzen oder wollen wir direkt ins *The Archer*? Eleni schläft bei meinen Eltern, sodass ich frei in meiner Abendgestaltung bin.«

»Da wir eh mehr oder weniger nebeneinander wohnen, schlage ich vor, wir parken den Wagen bei dir und laufen dann gemeinsam rüber. Dann kannst du auch etwas trinken, wenn du willst.«

Cillian schüttelt den Kopf. »Es ist Sonntag und ich will morgen fit in die neue Arbeitswoche starten. Mehr als ein Bier werde ich mir da nicht gönnen.«

»Und wenn du dir Mut antrinken musst?«

»Mut? Wieso das? Ich verbringe schon den ganzen Tag mit dir. Dann hätte ich heute Morgen bereits betrunken ins Auto steigen müssen.«

Gespielt entrüstet schlage ich ihm gegen den Oberarm, was er natürlich wunderbar theatralisch auskostet und halb hinter dem Steuer zusammensackt.

»Konzentrier dich auf die Fahrbahn«, mahne ich ihn, weiß aber natürlich, dass er nichts anderes tut.

»Immer. Ich habe kostbare Fracht an Bord.«

»Hast du den Rest Rehrücken etwa eingepackt?«

Ich sehe es zwar nicht genau, bin mir aber ziemlich sicher, dass er die Augen verdreht. »Du weißt genau, was ich meine.«

Weiß ich, aber ich fühle mich auf einmal überfordert und nicht in der Lage, jetzt irgendwas zwischen ihm und mir zu thematisieren. Das mache ich frühestens, wenn wir wieder in Winter Haven angekommen sind. Und selbst dann werde ich alles daransetzen, dass wir schleunigst bei den anderen im *The Archer* sind, damit ich nicht mehr mit Cillian allein bin. So schön der Tag mit ihm zusammen auch ist, die Anspannung, die ich zunächst auf den Wettbewerb geschoben habe, ist immer noch da und allein das signalisiert mir, dass Cillian dazu beiträgt.

24

Cillian parkt den Wagen vor seiner Haustür und gemeinsam gehen wir die paar Minuten zum *The Archer*. Als wir es betreten, legt sich die Wärme des Raums wie eine weiche Decke um meine Schultern. So sehr ich den Winter auch liebe, mindestens genauso liebe ich warme Abende im Innern, wenn irgendwo ein Feuer brennt. Das tut es im *The Archer* zwar nicht, aber hier drin ist es definitiv wärmer als draußen. Von überall dringt Gelächter zu uns und es dauert nicht lange, bis wir die anderen an einem der großen Tische im hinteren Teil der Bar sitzen sehen. Tatsächlich ist es unser Stammtisch, den wir immer bevölkern, wenn wir mit so vielen hier sind. Heute Abend fehlen nur Dee und Tristan.

»Er hat es mal wieder nicht aus dem Hotel geschafft und Dee hat Dienst«, lässt Hayden uns wissen, während wir unsere Mäntel ausziehen. Wie selbstverständlich nimmt Cillian mir meinen ab und hängt ihn zusammen mit seinem an den Garderobenständer neben unserem Tisch, an dem bereits einige andere Winterjacken und Mäntel hängen. Dann nehmen wir Platz.

Weihnachtslieder ertönen aus einer der Boxen hinter dem Tresen und wie mir scheint, hat der offizielle Teil des Abends noch nicht begonnen: der Christmas Karaoke Contest, den Nathan im letzten Jahr so phänomenal für sich entscheiden konnte.

Während Auri und Mikayla mich aufmerksam mustern, ruft Brandon uns zu: »Darf man gratulieren? Seid ihr weiter?«

Freudestrahlend nicke ich und auch Cillian stimmt mit ein.

»Wunderbar!«, erwidert Brandon und dreht sich in Richtung der Bar. »Ey, Kieran! Lass mal eine Runde für deinen Bruder und seine stärkste Kontrahentin springen!«

Erst jetzt wird mir bewusst, dass ich nie mit Brandon darüber gesprochen habe, dass auch Cillian am Wettbewerb teilnimmt. Entweder hat er das inzwischen selbst übernommen, oder es hat sich einfach rumgesprochen. Ein Umstand, der mich in Winter Haven definitiv nicht wundern würde. Auf jeden Fall muss sich auch rumgesprochen haben, was Cillians Beweggründe für die Teilnahme gewesen sind, sonst kann ich mir einfach nicht vorstellen, dass niemand unserer Freunde das so unkommentiert hätte stehenlassen.

Kieran, der zur Feier des Tages eine mit Rentieren bedruckte Schürze und einen furchtbar hässlichen Weihnachtspulli trägt, kommt auf uns zu und wischt sich die Hände an einem Handtuch ab, das er sich anschließend wieder über die Schulter legt.

»Halbfinale?«, erkundigt er sich bei Cillian, während er mir zur Begrüßung einen Kuss auf die Wange drückt.

»Halbfinale!«, bestätigt Cillian ihm unser Weiterkommen und natürlich wird das sofort in der gesamten Bar verbreitet.

»Ihr kommt genau rechtzeitig!« Mikayla stupst mich im nächsten Moment an und natürlich entgeht mir nicht, dass sie Cillian und mich nicht eine Sekunde aus den Augen lässt. »Es geht gleich los.«

»Ey, Cillian, trittst du dieses Jahr auch mit an?«, will Brandon da auch schon von meinem Begleiter wissen. »Nathan ein bisschen Konkurrenz machen? Er hat beim letzten Christmas Karaoke Contest alle rasiert. Herrlich schief, aber mit einer Inbrunst, die ihresgleichen gesucht hat. Frag die anderen!«

Nathan schaut belustigt aus und zuckt lediglich mit den Schultern. »Wenn du dich traust, Cillian, trete ich sehr gern gegen dich an. Die anderen hier am Tisch wollen alle nicht. Und Auri hat schon mit Sexentzug gedroht, wenn ich sie nötige, mit ihr zu singen!«

Aus den Augenwinkeln sehe ich, wie meine Freundin errötet und die Augen verdreht. »Ich bekomme den Wettkämpfer einfach nicht aus ihm heraus«, stöhnt sie und erntet ein herzliches Lachen von allen. Bevor Nathan zu ihr nach Winter Haven gezogen ist, hat er einen großen Teil seines Lebens als Profieishockeyspieler in New York verbracht, und lässt auch jetzt keine Gelegenheit aus, sich vor allem mit den anderen Männern zu messen, womit Brandon, Tristan, Kieran und Hayden absolut kein Problem haben. Vor allem in Tristan hat er einen guten Freund gefunden.

Cillian steht auf und stemmt die Hände in die Hüften. »Ich bin zwar ein bisschen eingerostet, aber zusammen mit Lizzie werde ich das Ding schon schaukeln.«

Sein letztes Wort vermischt sich mit meinem Quietschen. »Auf keinen Fall, Kollege!«, rufe ich entsetzt und fuchtle abwehrend mit meinen Händen. »Mich bekommen keine zehn Pferde auf die Bühne. Geh mit Nathan. Macht meinetwegen ein Duo auf. Halt mich da raus!«

»Nie im Leben«, johlt er und ehe ich mich's versehe, sprintet er förmlich zur Bühne und mir entgleisen sämtliche Gesichtszüge.

Neben mir verkneifen sich sowohl Auri als auch Mikayla ein Grinsen und ich kann nur erahnen, was in ihren Köpfen abgeht. Denn insgeheim weiss ich schon längst, dass sie nur darauf warten, dass Cillian und ich wieder zueinander finden. Schön, dass gefühlt ganz Winter Haven sich über mein Liebesleben Gedanken macht, denn natürlich hatte ich heute Morgen in der Früh eine Nachricht von meiner Nan, die mir und Cillian einen wunderschönen Tag zusammen gewünscht hat. Nichts von wegen »Viel Erfolg für den Wettbewerb«. Ihr Fokus lag einzig und allein darauf, dass er und ich ja den Tag miteinander verbringen.

O man, wenn Dinge nur so einfach wären.

»Kommst du, Lizzie?«, tönt plötzlich Cillians Stimme durchs Mikro und wie zu erwarten bricht in der ganzen Bar tosender Jubel aus. Das wird sicherlich nicht nur daran liegen, dass er mit mir singen will, sondern an der Tatsache, dass ich, seit es den Wettbewerb gibt, gefühlt einen riesigen Bogen um diese Bühne mache und alles daran setze, nicht singen zu müssen. Ich kann es nicht. Nicht im Geringsten. Selbst wenn ich mir Mut antrinken würde, würde ich es eher vorziehen, irgendwelche gebackenen Krabbeltiere zu essen, als vor Menschen zu singen.

Ich befürchte nur, dieses Mal habe ich keine Wahl, denn inzwischen jubeln die Leute um mich herum nicht nur, sie klatschen auch in die Hände. Aus manchen Ecken dringen sogar Anfeuerungsrufe an mein Ohr. Na, bravo!

»Ich bringe dich um«, sage ich zu Brandon, weil er schuld daran ist, dass Cillian überhaupt auf diese Idee gekommen ist, und schlage mir meine Hand vor das Gesicht.

»Ich bin mir sicher, wenn wir sie noch lauter anfeuern, kommt sie!«, höre ich Cillians Stimme durchs Mikrofon, was natürlich umgehend von allen in der Bar befolgt wird.

Liebes Universum, kann bitte irgendwo ein Loch im Boden aufgehen, durch das ich verschwinden kann? Ich will nicht!

»Lizzie! Lizzie! Lizzie!«, ertönt es rund um mich herum. irgendjemand zieht mich hoch und ich werde einfach in Richtung Bühne geschoben und stehe plötzlich neben Cillian, der mich angrinst und mir prompt ein Mikro in die Hand drückt.

»Was wollen wir singen?«, fragt er dicht an meinem Ohr und ich kann nichts anderes, als ihn anzufunkeln.

»Wollen? Müssen, meinst du wohl.«

»Ach, komm! Mach den Spaß mit. Es kann nichts passieren.«

»Doch! Ich werde vor Scham im Erdboden versinken.«

»Ich rette dich«, sagt er und klingt so begeistert, dass ich ihm am liebsten vor sein verdammtes Knie treten möchte. Sein hinreißendes Lächeln reicht über seine Wangen bis zu seinen Augen.

»Nicht witzig«, brumme ich stattdessen und drehe mich zu dem iPad, das neben uns liegt und mit dem wir die Songauswahl vornehmen können.

Angestrengt suche ich nach einem Weihnachtslied, das ich in meiner Aufregung noch einigermaßen fehlerfrei mitsingen kann und bei dem ich mich nicht total blamiere, was eh geschehen wird. Cillian scheint mir die Entscheidung zu überlassen und letztendlich fällt meine Wahl auf *Last Christmas*. Ich bezweifle zwar, dass ich das problemlos überstehe, aber zumindest werde ich irgendwie schon mit der Geschwindigkeit mithalten können. Notfalls muss Cillian eben allein singen und ich halte das Mikro in die Menge.

Vielleicht wäre es besser gewesen, im Eiltempo meine letzten Gehirnzellen zu ertränken, aber dafür ist es jetzt zu spät. Augenblicke später erklingen die ersten Töne des Wham-Klassikers und das *The Archer* tobt. Zwar bin ich weniger enthusiastisch, aber ich komme nicht umhin, nach gefühlt einer Minute doch ein bisschen Spaß zu haben, was an Cillians wahnsinniger Performance liegen könnte. Oder an der grölenden Menge, die uns begeistert zujubelt und kräftig mitsingt. Mein Gesang ist mir peinlich und ich bekomme kaum einen graden Ton heraus, aber wie heißt es so schön? Man wächst mit seinen Aufgaben.

Als der Song vorbei ist, verlassen wir unter großem Jubel die Bühne und es ist Nathan, der uns als Erstes in Empfang nimmt: »Starke Konkurrenz, ihr beiden! Ihr seid ein tolles Team! Vielleicht solltet ihr das für den Wettbewerb auch zu euren Gunsten nutzen, dass ihr so super harmoniert.«

»Harmonisch war an den Tönen nichts, die da aus Lizzie rauskamen«, grölt Brandon, bekommt aber wie nicht anders zu erwarten sofort von Mikayla einen Boxhieb in die Seite.

»Ihr wart großartig«, sagt sie und nimmt mich in den Arm. Bei Cillian zögert sie kurz, aber macht es bei ihm dann schließlich auch. Es ist, als wäre Cillian nie weg gewesen.

Obwohl ich einen langen, anstrengenden und vor allem aufregenden Tag hatte, genieße ich jede Minute mit allen zusammen hier in der Bar.

Irgendwann merke ich jedoch, dass meine Augen schwer werden, und ich blicke auf meine Uhr. Bereits halb zehn. Ich muss ins Bett, damit ich morgen wieder einigermaßen fit in der Backstube stehen kann.

»Müde?« Cillian hat sich zu mir herübergebeugt und als sein Atem meine Haut streicht, bekomme ich eine Gänsehaut.

»Mmh, ja, schon.« Ich kann so gerade noch ein Gähnen unterdrücken.

»Soll ich dich heimbringen?«

»Das schaffe ich schon allein«, erwidere ich und will gerade mein Portemonnaie aus der Tasche ziehen, als Cillian eine Hand auf meine legt.

»Ich mache schon«, sagt er und erhebt sich im nächsten Moment. »Leute, ich bringe Lizzie heim. War ein langer Tag für uns.«

Mir entgeht nicht, dass Mikayla und Auri augenblicklich Blickkontakt zu mir aufnehmen, doch ich winke ab und erhebe mich ebenfalls. »Ich würde sagen, Nathan, wir finden dann in

Kürze heraus, wer dieses Jahr gewonnen hat. Ich glaube, Cillian und ich haben dir große Konkurrenz gemacht.«

Nathan zwinkert mir amüsiert zu und zeigt Sportsgeist. »Möge der Bessere gewinnen. Also ich.«

Alle lachen und jetzt, da Cillian mir meinen Mantel reicht und mir dabei behilflich ist, ihn anzuziehen, kann ich ein Gähnen nur noch schwer unterdrücken. Ich bin furchtbar müde. So müde sogar, dass es mir gar nichts mehr ausmacht, dass er mich nach Hause geleiten will. Selbstverständlich liegt das nur darin begründet, dass ich Angst habe, sonst auf den wenigen Metern einzuschlafen und neben einer Straßenlaterne zu erfrieren. Natürlich.

Als wir das *The Archer* verlassen, hat sich eine angenehme Stille über Winter Haven gelegt.

Auf unserem Weg betrachte ich die festliche Szenerie um uns herum. Jetzt in der Dunkelheit strahlen die bunten Lichter und Dekorationen an den Häusern und Ladengeschäften und wie so oft merke ich, wie magisch dieser Ort doch ist, den ich Heimat nennen darf. Manchmal ist es glatt so, als stünde die Zeit still. So ein bisschen wie in diesen kitschigen amerikanischen Weihnachtsfilmen, die ich jedes Jahr mit Begeisterung schaue.

»Winter Haven hat schon eine besondere Atmosphäre in der Weihnachtszeit, oder?«

Kann Cillian auf einmal Gedanken lesen?

Neckend stoße ich ihn in die Seite. »Sag bloß, du verfällst auch dem Zauber der Weihnacht?«

»Das wäre nichts Neues. Du weißt, dass ich Weihnachten liebe, und Weihnachten in Winter Haven besonders. Vielleicht bin ich aber auch einem anderen Zauber verfallen. Darüber schon einmal nachgedacht?«

Am liebsten würde ich ihn fragen, was genau er damit meint. Aber ich verkneife mir eine Nachfrage, weil ich in diesem

Augenblick eh nicht weiß, wie ich auf eine mögliche Antwort reagieren sollte.

Schweigend gehen wir die letzten Meter bis zu meiner Wohnung und dort angekommen, drehe ich mich zu ihm.

»Schaffst du es allein hoch?«, erkundigt er sich und fast sieht es so aus, als müsste er sich ein Grinsen verkneifen.

»Auf jeden Fall.«

»Es hat Spaß gemacht heute. Und ich glaube, Nathan hat recht mit dem gehabt, was er vorhin in der Bar gesagt hat.«

»Dass er den Contest gewinnen wird?«

Cillian lacht. »Nein, das meine ich nicht. Dass wir ein gutes Team sind und wir das im Wettbewerb ausnutzen sollten.«

Überrascht über diesen Satz lege ich den Kopf schräg und schaue ihn fragend an. »Was meinst du damit?«

»Nun«, beginnt er und räuspert sich dann kurz. »Was wäre, wenn wir uns zusammentun? Also, natürlich können wir nicht gemeinsam antreten, eben weil wir in zwei unterschiedlichen Kategorien sind, aber wir könnten unsere Beiträge aufeinander abstimmen, sodass die Jury die Verbindung vielleicht unterbewusst wahrnimmt und uns deswegen zusammen ins Finale schickt. Im Finale selbst haben wir keine Möglichkeit, uns abzusprechen, weil wir erst da vor Ort das Thema erfahren. Aber dann wären wir immerhin im Finale und einer von uns beiden kann auf jeden Fall schon einmal mit dem zweiten Platz rechnen.«

»Und was, wenn die Jury die Verbindung schrecklich findet und genau die anderen beiden durchwinkt?«

»Dann gehen wir halt gemeinsam unter.«

»Welch wunderbare Logik«, erwidere ich, komme aber nicht umhin, die Idee von Cillian gar nicht so schlecht zu finden.

»Also? Was sagst du? Hast du Lust? Du müsstest nur bereit sein, in der kommenden Woche ein paar Extrastunden mit mir zu verbringen, damit wir uns gemeinsam auf den Wettbewerb vorbereiten, brainstormen und unsere Gerichte testen können.«

»Du meinst also, ich bin entweder lebensmüde oder mutig genug, das zu tun?«

Er strafft die Schultern und stupst mir zu meiner Überraschung mit der Faust gegen die Schulter.

»Nun sei nicht so. Es könnte Spaß machen. Komm, wir beide gegen den Rest der Welt.«

»Du meinst die restlichen Kandidaten.«

»Sag ich ja. Lass mich nicht betteln, Lizzie.«

»Okay«, erwidere ich. »Das könnte funktionieren.«

»Wird es. Ich habe dir versprochen, dass ich alles für dich tun würde.«

»Auch die Jury bestechen?«

Amüsiert schnaubt er auf. »Das vielleicht nicht. Mein Gesicht muss ich schon wahren.«

Ich verziehe den Mund zu einem leichten Grinsen und schaue dann auf die Spuren um mich herum, die meine Stiefel im Schnee hinterlassen haben.

»Danke«, sage ich dann leise und hebe den Blick, nur um festzustellen, dass Cillian mir plötzlich nähergekommen ist. Der Nachtwind bläst mir eine Haarsträhne ins Gesicht und ich kann sehen, wie mein Atem als kleine weiße Wolke herauskommt, die sich sofort wieder auflöst.

Cillians Blick hält meinen, und kurz scheint er zu zögern, doch dann streicht er mir die Strähne hinter das Ohr. Dabei streift sein Finger sanft meine Wange. Sofort kommt Bewegung in den Schmetterlingsschwarm in meinem Bauch und ich spüre ein Flattern. Wird er mich jetzt küssen?

Ich halte den Atem an, traue mich nicht, mich zu bewegen.

»Sehen wir uns dann morgen im Restaurant?«, fragt er und schaut mich aufmerksam an. Es ist, als wollte er sichergehen, dass er jede Reaktion von mir mitbekommt. Jede noch so kleine Regung.

»Das werden wir«, antworte ich und als ich ihn anlächle, huscht ein Funkeln durch seine Augen, das mich gleich sicherlich nicht so schnell einschlafen lassen wird.

25

Am nächsten Tag mache ich mich tatsächlich nach meiner Arbeit im *The Sweet Spot* auf, um zu Cillians ins Restaurant zu gehen, wo er schon auf mich wartet. Zu meiner Überraschung steht er in der Küche am Herd und ist gerade damit beschäftigt, Pasta auf zwei Teller zu verteilen. Als er mich sieht, lächelt er und sofort klopft mein Herz ein bisschen schneller.

»Hey, da bist du ja. Ich habe mir gedacht, du hast vielleicht Hunger?«

Ich ziehe eine Augenbraue hoch und mustere ihn. »Und dann hast du gedacht, ich habe bestimmt Hunger auf Pasta?«

»Geht Pasta nicht immer?«

Der Blick, den er mir zuwirft, ist schelmisch. Cillian kennt mich so gut, dass er weiß, wie sehr ich Pasta liebe.

»Touché.« Ich streife meinen Mantel samt Schal und Mütze ab und hänge alles an die Garderobenstange direkt neben dem Eingang. »Bist du mit deinen Einstellungsgesprächen weitergekommen?«, erkundige ich mich, als ich mich an die Theke setze und warte, während Cillian eine gehörige Portion

Parmesan und ein bisschen Zitronenzeste auf den Nudeln verteilt. Es geht doch nichts über eine leckere Portion Pasta al Limone.

»Bin ich. Ich muss dir nicht sagen, wie wichtig es ist, ein gutes Team zusammenzustellen. Neben all dem Trubel hat der Wettbewerb definitiv den Vorteil, dass ich ein paar interessante Leute näher begutachten konnte. Ich denke, bei ein oder zwei werde ich mich melden. Der Posten des Sous Chefs und des Gardemangers sind zu besetzen und auch einen guten Sommelier suche ich noch. Aber das wird schon. Ein paar Tage bleiben mir. Ich habe auf jeden Fall Kontakte geknüpft und das ist das Wichtigste. Sobald das Team steht, und ich mich vor allem für einen Sous Chef entschieden habe, möchte ich mich an die Karte machen.«

»Spannend«, erwidere ich und finde es wirklich aufregend, diese ganzen Schritte mitzubekommen.

Cillian nimmt nun neben mir Platz und gemeinsam machen wir uns an unsere Portion Pasta. Ohne zu übertreiben, muss ich zugeben, dass das wahrscheinlich die beste Pasta al Limone ist, die ich je in meinem Leben gegessen habe.

»Schmeckt es dir?« Amüsiert beobachtet er, wie ich einen großen Bissen nehme und genüsslich kaue.

»Aber so was von. Danke fürs Kochen!« Ich bemühe mich, nicht zu schmatzen.

»Gern geschehen. Ist ja nicht so, als hätte ich das noch nie gemacht.«

Ich muss bei seinen Worten schmunzeln und frage mich gerade, wie es wohl ist, täglich von Cillian bekocht zu werden. Wahrscheinlich würde ich binnen drei Monaten zwanzig Pfund zunehmen, einfach weil es so gut schmeckt.

»Hast du eigentlich schon einen Namen für das Restaurant?«, erkundige ich mich, denn erst jetzt fällt mir auf, dass wir darüber noch nie gesprochen haben. Generell haben wir bisher kaum über sein Restaurant gesprochen, das er hier mehr oder weniger im Alleingang neueröffnet.

»Sagen wir so, ich habe einen Arbeitstitel. Ich bin mir aber noch nicht sicher, ob es dabei bleibt.«

»Verrätst du ihn mir?«

Kurz zögert er, aber dann fährt er fort. »Ich überlege, das Restaurant *The Bowyer* zu nennen. Dann passt es zu Kierans *The Archer* und drückt unsere Verbindung aus.«

»Oh!« Bei Cillians Worten geht mir das Herz auf und ich fasse mir instinktiv an die Brust. »Das ist eine ganz wunderbare Idee. Das solltest du tun. Abgesehen davon hast du hier viel in Holz- und Naturtönen angedacht. Du solltest bei dem Titel bleiben.«

Cillians Augen leuchten auf. »Ja? Ich war mir nicht sicher, ob er passt. Hatte erst überlegt, meinen Namen mit einzubringen, aber *The Bowyer* gefällt mir persönlich sehr gut.«

»Dann solltest du auch dabeibleiben. Er passt perfekt und ich mag die Idee, das *The Bowyer* neben dem *The Archer* zu finden. Trotzdem werde ich das *The Sweet Spot* nicht auf einmal *The Baker* oder so nennen.«

Cillian lacht und wieder einmal fällt mir auf, wie unbefangen Unterhaltungen zwischen uns sein können.

»*The Sweet Spot* passt auch viel besser zu dir«, sagt er augenzwinkernd und gönnt sich eine weitere Gabel Pasta.

»Warum? Weil ich so süß bin?«

»Auf jeden Fall«, kommentiert er meine leicht ironische Frage und stupst mich dann an. »Da wir gerade beim Thema sind, hast du schon eine süße Idee für den Wettbewerb? Wie findest du überhaupt das Thema?«

»Zuerst habe ich gedacht, es wäre die totale Katastrophe. Aber dann ist mir eingefallen, dass ich Farben ja ganz wunderbar in Desserts oder Kuchen präsentieren kann. Wir müssen uns jetzt nur irgendwie entscheiden, wenn wir etwas

Gemeinsames machen wollen. Bisher fehlt mir da die Idee. Hast du schon eine?«

»Jein«, erwidert Cillian und gießt uns beiden aus der Karaffe, die neben ihm steht, Wasser ein. »Ich habe Eleni von dem Wettbewerb erzählt und was unsere nächste Aufgabe ist. Dann hat sie gefragt, welche Farben zu den Weihnachtsfarben gehören. Ich habe sie gefragt, welche davon ihre Lieblingsfarbe sei, und fast hätte ich damit gerechnet, dass sie ›rot‹ sagt. Du weißt schon, *Merida* und so, aber tatsächlich hat sie, ohne lange zu zögern ›grün‹ gesagt.«

Jetzt bin auch ich überrascht, denn genau wie Cillian hätte ich mit einer anderen Farbe gerechnet.

»Genauso wie du habe ich auch dreingeschaut, aber dann hat sie es mir erklärt. Sie hat gesagt, dass sie unseren Weihnachtsbaum so liebt und er sie immer daran erinnert, dass du mit ihr gebacken hast.«

»Awwww«, entfährt es mir und mir wird ganz warm ums Herz. »Das ist schön zu wissen.«

»Ich dachte mir schon, dass dir das gefällt. Vielleicht ...«, er hält inne und scheint sich nicht sicher zu sein, ob er weitersprechen soll.

»Vielleicht was?«, ermuntere ich ihn deswegen und warte ab, ob er doch mit der Sprache rausrückt.

»Was hältst du davon, wenn wir uns für die Farbe Grün bei unseren Beiträgen für den Wettbewerb entscheiden? Vielleicht bringt Eleni uns Glück? Ich fände es schön, wenn wir sie und ihre Spontanreaktion irgendwie einbinden können.«

»Das finde ich einen ganz zauberhaften Vorschlag.« Sofort rattern in meinem Kopf zig Ideen, was ich alles Grünes in der Backstube zubereiten kann. Nachdem ich in der Vorrunde eher in die klassische Dessertrichtung gegangen bin und auch im Viertelfinale mit den Vanillekipferl nur in gewisser Weise gebacken habe, möchte ich im Halbfinale etwas Größeres kreieren.

Und da es die letzte Chance ist, das mit ausreichend Vorbereitung zu tun, sollte ich das auch nutzen. Sollte ich es in die letzte Runde schaffen, werde ich im Finale kaum Zeit für einen Kuchen oder Ähnliches haben, und werde wahrscheinlich wieder auf ein klassisches Dessert zurückgreifen müssen. Aber wer weiß, was passieren wird?

»Ich hatte tatsächlich schon einen Blitzgedanken. Aber den würde ich nur umsetzen, wenn er auch dir zusagt. Wollen wir ein bisschen brainstormen? Hast du Lust?«

Ich verkneife mir die Frage, warum ich sonst hier bin, denn tatsächlich war das hier heute ja durchaus der Plan.

»Gern«, erwidere ich stattdessen und deute auf die inzwischen leeren Teller vor uns. »Du kannst schon mal das Wasser mit zum Tisch nehmen und ich spüle eben. Du hast schließlich gekocht.«

»Nix da. Entweder machen wir das zusammen oder wir lassen das stehen und ich mache es morgen.«

»Dir ist schon klar, dass ich morgen früh hier wieder Platz brauche?«

Er zwinkert mir zu. »Ups, vergessen. Also doch spülen?«

»Findest du das so schlimm?«

»Ich hasse Spülen. Habe ich immer schon. Ich will nur die große Spülmaschine noch nicht anstellen, und da du bei dir in der Backstube spülst, ging das bisher gut ohne. Jetzt überlege ich jedoch, ob ich das nicht schnellstmöglich ändern sollte.«

»In der Zeit, in der du dich über das Spülen beklagst, hätten wir schon längst fertig sein können«, antworte ich ihm, stehe auf und sammle unsere Teller samt Besteck ein. Dann gehe ich zur großen Spüle, schnappe mir die Utensilien, die Cillian zum Kochen benutzt hat, und binnen Minuten ist alles abgespült. Er steht bereitwillig neben mir und trocknet ab. Fast könnte man behaupten, wir sehen wie ein perfekt abgestimmtes Team aus. Und vielleicht ... ganz vielleicht sind wir das ja auch.

Es kommt, wie es kommen muss, und so sitzen wir eine Weile später nicht am Tisch, sondern an der Theke und haben ein iPad zwischen uns liegen, auf dem Cillian immer wieder Dinge notiert, skizziert und dann wieder wegwischt.

»Dafür, dass du sagtest, du wüsstest, was du kochen willst, wirkst du gerade ein bisschen verloren.« Ich muss mir ein Grinsen verkneifen, denn wie auch früher schon hat sich Cillian bereits einige Male ins Haar gegriffen, das inzwischen in alle Himmelsrichtung steht. Es ist schön, ihn so kreativ und in seiner eigenen Welt zu sehen. Er lebt Essen und das ist im definitiv anzumerken.

»Soll ich vielleicht einfach mal sagen, was ich mir überlegt habe? Vielleicht denke ich schon viel zu kompliziert und das ist gar nicht nötig.«

»Klar, gern«, antworte ich ihm, stütze mein Kinn in meine Handinnenfläche und schaue ihn abwartend an.

»Also«, beginnt er und fast wirkt es so, als wäre er ein bisschen nervös. Ich habe keine Ahnung, ob es daran liegt, dass er sich unsicher ist oder vielleicht alles richtig machen will, aber als er damit anfängt, mir seine Ideen mitzuteilen, wirkt er abwartend und bedacht darauf, mich mit seinen Vorschlägen nicht zu überrumpeln.

»Ich würde gern ein gebratenes Lammkarree in Kräuterkruste mit Thymianjus machen. Dazu wilder grüner Spargel in Schinken gewickelt. Wie klingt das für dich?«

Sofort läuft mir das Wasser im Mund zusammen. »Himmlisch. Ernsthaft, Cillian. Das klingt klasse. Und passt ganz wunderbar zu Weihnachten. Boah, ich weiß nicht, wann ich das letzte Mal Lammkarree gegessen habe. Wann fangen wir an zu üben?«

Ein warmes Lachen dringt aus Cillians Kehle und er zwinkert mir zu. »Das freut mich, dass dir die Idee gefällt. Irgendwie weiß ich nur nicht, ob ich noch etwas dabei machen soll. Und wenn ja, was.«

»Mhm«, sage ich grüblerisch und überlege, was mir zu einem Lammkarree schmecken könnte. »Wie wäre es denn mit Kräuter-Gnocchi? Oder vielleicht gratinierten Grieß-Gnocchi? Dann könntest du die grüne Farbe auch noch einmal einbinden.«

Augenblicklich leuchten Cillians Augen auf. »Super Idee! Das ist es! Das finde ich gut. Ich wusste, dass dich der Himmel geschickt hat.«

»Weil ich die Gnocchi ins Spiel gebracht habe?«

»Das auch«, erwidert er und ich spüre schon wieder, wie sich eine verräterische Röte auf meinen Wangen breitmachen will. Vielleicht liegt das aber auch daran, weil er mich zum wiederholten Mal heute Abend viel zu lange anschaut. So bekommen wir das mit dem Freundesein nie im Leben hin. Als ob da eh noch irgendjemand dran glauben würde.

»Und was ist dir in den Sinn gekommen?«, fragt er und ich bin dankbar, dass diese komische Situation zwischen uns erstmal wieder aus der Welt geschafft ist. Zumindest für die nächsten neunzig Sekunden oder so. Vielleicht sollte er etwas mehr auf Abstand gehen, oder besser gesagt, ich, denn seine Nähe ist nicht gerade förderlich, wenn es darum geht, die Kontrolle über meinen Körper zu behalten.

»Ich hatte überlegt, eine Pistazien-Orangentorte zu machen.«

»Klingt auch lecker. Wie funktioniert das?« Aufmerksam blickt Cillian mich an und ich sehe ehrliches Interesse in seinen Augen.

»Nun, ich backe Böden, die mit Orangensaft oder Orangensirup getränkt werden. Dazu kommen eine Pistazien-Creme und eine weiße Schoko-Buttercreme. Diese würde ich gern mit einem Tannenbaum dekorieren. Mit der sogenannten ›painted buttercream‹-Technik. Weißt du, was das ist?«

Cillian schüttelt den Kopf.

»Das ist kein Hexenwerk. Buttercreme wird in verschiedenen Formen auf die Torte gespachtelt, um einen leichten 3-D-Effekt zu erhalten. Die Technik wird häufig für abstrakte Muster und Blüten angewandt. Aber ich habe mir überlegt, dass das mit einer Weihnachtsbaumform auch funktionieren müsste. Und hey, ein bisschen ist dann auch noch einmal der Bezug zu Eleni da.«

Sofort lächelt Cillian.

»Wenn mir danach ist, kann ich die Torte dann auch noch mit Zuckersternen versehen. Das muss ich dann schauen, damit es nicht zu viel wird.«

»Ich muss sagen, Lizzie, das klingt total großartig. Ich könnte in die Kräuterkruste von meinem Lammkarree auch Pistazien einarbeiten, dann haben wir da noch einmal eine Verbindung. Wie klingt das?«

»Perfekt«, gebe ich zu und muss im nächsten Moment grinsen, weil ich die Situation mit ihm hier in der Küche irgendwie herrlich finde.

»Was grinst du denn so?« Erwartungsvoll blickt Cillian mich an. »Was geht in deinem Kopf vor?«

»Das willst du gar nicht wissen«, antworte ich lachend und bin kurz davor, von meinem Hocker zu springen, um die Pistazientorte direkt auszuprobieren.

»Raus mit der Sprache.« Cillian lässt nicht locker. »Du kannst mich doch nicht unwissend sterben lassen.«

»Ich wollte dich überhaupt nicht sterben lassen.« Amüsiert knuffe ich ihn in die Seite.

»Komm, sei ehrlich. Du hast mich, seit ich in Winter Haven bin, schon diverse Male in Gedanken auf den Mond geschossen.«

»Mindestens«, platze ich heraus und schaue ihn dann ein bisschen herausfordernd an. »Eins würde mich interessieren, Herr von und zu McLean. Auch wenn wir uns hier absprechen und versuchen, möglichst eine Verbindung zwischen unseren Gängen zu kreieren: Wir treten schon noch anständig in dem Wettkampf gegeneinander an, oder? Ich hätte nämlich schon Lust, dir zu zeigen, dass deine ach so besondere Ausbildung nicht alles ist.«

Ich hoffe, er sieht, dass ich ein Lachen in den Augen habe, und nimmt mir die Worte nicht übel.

»Du erinnerst dich an unsere Wette?«

»Wir haben keine Wette. Wir haben nie eingeschlagen.«

»Papperlapapp. Du hast nur Angst, dass du für mich arbeiten musst.«

»Das wird nie passieren«, erwidere ich rasch und mache mir eine mentale Notiz, mich definitiv noch mehr anzustrengen, um Cillian zu besiegen.

»Du willst also, dass wir gemeinsam ins Finale kommen, und dann willst du mich eiskalt ausstechen?«

»Genau das ist der Plan, werter Herr Spitzenkoch.«

Cillian zieht einen gekünstelten Schmollmund, was dazu führt, dass ich zum wiederholten Mal heute Abend lachen muss.

»Was denn? Nicht zu deiner Zufriedenheit?«

»Ich finde es eher erstaunlich, dass du dir so sicher bist, gegen mich gewinnen zu können.«

»Weil ich meine Arbeit mindestens genauso liebe wie du deine. Und nur weil ich keine mega spektakuläre Ausbildung wie du genossen habe, kann ich doch so einiges in der Backstube. Vergiss das nicht.«

Plötzlich ändert sich die Atmosphäre in der Küche und Cillian blickt mich eindringlich an. »Ich würde nie vergessen, was du alles kannst und zu was du in der Lage bist, Lizzie. Ich traue dir alles zu, und damit auch, dass du mich besiegen kannst. Spielend leicht. Ich glaube, du weißt nur in Ansätzen, wie talentiert du wirklich bist.«

Etwas geplättet von seinem unerwarteten Kompliment lächle

ich verlegen. »Danke«, sage ich hastig und lasse mein Wasserglas in der Hand kreisen. Wieso muss Cillian mich jetzt so verlegen machen? Ich hatte die Situation so gut im Griff.

Er räuspert sich, bevor er fortfährt. »Ich fände es gut, wenn wir unsere Gerichte vielleicht ein- oder zweimal probekochen, beziehungsweise -backen könnten. Dann haben wir ein Gefühl für die Zeit und können vielleicht dem anderen noch Ratschläge geben und gemeinsam tüfteln, wie wir sowohl das Lammkarree als auch die Pistazientorte bis zu Perfektion vorbereiten können. Auch wenn ich Perfektion generell langweilig finde, ist sie in dieser Sache zwingend erforderlich.« Abwartend blickt er mich an. »Wenn du aber lieber für dich allein backen möchtest, dann akzeptiere ich das natürlich. Wir hoffen dann einfach mal, dass am Sonntag alles gut geht. Zusammenpassen müssten die beiden Kreationen auf jeden Fall.«

»Ich fände es sehr schön, wenn wir uns zum Probekochen treffen würden.« Ich merke, wie mir bei dem Satz warm wird. »Ich ... Ich ... Ich glaube, durch den Austausch können wir nur besser werden.«

»Das sehe ich auch so«, erwidert Cillian leise und blickt mich vielleicht zum wiederholten Mal heute Abend zu lange an.

Wenn die Dinge zwischen uns doch einfacher wären. Warum muss alles zwischen uns so kompliziert sein? Und was ist, wenn es eigentlich gar nicht kompliziert ist, sondern wir uns nur selbst im Weg stehen?

26

Ich stehe neben Helena Donald, mit der ich in knapp einer Stunde in den direkten Vergleich gehe. Dann entscheidet sich, wer es von uns beiden in die finale Runde des Scottish Christmas Culinary Championship schafft.

Die beiden Kandidaten für den ersten Gang haben ihren Durchgang schon hinter sich gebracht und nun steht Cillian neben seinem direkten Konkurrenten Ross Geoffre an seiner Station und wartet darauf, dass das Startsignal ertönt.

Ich bin das reinste Nervenbündel. Nicht, weil ich gleich antreten muss, sondern weil ich es Cillian so sehr wünsche, dass er den anderen Koch besiegt. Auch wenn ich weiß, dass er das nicht unbedingt für sein Ego braucht, gönne ich ihm mal wieder ein Highlight, denn dass er momentan mehr Sorgen und Stress als alles andere hat, liegt auf der Hand. Ein Sieg gegen einen so starken Kontrahenten tut sicherlich gut. In der vergangenen Woche habe ich viel über Ross Geoffre recherchiert und seine Vita liest sich phänomenal. Fast genauso gut wie die von Cillian. Er ist ein wahrer Gegner und ich hoffe so sehr, dass Cillians und mein Plan aufgeht. Oder dass zumindest einer von uns beiden weiterhin die Chance auf einen Sieg erhält.

Aber ich weiß, wie grandios Cillians Lammkarree schmecken wird. In der vergangenen Woche habe ich es dreimal gegessen. Drei Abende haben wir miteinander verbracht und inzwischen würde ich behaupten, ich kann nicht nur meine Pistazientorte im Schlaf, ich könnte vermutlich selbst ein gar nicht mal so schlechtes Lammkarree zubereiten.

»Ich muss schon sagen, es gefällt mir, dass wir nur noch so wenige Teilnehmer sind, dass wir uns gegenseitig beim Zubereiten unserer Kreationen zugucken können. Es lohnt sich mehr als nur ein bisschen.«

Helenas Kommentar lässt mich in meinen Gedanken innehalten und ich horche stutzig auf. Wovon redet sie?

Ich versuche, nicht so zu starren, aber mir entgeht nicht, dass sie Cillian anvisiert. Um nicht zu sagen, mit Blicken auszieht. Das kann doch jetzt nicht ihr Ernst sein, oder?

»Ich weiß nicht, welches Stück Fleisch schöner ist. Das, was er da gerade vor sich auf der Arbeitsfläche hat, oder er selbst. Ich muss schon sagen, Cillian McLean ist definitiv eine Sünde wert. Findest du nicht?«

Ich balle die Hände und meine Fingernägel graben sich tief in meine Handflächen. Das hat sie jetzt nicht wirklich gesagt?!

Nur mit größter Anstrengung gelingt es mir, an mich zu halten und ihr nicht mit dem nackten Hintern ins Gesicht zu springen. Nicht ladylike, ich weiß, aber wie soll ich auch an mich halten, wenn die Frau neben mir Cillian gerade als Stück Fleisch bezeichnet und ihn förmlich mit ihren Blicken auszieht?

Mädel, behalt diese Gedanken für dich! Noch besser, hab sie erst gar nicht!

»Ach, ich glaube, ich kenne ihn schon zu lange, als dass ich auf solche Ideen kommen könnte.«

Wie wunderbar ich doch lügen kann. Sie soll nicht merken,

One tough Christmas Cookie

dass sie mich mit ihren Aussagen triggert. Ich befürchte nämlich, dass sie das nur allzu gern gegen mich einsetzen würde, um mich aus dem Konzept zu bringen. Nicht mit mir!

»Stimmt, ihr kommt ja aus demselben Ort. Das hatte ich gelesen. Kennt ihr euch gut? Ach, was rede ich hier eigentlich? Seid ihr vielleicht sogar ein Paar?«

Ah, jetzt auch noch eine Testfrage.

Rasch schüttle ich den Kopf. Trotzdem wünschte ich, dass meine Antwort Helena nicht automatisch den Freifahrtschein gäbe, Cillian weiter anzuschmachten.

Kurz werden wir abgelenkt, als das Startsignal ertönt, aber es dauert nicht lange, bis sie wieder im Schmachtmodus ankommt. Sie sollte sich lieber auf ihren Wettbewerb konzentrieren statt auf Cillian. Wobei, möglicherweise ist das sogar besser für mich. Vielleicht sollte ich Cillian nachher sagen, dass er sie anflirten soll, damit sie möglichst abgelenkt ist.

Bei dem Gedanken daran, wie er ihr heiße Blicke zuwirft, dreht sich mir fast der Magen um. Wie komme ich nur auf so dämliche Ideen? Wenn Cillian jemanden anschmachten soll, dann bitte mich.

In seiner weißen Kochjacke sieht er wirklich sexy aus. Bisher hat er die in Winter Haven nie getragen, wenn wir gemeinsam in seiner Küche gestanden haben. Losgelöst davon, dass er in seinem Outfit wirklich ansprechend aussieht, sind es seine Hände, die mich in ihren Bann ziehen. Geschickt schält er den Spargel, säubert das Lammkarree vom Fett und brät es in der Pfanne an. Dabei ist sein Blick so fokussiert, dass es so scheint, als könnte neben ihm eine Bombe einschlagen und er würde dieses Menü trotzdem pünktlich servieren können. Wahrscheinlich ist es so, dass die Routine ihm in die Karten spielt und er stressige Situationen in einer Spitzenküche gewohnt ist. Sein Kontrahent wirkt ebenso ruhig und routiniert wie Cillian.

Ich kenne jeden der einzelnen Handgriffe, die er ausführt,

selbst so genau, und der Blick auf die Uhr verrät mir, dass er gut in der Zeit liegt. Er verrät mir aber auch, dass ich mich so langsam vorbereiten sollte, denn selbst wenn Helena von Cillian geblendet zu sein scheint und in einem Paralleluniversum schwebt, ziehe ich es vor, mich nun auf meine Runde zu konzentrieren, mir alles zurechtzulegen und noch einmal runterzukommen. So gut das die Atmosphäre hier in der Location zulässt, denn die allgemeine Aufregung schwirrt in der Luft.

Möglichst gelassen begebe ich mich zu meiner Station und beobachte aus den Augenwinkeln, dass Helena zwischen Cillian und mir hin und her blickt. Sie scheint abzuwägen, ob sie es mir gleichtun oder ihn noch weiter anschmachten soll, entscheidet sich jedoch nach einigen Augenblicken dazu, langsam zu ihrem Platz neben mir zu schlendern.

»Also live ist Cillian McLean definitiv beeindruckend. Das muss man ihm lassen, er versteht was von dem, was er tut. Ich bin gespannt, ob er es ins Finale schafft. Ich würde nur liebend gern ein weiteres Mal in das Vergnügen kommen, mit ihm in einem Raum an den Herd zu dürfen.«

Wieso klingt sie dabei so, als wollte sie mit ihm nicht nur an den Herd, sondern ihm auch an die Wäsche?

Ich versuche, mich von ihren Anspielungen nicht weiter ablenken zu lassen, und zu meiner großen Überraschung gelingt mir das auch. Schließlich weiß ich, was alles von einem Sieg abhängt.

Schneller als es mir lieb ist, beginnt auch meine Runde. Wie eben bei Cillian läuft alles nach Plan. Wie so oft stelle ich fest, dass ich mit stressigen Situationen gut umgehen kann. Zumindest in der Backstube beziehungsweise am Herd. Stressige Situationen, die durch Cillian entstehen, sind eine ganz andere Hausnummer.

Mir gelingt es, mich komplett auf mich zu fokussieren, und so bekomme ich nur am Rande mit, dass Helena zwischenzeitlich Probleme mit dem Temperieren ihrer Schokolade hat. Aber auch sie ist Profi genug, mit der Misere umzugehen, sodass wir beide am Ende rechtzeitig unsere Kreationen präsentieren können.

Stolz blicke ich auf meine Pistazientorte und muss zugeben, dass mir der Weihnachtsbaum aus Buttercreme noch nie so gut gelungen ist wie heute. Ich sage so etwas ungern, aber die Torte ist perfekt. Jetzt muss sie nur noch der Jury gefallen und vor allem schmecken.

Plötzlich steht Cillian neben mir. Es kann sich nur noch um Minuten handeln, bis die Ergebnisse verkündet werden. Am liebsten würde ich seine Hand nehmen, aber ich beherrsche mich und gebe mich für den Moment damit zufrieden, einfach in seiner Nähe stehen zu können.

»Du hast toll ausgesehen«, sagt er leise und lehnt sich dabei zu mir herüber. »Und mir war klar, dass alles funktionieren würde mit deiner Torte. Ich muss sagen, die ist wirklich beeindruckend geworden. Das habe ich auch deiner Kontrahentin angesehen, als sie gemerkt hat, dass du mit der Verzierung gestartet hast.«

»Danke«, antworte ich ihm und in diesem Augenblick wird mir bewusst, dass dieser Wettbewerb Cillian und mich wieder näher zueinander geführt hat, egal was jetzt entschieden wird. Dass ich trotzdem nervös wegen des Ergebnisses bin, steht außer Frage.

»Bist du auch mit deiner Leistung zufrieden?«, hake ich nach, obwohl ich die Antwort bereits kenne.

Er nickt. »Bin ich. Jetzt liegt es nicht mehr in meinen Händen und andere entscheiden. Auf einer Skala von null bis zehn, wie nervös bist du?«

»Elf«, gebe ich zu und vernehme ein leises wohliges Lachen neben mir.

»Lenk dich ab und denk nicht daran, dass jemand dein Schicksal in seinen Händen hält.«

»Es macht es nicht besser, wenn du das jetzt auch noch so betonst. Ich versuche es ja. So ruhig ich eben während des Wettkampfs war, so angespannt bin ich jetzt. Wie lange brauchen die denn noch? Wie soll man sich denn da ablenken?«

»Denk an etwas anderes!«

»Einfacher gesagt als getan. Ich glaube, es gibt nichts, was mich jetzt wirklich von dieser Sache ablenken könnte. Dafür ist sie zu wichtig.«

»Ach, nein?«

»Nein«, antworte ich mit fester Stimme und wieder erklingt Cillians leises Lachen, das sich durch sämtliche Adern auf direktem Weg zu meinem Herzen macht.

»Sicher?«

»Sicher.«

»Begleitest du mich heute Abend auf den Winterball?«

Entgeistert starre ich ihn mit großen Augen an. Was hat Cillian da gerade gesagt? Ich muss mich verhört haben. Hat er mich gerade wirklich gefragt, ob ich mit ihm zum Winterball gehe?

»Hat es funktioniert?«

»Hat was funktioniert?«, frage ich und weiß immer noch nicht, ob ich neuerdings an meiner Hörleistung zweifeln sollte.

»Dich auf andere Gedanken zu bringen. Ich dachte, vielleicht ist der Zeitpunkt gar nicht so schlecht, das anzubringen.«

Wenn er wüsste, wie gut sein Plan funktioniert hat, denn auf einmal ist die Ergebnisverkündung in weite Ferne gerückt und in meinem Kopf läuft Cillians spontane Frage in Dauerschleife. Ich mit ihm auf dem Ball? Zusammen? Ganz Winter Haven wird denken, wir wären wieder ein Paar. Ist das seine Absicht? Will er das? Anders gefragt: Will ich das?

Ich sehe bestimmt aus wie ein Fisch auf dem Trockenen, denn natürlich bin ich so perplex, dass es mir die Sprache verschlagen hat.

»Ich ... äh«, beginne ich, doch werde im selben Moment unterbrochen, als sich die Türen öffnen und die Jury zurückkommt. Ein Raunen dringt durch den Raum und augenblicklich verstummen alle Gespräche. Ich spüre, wie Cillian meine Hand in seine nimmt und sie drückt. Ich weiß nicht, ob das Kribbeln von meiner Anspannung wegen der Jury oder wegen seiner Frage kommt, aber es fühlt sich so an, als wären alle Nervenenden in Alarmbereitschaft.

Atmen, Lizzie. Atmen! Nicht vergessen! Sonst kippst du hier noch um!

Geschickt moderiert Declan die Ergebnisverkündung an und auch wenn hier lauter Profis stehen, Leute, die schon lange in ihrem Job arbeiten, ist allen eine gewisse Anspannung anzumerken. Dem einen oder anderen gelingt es vielleicht besser, sie zu überspielen, aber die Luft im Raum ist geladen. Schließlich geht es um etwas Großes und ein Weiterkommen ist das Ziel aller hier Anwesenden.

Declan bedankt sich für das Engagement und die Arbeit der Jury und dann ist es so weit. Der erste Kandidat, der es in die nächste Runde, und somit ins Finale, geschafft hat, wird verkündet.

Es ist Thomas McEran, was mich nicht sonderlich überrascht. Sein geräucherter Lachs mit roter Beete und einer Wodka-Crème-Fraîche sah wirklich phänomenal gut aus. Erst jetzt fällt mir auf, dass sich sowohl er als auch all die anderen für Rot als Farbe entschieden haben. Ich hoffe, Cillians und meine Abweichung kommen uns zugute.

Mit jeder Sekunde, die voranschreitet, schlägt mein Herz

schneller und wieder einmal bin ich froh, dass gerade niemand meinen Puls misst. Haben eigentlich supertrainierte Menschen wie Biathleten in Stresssituationen einen Ruhepuls von maximal siebzig, während Normalsterbliche deutlich über die Einhunderter-Marke gehen?

»Das zweite Duell haben Cillian McLean und Ross Geoffre ausgetragen. Was hat der Jury besser gefallen? Das Reh mit Brombeere, Haselnuss und Sellerie oder das Lammkarree im Kräutermantel?«

Declan macht es spannend, und auch die Jury scheint es zu genießen, dass der Fokus in diesem Augenblick nur auf ihnen liegt. Ich bin gespannt, ob im Finale dramatische Musik eingespielt wird, um die Atmosphäre noch mehr anzuheizen. Jetzt jedoch höre ich nur den angestrengten Atem der Umstehenden. Cillian steht konzentriert neben mir. Er ist Profi genug, dass auch ihm diese Entscheidung nicht unwichtig ist. Neuer Ofen für mich hin oder her.

Die Sekunden vergehen furchtbar langsam. Doch dann ist es endlich so weit und die Jury dreht den großen Umschlag um, auf dem der Name des Gewinners notiert ist.

Cillian McLean!

Sofort bricht tosender Beifall aus und als Cillian mich freudestrahlend anblickt, kann ich nicht anders, als ihm jubelnd um den Hals zu fallen. Ich drücke ihn fest an mich und als er seine Arme um mich schließt, strömt ein pures Glücksgefühl durch mich hindurch.

»Du hast es geschafft!«, flüstere ich ihm ins Ohr, nur um ihm dann wieder in die Augen zu schauen. Ich muss tatsächlich ein paar Freudentränen unterdrücken, so sehr spielen meine Gefühle in diesem Moment verrückt. Wahnsinn! Er hat es ins Finale geschafft. Obwohl ich davon ausgegangen bin, dass es ihm gelingen würde, fällt mir jetzt ein riesiger Stein vom Herzen.

Ich freue mich. Für ihn. Und ein kleines bisschen auch für

mich. Im nächsten Moment wird mir klar, dass jetzt nur noch meine Entscheidung aussteht. Sofort fängt mein Herz wieder fürchterlich an zu klopfen und erneut ergreift Cillian meine Hand.

»Alles wird gut«, raunt er mir zu und irgendwie glaube ich ihm. Dann richtet sich der Fokus aller wieder auf die Jury und wenn ich eben schon dachte, die Zeit würde langsam vergehen, ist es jetzt noch schlimmer. Das Blut rauscht in meinen Ohren und nervös wippe ich von einem Fuß auf den anderen.

Förmlich in Zeitlupe dreht sich der Umschlag.

Lizzie Gordon.

Ich kann es kaum glauben.

Da steht mein Name: Lizzie Gordon.

Ich habe es tatsächlich mit Cillian zusammen ins Finale geschafft. Der Stein, der mir vom Herzen fällt, hat das Gewicht von drei Backöfen.

Freudestrahlend blicke ich ihn an und er nimmt mich fest in den Arm. »Habe ich doch gesagt, dass wir das schaffen. Wir sind ein tolles Team!«

»Und Eleni hat uns Glück gebracht«, antworte ich ihm und schniefe.

Binnen Sekunden werden wir von den Umherstehenden umzingelt und es ist an der Zeit, die Glückwünsche aller entgegenzunehmen, die begeistert applaudieren und sich mit uns freuen. Wahnsinn! Wenn die Stimmung jetzt im Halbfinale schon so grandios ist, wie soll das dann erst morgen im Finale werden?

Fast wie in Trance erlebe ich die nächste halbe Stunde, lasse Declans Interviewfragen über mich ergehen und posiere zusammen mit Cillian und Thomas für die Presse.

Dann endlich, nach einer gefühlten Ewigkeit, sitze ich wieder neben Cillian im Auto und tippe schnell eine Nachricht an Auri und Mikayla, die sicherlich schon sehnsüchtig auf ein

Update warten. Gleiches mache ich mit meiner Nan, denn dass sie mindestens genauso aufgeregt für mich ist wie meine besten Freundinnen, steht außer Frage.

Es ist zwar noch nicht sonderlich spät am Tag, aber müde lasse ich meinen Kopf gegen die Kopfstütze fallen und schließe die Augen. So viel Aufregung schlaucht und ich merke, wie jetzt langsam ein Großteil meiner Anspannung abfällt.

»Geschafft?« Cillians Frage dringt wie durch einen Tunnel zu mir und wortlos nicke ich. Dann wird mir bewusst, dass er das ja nicht sehen kann, weil er sich auf die Fahrbahn konzentriert. Also sage ich: »Ich habe nicht damit gerechnet, dass so ein Wettkampftag so anstrengend ist. Völlig unterschätzt.«

»Der Körper steht halt unter Strom«, erwidert Cillian und dreht seinen Kopf zu mir. »Bekomme ich eigentlich noch eine Antwort oder möchtest du das Thema lieber ignorieren? Also zumindest bis wir in Winter Haven sind? Schließich ist der Winterball heute Abend.«

Natürlich weiß ich, worauf er anspielt, denn ich habe vielleicht nicht jede Sekunde über eine Antwort nachgedacht, seitdem er mir die Frage gestellt hat, aber zumindest achtundneunzig Prozent der Zeit.

»Du weißt schon, dass, wenn du Nein sagst, ich deine Oma als Waffe einsetze?«

»Nicht dein Ernst!«, entfährt es mir gespielt entrüstet und ich kann für einen kurzen Moment nicht glauben, was er da von sich gibt.

»Mein voller Ernst. Dass sie Team Cillian ist, war dir doch klar, oder?«

»Ich dachte, meine Nan wäre immer Team eigene Enkelin!«

Er lacht. »Ja, und aus dem Grund ist sie auch Team Cillian. Vor allem, seit ich bei ihr war.«

»Wie? Du warst bei ihr?« Erstaunt setze ich mich aufrecht

und drehe mich auf dem Beifahrersitz so, dass ich ihn direkt anschauen kann.

Er zuckt lediglich mit den Schultern und sagt: »Ja.«

»Und damit bist du fertig? Mit einem Ja? Hallo? Kannst du mich mal aufklären? Warum warst du bei ihr?«

»Weil ich mich für mein Verhalten entschuldigt habe. Weil es mir wichtig war, dass sie weiß, wie ich zu dir stehe. Natürlich hätte ich auch zu deinen Eltern gehen können, aber irgendwie hat mir mein Gefühl gesagt, dass deine Oma diejenige war, die damals am meisten mitbekommen hat, und sagen wir mal so: Es kann nie schaden, wenn der Chatty Squad einem gut gesonnen ist.«

Jetzt grinst Cillian und ich muss es unwillkürlich auch tun. Gleichzeitig spüre ich, wie sich eine wohlige Wärme in mir ausbreitet, während mein Herz wieder ganz verräterisch flattert. Plötzlich will ich ihm so viel sagen, aber meine Worte stecken mir im Hals fest. Ich könnte aufgeregter nicht sein. Das Leben spielt doch manchmal verrückt.

»Also?«, hakt er noch einmal nach und wenn mich nicht alles täuscht, höre ich tatsächlich ein bisschen Nervösität in seiner Frage.

Es ist also doch möglich, Cillian unsicher zu machen.

»Dir muss klar sein, dass du dann auch mit mir tanzen musst, wenn ich mit dir zum Ball gehe.«

Cillians Körper entspannt sich und er atmet langsam ein und aus. »Nichts lieber als das«, erwidert er dann und während er sich weiter auf die Fahrbahn konzentriert, sehe ich aus den Augenwinkeln, wie ein Lächeln seine Mundwinkel umspielt.

27

Heute Abend bin ich besonders froh, dass ich manchmal doch typisch Frau bin, denn natürlich habe ich mir für den diesjährigen Winterball ein neues Kleid online bestellt. Cillian kennt meine Kleider natürlich nicht, aber ich will mich besonders fühlen.

Es ist kurz vor achtzehn Uhr, als ich vor dem Spiegel stehe, umgeben von einem kleinen Schlachtfeld. Auch in mir drin tobt ein Schwarm aufgeregt flatternder Schmetterlinge. Aber wer kann mir das verübeln?

Mein Kleid ist dunkelgrün und passt perfekt zu meinem hellen Hautton und den roten Haaren. Es ist ein Traum aus Seide und Spitze, ohne jedoch zu opulent zu sein.

Langsam drehe ich mich vor dem Spiegel und betrachte mich selbst mit einem schüchternen Lächeln. Wie nicht anders zu erwarten, klopft mein Herz wie wild vor Nervosität. Aber es ist auch Vorfreude, die ich empfinde, und das nicht nur, weil ich den Winterball hier im Ort liebe, sondern weil ich zusammen mit Cillian dort hingehe, dem Mann, der in den letzten Wochen meine Gedanken beherrscht.

Mein Make-up ist dezent, aber es schimmert so, dass meine Augen leuchten. Ich habe die Wangen mit einem sanften Rosaton betont. Immer wieder begutachte ich mich im Spiegel, während ich ein letztes Mal meine Haare zurechtzupfe. Dann lächle ich mich an.

So stelle ich mir Merida in einem Ballkleid vor.

Plötzlich klingelt mein Telefon, und ich zucke vor Überraschung zusammen. Cillians Name erscheint auf dem Display und als ich den Anruf entgegennehme, höre ich seine vertraute Stimme am anderen Ende der Leitung.

»Hey«, sagt er und unwillkürlich muss ich schon wieder lächeln.

»Selber hey.«

»Ich hätte eine Frage.«

»Die da wäre?«

»Ich weiß, dass ich dir gesagt habe, dass ich dich abhole, aber meinst du, du könntest herkommen? Eleni möchte dich gern in deinem Kleid sehen und ich musste ihr versprechen, dass ich dich frage.«

Mein Lächeln wird breiter und sehe augenblicklich den kleinen Wirbelwind vor mir.

»Ich bin in zehn Minuten da«, erwidere ich und merke, wie sehr ich mich auf das Funkeln in Elenis Augen freue.

»Gut, bis gleich.«

Ich werfe einen letzten prüfenden Blick in den Spiegel und schnappe mir meine Handtasche. Dann eile ich aus der Wohnung, voller Vorfreude auf das, was vor mir liegt.

Die kalte Luft des Abends zwingt mich dazu, mir den Mantel eng an den Körper zu ziehen, als ich über die Straße laufe, um zu Cillians Haus zu kommen. Ich werde schon erwartet, denn als ich die Einfahrt betrete, öffnet sich die Tür und er erscheint mit Eleni im Türrahmen. Hinter ihnen taucht Alice auf, die sich bereiterklärt hat, den heutigen Abend auf ihre Enkelin aufzupassen.

Als ich zu Cillian schaue, stockt mir kurz der Atem. Er trägt einen edlen, dunklen Anzug und wenn mich nicht alles täuscht, zeugt sein Blick von Bewunderung.

»Wow«, wispert er kaum hörbar, denn schließlich sind wir nicht allein. »Du siehst umwerfend aus.«

Auch Elenis Augen sind vor Aufregung geweitet. »Wie eine Prinzessin«, ruft sie begeistert, was mein Herz mit einem warmen Gefühl der Freude durchströmt.

Ich gehe vor Eleni in die Hocke und schaue sie liebevoll an. »Danke, Eleni«, sage ich, gerührt von den freundlichen Worten des Mädchens. »Das habe ich mir bei dir abgeguckt.«

Eleni strahlt vor Glück und zieht Cillian im nächsten Moment am Arm. »Wenn ich groß bin, möchte ich auch so ein Kleid.«

Er lächelt stolz und nickt zustimmend. »Ich bin mir sicher, das bekommen wir hin, Eleni.«

Dann verabschieden wir uns von der Kleinen und Alice und steigen gemeinsam in Cillians Wagen, der in der Auffahrt steht. Alles in mir ist bereit, neue, magische Erinnerungen zu schaffen. Es fühlt sich so an, als könnte dieser Abend der Beginn eines unvergesslichen Abenteuers werden. Einem Abenteuer, das man Liebe nennt.

Die Magie des Winterballs liegt bereits in der Luft, als Cillian und ich eintreffen. Mein Herzschlag beschleunigt sich, als ich den Raum überblicke und wie immer bin ich stolz auf das, was vor allem Auri und Mikayla hier auf die Beine gestellt haben. Die Location, die als Ballsaal fungiert, ist mit üppigen Winterdekorationen geschmückt: von funkelnden Eiskristallen, die von der Decke hängen, bis zu zarten Schneeflocken, die die Wände verzieren, ist alles dabei.

Die Bühne am Ende des Saals ist prächtig geschmückt und von allen Seiten dringt das Murmeln der Gäste zu uns herüber. Tatsächlich wiegen sich schon einige zu den Klängen der Musik auf dem Parkett und ich bin mir sicher, es wird nicht mehr lange dauern, bis die Stimmung hier im Saal noch festlicher wird. Überall mischt sich das Lachen der Anwesenden mit dem Klang von sich berührenden Gläsern und ich kann es kaum erwarten, bis der Abend voll Zauber und Eleganz, die den Winter in all seiner Pracht feiern, so richtig beginnt.

»Dort drüben sind die anderen«, sage ich aufgeregt zu Cillian und deute in Richtung des Tisches, an dem unsere Freunde bereits sitzen und sich angeregt unterhalten. Wir werden begeistert begrüßt und es scheint niemanden zu wundern, dass wir hier gemeinsam auftauchen. Mikayla und Auri ziehen lediglich kurz jeweils eine Augenbraue hoch, sagen dann jedoch nichts, sondern nicken mir nur wissend zu.

Ist ja schon gut, Mädels! Ich weiß, was ihr denkt!

Wie jedes Jahr findet eine Tombola statt.

Als Stuart Granger, der Bürgermeister von Winter Haven, Nathan bei der diesjährigen Preisverleihung wieder als Sieger des Christmas Karaoke Contest ausruft, ertönt ein lautes »Schiiiiiiiieeeeebung!« neben mir. Gespielt empört signalisiere ich Cillian, dass er leise sein soll, aber natürlich ignoriert er meine Mahnung liebend gern.

Dieses Jahr wird Hayden für die tierischste Rettung ausgezeichnet und für seinen Mut, bei dem kleinen Hund von Mrs Wilton auf dem Parkplatz des Einkaufszentrums eine Herz-Lungen-Wiederbelebung durchgeführt zu haben.

Nach den Preisverleihungen wird das Büfett eröffnet und kurze Zeit danach die Tanzfläche. Es dauert nicht lange, und zahlreiche Paare bewegen sich über das Parkett.

Die Männer an unserem Tisch ergreifen augenblicklich die Flucht und sind sich einig, dass sie dringend schauen müssen, ob das Thekenteam anständig arbeitet. Auch Dee steht auf und geht zu ihren Kollegen, sodass ich mich allein mit Mikayla und Auri an unserem Tisch befinde.

Zu meiner Überraschung sagen die beiden nicht sofort ein Wort zu Cillian und mir, sondern erkundigen sich zunächst, wie es beim Wettbewerb war und ob nicht doch schon eine Info durchgesickert ist, was wir morgen in der finalen Runde zubereiten müssen.

Unwissend schüttle ich den Kopf und zucke die Schultern. »Morgen müssen wir spontan sein. Es wird wohl irgendetwas Weihnachtliches auf uns zukommen. Ich habe vorsichtshalber schon einmal meine ganzen Backbücher gewälzt und ein paar Ideen gesammelt, damit ich morgen nicht völlig hilflos dastehe. Ich hoffe nur, das reicht an Vorbereitung. Wirklich mehr kann ich nicht machen. Aber es wird schon gut gehen«, sage ich und lehne mich in meinem Stuhl zurück.

»Ist das deine neue Devise? Es wird schon gut gehen?« Mir entgeht der prüfende Ton in Mikaylas Frage nicht und augenblicklich atme ich tief durch.

»Worauf spielst du an?«

»Auf den Mann natürlich, mit dem du heute hier bist. Also nicht, dass es mich wundern würde, aber ich hätte jetzt gern ein finales Votum: Lieben wir ihn oder hassen wir ihn? Ich komme mit dem Hin und Her nämlich nicht mehr klar.«

Auri verdreht ihre Augen und klopft Mikayla mahnend auf den Arm. »So harsch, wie Mikayla das ausdrückt, meinen wir das nicht. Wir wollen nur wissen, ob du dir sicher bist, dein Herz wieder an ihn zu verschenken.«

Es dauert eine Weile, bis ich antworten kann.

»Er hat es die ganze Zeit gehabt«, bemerke ich leise und weiß, dass die beiden es auch wissen. Dann zucke auch ich mit den Schultern. »Ich muss mich also einfach darauf verlassen, dass ich stark genug bin, mein Herz erneut zu flicken, sollte er es noch einmal brechen.«

»Wenn er das tut, breche ich ihm etwas ganz anderes«, entfährt es Mikayla und kurz habe ich Angst, dass uns jemand gehört haben könnte. Aber um uns herum sind alle in Gespräche vertieft und genießen den Abend, sodass niemand etwas von unserer Unterhaltung mitbekommt.

»Ich weiß. Es war eine Schwachsinnsidee, nur mit ihm befreundet sein zu wollen. Das funktioniert nicht.«

»Ach!« Auri muss lachen und der Blick, den sie mir zuwirft, spricht Bände. »Was du nicht sagst. Wir dachten, wir lassen dich das allein rausfinden.«

»Ihr wusstest das schon die ganze Zeit?«

»Seit Minute eins, als du uns von diesem Blödsinn erzählt hast«, erwidert Auri und Mikayla nickt zustimmend. »Und was ist nun dein Plan?«

»Mein Plan?«

»Na, willst du volles Risiko gehen? Abwarten, dass sich Cillian ein Herz fasst?« Ruhig blickt Auri mich an.

»Um ehrlich zu sein, bin ich mir nicht sicher, ob er gerade dafür den Kopf hat, jetzt, da die Scheidung ansteht.«

»Das wirst du aber nicht rausfinden, wenn du nicht mit ihm darüber sprichst. Ihr tänzelt seit Wochen umeinander herum und da ihr nicht anständig kommuniziert, passieren ständig so Sachen wie mit dem Wettbewerb. Ich an deiner Stelle hätte da keine Lust mehr drauf.«

»Du hast leicht reden, Auri. Du hast Nathan.«

»Ich bin auch Single«, mischt Mikayla sich ein, »und auch ich hätte kein Bock auf dieses Hin und Her. Lizzie, ihr kennt euch seit so vielen Jahren. Ein Blinder mit einem Krückstock sieht, dass ihr nur Augen füreinander habt. Das Leben ist zu kurz für ewiges Warten. Sei mutig. Du hast nichts zu verlieren.«

Ich bin mir nicht so sicher, ob Mikayla mit ihrer letzten Aussage recht hat, aber es wird Zeit, dass ich all meinen Mut zusammennehme und für mein Glück einstehe. Und wenn sich Cillian ein zweites Mal gegen mich entscheidet, dann ... Ja, was dann?

»Dann bekommen wir das auch hin«, sagt Auri aufmunternd und tätschelt meine Hand. Ich sollte wirklich besser aufpassen, nicht immer laut zu denken.

»Wo ist Cillian überhaupt?«

Suchend blicke ich mich im Raum um und es dauert einen Moment, bis ich ihn entdecke. Er steht allein in einigen Metern Entfernung am Rand der Tanzfläche. Es ist, als hätte er gespürt, dass ich zu ihm schaue, denn er dreht den Kopf in meine Richtung. Aufregung durchdringt meine Adern, als sich unsere Blicke treffen und ich spüre tausende kleine Stromstöße durch mich durch peitschen.

»Geh zu ihm«, fordert Mikayla mich auf und auch Auri stimmt ihr zu.

»Schnapp dir deinen Kerl!«

Ich lächle und erhebe mich von meinem Stuhl, lasse Cillian dabei nicht aus den Augen.

Mein Herz schlägt wild in meiner Brust, als ich langsam auf ihn zugehe, der weiter am Rand der Tanzfläche steht und mich mit einem warmen, einladenden Lächeln erwartet. Auf einmal fühlt sich jeder Schritt wie eine halbe Ewigkeit an und meine Gedanken überschlagen sich vor Aufregung und Nervosität. Mein Blick ist fest auf den Mann gerichtet, für den ich so viel empfinde, und ich bin mir sicher, würde mich jetzt jemand ansprechen, ich würde die Person überhören.

Dann endlich stehe ich vor ihm. Unwillkürlich halte ich einen Moment inne, um seinen Anblick zu genießen. Cillian sieht umwerfend aus in seinem dunklen Anzug, der seine breiten Schultern betont und seine sagenhaften Augen zum

Leuchten bringt. Aber es ist sein Lächeln, das all meine Unsicherheit aus meinen Gedanken vertreibt und mich mit Vertrauen und Geborgenheit füllt.

»Hey«, sage ich leise. Seine Stimme ist voller Wärme und Zuneigung, als er meinen Gruß augenzwinkernd erwidert.

»Weißt du eigentlich, dass ich in einem Raum voller Frauen nur dich sehe?« Bei Cillians Worten stockt mir der Atem. Sofort merke ich, wie ich rot werde.

»Danke. Auf magische Art und Weise wurde ich auch zu dir hingezogen.«

»Ist das so?«, fragt er mit einem Schmunzeln. »Darf ich um diesen Tanz bitten?« Er hält mir seine Hand hin, die ich nach kurzem Zögern ergreife.

Eine unbeschwerte Stille liegt plötzlich zwischen uns, während wir uns in die Augen blicken, und ich bilde es mir nicht ein: unsere Verbindung intensiviert sich gerade auf eine besondere Art, die wahrscheinlich nur er und ich verstehen werden. Ich nicke und als hätte Cillian nur darauf gewartet, führt er mich auf die Tanzfläche.

Plötzlich sind wir umgeben von der Musik und dem warmen Glanz der Lichter. Jetzt gibt es nur noch Cillian und mich und in diesem Moment, während wir uns im Rhythmus der langsamen Musik bewegen und seine Hand auf meinem Rücken liegt, weiß ich, dass Cillian der Mann ist, den ich liebe und ohne den ich nicht sein will. In seinen Armen bin ich zu Hause.

Mein Blick ruht auf seinen Augen und ich fühle mich von seiner Nähe umhüllt, von der Wärme seines Körpers und der Intensität seiner Berührung. Es ist, als würde die Welt um uns herum verblassen. Ich kann die Leidenschaft in seinen Augen sehen, die mich wie ein warmes Feuer umgibt.

Jeder Schritt, jede Drehung bringt uns näher zueinander. Cillians Hand liegt auf meinem Rücken, während meine Finger sich von seiner Schulter hoch in sein Haar schieben, sich dort verfangen. Unsere schlagendenden Herzen werden eins mit dem Takt der Musik.

Plötzlich beugt er sich zu mir runter und ich spüre seine Lippen auf meiner Wange. Ein zarter, gehauchter Kuss, der einen Schauer der Erregung durch meinen Körper schickt. Unsere Blicke treffen sich, und ich sehe die Sehnsucht in seinen Augen, die sich mit meiner vereint. Die Spannung zwischen uns ist greifbar, als sich seine Lippen meinen nähern, und ich schließe die Augen, um den Moment zu genießen.

Cillians Kuss ist sanft und gleichzeitig voller Verlangen. Ich merke, dass es ihm so geht wie mir. Ich presse mich an ihn und am liebsten möchte ich mit ihm verschmelzen, ihm so nah sein wie nur möglich.

Als wir uns voneinander trennen und den Kuss lösen, glänzt in seinen Augen die gleiche Leidenschaft, die ich in meinem Herzen fühle. Ich weiß es ganz sicher.

»Bringst du mich nach Hause?«

Zu meiner Belustigung errötet der Mann mir gegenüber, fängt sich dann aber wieder schnell und legt seinen Kopf schief. Dann schaut er mich musternd an. »Und dann?«

»Sind wir allein.«

»Möchtest du mit mir allein sein, Lizzie?«

»Manchmal stellst du ganz fürchterliche Fragen«, merke ich spielerisch tadelnd an und recke ihm mein Kinn entgegen.

»Manche Fragen führen aber auch dazu, dass du mich auf den Ball begleitest und in meinen Armen landest.«

»Wohl wahr.«

»Du umgehst übrigens unfassbar oft eine direkte Antwort. Ist dir das mal aufgefallen?« Er grinst und ein Funkeln blitzt in seinen Augen, als er mir jetzt sanft mit dem Daumen über meine Wange streicht.

»Alles Taktik. Ich muss doch wissen, ob du es ernst meinst und dranbleibst«, erwidere ich schmunzelnd.

»Ich glaube nicht, dass du daran noch zweifeln musst«, raunt Cillian und das dunkle Timbre seiner Stimme lässt mich erschaudern. Diese gute Art von Erschaudern, die nur ein Mann bei einer Frau auslösen kann, wenn sie von ihm fasziniert ist.

»Das stimmt.«

»Ich frage also noch ein letztes Mal, Lizzie: Möchtest du mit mir allein sein?«

»Ja«, hauche ich und erwische mich bei dem Wunsch, dass er die Nacht bei mir bleibt.

Ich schlucke und erinnere mich an Mikaylas und Auris mahnende Worte, nicht noch mehr Zeit zu verlieren. Ich schaue zu ihm und dann frage ich mit fester Stimme: »Wenn du mich nach Hause bringst, wirst du dann auch die Nacht bei mir bleiben?«

Sein Mund verzieht sich zu einem Lächeln und er lehnt sich so weit vor, dass er dicht an meinem Ohr ist.

»Das war der Plan«, flüstert er und im nächsten Moment nimmt er meine Hand in seine und blickt mich auffordernd an.

»Wollen wir?«

»Wir wollen«, erwidere ich nickend. Obwohl mir absolut bewusst ist, dass halb Winter Haven gerade mitbekommt, wie Cillian und ich gemeinsam vom Winterball verschwinden, ist mir das völlig egal. Alles, was jetzt noch zählt, sind er und ich. Allein. In meiner Wohnung. Ein leuchtendes Feuer in der Nacht.

28

Wir betreten meine Wohnung und Cillian streift zuerst sich und dann mir den Mantel ab. Am Eingang brennt nur das kleine Licht, der Rest der Wohnung liegt im Dunkeln. Das Schummrige führt dazu, dass meine Sinne besonders geschärft sind, was ich mag. Vielleicht liegt es auch daran, dass Cillian hier bei mir ist, aber auf einmal fühlt sich der Raum so viel kleiner an, als er ist, und ich spüre seine Nähe genau. Er tritt hinter mich und schlingt seine Arme um mich.

»Du bist unfassbar inspirierend, Lizzie. Weißt du das eigentlich? Du bist es schon immer gewesen.«

Ich schließe die Augen und atme seinen wunderbar berauschenden Duft ein. Dann drehe ich mich zu ihm um und lege die Arme um seinen Hals.

»Du auch«, hauche ich und bin mir bewusst, dass Cillian und mich mehr verbindet als unsere Leidenschaft für das Kulinarische. Wir gehören zusammen, das weiß ich. Und auch wenn ich ihn nicht wieder in meinem Leben haben wollte, ihn verflucht habe für das, was er mir angetan hat, sehe ich diesen Mann vor mir, der alles für die Menschen tun würde, die er liebt. Und ich weiß, dass ich einer dieser Menschen bin.

Ich sehe zu ihm auf, sehe seine Erregung, fühle meine eigene. Mein ganzer Körper verlangt nach seinem Kuss, erwartet ihn. Seine Lippen sind meinen so nah.

Ich lächle und lege meinen Mund auf seinen. Dann fahre ich mit den Händen in seine Haare und berühre mit meiner Zungenspitze seine Lippen, die sich sogleich öffnen. Es ist ein sanfter Kuss, der zunehmend drängender wird. Seine Hände streicheln meinen Rücken, gleiten runter zu meinem Po und ziehen mich noch fester an sich.

Seine Hände machen sich in meinem Rücken am Reißverschluss meines Kleides zu schaffen. Als er offen ist, schiebt er sanft den Stoff von meinen Schultern, und mein Kleid gleitet nahezu geräuschlos zu Boden. Ich stehe nur noch in Unterwäsche vor ihm und erkenne an seinem Ausdruck im Gesicht, dass ihm gefällt, was er sieht. Wir verstehen uns auch ohne Worte. Sein Blick ist voller Verlangen.

Mit einem gekonnten Griff hakt er meinen BH auf. Seine Finger streifen über meine Brustwarzen, die sich verräterisch aufgestellt haben.

Rasch zieht er sich seine Anzugjacke aus, löst die Krawatte und knöpft sein Hemd auf. Mit jedem Zentimeter nackter Haut, den ich sehen kann, wächst meine Lust auf ihn. Ich kann nicht anders und beiße mir auf die Unterlippe. Cillians Blick lodert und seine Augen starren gierig auf meine Lippen. Ich weiß, wie er sich fühlt. In einer fließenden Bewegung entledigt sich Cillian seines Hemdes und wirft es neben uns auf den Boden.

Im nächsten Augenblick küsst er mich und unser Kuss wird immer leidenschaftlicher. Wir taumeln durch mein Zimmer, streifen Möbelstücke, doch das scheint niemanden von uns zu stören. Cillian hebt mich hoch und ich schlinge meine Beine um seine Hüfte. Seine Zunge streichelt über meine und ich kann nicht anders und muss meinen Körper an seinem reiben. Als ich seine Erregung spüre, verlässt ein tiefer Seufzer meine Lippen. Cillians heißer Atem brennt an meinem Hals und ich lasse meine Hände über seinen muskulösen Rücken gleiten, genieße die Empfindungen, die seine Liebkosungen in mir auslösen.

Dann trägt er mich zu meinem Bett. Behutsam legt er mich ab, die Kissen fangen mich weich auf. Er legt sich über mich, stützt sich jedoch auf, sodass ich nicht vom Gewicht seines Körpers erdrückt werde.

Er küsst mein Schlüsselbein und eine Gänsehaut macht sich auf meinem ganzen Körper bemerkbar. Das sanfte Kratzen seiner Bartstoppeln auf meiner Haut ist erregend und ich ziehe scharf die Luft ein, als er seinen Blick auf meine Brüste heftet. Er leckt über meine fast fiebrige Haut, so als könne er sich nicht mehr zügeln. Ich liebe jede Sekunde hiervon.

Ich neige den Kopf nach hinten, möchte, dass er mich überall berührt, jeden Zentimeter meines Körpers küsst, mich schmeckt. Sein erregter Schwanz stößt gegen meine Schenkel, was wiederum dazu führt, dass sich mein Herzschlag beschleunigt und meine Lust ins Unermessliche treibt.

Bilder jagen durch meinen Kopf. Bilder von uns. Unserer Lust. Engem Körperkontakt. Verschmelzen. Absoluter Hingabe.

Cillians Mund erkundet die weiche Haut unter meinem Bauchnabel und ich hebe mich ihm entgegen, signalisiere ihm, was ich brauche. Unwillkürlich spreize ich die Beine, als er tiefer nach unten rutscht. Erneut hebe ich mein Becken an und Cillian versteht. Er zieht meinen Slip zur Seite und leckt über meinen Venushügel. Ich zergehe nahezu vor Leidenschaft. Dann versetzt er mir mit seiner Zunge sanfte, feuchte Stöße und ich verliere fast völlig die Orientierung, da mein Körper von einer Woge der Lust ergriffen wird.

Ich will ihn. Ich habe ihn noch nie so sehr gewollt wie jetzt. Natürlich weiß Cillian genau, wie und wo er mich berühren muss, damit ich den Verstand verliere. Meine Erregung scheint auch ihn noch mehr anzumachen, denn immer wieder drückt sich sein Glied gegen mein Bein.

Ich will noch nicht kommen und so winde ich mich unter ihm frei, vermittle ihm, dass er sich auf den Rücken legen soll und setze mich anschließend rittlings auf ihn. Mit großen Augen schaut er zu mir hoch. Diese Position ist gefährlich. Er weiß es, ich weiß es. Denn auch wenn wir beide untenrum noch etwas tragen, wäre es ein Leichtes, uns von unserer Unterwäsche zu trennen und uns binnen Sekunden zu vereinigen. Aber nachdem er mir bereits beim letzten Mal so viel Vergnügen bereitet hat, möchte ich ihm heute etwas davon wiedergeben.

Langsam bewege ich mich auf seinem Schoß und genieße seine Blicke. Inzwischen liegen seine Hände auf meinem Po und in regelmäßigem Abstand packt er zu, was mir sehr gut gefällt. Ich beuge mich vor und lasse meine Hand zwischen uns gleiten. Sein Stöhnen ist Motivation für mich und so schiebe ich meine Hand in seine Shorts und massiere ihn. Fast hatte ich vergessen, wie gut er sich anfühlt. Ich will mehr und so helfe ich ihm, sich seiner Shorts zu entledigen. Schnell werfe ich sie neben uns. Es dauert nicht lange, bis meine Zunge meinen Händen bei ihrem stimulierenden Spiel zur Hilfe kommt. Ich zeichne eine feuchte Spur auf seiner weichen Haut direkt unter dem Bauchnabel, komme dabei seinem Schwanz immer näher, der sich zuckend bemerkbar macht. Dann schließe ich meine Hand um ihn und beginne erneut mit gleichmäßigen Auf-und Abbewegungen. Cillian atmet heftiger. Seine Männlichkeit in direkter Nähe zu meinem Mund zu haben, erregt mich ebenfalls immer mehr. Daher öffne ich meine Lippen und stupse zaghaft seine Spitze mit meiner Zunge an, befeuchte sie, bevor ich sie dann ganz in den Mund nehme. Cillian stöhnt auf und seine Hände krallen sich ins Laken.

Sehr gut. Genieß es.

Immer, wenn er sich bewegt, nehme ich ihn tiefer in meinem Mund auf, variiere mein Tempo und die Intensität, mit der ich an ihm sauge. Ich lasse ihm kaum Zeit, sich an eine Sache zu gewöhnen, da variiere ich mein Spiel. Zu sehen, wie er unter mir bebt, wie schwer sein Atem geht und wie es ihn anmacht, ist alles, was ich in diesem Moment brauche. Das Spiel mit dem Feuer gefällt mir. Es reizt mich und macht mich unfassbar an.

Heftig stöhnt er auf. »Lizzie, ich halte das so nicht mehr lange aus. Ich will dich spüren.«

Ein Lächeln umspielt meine Lippen und auch wenn ich dieses Spielchen liebend gern noch stundenlang fortgesetzt hätte, ich brauche auch ihn. Jetzt. Tief in mir. Brauche ihn, um mich auszufüllen und mich auf eine Weise mit ihm zu verbinden, die nicht näher sein könnte.

Also lasse ich von ihm, was er sofort nutzt, um sich aufzurichten und mich mit einem Schwung unter sich zu drehen. Er beugt sich zu dem Schränkchen neben meinem Bett, um ein Kondom zu besorgen. Diese Chance nutze ich, mich auf den Bauch zu drehen. Ich schaue zu ihm und sehe seinen fragenden Blick, der jedoch sofort von einem nahezu verzückten Grinsen abgelöst wird.

»Lizzie, ich kann so schon nicht mehr. Du treibst mich in den Wahnsinn.«

»Nichts anderes war der Plan.«

Die neue Stellung scheint ihn noch mehr zu erregen, denn hastig streift er sich in einer fließenden Bewegung das Kondom über, nur um mir im nächsten Augenblick meinen Slip runterzuziehen. Dann positioniert er sich hinter mir und ich kann nicht anders, als ungeduldig meinen Hintern zu bewegen.

Seine Hand liegt auf meinem Po, während er mit der anderen seinen Schwanz zwischen meine Schamlippen dirigiert. Mit einer fließenden Bewegung dringt er tief in mich ein und ich kann nicht anders, als laut aufzustöhnen, da mir sein Penis den

Atem raubt. Sofort ist jeder Zentimeter meiner Haut hellwach und ich gebe mich seinen Stößen hin. Ich drücke mich ihm entgegen, nehme seinen Rhythmus auf und spüre, wie sich mein ganzer Körper nach ihm verzehrt. Ihn braucht. Ihn immer und immer wieder will.

Mit jedem Stoß schiebt er sich gefühlt tiefer in mich. Schon lange habe ich es aufgegeben, mein Stöhnen zu regulieren. Er zieht meinen Oberkörper hoch, umschlingt ihn mit einem Arm. Ich werfe den Kopf in den Nacken. Im nächsten Moment sucht sein Mund meinen und kurz küssen wir uns, bevor ich mich dann wieder auf seine Stöße konzentriere. Der Orgasmus, der schon seit Minuten in mir darauf wartet, freigelassen zu werden, bahnt sich mit einer Intensität an, die schier unglaublich ist. Cillian scheint es zu fühlen, denn er krallt seine Hände in meine Hüften, drückt meinen Po immer wieder auf seinen Schwanz. Dann lasse ich mich fallen und gebe mich meinem Orgasmus hin, der nun meinen ganzen Körper erzittern lässt. Der Moment, in dem meine Muskeln sich enger um seinen Schwanz schließen, scheinen ihn auch noch einmal zu reizen, denn auch wenn ich es kaum für möglich gehalten hätte, steigert er seine Stöße und die Geschwindigkeit ins Unerträgliche, was dazu führt, dass mein Orgasmus sich in jede Zelle meines Körpers ausbreitet und ich einfach nur diese Welle der Lust reiten kann. Auch Cillian ist so weit, er stöhnt laut auf und kommt. Ich spüre, wie er sich anspannt, die Muskeln in seinem Schwanz arbeiten. In diesem Moment ist mein Herz voller Liebe und unsäglicher Lust.

Dann lässt er sich auf mich sinken, dreht uns in einem Schwung auf den Rücken und zieht mich in seine Arme.

»Lizzie«, stöhnt er. »Ich ... O mein Gott.«

Wie ich es liebe, dass er vollkommen überwältigt scheint. Er zieht mich noch enger an sich und gibt mir einen Kuss auf die Schläfe, während ich einfach nur die Nähe und Wärme seines Körpers genieße. Eine Weile atmen wir heftig und erst langsam beruhigen wir uns. Es fühlt sich so an, als würde es nur noch uns beiden auf dieser Welt geben. Cillian und Lizzie.

Ich male kleine Kreise mit meinem Finger auf seine Haut, sehe, dass er eine Gänsehaut bekommt. Wunderbar befriedigt genieße ich das Pochen zwischen meinen Beinen und könnte ewig so neben ihm liegen. Cillian streichelt meinen Rücken, während er mit seiner freien Hand nach meiner greift. Er umschließt sie und seufzt zufrieden.

»Geschafft?«

Seine erste Reaktion ist ein Grinsen, dann nickt er. »Wenn du mich berührst, hält mein Körper das nicht lange aus. Aber ich gelobe Besserung.«

»Ich habe mich nicht beschwert«, antworte ich glucksend und kuschle mich noch enger an ihn. »Mir geht es ja nicht anders.«

So liegen wir für eine Weile, bevor sich Cillian des Kondoms entledigt und auch ich schnell ins Bad verschwinde. Als ich zurück ins Zimmer komme, breitet er seine Arme aus, in die ich mich nur allzu gern schmiege. Er löst sich ein bisschen und nimmt mein Gesicht in seine Hände. Für einen Augenblick fühlt es sich für mich so an, als wäre ich das Kostbarste für ihn auf dieser Welt.

»Du machst mich sehr glücklich«, flüstere ich, weil es für mich keinen besseren Moment geben könnte, ihm zu sagen, wie ich empfinde.

Seine Antwort ist ein erleichtertes Seufzen und er legt seine Stirn gegen meine. »Nicht so sehr, wie du mich glücklich machst«, erwidert er und seine Worte lassen mein Herz schneller schlagen. Es schlägt für ihn. Und als er mich erneut fest in seine Arme zieht, vibriert mein ganzer Körper vor Liebe.

»Ich möchte nicht nur mit dir befreundet sein, Lizzie. Ich glaube nicht, dass ich das kann.« Er streichelt meine Wange und legt seinen Arm noch fester um meine Taille. »Du gehörst zu mir. Ich will kein Leben, in dem du nur als eine Freundin vorkommst.«

Wärme überflutet meine Haut und breitet sich in meinem ganzen Körper aus.

»Ich liebe dich, Lizzie. Habe es immer getan und werde es bis an mein Lebensende tun. Ich weiß, dass ich mit Gepäck komme. Eleni ist da. Mein anstrengender Job ist da und ich werde so manches Mal lange im Restaurant sein müssen. Aber ich verspreche dir, dass ich immer zu dir zurückkommen werde. Ich habe es einmal gesagt und werde es immer wieder tun: Dir gehört meine Seele. Du bist mein Leben.«

Eine Träne läuft über meine Wange und ich wische sie mir weg.

»Sag das noch mal«, schniefe ich und schaue ihn aus verklärten Augen an.

»Ich werde so manches Mal lange im Restaurant sein.«

Lächelnd schüttle ich den Kopf. »Das andere.«

»Ich liebe dich.«

»Nicht so sehr, wie ich dich liebe.«

29

Ein schrilles Geräusch durchbricht die Stille. Ruckartig setze ich mich im Bett auf, reibe mir müde die Augen und versuche, mich zu orientieren. Mein Blick wandert neben mich, wo Cillian liegt und selbst aus dem Tiefschlaf gerissen wird.

»Wie spät ist es?«, murmelt er verschlafen und schickt im nächsten Moment ein »Stell das Handy aus und kuschle dich wieder zu mir« hinterher. Mein Wecker auf dem Nachttischschrank verrät mir, dass es kurz nach acht ist, definitiv zu früh für einen Sonntagmorgen und vor allem nach einer Nacht wie der gestrigen. Gott sei Dank findet das Finale des Wettbewerbs heute erst um siebzehn Uhr statt, sodass es reicht, wenn Cillian und ich hier gegen Mittag aufbrechen. Eigentlich noch genug Zeit, um sich zurück in die Laken zu kuscheln. In weiser Voraussicht haben wir den Wecker auf zehn Uhr gestellt, aber an Schlaf ist bei so einem schrillen Klingeln nicht mehr zu denken. Ein Hoch auf Polly, die mal wieder wie selbstverständlich den Cafébetrieb übernehmen wird. Am Ende dieser Weihnachtssaison gehört ihr definitiv ein Orden verliehen.

Stirnrunzelnd nehme ich das Handy in die Hand. Die Nummer, die angezeigt wird, kenne ich nicht. Kurz überlege ich, nicht dranzugehen, nehme den Anruf dann aber doch entgegen.

»Lizzie, endlich!«, ertönt am anderen Ende der Leitung die besorgte Stimme einer Frau. »Ich bin es, Alice. Ich versuche schon die ganze Zeit, Cillian zu erreichen. Ist er bei dir?«

Der Tonfall ihrer Stimme löst sofort alle Alarmglocken in meinem Kopf aus. »Ja, er ist hier, Alice. Moment.«

Ich muss nichts sagen, denn Cillian hat sich blitzschnell neben mir aufgesetzt und starrt mich mit einem Ausdruck von Ungewissheit in den Augen an. Ich stelle das Handy auf Lautsprecher und sage zu Alice: »Du bist auf Lautsprecher, wir hören beide. Was ist passiert?«

»Eleni ist verschwunden. Ich kann sie nicht finden. Sie ist nicht in ihrem Zimmer. Ich habe das ganze Haus abgesucht.«

Die Worte von Cillians Mutter dringen wie ein Blitz in mein Bewusstsein und sofort durchflutet mich Panik. Ich versuche, ruhig zu bleiben, aber mein Herz hämmert wie wild in meiner Brust. Als ich in Cillians Gesicht schaue, sehe ich, dass es ihm genauso geht.

Er springt hastig aus dem Bett, reißt mir das Handy aus der Hand und verspricht seiner Mutter, noch während er sich anzieht, dass er sofort nach Hause kommt. Ich tue es ihm gleich. Mein Kopf schwirrt vor Gedanken und Sorgen. Wo kann die Kleine sein? Sie kann doch nicht verschwunden sein. Vielleicht hat sie im Haus gespielt und ist einfach irgendwo eingeschlafen. Das muss es sein. Es kann nichts anderes sein. Es *darf* nichts anderes sein.

Mit bleichem Gesicht steht Cillian mir gegenüber, sein Blick voller Angst und Unsicherheit.

»Wir finden sie«, sage ich rasch und gemeinsam verlassen wir meine Wohnung, rennen die Treppe herunter und aus dem

Haus. Dann überqueren wir die Straße und laufen auf Cillians Haus zu, vor dem schon ein Polizeiwagen steht. Dee ist bereits vor Ort und kümmert sich um Alice, die uns völlig aufgelöst erwartet.

»Ich habe sie gestern Abend ins Bett gebracht und habe noch einmal nach ihr geschaut, als ich schlafen gegangen bin. Da lag sie friedlich in ihrem Bett. Heute Morgen wollte ich nach ihr schauen, ob sie sich vielleicht nachts freigestrampelt hat, aber da war sie nicht mehr da. Sofort habe ich im ganzen Haus geschaut, aber ...«

Ihre Stimme bricht und als Alistair, ihr Mann, ihr beruhigend den Arm um die Schulter legt, schluchzt sie bitterlich.

Unwillkürlich ziehe ich mein Handy aus der Tasche und schicke eine Nachricht an die anderen, in der Hoffnung, dass sie bereits wach sind und bei der Suche helfen können. Es dauert nicht lange, bis Brandon, Kieran, Nathan und Auri erscheinen. Kurze Zeit später Hayden, Mikayla und auch Tristan.

»Gut, dass Dee mit dem Rettungswagen hier ist. So haben wir notfalls alles da, sollte die Kleine draußen herumlaufen und unterkühlt sein.«

Auch wenn Haydens Worte beruhigen sollen, merke ich Cillian an, dass sie ihn nur verzweifelter machen. Während wir uns aufteilen und die einen von uns die Nachbarschaft abschreiten, geht der andere Teil ums Haus und danach sternförmig in alle Himmelsrichtungen, um eine Spur zu finden. Cillian und ich durchsuchen gemeinsam das Haus, rufen immer wieder Elenis Namen, schauen erneut in ihrem Zimmer unters Bett, in der verzweifelten Hoffnung, dass Alice sie hier übersehen hat. Aber die Kleine bleibt wie vom Erdboden verschwunden.

Ich sehe Cillian an, wie viele Sorgen er sich um seine Tochter macht. Er steht vor der düsteren Realität, dass die Kleine vermisst wird.

»Wir finden sie«, versuche ich ihn zu beruhigen und gemeinsam laufen wir wieder nach unten.

»Ihre Jacke ist weg«, ruft er dann plötzlich und deutet auf die Garderobe. »Und ihre Stiefel und die Mütze auch. Schau!«

»Okay. Das sind vielleicht gar nicht mal so schlechte Neuigkeiten«, plappere ich daher und sehe sofort Cillians fragenden Blick. »Ein Entführer schnappt sich nicht noch in der Eile die passende Kleidung. Es sieht fast danach aus, als wäre sie auf eigene Faust aufgebrochen.«

»Und das soll mich jetzt wie genau beruhigen?«, entfährt es Cillian. Ihm ist anzumerken, dass all seine Gedanken um mögliche Gründe für Elenis Verschwinden kreisen.

»Ich schlage vor, wir ziehen auch los und suchen sie. Hier im Haus ist sie nicht und sollte sie wieder auftauchen, können deine Eltern uns sofort Bescheid geben.«

»Ich ziehe mit den anderen los. Du musst dich fertig machen und Richtung Inverness zum Wettkampf fahren.«

Ungläubig starre ich Cillian an. »Glaubst du auch nur für eine Sekunde, ich hätte jetzt Ruhe, mich hinters Steuer zu setzen und zu irgendeinem Wettkampf zu fahren?«

»Aber wenn du nicht zum Wettbewerb fährst, Lizzie, verlieren wir alles. Es ist okay, wenn du fährst. Wir schaffen das hier«, versucht er mich zu überreden, doch ich schüttle vehement den Kopf.

»Wenn wir Eleni nicht finden, verlieren wir noch viel mehr. Ich lasse dich jetzt nicht im Stich.«

Wie gern würde ich ihn in den Arm nehmen, ihm sagen, dass alles gut wird, aber keiner von uns weiß das. Eleni kann überall sein. Sie kann verletzt sein, unterkühlt oder gar Schlimmeres. Daran möchte ich nicht denken. Wir müssen sie einfach finden. Es gibt Wichtigeres im Leben als den Gewinn eines verdammten Wettbewerbs.

»Wo kann sie bloß sein?« Cillian klingt verzweifelt und ich

wünschte, ich könnte ihm seine Angst nehmen. Aber das kann ich nicht. Meine Gedanken rasen und ich versuche die drückende Stille zu ignorieren, die das Haus inzwischen erfüllt hat. Doch plötzlich kommt mir eine Idee.

»Alice?«, rufe ich mehrfach und als ich mich umdrehe, sehe ich sie auf mich zulaufen. »Hat Eleni irgendetwas erzählt gestern Abend? Also, ich meine, was sie vielleicht in Winter Haven sehen möchte?«

Alice schüttelt den Kopf. »Nein. Sie hat nur von Jolie erzählt und davon, dass sie hofft, dass ihre Mama da glücklich ist, wo sie ist. Dann hat sie ganz begeistert noch einmal von eurem Tag auf dem Weihnachtsbasar berichtet und davon, was sie sich von Santa gewünscht hat.«

Ich weiß nicht wieso, aber auf einmal flammt etwas Hoffnung in mir auf. Cillian muss es mir ansehen, denn er zieht eine Augenbraue hoch und sagt: »Was, Lizzie? Was denkst du?«

»Ich kann mich irren und vielleicht denke ich in eine ganz falsche Richtung, aber was ist, wenn Lizzie Santa sucht?«

Ungläubig starrt er mich an. »Warum sollte sie das tun?«

»Ich weiß es nicht. Es ist nur so eine Vermutung.«

»Und du meinst, sie ist da hingelaufen, wo sie Santa getroffen hat?«

»Möglich«, antworte ich ihm und nehme wahr, wie er augenblicklich Blickkontakt mit seinem Bruder, der inzwischen auch wieder im Haus steht, herstellt und sich die zwei wortlos verständigen.

»Kieran und ich laufen dorthin«, ruft er und ist im nächsten Moment bereits aus der Haustür. Hoffnungsvoll blicken ihre Eltern ihnen hinterher.

Ich kann nicht untätig hier stehen, daher verlasse ich ebenfalls das Haus.

»Alice, ich gehe noch einmal in die andere Richtung. Ihr könnt mich über Handy erreichen, wenn etwas ist.«

Sie nickt eifrig und ich sehe ihr an, dass sie auf der einen Seite unfassbar verzweifelt wegen Elenis Verschwinden ist, aber gleichzeitig auch dankbar, weil wir alle bei der Suche helfen.

Ich laufe los, die Straße hinunter in Richtung von Tristans Hotel. Inzwischen schneit es wieder und viele Flocken fallen leise vom Himmel, sehen aus wie Tausende Diamanten, die die Landschaft in eine glitzernde Märchenwelt verzaubern. Die Luft ist klar und während ich eiligen Schrittes vorangehe, bildet mein Atem kleine Wölkchen in der eisigen Winterluft. Kaum auszudenken, dass Eleni hier draußen sein könnte. Wir müssen sie unbedingt finden. Kurz bevor ich den Weg zu Tristans Hotel einschlage, bleibe ich vor der kleinen Anhöhe stehen und erinnere mich an Elenis Frage von neulich. Ob dort oben die Wiese ist, wo die Rentiere auf Santa warten.

Liebes Universum, bitte lass mein Bauchgefühl richtig sein.

Verzweifelt stampfe ich weiter durch den knirschenden Schnee, mein Herz schlägt wild vor Sorge um das kleine Mädchen, das ich so liebgewonnen habe.

Immer wieder rufe ich Elenis Namen, während der Wind meine Stimme davonträgt. Ich schwitze, weil ich mein Tempo noch einmal beschleunige. Mein Oberteil und meine Handschuhe sind inzwischen klamm, und meine Wangen fühlen sich vor Anstrengung und Kälte gerötet an, aber ich bleibe nicht stehen.

In den letzten Tagen hat es viel geschneit und so biegen sich die Bäume unter der Last des Schnees. Die winterliche Kulisse ist so schön anzusehen, doch sie kann eine gewaltige Gefahr für ein kleines Mädchen darstellen. Mit jedem Schritt, den ich den Berg rauf mache, spüre ich den Druck der Zeit, die gegen uns arbeitet.

Plötzlich höre ich ein leises Schluchzen, gedämpft durch den Schnee. Ich bleibe stehen und für einen Augenblick glaube ich, mich geirrt zu haben, doch dann ertönt es wieder und aufgeregt rufe ich erneut Elenis Namen.

Mein Herz überschlägt sich vor Erleichterung, als ich die Stimme der Kleinen vernehme und ihr folge. Die letzten Meter renne ich und dann sehe ich Eleni, die unter einem Baum sitzt, eingehüllt in eine Decke aus Schnee und Kälte. Lebendig und unverletzt.

»Eleni, mein Schatz!« Ich knie mich neben sie und schließe sie in meine Arme. »Was machst du hier?«

Sie zittert am ganzen Körper, und ich ziehe meinen Mantel aus und lege ihn um sie, damit er ihr Wärme spendet. Tränen der Dankbarkeit treten in meine Augen, so froh bin ich, die Kleine gefunden zu haben.

»Ich habe Santa und seine Rentiere gesucht«, schluchzt sie, während sie sich an mich kuschelt. »Ich wollte ihm sagen, dass ich lieber einen anderen Wunsch hätte.«

»Ach, Maus! Und dann bist du einfach weggelaufen? Dein Daddy und wir alle haben uns Sorgen gemacht. Du bist noch zu klein, um so etwas allein zu machen. Demnächst sagst du jemandem Bescheid.«

»Dir zum Beispiel?« Sie schaut mich aus großen Augen an und ich nicke heftig.

»Natürlich. Ich bin immer da, wenn du mich brauchst. Genauso wie dein Daddy. Wir haben dich sehr lieb.«

Plötzlich schnieft Eleni wieder und dicke Kullertränen bilden sich in ihren Augen.

»Tut dir etwas weh?«

Sie schüttelt heftig den Kopf. »Ich habe Santa nicht gefunden und kann ihm nun meinen Wunsch gar nicht sagen.«

Zärtlich streiche ich ihr über den Kopf, während ich mein Handy aus der Hosentasche ziehe und Cillian eine Nachricht schicke, dass ich Eleni gefunden habe und sie wohlauf ist. Dann sende ich ihm noch unseren Standort, denn er wird seine Tochter einfach nur noch in die Arme schließen wollen.

»Ich bin mir sicher, Santa hört deinen Wunsch auch so, wenn du ganz fest dran denkst. Vielleicht versteckt er sich mit seinen Rentieren hier gerade auch nur und bekommt alles mit.«

»Meinst du?« Sofort sehe ich, wie ein kleines Fünkchen Hoffnung in ihren Augen glüht.

»Ganz bestimmt. Aber jetzt werden wir zwei uns auf den Weg zurück machen. Du bist durchgefroren und ich glaube, dein Daddy wird uns gleich mit seinem Auto entgegenkommen. Bereit?«

Eleni scheint für einen Moment zu überlegen, dann lächelt sie und nickt. »Bereit. Und ich habe meinen Wunsch gerade ganz fest in meinem Kopf gedacht. Das hat Santa bestimmt gehört.«

Trotz der ernsten Situation muss ich lachen. »Auf jeden Fall«, erwidere ich, bevor ich meinen Mantel noch enger um die Kleine ziehe und mit ihr aufstehe. Ich weiß nicht, wie lange Eleni in der Kälte war, aber mit einer Unterkühlung ist nicht zu spaßen. Sicherheitshalber werden wir sie gleich ins Krankenhaus bringen, damit sie gründlich untersucht werden kann.

Wie nicht anders zu erwarten, dauert es keine fünf Minuten, bis ich Cillians Wagen höre, der sich uns rasch nähert, während ich mit Eleni auf dem Arm, damit ich sie noch besser wärmen kann, den Berg in den Ort hinunterlaufe. Schnee spritzt auf, als Cillians Auto ruckartig zum Stehen kommt. Als er aus dem Auto stürzt, sehe ich die Erleichterung in seinen Augen. Jetzt, da ich meinen Mantel an Eleni abgetreten habe, beißt die Kälte des Winters in meine Haut, doch vor lauter Adrenalin spüre ich keine Schmerzen, sondern bin einfach nur unfassbar dankbar, Eleni gefunden zu haben. Mit großen Schritten kommt Cillian auf uns zu, jeder seiner Atemzüge ist wie ein Rauchsignal, das seine Verzweiflung und gleichzeitige Freude in die eisige Luft sendet.

Als Eleni ihren Vater erkennt, scheint die Welt um uns herum still zu stehen. Dann streckt sie ihre Arme aus und fliegt förmlich in Cillians Arme, die er wie die Flügel eines Schutzengels ausbreitet. Ich sehe, dass ihm Tränen in die Augen schießen, als er seine Tochter fest an sich drückt.

»Da bist du ja!«, sagt er, seine Stimme brüchig vor Erleichterung und Liebe. »Ich habe mir solche Sorgen gemacht. Wie gut, dass Lizzie dich gefunden hat.«

Er schenkt mir einen kurzen Blick voller Dankbarkeit und die Liebe, die ich in diesem Moment für ihn und seine Tochter empfinde, ist stark genug, um selbst die tiefsten Winterstürme zu überwinden. Auch Eleni wird von ihren Gefühlen, der vermutlichen Müdigkeit und allem übermannt, denn sie schluchzt. Ihre Tränen vermischen sich mit den Schneeflocken, die durch die Luft tanzen.

Cillian streckt eine Hand nach mir aus, die ich sofort ergreife. Er zieht mich dicht an sich und küsst mich auf die Stirn. Dass er das vor Eleni tut, scheint ihm egal.

»Danke, dass du meine Tochter wiedergefunden hast, Lizzie. Ich weiß nicht, was ich gemacht hätte, wenn wir sie verloren hätten.« Seine Stimme bricht und ich lege ihm beruhigend meine Hand auf die Brust.

»Wir haben sie ja wieder. Jetzt wird alles gut. Aber wir fahren besser mit der Kleinen ins Krankenhaus und lassen checken, ob sie wirklich unversehrt ist.«

»Du willst mitkommen?« Mit großen Augen schaut er mich an.

»Wenn ich darf?«

»Willst du nicht doch versuchen, noch zum Wettbewerb zu fahren? Du könntest noch rechtzeitig ankommen.«

Ich schüttle heftig den Kopf. »Ich bin genau da, wo ich sein will.«

»Aber ...«, setzt er an, doch erneut schüttle ich den Kopf.

»Kein Aber«, erwidere ich und helfe Cillian dabei, Eleni ins Auto zu setzen und anzuschnallen. Noch immer ist sie in meinen Mantel gewickelt und ist vor Müdigkeit kurz davor, einzuschlafen.

Glücklich betrachte ich das kleine Wesen auf der Rückbank von Cillians Wagen und weiß, dass kein Ofen dieser Welt jemals so wichtig sein kann wie diese zwei Menschen.

30

Zu unser aller Erleichterung geht es Eleni gut und sie darf bereits am Abend wieder mit Cillian nach Hause.

Trotzdem sitzt der Schock noch tief und Cillian ist anzumerken, wie sehr ihn ihr Verschwinden mitgenommen hat. Im Krankenhaus war er furchtbar schweigsam, hat ständig grüblerisch aus dem Fenster geschaut und Blickkontakt zu mir gemieden.

Es ist bereits dunkel, als wir aus dem Wagen steigen und er, mit Eleni auf dem Arm, voran zur Tür geht.

Während er sie mit dem linken Arm hält, schließt er mit rechts die Tür auf und schaltet das Licht im Flur an. Die Kleine ist so müde, dass sie davon nicht wach wird. Ein Lächeln huscht über mein Gesicht, als ich sie so friedlich und in Sicherheit schlummern sehe.

Zu meiner Überraschung tritt Cillian nicht zur Seite und lässt mich eintreten, sondern dreht sich zu mir und versperrt mir mit seinem Körper den Weg ins Innere des Hauses. Irritiert blicke ich ihn an, versuche jedoch, in die Geste nichts hineinzuinterpretieren. Stattdessen sage ich: »Wenn du Eleni ins Bett bringst, kann ich uns beiden schnell eine Kleinigkeit zu Essen machen. Du musst mindestens so hungrig sein wie ich.«

Ich warte auf seine Antwort, doch Cillian regt sich nicht.

Nach einer gefühlten Ewigkeit schüttelt er den Kopf. »Ich kann nicht, Lizzie.«

»Was kannst du nicht?«, erwidere ich und wechsle von einem Fuß auf den anderen, denn mir ist trotz warmen Mantels kalt. Wahrscheinlich liegt es am mangelnden Schlaf. »Essen? Ach, warte ab, bis etwas vor dir steht.«

Wieder schüttelt er den Kopf. »Nein. Das meine ich nicht. Ich kann *das* hier nicht.« Mit seiner freien Hand deutet er zwischen uns hin und her.

Sofort gefriert mir das Blut in den Adern. Jedoch nicht vor der Kälte der Nacht. Von was redet er?

»Wa-a-as willst du damit sagen?«, stottere ich und spüre, dass mein Herz plötzlich schneller schlägt.

Er holt tief Luft und räuspert sich. Dann schließt er für einen Moment die Augen. Als er sie wieder öffnet, wirken sie leer. »Als ich gesagt habe, dass ich dich liebe, war das die Wahrheit, Lizzie. Das musst du mir glauben. Und es zerreißt mir das Herz, dass ich das hier jetzt tun muss. Aber ich darf nicht blind vor Liebe sein. Ich will mir gar nicht ausmalen, was hätte passieren können, wenn wir Eleni nicht gefunden hätten. Wenn *du* Eleni nicht gefunden hättest. Wäre ich zu Hause bei ihr gewesen, wäre sie vermutlich nie weggelaufen. Ich habe in den letzten Wochen nur an mich gedacht. Statt mich um meine Tochter zu kümmern, die bereits von ihrer Mutter verlassen wurde, habe ich unzählige Stunden im Restaurant verbracht. Oder mit dir. Das darf nicht noch einmal geschehen. Ich muss jetzt voll und ganz für meine Tochter da sein, darf mich nicht in irgendeiner Leidenschaft fallen lassen und an mich denken. Es tut mir leid, Lizzie. Es tut mir so leid, dass ich es schon wieder tun muss. Aber ich kann jetzt keine neue Beziehung eingehen. Ich kann niemandem gerecht werden. Mir nicht, dir nicht, und allen voran Eleni nicht. Ich hoffe, du kannst mir irgendwann verzeihen.«

Ich habe das Gefühl, Cillians Worte dringen durch einen Nebel zu mir und ich kann nicht glauben, was er da sagt. Das kann nicht schon wieder geschehen. Nicht, wenn ich gerade dabei bin, glücklich zu werden.

Ungläubig starre ich ihn an, suche nach Worten, die ich ihm entgegenschleudern kann, aber ich bleibe stumm. Fühle nur die Kälte, die mein Herz ergriffen hat, und dieses grausame Gefühl in meinem Magen, das mir den Atem nimmt.

Als hätte sich die Welt gegen mich verschworen, beginnt es jetzt auch noch zu schneien. Ich ziehe mir den Mantel fester um den Körper, dann nicke ich Cillian zu. Langsam, wie in Zeitlupe. Ich weiß nicht, was ich sagen soll, und doch glaube ich, dass dieses Schweigen all meinen Kummer transportiert, der gerade in mir tobt. Das hier habe ich nicht kommen sehen. Das ist nicht fair.

Cillian McLean, das ist verdammt nochmal nicht fair!

31

»Dieser Mann ist der größte Idiot, den es auf dem ganzen Planeten gibt. Ach, was sag ich! Im ganzen Universum! Weiß er überhaupt, was er wirklich will? Wie kann er mir in einem Moment sagen, dass er mich liebt, und mich im nächsten einfach vor die Tür setzen? Es ist zum aus der Haut fahren! Warum müssen Männer so kompliziert sein? ›Ich kann das alles nicht! Ich muss mich auf meine Tochter konzentrieren!‹ Ach! Als wenn mir nicht klar wäre, dass Eleni in seinem Leben an erster Stelle kommt. Das ist vollkommen okay und verständlich! Aber warum muss er immer so extrem reagieren? ›Ich kann das alles nicht!‹ So ein Schwachsinn! Wie wäre es mit: ›Lizzie, wir müssen das langsam angehen! Ich habe momentan so viel um die Ohren, dass ich niemandem richtig gerecht werden kann. Die Sache mit dir ist mir wichtig. Bitte gib uns Zeit.‹«

Ich sitze bei meiner Nan am Frühstückstisch und kratze wütend mit meinem Löffel die letzten Reste des Müslis aus der Schale. Ich bin ein Pulverfass an Emotionen und da kam der Anruf meiner Nan eben wie gerufen, als sie mich zum Frühstück zu sich eingeladen hat. Ich bin mir sicher, dass da auch eine große Portion Neugier mit ihm Spiel war, aber das ist mir jetzt egal. Ich muss mich abreagieren. Und da meine Nan mich liebt und mir nicht lange böse sein kann, muss sie meine schlechte Laune einfach ertragen.

»Wenn er glaubt, dass ich es ihm diesmal wieder so einfach mache, hat er sich geirrt! Noch einmal lasse ich ihm so eine Sache nicht durchgehen! Wenn er glaubt, einfach auf Distanz gehen zu können, täuscht er sich gewaltig. Wieso müssen Männer bloß so kompliziert sein?«

Ich blicke zu meiner Nan, die mir gegenübersitzt, und der nichts anderes einfällt, als zu lachen. Schallend zu lachen. Ich verschränke die Arme vor der Brust und mustere sie ungläubig.

»Kannst du mir mal erklären, warum du mich jetzt auslachst? Als du mich zum Frühstück eingeladen hast, habe ich eigentlich damit gerechnet, Verständnis von dir zu bekommen. Das ist die Aufgabe einer Großmutter.«

Ich habe keine Ahnung, was an dieser Situation so witzig ist.

»Lizzie«, sagt sie und schaut mich gutherzig an. »Alle Männer sind kompliziert. Glaubst du, dein Großvater war anders?«

Ich verdrehe die Augen. »Na, ich bin mir sicher, er hat sich nicht zweimal gegen dich entschieden!«

»Das nicht. Aber er hat sich so manch andere Sache geleistet, über die ich heute nur müde lächeln kann. So sind die Männer nun mal.«

Immer wenn Nan von meinem Opa spricht, der leider viel zu früh gestorben ist, leuchten ihre Augen. Selbst wenn sie über ihn schimpft, was zugegebener Weise sehr selten geschieht, ist da dieses Funkeln, das mich sofort erkennen lässt, wie sehr sie meinen Großvater geliebt hat.

»Kind, ich bin mir sicher, dass Cillians Verhalten eine spontane Reaktion auf Elenis Verschwinden gestern war.«

»Ja, ja, ich weiß, du bist Team Cillian. Schon immer gewesen. Eine spontane Reaktion hätte auch einfach sein können, ›Lizzie, lass es uns langsam angehen.‹ Aber nein, Mister McClean muss ja immer meinen, sofort in ein Extrem zu verfallen und mich in die Wüste zu schicken!«

»Er hat dich nicht in die Wüste geschickt«, erwidert Nan und tätschelt über den Tisch hinweg meine Hand. »Er hat dir lediglich zu verstehen gegeben, dass ihm gerade alles zu viel ist. Männer sehen selten das große Ganze, sondern entscheiden immer spontan aus der Situation heraus, in der sie sich gerade befinden. Sie suchen immer den Aspekt, den sie am schnellsten ohne viel Schaden beseitigen können. Ist das intelligent? Nein! Ist das zukunftsorientiert? Nein. Wissen wir es besser? Ja! Und deswegen musst du jetzt diejenige sein, die ihn zu seinem Glück zwingt!«

»Immer muss ich die Vernünftige sein.«

»Gerade verhältst du dich eher wie ein kleines Kind.«

»Muss ich dich daran erinnern, dass Cillian mich schon einmal sitzengelassen hat?«

»Nein, das musst du nicht. Aber die Sache war anders. Ja, Cillian ist ein Dummkopf, dass er nicht so reagiert hat, wie du es dir vielleicht gewünscht hast, aber er hat so reagiert, weil er es in dem Moment nicht besser wusste. Manchmal müssen auch erwachsene Männer noch etwas lernen. Und dafür sind wir Frauen ja schließlich da.«

»Und was willst du mir damit sagen? Bisher sprichst du nämlich in Rätseln, Nan.«

»Dass wir uns jetzt überlegen, wie du deinen Jungen zurückbekommst. Mal wieder.« Sie grinst, während ich nicht so recht weiß, ob ich lachen oder weinen soll. Es ist keine zwölf Stunden her, dass ich in Cillians Armen gelegen habe und den besten Sex meines Lebens hatte. Es ist auch keine zwölf Stunden her, dass er mich mal wieder abserviert hat. Das Gefühl in meinem Bauch ist eine Mischung aus Ärger, Traurigkeit und Frustration. Eine tödliche Mischung. Zumindest für meine mentale Gesundheit.

»Eigentlich ist die Sache doch ganz einfach.« Nan erhebt sich von ihrem Stuhl. Sie räumt unsere Müslischalen vom Tisch und schenkt mir eine weitere Tasse Kaffee ein.

»An der Sache ist überhaupt nichts einfach«, brumme ich und wünschte, ich würde jetzt nicht in dieser Küche sitzen, sondern bei Cillian und Eleni sein.

»Doch. Es ist offensichtlich, dass Cillian von nun an bei jeder Entscheidung Eleni im Hinterkopf haben wird. Das ist normal, und ist ihm tatsächlich hoch anzurechnen. Im Gegensatz zu seiner Noch-Frau, die furchtbar egoistische Entscheidungen trifft, stellt Cillian das Wohl seiner Tochter an erste Stelle, und das solltest du nicht vergessen. Sobald er sieht, wie wichtig Eleni auch dir ist, wird er dich als Teil seiner kleinen Familie sehen. Davon bin ich überzeugt. Ich glaube, dass es deine einzige Chance ist, wenn du ihn zurück gewinnen willst.«

»Aber er weiß doch, dass Eleni mir wichtig ist. Das müsste er inzwischen gemerkt haben.«

»Ja. Aber es kann nicht schaden, ihm das immer und immer wieder zu zeigen. Dir muss klar sein, dass das kein Prozess ist, der innerhalb von ein oder zwei Tagen erledigt ist. Es kann sein, dass du Ausdauer brauchst. Aber du weißt auch, dass es sich lohnt, nicht aufzugeben.«

»Weiß ich das? Will ich das, Nan? Schließlich ist es auch für mein Herz nicht einfach, immer und immer wieder von Cillian zurückgewiesen zu werden. Und selbst wenn ich es jetzt versuche, besteht immer noch die Chance, dass ich am Ende allein bleibe.«

»Das ist richtig«, antwortet sie. »Aber es kann auch bedeuten, dass das der Anfang eines ganz großen Glückes ist. Ich kenne dich bereits dein Leben lang, Lizzie. Ich kenne dein Herz. Und ich weiß auch, wie sehr du Cillian liebst. Dass du ihn eigentlich immer geliebt hast. Und ich glaube, dass ihr beiden zusammengehört. Ihr drei zusammengehört. Du musst dir jetzt nur überlegen, wie sehr du es selbst willst.«

»Sehr. Ich will kein Leben ohne ihn«, erwidere ich und mit diesen Worten spüre ich plötzlich ganz tief in mir drin, dass es mir gelingen wird, diesen Idioten davon zu überzeugen, dass auch er kein Leben mehr ohne mich will. Notfalls mit Hilfe eines gigantischen Vorschlaghammers.

32

Jedes Jahr, wenn der Christmas Cookie Contest stattfindet, habe ich alle Hände voll zu tun. Meist ist es so, dass ich die Cookies bereits am Vortag zubereite. Dieses Jahr musste das sogar noch früher geschehen, denn sonst hätte ich die beiden Wettbewerbe nie unter einen Hut bekommen. Wer konnte schon ahnen, dass alles anders kommen sollte?

Dankenswerterweise hat Polly dieses Jahr den Aufbau unseres Stands zusammen mit Auri und Mikayla betreut, sodass ich heute nur noch ein bisschen beim Verkauf der Ware aushelfen muss. Was würde ich nur ohne all meine Freunde und treuen Seelen in Winter Haven machen?

Natürlich gehört der Christmas Cookies Contest jedes Jahr zum Highlight in meinem Kalender, aber nun ist er nochmal eine Spur wichtiger geworden.

Allein beim Gedanken an meine finanzielle Notlage dreht sich mir der Magen um, aber es hilft nichts. Jetzt heißt es, eine Sache nach der nächsten anzugehen. Vielleicht ist das, was ich heute vorhabe, der letzte Tropfen, der das Fass zum Überlaufen bringt. Aber alles in mir schreit danach, genau jetzt für mein Glück zu kämpfen.

Es ist kurz nach zehn, als ich das Haus meiner Nan verlasse, und mir bleiben noch etwas mehr als vier Stunden, bis ich zum Contest aufbrechen muss. Das wird verdammt knapp, aber es ist nicht unmöglich. Ich kann es schaffen. Falsch! Ich *muss* es einfach schaffen.

Wie hat Nan gesagt? Der Weg zu Cillians Herzen gelingt mir nur mit Eleni. Wie recht sie doch damit hat. Auch auf die Gefahr hin, dass er mir gleich die Tür vor der Nase zuschlägt, oder mir zumindest ein Vogel zeigt, stapfe ich die Einfahrt zu seinem Haus hinauf. Innerlich sage ich mir immer wieder vor, dass ich das Richtige tue. Ein letztes Mal atme ich tief ein und aus und dann klingle ich an der Haustür. Jetzt oder nie.

Augenblicke später starre ich in ein verdattertes Augenpaar. Man sieht Cillian an, dass ihm Elenis Verschwinden zugesetzt hat. Vielleicht auch die Sache zwischen uns. Er wirkt müde und seine Augen haben ihr Leuchten verloren. Er hat Augenringe und könnte eine Rasur vertragen.

»Lizzie? Ist etwas passiert?«

»Alles in bester Ordnung«, antworte ich mit gespielt guter Laune und schiebe mich an ihm vorbei ins Haus, ohne eine Aufforderung abzuwarten. Cillian scheint so überrascht von meinem Überfallkommando, dass er sich mir nicht in den Weg stellt.

Stattdessen höre ich ihn hinter mir sagen: »Kann ich dir irgendwie helfen?«

»Ja. Ich suche Eleni.«

»Die ist im Wohnzimmer«, antwortet er, schließt die Haustür und steht plötzlich dicht hinter mir. »Warum?«

Ich denke gar nicht daran, ihm zu antworten, sondern gehe einfach weiter ins Wohnzimmer, wo ich Eleni auf der Couch sitzend entdecke, unter eine warme Decke gekuschelt. Als sie mich sieht, strahlen ihre Augen.

»Lizzie! Was machst du denn hier?«

»Ich brauche deine Hilfe.«

»Meine Hilfe?«

Ich nicke. »Ja. Meinst du, du bist fit genug, um mich zu begleiten?«

Sofort leuchten ihre Augen noch mehr.

»Eleni soll sich ausruhen«, ertönt wie zu erwarten Cillians Stimme dicht neben mir, und kurz zucke ich zusammen. Doch dann straffe ich die Schultern und konzentriere meinen Blick auf das kleine Mädchen.

»Eleni, ich würde mich wirklich freuen, wenn du mit mir kommst. Oder bist du noch so müde und erschöpft von gestern, dass du lieber zu Hause bleiben möchtest?« Mir ist vollkommen bewusst, dass ich mit dem Feuer spiele. Denn natürlich kann Cillian jederzeit entscheiden, dass Eleni nicht mit mir das Haus verlässt, sondern daheim bleibt und sich ausruht. Ich hoffe einfach, dass mein Überraschungsbesuch so unerwartet ist, dass er keinen klaren Gedanken fassen kann. Er hakt nach: »Aber, Lizzie, hast du nicht alle Hände voll für den Wettbewerb zu tun? Ich bin davon ausgegangen, dass du bereits zum Christmas Cookie Contest aufgebrochen bist.«

»Später«, antworte ich und versuche ruhig zu bleiben. »Ein paar Stunden habe ich noch. Außerdem ist unser Stand bereits aufgebaut und ich muss nur noch zusammen mit Polly die Ware für den Verkauf hinlegen.«

»Und deine Cookies für den Wettbewerb?«

»Ist auch bereits fertig«, sage ich schnell. Dann blicke ich zu Cillian. »Ich weiß, ich hätte dich vorher fragen sollen, ob es okay ist, wenn ich deine Tochter entführe, aber ich glaube, es würde ihr guttun, heute etwas Normales zu unternehmen. Ich verspreche dir, es wird auch nicht anstrengend. Ich passe auf sie auf und lasse sie keine Sekunde aus den Augen.«

Cillian scheint noch nicht überzeugt zu sein, denn er fährt sich mit seiner Hand durch die Haare und schweigt erst mal. Dann sagt er: »Ich weiß nicht, Lizzie. Die Ärzte im Krankenhaus haben gesagt, dass sie sich schonen soll. Ihr geht es zwar körperlich gut, aber wir sollen trotzdem darauf achten, wie sie die Sache verkraftet hat.«

»Aber, Daddy«, ruft Eleni, »ich möchte gern mit Lizzie mit und ihr helfen. Wobei soll ich denn überhaupt helfen?«

»Das kann ich dir leider noch nicht verraten, sondern muss ich dir zeigen. Kannst du deine Neugierde so lange zügeln?«

Sie nickt heftig und schaut dann flehentlich ihren Vater an. Oh, welche Kraft in so kleinen Mädchenaugen liegt. Ich sehe, wie Cillian weich wird. Er lächelt.

»Na gut. Was auch immer ihr vorhabt, achte bitte darauf, dass sie sich nicht überanstrengt.«

»Wird gemacht! Ach, und wäre es für dich okay, wenn wir uns nachher auf dem Christmas Cookie Contest treffen? Ich würde mit Eleni direkt dorthin gehen. Natürlich nur, wenn es für dich in Ordnung ist.«

Zum ersten Mal, seitdem ich in sein Haus gestürmt bin, schaue ich Cillian direkt an. Der Blick in seine Augen macht mich schwach. Wie könnte er es auch nicht? Ich liebe diesen Mann. Liebe alles an ihm, sein gesamtes Wesen. Doch ich weiß auch, dass ich jetzt nichts überstürzen darf.

»Möchtest du denn zum Christmas Cookie Contest?«, wendet er sich an seine Tochter und schaut sie fragend an.

Ich muss lächeln, als ich erkenne, dass diese Frage überflüssig ist. Das kleine Mädchen nickt heftig, schlüpft dann aus der Decke und klatscht freudestrahlend in die Hände. Süß.

»Ich gehe mit Eleni hoch und gucke, dass sie sich vernünftig anzieht. Bitte bleibt nicht zu lange draußen.«

»Natürlich. Das hatte ich eh nicht vor.«

»Verrätst du mir, wohin du meine Tochter entführst?«, fragt er und schickt Eleni schon einmal die Treppe hoch, die ihm von der Couch entgegengelaufen ist und seine Hand ergriffen hat.

Die Frage ist verständlich, doch als wir allein sind, schüttle ich den Kopf. »Nein. Aber es wäre nicht so schlecht, wenn du mir heute in der Backstube noch ein bisschen freie Bahn lässt. Vielleicht bin ich nämlich doch noch nicht ganz fertig für den Wettbewerb.«

33

»**B**itte sag mir, dass du es wenigstens noch geschafft hast, einen Cookie für den Wettbewerb einzureichen, wenn wir schon auf das Geld vom Culinary Championship verzichten müssen.« Mikayla steht bei mir am Stand und probiert sich durch die zahlreichen Plätzchen, die wir vom *The Sweet Spot* hier haben und verkaufen.

»Wir vor allem«, antworte ich ihr und verdrehe gespielt entrüstet die Augen. »Soweit ich das mitbekommen habe, fehlt mir das Geld für den Ofen und nicht dir.«

»Du weißt genau, wie ich das meine, Süße«, sagt sie entschuldigend und stibitzt einen weiteren Keks vom Tablett, das auf dem Tisch liegt.

»Und du weißt auch, dass die Plätzchen nicht alle für dich zur freien Verfügung sind.« Auri klopft Mikayla tadelnd auf die Finger. »Aber Mikayla hat recht. Du nimmst doch teil und hast es rechtzeitig geschafft, noch etwas einzureichen?«

Um die zwei zufriedenzustellen, nicke ich. »Nehme ich, und ja, habe ich.«

»Und was hast du kreiert?« Mit leicht schräg gelegtem Kopf schaut Mikayla mich abwartend an.

»Das werdet ihr doch nachher sehen.«

»Maaaaan, immer machst du daraus ein Geheimnis«, beschwert sie sich. Doch ich zucke lediglich mit den Schultern und zwinkere ihr zu.

»Da musst du wohl durch.«

Ich drehe mich zu Eleni um, die putzmunter auf einem der Stühle hinter unserem Stand sitzt und aufgeregt durch die Gegend blickt. Hach ja, die Location ist aber auch wieder beeindruckend dekoriert. Wie gern würde ich die Weihnachtszeit noch einmal mit Kinderaugen erleben. Sie wirkt gar nicht müde und das, obwohl sie mir in den letzten drei Stunden fleißig geholfen hat.

Unwillkürlich muss ich lachen, als ich an Nathan denke und daran, wie Auri seine anfängliche Aversion gegen alles Weihnachtliche beschrieben hat. Inzwischen ist er ganz in seinem Element, steht zusammen mit Kieran hinter einem anderen Stand und verteilt heiße Schokolade, Punsch und Glühwein an die Umstehenden. Dass er dabei einen furchtbar hässlichen Weihnachtspullover trägt, scheint ihn nicht zu stören. Erst auf den zweiten Blick stelle ich fest, dass Auri genau den gleichen trägt.

»Nicht dein Ernst«, entfährt es mir. »Ihr tragt jetzt schon Partnerlook?«

»Nathans Idee«, stöhnt sie und natürlich entgeht mir das Funkeln in ihren Augen nicht, wenn sie von dem Mann spricht, der letztes Jahr Weihnachten ihr Herz im Sturm erobert hat.

Die wunderbar festliche Stimmung, die überall zu spüren ist, erfüllt mein Herz mit viel Freude. Vielleicht liegt es auch ein bisschen an dem Mann, der soeben angekommen ist und sich nun suchend umblickt.

Auch Eleni hat ihn entdeckt und springt auf. Sie blickt mich an und als ich ihr zunicke, schlängelt sie sich um den Tisch und läuft auf Cillian zu. »Daddy!«

Glücklich beobachte ich, wie Cillian sie in die Arme schließt. Nichts erinnert mehr daran, was ihr gestern widerfahren ist. Allein jetzt graut es mir noch bei dem Gedanken, was alles hätte passieren können, wenn ich sie nicht gefunden hätte. Es dauert nicht lange und sie und Cillian stehen vor unserem Stand. Ich versuche aus Cillians Miene schlau zu werden. Freundlich blickt er in die Runde und begrüßt Polly, Auri und Mikayla. Natürlich wissen meine Freundinnen, was gestern geschehen ist. Aber sie lassen sich nichts anmerken.

»Daddy hat mir versprochen, dass er mit mir ein Lebkuchenhaus baut und anmalt.« Eleni strahlt mich an und ist Feuer und Flamme. Ich kann sie so gut verstehen.

»So, so. Hat er das? Kann er das denn überhaupt?«

»Natürlich kann er das!«, entgegnet Cillian gespielt entrüstet und zu meiner Verwunderung zwinkert er mir sogar zu. »Sehr gut sogar.«

Sofort wird mir warm ums Herz, denn auch wenn ich mir nichts sehnlicher wünsche als seine Nähe, bin ich mir nicht sicher, ob er zu verdecken versucht, dass zwischen uns etwas vorgefallen ist. Schließlich steht die Sache von gestern Nacht noch zwischen uns.

»Eleni, meinst du, du traust dich, zusammen mit deinem Dad gegen Mikayla und mich anzutreten?« Wie aus dem Nichts ist Brandon am Stand aufgetaucht und wie nicht anders zu erwarten, spannt er Mikayla sofort wieder in alles Mögliche ein.

Fast rechne ich damit, dass sie ablehnt, aber zu meiner Überraschung kommt von ihr nur: »Oh, das klingt wunderbar! Aber ich bin dafür, dass du und ich, Eleni, gegen deinen Dad und Brandon antreten. Wir Ladys schaffen das doch mit links und ich bin mir sicher, unser Lebkuchenhaus wird viel bunter und viel mehr Glitzer haben. Hast du Lust?«

Spätestens bei dem Wort »Glitzer« hat Mikayla die Kleine auf ihrer Seite, denn sie nickt heftig, lässt Cillians Hand los und stellt sich neben Mikayla. Na, das kann ja was werden.

»Wir feuern euch kräftig an«, sagt Auri und dann beobachten wir, wie die vier zusammen zum Lebkuchenstand gehen und ihre Plätze einnehmen.

»Also, du und Cillian ... Ohne Drama könnt ihr nicht, oder?«

»Ich wünschte, es wäre anders. Aber dieses Mal bin ich wirklich unschuldig.«

»Ich weiß«, erwidert sie und hebt eine Augenbraue. »Lässt du ihm die Sache durchgehen? Also ich meine, wirst du warten, bis er bereit ist?«

»Wenn ich Glück habe, geht mein Plan auf und zwar schneller als gedacht.« Auch wenn ich innerlich immer noch kleine Kämpfe mit mir ausfechte und nicht weiß, ob das wirklich alles klappen wird, muss ich jetzt grinsen. Denn tatsächlich bin ich stolz auf mich, dass ich für mein Glück einstehe.

»Und das heißt?« Überrascht blickt Auri mich an.

»Ich habe mir einfach vorgenommen, so um ihn zu kämpfen, dass er einfach keine andere Wahl hat.«

»Nichts anderes wollte ich hören. Dafür sind alle Daumen gedrückt«, antwortet sie, nimmt mich in den Arm und drückt mich an sich. »Apropos Daumen drücken! Die Jury ist gerade auf die kleine Bühne getreten und baut sich vorm Mikrofon auf. Lass uns zu den anderen gehen.«

Ich lächle und folge ihr zum Lebkuchenhausstand, wo sich inzwischen auch Nathan und Kieran eingefunden haben.

»Aufgeregt?«, fragt mich Cillian und auch wenn ich nicht damit gerechnet habe, von ihm direkt angesprochen zu werden, gibt mir seine Nachfrage so viel. Mit ihm an meiner Seite habe ich das Gefühl, dass ich die Welt erobern kann. Und wenn es nur die Welt der Plätzchen ist. Völlig egal.

Hastig nicke ich und bin auf einmal furchtbar angespannt.

Um uns herum verstummen alle und gebannt warten wir auf die Verkündung der Ergebnisse.

»Ich wünsche es dir so sehr«, sagt Auri dicht neben mir und auch Mikayla nickt mir aufgeregt zu.

Wie nicht anders zu erwarten, hat meine Konkurrenz dieses Jahr ebenfalls gezaubert. Es gibt Gingerbread Cookies, die mit Ingwer, Zimt, Nelken und Melasse aromatisiert sind, klassische Chocolate Cookies und Peppermint Park Cookies.

»Der nächste Cookie, der eingereicht wurde, kommt mit einer Beschreibung, die ich gern verlesen möchte, während die Kamera bitte so lieb ist, eine Aufnahme des Cookies für euch alle sichtbar auf die Leinwand zu projizieren«, verkündet Stuart Granger im nächsten Moment durch das Mikrofon und Brandon regt sich neben mir.

»Man, jetzt will aber einer angeben. Beschreibung. Pfffff.«

»Sei ruhig«, mahnt Mikayla ihn und wir konzentrieren uns wieder auf das, was auf der Bühne geschieht.

»Der nächste Keks ist in Form einer Pfeilspitze gestaltet, um die Geschicklichkeit im Bogenschießen zu repräsentieren. Ihr seht, dass er braun und knusprig, mit einer leicht gerillten Textur ist, die an Holz erinnern soll. Der Keks ist außerdem mit rotem Zuckerguss verziert, der mit lockigem Haar und keltischen Wurzeln verbunden werden kann. Auf der Oberfläche erkennt ihr kleine Details eingearbeitet, kleine Blumenmuster und Bogenschießsymbole. Essbarer Glitzer und goldener Zucker, mit dem die Kekse bestreut sind, erinnern an eine königliche Herkunft und sollen gleichzeitig Mut betonen. Viele beschreibende Worte für einen Keks, der auf den simplen Namen »Merida-Cookie« hört.«

Ein Raunen geht durch den Raum und anerkennende Pfiffe

ertönen. Neben mir versteift sich Cillian, während Eleni aufgeregt nach meiner Hand greift. Sie zieht an meinem Arm, doch ich lege den Finger auf den Mund und zeige ihr so, dass wir zuhören sollen.

»Es freut mich außerordentlich, den diesjährigen Gewinner des Wettbewerbs zu verkünden. Ich habe es kaum für möglich gehalten, aber zum ersten Mal seit einigen Jahren haben wir einen anderen Sieger.«

Ich erkenne, wie meinen Freunden der Mund offen steht und Mikayla und Auri entfährt fast zeitgleich ein »O nein!«.

Auch Cillian scheint entsetzt und aus den Augenwinkeln sehe ich, dass er mir einen traurigen Blick zuwirft.

»Gewonnen hat mit ihrem wunderbaren »Merida-Cookie« Miss Eleni McLean!«

Um uns herum bricht lautstarker Jubel aus und Cillian ist der Erste, der neben mir sagt: »Nicht dein Ernst!« Dann dreht er sich zu Eleni, die nicht länger an sich halten kann.

»Lizzie! Unser Keks hat gewonnen!«

Ich beuge mich zu ihr und streiche ihr mit der Hand über den Kopf. »Dein Keks hat gewonnen, Schatz. Wollen wir zusammen deinen Preis abholen?«

Aufgeregt nickt sie und als ich mit ihr gemeinsam in Richtung Bühne gehe, schaue ich in die ungläubigen Gesichter meiner Freunde und des Mannes, den ich liebe. Kopfschüttelnd steht er am Rand der Bühne und beobachtet, wie Eleni freudestrahlend einen Scheck überreicht bekommt, von dem sie mit Sicherheit nicht weiß, was das ist. Aber das ist für den Moment egal. Sie ist glücklich und das ist das Einzige, das gerade zählt.

»Lizzie?« Sie zieht mich am Ärmel, während wir warten, dass ein Siegerfoto von uns für die Zeitung gemacht wird.

»Ja, Schatz?«

»Der Keks ist so schön, den darf keiner essen.«

Lachend streiche ich ihr über die Wange. »Verrate es keinem, aber ich habe noch einige von denen, die wir heute Nachmittag gebacken haben, behalten. Sie liegen in einem Korb bei Polly am Stand. Die gehören einzig und allein dir.«

Sie grinst und ergreift meine Hand. Kurze Zeit später treten wir von der Bühne und werden von den anderen in Empfang genommen.

Als wäre es das Natürlichste der Welt, schnappt sich Eleni Brandon und Mikayla und zieht sie gemeinsam zu meinem Stand. Die anderen folgen ihnen. So kommt es, dass Cillian und ich allein zurückbleiben.

»Du bist verrückt«, sagt er und ergreift wie selbstverständlich meine Hände. »Du hättest das Geld doch gebraucht.«

»Ich weiß gar nicht, was du hast. Das sind Elenis Kekse und nicht meine, die gewonnen haben.« Natürlich kann ich mir ein Grinsen nicht verkneifen.

»Lizzie, Eleni braucht das Geld nicht. Sie kann doch damit nichts anfangen.«

»Noch nicht«, erwidere ich. »Aber irgendwann. Und dann kann ich immer sagen, ›einen Teil ihres Führerscheins habe ich bezahlt‹. Oder meinetwegen ›Ihr erstes Ballkleid ging auf mich.‹«

»Du bist verrückt.«

»Und du wiederholst dich«, antworte ich ihm lachend und zwinkere ihm zu. »Wie hast du neulich so schön gesagt? ›Ein Gewinn ist ja so etwas wie eine Schenkung und damit müsstest du dann leben.‹ Tja, ich konnte es einfach nicht lassen, als Eleni mir auf dem Weihnachtsbasar erzählt hat, dass sie noch nie etwas gewonnen hat. Ich dachte, das ist dann mein Weihnachtsgeschenk an sie. Außerdem, wenn es dich ein kleines bisschen beruhigt, ich musste meiner Nan versprechen, dass sie mir bei dem Kauf eines neuen Ofens unter die Arme greifen darf. Als Leihgabe zumindest.«

Ich habe noch nicht ganz zu Ende gesprochen, als Cillian seinen Arm um mich legt und mich an sich zieht.

»Weißt du eigentlich, dass ich dich liebe? Und dass ich der größte Idiot auf dieser Welt bin? Ich habe mir die letzten Stunden so viele Gedanken gemacht und muss kleinlaut eingestehen, dass ich völlig übertrieben reagiert habe.« Er schaut mich aus warmen Augen an, in denen ich mich immer wieder aufs Neue verlieren könnte. Sein Blick ist flehend und voller Liebe. »Bitte verzeih mir für gestern Abend und gib mir noch eine Chance.«

Als hätte ich nur auf diesen einen Moment gewartet, nicke ich und sehe sofort, wie er erleichtert aufatmet.

»Natürlich verzeihe ich dir. Du und ich. Anders geht es doch gar nicht. Manchmal brauchen Männer halt nur länger, um das zu verstehen. Und bevor du fragst, Nan hat das gesagt.«

Um Cillians Mundwinkel herum zuckt es. »Deine Nan ist eine weise Frau.«

»Und ob sie das ist. Aber weißt *du* eigentlich, dass um uns herum gerade ganz viele Menschen stehen, die uns beobachten?«

Er zuckt mit den Schultern. »Heißt das, dass ich dich jetzt besser entführe, wenn ich dich küssen will?«

»Das kommt auf den Kuss an, den du mir geben willst.« Ich bin mir sicher, ich grinse wie ein Honigkuchenpferd. Hach, Verliebtsein ist schon schön.

»Komm mit«, raunt er und zieht mich am nächsten Moment in Richtung Ausgang.

»Kieran, passt du kurz auf deine Nichte auf?«, ruft er seinem Bruder zu, der uns grinsend den Daumen nach oben zeigt.

Ich rechne damit, dass Cillian vor der Tür stehen bleibt und mich küsst, aber stattdessen läuft er mit mir los und hält erst an, als wir vor meiner Backstube stehen.

»Was machen wir hier?«, frage ich und starre ihn ungläubig an.

»Ich wollte etwas kontrollieren, was mir eben eingefallen ist.«

»Hier? In der Backstube?«

Er nickt. »Ja. Kannst du kurz aufschließen? Hast du den Schlüssel dabei?«

Ich bin mir sicher, ich habe ein großes Fragezeichen auf der Stirn, gehe dann aber zur Tür der Backstube und schließe auf. Ich bin so irritiert, dass ich ihm den Vortritt lasse, denn ich habe keine Ahnung, was er hier kontrollieren will. Ob ich aufgeräumt habe sicher nicht. Töpfe und Schüssel habe ich im Restaurant auch nicht mitgehen lassen, das kann es also auch nicht sein.

»Schließ die Augen«, sagt Cillian im nächsten Moment zu mir und da ich natürlich erst einmal protestiere, legt er mir eine Hand über die Augen.

»Nicht blinzeln!« Er führt mich ein Stück in den Raum.

»Wenn ich ehrlich bin, habe ich mit einem Kuss gerechnet«, meckere ich, muss mir jedoch ein Grinsen verkneifen, weil ich die Situation so skurril finde, dass ich gar nicht anders kann.

»Shhh. Augen zulassen!« Dann spüre ich, dass er seine Hand von meinen Augen löst, vor mich tritt und meine Hände ergreift. »Du musst mir versprechen, nicht böse zu sein.«

»Nicht gerade der beste Weg, um so eine Sache einzuleiten. Was auch immer hier gerade geschieht«, murmle ich und höre Cillians warmes Lachen.

»Okay, okay. Dann sag ich nur noch einen Satz, und du darfst gucken. Einverstanden?«

»Wenn du das sagst. Wie lautet der Satz?« Um ehrlich zu sein, habe ich keine Ahnung, was geschieht, aber sollte hier gleich eine Überraschungsparty für mich starten, weil man davon ausgegangen ist, dass ich den Christmas Cookie Contest gewinne, dann komme ich damit wohl klar.

»Bevor ich den sage, hätte ich noch eine Frage.«

»Herrje, Cillian, spann mich nicht so lange auf die Folter. Welche Frage?«

»Mit einer Schenkung muss man leben, oder?«

»Das hatten wir bereits mehrmals. Ja«, stöhne ich und merke, dass ich so langsam doch ein bisschen ungeduldig werde.

»Okay«, erwidert er und ich höre das Grinsen in seiner Stimme. »Dann kannst du jetzt die Augen öffnen.«

»Endlich.« Ich blinzle und augenblicklich verschlägt es mir die Sprache.

Nicht sein Ernst! Das kann nicht wahr sein!

Ich starre auf einen brandneuen Backofen, der genau dort steht, wo der alte seinen Platz hatte.

»Frohe Weihnachten, Lizzie«, sagt Cillian neben mir, legt einen Arm um mich und zieht mich dann an sich. »Und bevor du jetzt meckerst und sagst, du nimmst ihn nicht an: erstens ist er eine Schenkung und zweitens darfst du jederzeit, wenn du meinst, ihn abarbeiten zu wollen, bei mir im Restaurant helfen. Ich brauche sicherlich hin und wieder eine talentierte Patissière in meiner Küche.«

Tränen sammeln sich in meinen Augen und ich schlage Cillian dezent überfordert mit der Hand auf die Brust. »Du bist verrückt«, wispere ich und ernte ein leises Lachen.

»Du sollst mir doch nicht alles nachsagen!«

»Auch nicht, dass ich dich auch liebe?«

Er legt seine Stirn gegen meine und verzieht seinen Mund zu einem Grinsen. »Damit könnte ich leben.«

Ich recke meinen Kopf zu ihm hoch und schaue ihn verliebt an. Wie wunderbar der Zauber eines Augenblicks sein kann. Ein sanftes Lächeln spielt um seine Lippen, als er sich langsam zu mir runterbeugt und behutsam meine Wange streichelt. Seine Augen funkeln vor Zuneigung und unter meiner Hand, die noch immer auf seiner Brust liegt, spüre ich den Schlag seines Herzens im Einklang mit meinem eigenen. Dann legt er sanft seine Lippen auf meine. Es ist, als ob die Zeit stillsteht und unseren Seelen die Chance gibt, miteinander zu verschmelzen. Dieser Kuss ist alles, nach dem ich mich je gesehnt habe. Dieser Kuss ist Heimat. Vertrauen. Ankommen. Pure Magie.

»Lizzziiiiiie!«

Cillian und ich fahren auseinander, als plötzlich Elenis Stimme ertönt und sie zusammen mit Kieran und den anderen in der Backstube auftaucht. Anscheinend ist hier niemand wegen meines neuen Backofens überrascht und ich traue es Brandon sogar zu, dass er ihn zusammen mit Cillian oder einem der anderen installiert hat.

»Es hat geklappt!«, jauchzt sie und kommt auf uns zugelaufen. Dann schlingt sie zu meiner großen Überraschung die Arme um uns und Cillian hebt sie hoch.

»Was hat funktioniert, mein Schatz?«, frage ich sie und nehme aus den Augenwinkeln wahr, dass die anderen sich leise zurückziehen und uns nur kurz wissen lassen, dass sie ins *The Archer* gehen. Als wir allein sind, schaue ich Eleni abwartend an.

»Du hast doch gesagt, ich soll meinen Wunsch ganz fest denken und Santa würde ihn sicherlich auch so hören.«

»Ja, das habe ich gesagt.« Ich erinnere mich an unser Gespräch gestern im Schnee.

»Er hat ihn gehört.« Sie grinst über das ganze Gesicht und wirkt furchtbar glücklich.

»Das ist schön«, antworte ich ihr. Dann schaue ich sie abwartend an. »Magst du uns verraten, was du dir gewünscht hast?«

Lachend zeigt sie zwischen Cillian und mir hin und her. »Na, das hier! Euch beide!«

»Wie?« Verdutzt schaut er seine Tochter an, die bis über beide Ohren grinst.

»Mein Wunsch an Santa war, dass du und Lizzie ein Paar werdet. Oma hat mir erzählt, dass Menschen sich küssen, wenn sie ein Paar sind. Es hat also geklappt! Ich bin so glücklich, dass Daddy dich gefunden hat.«

Ein warmes Gefühl endloser Liebe durchströmt mich, als ich

die Hand der Kleinen ergreife und sie liebevoll drücke. »Ich bin auch so glücklich, dass ich euch beiden gefunden habe.« Ich schaue zwischen Eleni und Cillian hin und her. »Wiedergefunden habe«, korrigiere ich mich und als Cillian mich daraufhin küsst und Eleni vergnügt zwischen uns quietscht, fühlt sich mein Herz so leicht und erfüllt an wie noch nie in meinem Leben.

EPILOG

»Willst du jetzt wirklich diesen furchtbar kitschigen Liebesfilm gucken?« Amüsiert lässt sich Cillian neben mir auf der Couch nieder und rutscht dicht an mich heran, sodass ich mich in seinen Arm kuscheln kann.

»Na, klar«, erwidere ich und lehne mich an ihn. »Ich weiß, ihr Männer habt es nicht so mit Romantik, aber der Film ist gut.«

»Wenn du ihn schon kennst, müssen wir ihn ja gar nicht gucken«, beschwert er sich grinsend, doch ich lasse ihn gar nicht erst weitersprechen.

»Ich kenne ihn nicht, aber habe gelesen, worum es geht.«

»Und worum geht es?«

»Du lachst, wenn ich dir das jetzt sage.«

»Du weißt schon, dass ich den Film eh mit dir gucken werde?« Glucksend knufft er mich in die Seite.

»Es geht um einen Backwettbewerb. Sie ist eine Kleinstadtbäckerin und er vertritt eine Großkette, die ihre Bäckerei aufkaufen will. Und dann tritt sie bei einem Wettbewerb an, um ihren Laden zu retten. Und er nimmt auch teil.«

»Aaaaah, ist das jetzt ein Seitenhieb?«

»Nein«, antworte ich lachend und muss zugeben, dass eine gewisse Ähnlichkeit zu Cillian und mir besteht. Also so ganz entfernt.

»Meist sind diese Filme unlogisch und so romantisch verklärt, dass es nicht schnulziger geht. Und zum Schluss kommen sie zusammen und alles ist Friede, Freude, Eierkuchen.«

»Sssssh«, sage ich und lege ihm den Finger auf den Mund. »Jetzt verrate das Ende doch nicht.« Ich grinse zufrieden und lasse es zu, dass Cillian unsere Finger miteinander verschränkt. Er erwidert meinen Blick und wirkt dabei wunderbar belustigt. Gleichzeitig leuchtet ein Feuer in seinen Augen, das durchaus spannende Versprechen für mich bereithält.

Zum Glück wird niemand Zeuge unserer Plänkelei, denn Verliebte können manchmal echt anstrengend für die Umstehenden sein. Aber jetzt, da Cillian und ich wieder zusammengefunden haben, kann mich nichts und niemand davon abhalten, dieser süßen Versuchung neben mir nicht zu erliegen. Wenn wir beide ehrlich sind, sprühen die Funken zwischen uns seit unserem Wiedersehen und wenn es nicht von ihm ausgeht, dann bin ich diejenige, die ihn mit Blicken verschlingt. Wie könnte ich auch nicht? Der Mann ist jede Sünde wert.

Ich lehne mich dichter an ihn und küsse ihn auf seinen Mundwinkel.

»Na, na, na, Fräulein! Wolltest du nicht einen Film gucken?«

»Mhm«, erwidere ich und stupse ihn mit meiner Zungenspitze an. Seine Antwort ist ein zufriedenes Grummeln, bevor er seinen Kopf zu mir dreht und seinen Mund auf meinen legt. Die Zartheit seiner Lippen ist berauschend und der Moment, in dem er den Kuss vertieft, mindestens genauso verführerisch. Natürlich entgeht mir das leise Stöhnen nicht, das seinen Mund verlässt, als ich mit meiner Zunge hineingleite. Wie wunderbar er schmeckt und wie sehr sich mein Körper nach ihm verzehrt. Ach, was sage ich mein Körper. Mein Herz, meine Seele, mein ganzes Wesen.

Er zieht mich auf seinen Schoß und fährt mit seinen Händen über meine Haut. Erst gleiten sie über meine Oberarme, was mir sofort eine Gänsehaut beschert. Dann streicht Cillian weiter nach unten, bis seine Hände auf meiner Taille zum Ruhen kommen. Wir lösen unseren Kuss und blicken uns stumm an. Es gibt so viel, für das ich in diesem Moment keine Worte finde, aber ich weiß, dass Cillian mich auch so versteht.

»Praktisch, dass Eleni heute unbedingt bei ihren Großeltern schlafen wollte, oder?« Er grinst und spricht mir förmlich aus der Seele.

»Auf jeden Fall. So kannst du auch mal etwas anderes schauen als *Merida*.«

»Das waren jetzt weniger meine Gedanken«, raunt er und sein Griff um meine Taille verstärkt sich etwas. Sofort bin ich mir der Berührung und der stromschlagähnlichen Blitze, die sie auslöst, verdammt bewusst.

»Nein?«, frage ich atemlos und beiße ich mir auf die Unterlippe, weil ich weiß, was das mit ihm macht.

Anstelle einer Antwort steht Cillian auf und hebt mich spielend mit sich hoch. Als wäre ich leicht wie eine Feder, trägt er mich die Treppe rauf in sein Schlafzimmer und legt mich dann behutsam auf die weiche Matratze. Ich habe nur Augen für ihn und ehe ich mich's versehe, ist er über mir. Sein Gesicht ist meinem ganz nah und sein Blick raubt mir den Verstand.

»Ich liebe dich, Lizzie«, haucht er leise, bevor er meinen Hals mit sanften Küssen bedeckt, die mich in den Wahnsinn treiben.

»Ich liebe dich auch, Cillian«, flüstere ich zwischen zwei Schauern, die meinen gesamten Körper ergreifen. Meine Hände liegen auf seiner Brust und langsam knöpfe ich sein Hemd auf, was er mit einem leisen Stöhnen quittiert.

»Weißt du eigentlich, wie schön du bist?«

Ich halte kurz den Atem an, da mich seine Worte erzittern lassen. Dann muss ich lächeln.

»Und weißt du, worauf ich mich am meisten freue?«

»Sex?«

Lachend schüttelt er den Kopf. »Den mag ich auch mit dir, aber das meine ich gerade tatsächlich nicht.«

Ich zucke mit den Schultern und verziehe den Mund zu einem Grinsen. »Dann weiß ich auch nicht.«

»Nein?«, fragt er und haucht mir einen zarten Kuss auf die Lippen.

»Nein«, beteuere ich und bin nun doch ein bisschen neugierig, worauf er hinauswill. »Auf was dann?«

»Auf übermorgen und dein Gesicht.«

»Ich weiß nicht, was du meinst.« Ich schließe die Augen, als er erneut meinen Hals küsst und ganz nah an meinem Ohr ist.

»Immer noch nicht?«, hakt Cillian leise lachend nach und ich schüttle den Kopf.

»Immer noch nicht.«

»Ob dir dein Wichtelgeschenk gefällt.«

Abrupt setze ich mich auf und stoße dabei fast mit meinem Kopf gegen seinen. »Bist du etwa mein Weihnachtswichtel?«

Amüsiert zuckt er mit den Schultern und jetzt bin ich auf einmal schrecklich neugierig. »Was bekomme ich denn?«

»Übermorgen, Liebes«, raunt er und verschließt meinen Mund mit einem erneuten Kuss.

»Das ist nicht fair.«

»Das ist mir egal.«

»Weißt du eigentlich, dass du unmöglich bist?«, murmle ich mit gequältem Gesicht, doch Cillian küsst mich weiter und ich spüre, wie liebevoll seine Lippenbekenntnisse sind.

»Liebst du mich trotzdem?«
»Gehört Salz an jede Suppe?«
»Lizzie!«, grummelt er und ich schaue ihn amüsiert an. Wie ich diesen Mann vergöttere.
»Ja«, sage ich sanft und muss nicht eine Sekunde darüber nachdenken.
Für einige Momente blickt Cillian mich an und ich kann kaum genug von ihm bekommen. Dann lächelt er. »Gut«, sagt er und legt seine Hand an meine Wange. Behutsam streicht sein Daumen über meine Haut.
Ich halte die Luft an und als er mich küsst, weiß ich, dass ich komplett bin. Weil sein Herz wie meins schlägt. Weil Verzeihen uns stärker macht. Und weil Liebe manchmal eine zweite Chance verdient hat.

***

Hier endet die Geschichte von Cillian und Lizzie. Möchtest du noch einen Blick in die Zukunft von den beiden werfen? Dann geht es dir wie mir. Melde dich gern für meinen Newsletter an. Dort erhältst du zum Tausch gegen deine Daten einen Bonusepilog und erfährst, wie es mit Cillian und Lizzie weitergeht.

Außerdem findest du dort auch weitere Bonuskapitel zu meinen Büchern und die Geschichte von Lainey und Grant, die nirgends sonst erhältlich ist.
Natürlich kannst du dich jederzeit wieder von meinem Newsletter abmelden, sollte dir meine Post nicht gefallen.

WWW.ELLAMCQUEEN.DE

NOCH MEHR WEIHNACHTEN VON ELLA MCQUEEN

Learning to love Christmas again

The Christmas we needed

Teaching Mister Oxford

Reindeer Kisses for the Grinch